26|TWENTYSIX

Christian Tobias Krug

So dunkel
das Zwielicht

II

Gefangen in ewiger Nacht

Roman

26 | TWENTYSIX

Bibliografische Information der Deutschen Nationalbibliothek:
Die Deutsche Nationalbibliothek verzeichnet diese Publikation in der Deutschen
Nationalbibliografie; detaillierte bibliografische Daten sind im Internet über
http://dnb.dnb.de abrufbar.

Verlag: BoD · Books on Demand GmbH, In de Tarpen 42, 22848 Norderstedt
Druck: Libri Plureos GmbH, Friedensallee 273, 22763 Hamburg

ISBN: 978-3-7597-9648-6

»Du bist dir nur des einen Triebs bewusst,
O lerne nie den andern kennen!
Zwei Seelen wohnen, ach! in meiner Brust,
Die eine will sich von der andern trennen.«

Johann Wolfgang von Goethe *Faust I*

Prolog

Bevor das Feuer herabfiel, färbte seltsames Licht den Horizont. Glühend rot, dem Schein einer Fackel ähnlich. Die Wolken wirkten wie in Blut getränkt. Der Himmel schien zu brennen, als würde das Morgengrauen den geballten Zorn der Götter mit sich bringen. Ein Omen, ein leuchtendes Vorzeichen vielleicht ... die erste und einzige Warnung vor dem nahenden Unheil.

Der Fischer kehrte bei Sonnenaufgang in die Stadt zurück. Im Netz über seiner Schulter zappelte ein mickriger Fang, nur wenige Gulden wert. Erschöpfung und fehlender Schlaf erschwerten ihm seine frühmorgendliche Arbeit mit jedem Tag mehr. Die vergangenen Nächte hatte er mit Vergnügungen verbracht. Trommeln und Gesang, wilder Tanz, sein Mund auf den Lippen fremder Frauen ... hinter seiner Stirn tobten die Erinnerungen, während sein Schädel noch vom gestrigen Wein brummte. Kraftlos entfuhr ihm ein Seufzer, als er das Stadttor durchquerte.

Die Hauptstraße dahinter stank nach Unrat und starrte vor Dreck. Am staubigen Wegesrand schnarchten sturzbetrunkene Männer, eine Herde herrenloser Ziegen zog blökend vorüber, Fliegen kreisten summend um haufenweise Eselsmist. Aus einem halb verfallenen Stall, eingepfercht zwischen zwei Lehmhütten, drang mörderisches Gebrüll, gefolgt von ängstlichem Schweinequieken. Seit Monaten spukte es in der Stadt. Irrsinn schlich durch die Gassen und zog die Menschen mit schrillem Gelächter in den Bann. In den Gasthäusern munkelte man Geschichten: Drüben in der Nachbarstadt Gomorrha sollten ähnliche Gespenster ihre Gräuel treiben, auch dort tobte angeblich der Wahnwitz. Womöglich trug jener sonderbare Fremde die Schuld ...? Dieser Nomade aus dem Zweistromland, der unentwegt von seinem Gott und dessen strengem Gericht predigte. Der Störenfried, der selbst vor dem König die Sünden der Stadtbewohner anprangerte und schreckliche

Strafen prophezeite. Hatte dieser Mann das Böse in ihre Mitte gebracht?

Der Fischer vermochte es nicht zu sagen; spürte lediglich, wie sein Leben zunehmend aus dem Ruder glitt. Stille Schuldgefühle nagten unablässig an seiner Brust. So köstlich ihm die nächtlichen Ausschweifungen auch munden mochten, hinterließen sie am folgenden Morgen dennoch stets den faden Nachgeschmack quälender Scham. Gewann bei Tagesbeginn die Vernunft die Oberhand zurück, grämte der Fischer sich seiner Laster – bloß um bei Einbruch der Dunkelheit erneut den verbotenen Gelüsten zu erliegen, die ihn seit geraumer Zeit heimsuchten wie grausige Geister.

Als er den Marktplatz erreichte, herrschte dort widerwärtigster Gestank. An verlassenen Ständen vergammelte Lammfleisch, Obst und Gemüse verfaulten, in den Brotlaiben spross der Schimmel. Einige der einsamen Bretterbuden waren während der letzten Nächte offenbar mutwillig zerstört worden; ringsum verteilte sich das zersplitterte Holz. Hennen flatterten in Hühnerkörben, daneben lag eine Magd im Sand und schlummerte. Kaum eine Menschenseele sonst zu sehen; lediglich am Brunnen lungerte eine Handvoll Dickwänste, deren vornehme Kleider bloß noch zerschlissenen Lumpen glichen. Einer der Burschen beugte sich über den Brunnenrand und übergab sich unter grässlichem Würgen.

Abseits im Schatten der Bäume hockte die Frau des Fischers an ihrem Stand und schuppte Barsche. Es waren Fische, die er vor Tagen schon aus dem Meer gezogen hatte – und sie müffelten bereits, dass einem übel werden mochte. Unter den Augen seiner Frau wucherten ringförmige Gräben; ihr leeres Gesicht erinnerte an die erstarrte Miene einer Toten. Vom allgegenwärtigen Verfall der Stadt schien ihr Verstand keine Notiz mehr zu nehmen. Der Rausch, in den sie beide sich des Nachts gemeinsam flüchteten, beraubte sie zusehends ihrer Sinne. Betörende Getränke und benebelnde Schwaden hatten sein Weib längst in eine Süchtige verwandelt. Zwar liebte der Fischer sie noch wie beim Moment ihrer ersten Begegnung, seit den vergangenen Wochen wechselten sie jedoch kaum ein Wort. Nach Sonnenuntergang gaben sie sich zusammen unaussprechlichsten Verirrungen hin, um im darauffolgenden Morgengrauen beschämt ihrer Wege zu gehen und einander zu meiden – bis sie im abendlichen Zwielicht schließlich erneut der Ungeist trieb.

Grau rieselte etwas auf seine Schulter herab, als er seiner Frau stumm seinen heutigen Fang überreichte. Verwundert hob der Fischer den Kopf ... und sah Asche vom Himmel fallen. Das merkwürdige Rot am Horizont begann zu glosen gleich glimmender Glut. In den alles beherrschenden Mief mischte sich mit einem Mal eine weitere bestialische Note: Der stechende Gestank von Schwefel. Ächzend fuhr der Fischer sich über seine schweißnasse Stirn; die Luft war plötzlich von einer Hitze erfüllt wie in der sengenden Wüste – Wimpernschläge, bevor ein feuriges Geschoss aus den Wolken niedersauste und den gesamten Marktplatz lichterloh in Brand steckte. Seine Frau schrie, während die Erschütterung des Aufpralls sie beide von den Füßen riss. Unsanft landete der Fischer im Staub und sah seine Liebste mitsamt Fischstand in den sich rasch ausbreitenden Flammen verschwinden. Ungläubiger Schrecken raubte ihm den Atem. Was sich jäh vor seiner Nase abspielte, wirkte dunkelsten Albträumen entsprungen. Ein zweiter Stern, glutrot und tödlich, stürzte vom Himmel und zerschmetterte den Brunnen, dass die Steine flogen. Die betrunkenen Burschen verwandelten sich in lebende Fackeln, die unter schmerzverzerrtem Geschrei ihr Ende fanden.

Der Fischer nahm die Beine in die Hand und floh in die Gassen – rannte um sein Leben, schneller als er es sich unter gewöhnlichen Umständen zugetraut hätte. Links und rechts krachten brennende Dächer ein. Rauchschwaden quollen aus Fenstern, die dunkel geränderten Wunden glichen. Türen rissen auf, Menschen stürmten panisch hervor. Das Herz des Fischers begann zu rasen, während seine Gedanken sich wild überschlugen. Was um alles in der Welt geschah hier? Unwillkürlich kamen ihm abermals die unheilvollen Gerüchte über jenen Nomaden in den Sinn. Seine Warnungen vor dem Gericht seines Gottes ... Der Blick des Fischers schnellte zu den Schlosstürmen hoch oben auf dem Berge. Die prunkreiche Burg von König Bera ähnelte nur noch einem Schatten ihrer selbst: eine verkohlte Ruine, aus der alles Leben herausgebrannt worden war. Weiter in der Ferne verfinsterten pechschwarze Wolken den Horizont über dem Nachbarort Gomorrha.

Er erreichte die offene Straße. Ringsumher leckten orangerote Zungen an den Häusern und Hütten, um Holz wie Lehm gierig zu verschlingen. Männer und Frauen fingen Feuer und stürzten in den brennenden Tod. Ein Rinnsal am Wegrand warf kochend Blasen. Jener alleinige Gott, von dem der Fremde gepredigt hatte, fuhr in einem Streitwagen aus blendendem Licht herab und versengte die Erde mit hitzigem Atem. Der glühende Hauch presste sich wie eine unsichtbare Flammenhand auf das Gesicht des Fischers; verbrannte ihm schmerzvoll die Haut, seine Brauen, das Haar. Kraftlos quälte er sich Schritt für Schritt unbeirrt vorwärts; schleppte sich schnaufend voran, seine Lunge gepeinigt vom stickigen Rauch – getrieben von dem einen verzweifelten Gedanken: Raus aus der verdammten Stadt!

Um ihn herum brannte die Welt. Rotgelb loderte es aus allen Fenstern, zerbröckeltes Gestein glühte in ungeheurer Hitze. Neben einem flackernden Heukarren erspähte der Fischer einen reglosen Knaben, beide Arme starr zu den Wolken erhoben. Die Kleider schwellten und das Gesicht des Kindes glich verkokelndem Fleisch. Der schreckliche Anblick stach ihm in die Brust wie ein geisterhafter Speer; von Entsetzen erfüllt wandte der Fischer die Augen ab und richtete sie auf seine einzige Hoffnung: Das nahe Stadttor – der Weg hinaus aus Sodom!

Sterne fielen vom Himmel und grauenerregende Schreie zerfetzten die Luft. Zu allen Seiten verwandelten sich Häuser in Ascheberge, warfen Bäume ihre glimmenden Blätter fort und zerbröselten zu Staub. Zwischen den Trümmern torkelten Gestalten in brennenden Gewändern und mit flammendem Haar. Trostloses Grau verschluckte das Grün der Gärten. Oben am Horizont wütete ein grelles Flammenmeer. Ein Feuerball, gewaltig wie das brennende Geschoss eines Katapults, schlug gefährlich nahe neben dem Fischer ein und wirbelte Kies auf. Blanke Furcht trieb seine tauben Beine zur Eile.

Grob kämpfte er sich mit blanken Ellenbogen durch die wild gewordene Menge. Kopflose Massen überfluteten die Straßen, Flüchtende schnitten ihm in Todesangst den Weg ab. Geschiebe und Gedränge, jeder im Ringen ums eigene Überleben. Aus den Augenwinkeln sah der Fischer eine Frau zu Boden stürzen und von der stampfenden Fußherde niedergetrampelt werden. Der Säugling in ihren Armen schrie, während ein Greis am Wegrand hockte und das Grauen wie ein Kind weinend in sich aufnahm. Der Irrgeist, der Sodoms Bewohner des Nachts heimgesucht hatte, war zu einem Phantom der Panik geworden – einem lebenden Albtraum, der sie nun, im Antlitz ihres Untergangs, auch die letzte Fessel des Anstands abwerfen ließ.

Plötzlich erhielt der Fischer einen Stoß, stolperte ... und verlor noch im Sturz sämtliche Hoffnung. Sonnenklar begriff er, heute endete sein Leben. Hier im Dreck der Straße würde er sterben! Das alles zerstörende Feuer umzingelte ihn unbarmherzig, ohne Aussicht auf Entkommen. Seine Haut wurde rissig; beißender Qualm, dicht wie Nebel, stahl ihm den Atem. Keuchend hob er unter Anstrengungen den Kopf ... und was er im nächsten Moment erblickte, raubte ihm den winzigen verbliebenen Rest seines Verstandes:

Unter einem lodernden Torbogen, inmitten des Infernos – stand ein Wesen aus reinem Licht. Eine Gestalt, umgeben vom göttlichen Glanz der Herrlichkeit. Auf dem Rücken: zwei Flügelschwingen, strahlend weiß mit prächtigen Federn. Eine Maske verbarg das Gesicht, bunt bemalt wie bei einem Narren. Die starren Lippen lächelten ... ein Lächeln, kalt und grausam, welches dem Fischer jede Furcht vor dem Sterben nahm und ihn seinen Tod herbeisehnen ließ.

»Nein ... Bitte, nein!« Er begriff erst, dass er weinte, als bereits bittere Tränen über seine Wangen rannen.

Der Götterbote schwieg, ungerührt von seinem Flehen, seiner Verzweiflung. Betrachtete ihn bloß stumm mit dieser grausig grinsenden Maske – aus Augen, älter als die Menschheit. Augen, die mühelos bis tief in sein Innerstes schauten; seine dunkelsten Gedanken errieten und die Geheimnisse seiner Seele ergründeten.

In seiner letzten klaren Minute – kurz bevor der Wahnsinn ihn übermannte – gewahrte der Fischer ein brennendes Geschoss. Ein lohender Stern senkte sich vom Himmel, um erbarmungslos auf ihn herabzustürzen. »N-N-Nein ...« Seine Stimme starb in einem kläglichen Wimmern.

Feurig fuhr der Tod hernieder ... und als die Flammen glühend seinen Leib versengten und ihn vom Anblick dieser abscheulichen Maske erlösten, empfing der Fischer seine ewige Ruhe wie ein gnädiges Geschenk.

Kapitel 1

Wie die Nächte zuvor träumte er vom Wasser. Von der kalten, blauen See und ihren immerwährenden Fluten ...

Hoch oben stand er auf einer steilen Klippe aus grauem Gestein. Vor seinen Augen ragte der Ozean in unendliche Ferne, eingehüllt in finsterste Nacht. In seinen Ohren klang das Rauschen der Wellen, der Gesang des Wassers ...

Nächtlicher Wind pfiff durch sein Haar, als er näher an den Rand des Abhangs trat. Tief unter ihm brach die Flut tosend am Fuße des Felsens. Der Vollmond warf silbrigen Glanz vom rabenschwarzen Horizont hinab auf die wilden Wogen. Die Luft schmeckte salzig. Weit hinter dem Strand lag die Stadt, sein altes Leben. All das, was vergangen war. Er war der Stimme des Meeres gefolgt, die ihn leise aus dem Schlaf geweckt und nach ihm gerufen hatte – dem Ruf, den nur er allein vernahm:

Komm, mein Sohn, drang es aus den dunklen Wellen zu ihm herauf, zärtlich wie eine Mutter. *Tritt näher, Kind!*

Seine Füße bewegten sich, gebannt durch die wundersamen Worte. Je näher er dem Abgrund kam, desto größer wuchs in ihm das sehnsuchtsvolle Gefühl von ... Heimkehr? Unten formte das Wasser sanfte Gesichter. Noch einen winzigen Schritt – dann würde er einem Stein gleich den Felsen herabstürzen, im ewigen Ozean versinken und ... wäre endlich wieder zu Haus!

Kehre zurück zu mir!

Langsam breitete er die Arme aus, um bereitwillig in die Tiefe zu springen. Spürte die steife Brise auf seinem Gesicht und lauschte dem Flüstern des Meeres; süß wie das Lied einer Nixe, die sich nach ihm sehnte. Zart und glockenklar rief sie ihn beim Namen: *Komm zu mir, Kyu-Min! Kyu ...*

»Kyu!«

Er schlug die Augen auf. Erst endlose Sekunden später dämmerte ihm, wo er eigentlich war: In Julians Zimmer, neben seinem Freund im Bett, die Decke bis zum Kinn gezogen.

»Is' ... alles okay?«, fragte Julian schläfrig. Die blauen Augen seines Liebsten betrachteten ihn im nächtlichen Zwielicht. *Blau wie Wasser* ...

»Ja ... W-Wieso, was ...?«

»Hast im Schlaf irgendwas gemurmelt, bin wach geworden ... Schlecht geträumt?«

»J... Ne ... keine Ahnung ...« Müde richtete Kyu-Min sich auf, das Kissen raschelte. Sein Schädel fühlte sich benommen an. »Ich ... geh kurz was trinken, ja?«

»Mhm, klar.«

Schwerfällig schlüpfte Kyu in Julians Pantoffeln. In dem dunklen Raum regierte Eiseskälte. Ohne Licht einzuschalten, schlich er zur Küche. Aus dem Schlafzimmer tönte das betrunkene Schnarchen von Julians Mutter.

Leise öffnete Kyu-Min den Kühlschrank und griff nach der Mineralwasserflasche neben dem nur noch halb vollen Weißwein, den Frau Sanders sich zu ihrer allabendlichen Zeichenstunde gegönnt hatte. Seine Kehle schien trockener als die staubigste Wüste. Gierig setzte er den Flaschenhals an die Lippen und nahm einen riesigen Schluck, um das Prickeln der Kohlensäure auf der Zunge zu genießen. *Wasser* ...

Ein Blick aus dem Fenster zeigte die einsame Straße. Draußen regnete es in Strömen; dicke Tropfen prasselten gegen die Scheibe.

Durstig leerte Kyu-Min die gesamte Flasche, bevor er zurück in Julians Zimmer tapste. Einen Moment hielt er inne und betrachtete still seinen Freund, der längst wieder seelenruhig schlummerte. Liebevoll strich Kyu ihm eine seiner blonden Strähnen aus dem Gesicht, nachdem er ins Bett geklettert war. Schmiegte sich an ihn, schlief ein ... und träumte erneut vom Meer, das sanft seinen Namen rief.

†

Als sie aus düsteren Träumen erwachte, herrschte draußen noch dämmrige Dunkelheit. Die Zeiger des kreisrunden Weckers kündigten an, erst in rund einer Stunde zu klingeln. Gähnend wandte Nadja den

Kopf auf dem Kissen. Trotz Bettdecke glaubte sie zu frieren. Schaudernd erinnerte sie sich an ihren Traum … das grässliche Gelächter; die gespenstische Stimme, die nach ihr gerufen hatte. Verschwommen sah sie noch immer jene Gestalt vor sich … die Narrenmaske … dieses starre, kalte Lächeln …

Kraftlos erhob Nadja sich, um eine Schachtel Zigaretten aus ihrem Schulrucksack zu kramen; öffnete das Fenster und blies Qualm in die kalte Frühmorgenluft. Rauchen im Haus war ihr verboten – wäre Nadjas Pflegevater nicht schätzungsweise schon vor einer Viertelstunde zur Arbeit aufgebrochen, hätte es gewiss Ärger bedeutet. Früher zumindest. Seit dem Tod seiner Frau plagte Johannes weit Schlimmeres. Nadja stand ihm bei, soweit es in ihrer Macht lag; auf diese Art gewann ihr sonst eher unterkühltes Verhältnis neuerdings eine deutliche Spur an Vertraulichkeit. Johannes sprach häufig über Karin. Er schlief nicht viel und aß nur wenig, aber immerhin, er fraß nichts in sich hinein. Er redete. Über den Verlust seiner Ehefrau, die von Herzen versucht hatte, Nadja eine Mutter zu sein.

Worüber Johannes freilich nie ein Sterbenswörtchen verlor, waren die geheimnisvollen Umstände ihres Verscheidens. Die gesamte Stadt hüllte sich in einen Mantel aus Schweigen, um das Wüten des Wandelnden Nichts schnell im Grab der Vergessenheit zu versenken. Die Städter vermieden das Thema mit ausgeprägter Sorgfalt – flüchteten sich sogar in die Vorstellung, das Grauen hätte angeblich niemals stattgefunden, obwohl die Erinnerung wie ein Schatten spürbar über sämtlichen Häuptern schwebte.

Nadja nahm einen Zug brennenden Tabaks und strich sich eine Haarsträhne aus der Stirn. Am grauen Himmel schimmerten erste einsame Sonnenstrahlen. *Der Himmel … in meinem Traum, dort …!* Die Wolken schienen Gesichter zu formen. Grausig grinsende Fratzen. *Der Engel mit der Maske … Wer …?*

Sie schnippte den Zigarettenstummel hinaus ins schneebedeckte Beet. Eine eisige Brise blies um ihre nackten Beine. Rasch schloss Nadja das Fenster und huschte zum Kleiderschrank, um ihr Nachthemd gegen Hose, Pulli und Wollsocken zu tauschen. Vom Metal-Band-Poster überm Bett grinste ihr schelmisch ein halb verrotteter Zombie entgegen.

Hinter ihrem Rücken – ein dumpfes Geräusch. Erschrocken wandte sie sich um und starrte auf das Buch, das aus dem Regal gefallen war: eines ihrer ältesten Zauberbücher; ein Grimoire, welches sich seit dem 17. Jahrhundert in ihrem Besitz befand. Wann sie zuletzt darin gelesen hatte, vermochte sie nicht zu sagen; es musste vor Ewigkeiten gewesen sein. Aufgeschlagen lag der Foliant vor ihr auf dem Teppich, die Seiten hatten sich beim Sturz eigenmächtig geöffnet … scheinbar wie von Geisterhand.

Unbehagen wuchs in Nadjas Magengrube. Beklommen, beinah misstrauisch betrachtete sie das offene Buch. Hob es zögernd auf, ließ ihre Augen über den aufgeschlagenen Text wandern … und was dort geschrieben stand, raubte ihr vor Verblüffung den Atem.

†

Zu beiden Seiten des Tores hockte je ein grimmig dreinschauender Wasserspeier. Steinerne Wächter mit gespreizten Flügeln und stummen, weit aufgerissenen Mäulern. Despariels Hand griff nach der rostigen Kette vor dem Schloss … und gespenstisch quietschend öffnete sich das eiserne Gitter.

Kallisto folgte ihrem Herrn durch den verwilderten Garten hinter dem Tor. Unkrautgestrüpp überwucherte die früheren Beete; nach fünf Jahrhunderten war von der einstigen Blumenpracht bloß ein verwelktes Abbild übrig geblieben. Silbern spielte das Mondlicht im schwarzen Geäst der uralten Bäume, während in der Ferne ein Käuzchen schrie.

Auf dem verschlungenen Pfad zum Anwesen kamen sie an einem ausgetrockneten Brunnen vorüber, halb von Schlingpflanzen erstickt. Kallisto erinnerte sich an das fröhliche Springbrunnengeplätscher … damals, fünfhundert Jahre zuvor. Wehmütig hob sie den Blick zu den dunklen Türmen des Herrenhauses, die hoch bis zur düsteren Wolkendecke ragten. Kastell Astarte war das Zuhause ihrer Kindheit gewesen: das Heim, in das ihr Herr sie als verarmte Waise einst aufgenommen hatte. Kallistos Augen wanderten die Fassade entlang zum verwitterten Fenster von Despariels früherem Schlafgemach. Jene Gewitternacht drang zurück in ihr Gedächtnis … die Nacht, in der sie – ein kleines Mädchen, verängstigt vom Unwetter – zu ihrem Pflegevater ins

Bett gekrochen war, seine Einsamkeit gelindert und die Tränen über Raziels Verrat getrocknet hatte ...

Langsam stiegen sie die Stufen zur Pforte empor.

»Trautes Heim, Glück allein«, murmelte Despariel und griff nach den Türringen aus schwerem Messing. »Schon damals wusste ich die Abgeschiedenheit dieses Ortes stets zu schätzen, wenn ich mich von den Regierungsgeschäften zurückzog.« Ein Flackern in seinen Augen. »Möge dieses Haus uns auch heute ein Hort der Ruhe sein. Schließlich stehen große Taten bevor.«

Kallisto antwortete mit ernstem Lächeln, während Despariel die knarrenden Türflügel öffnete.

Dahinter lag die Eingangshalle in vollkommener Finsternis. Stille. In dem verlassenen Gemäuer war nicht der leiseste Laut zu hören.

Ihr Herr ging voran, Kallisto folgte ihm auf dem Fuße. Gemeinsam verschwanden sie im Dunkeln des Kastells wie einsame Schatten.

Kapitel 2

Der Audienzsaal von Pandämonium war vornehm getäfelt. In den prächtigen Fackelleuchtern zuckten unruhige Flammen. Rund um den Thron aus schwarzem Saphir standen die Herrscher der Hölle versammelt; Besorgnis spiegelte sich auf sämtlichen Gesichtern.

Das reinste Schmierentheater! Er inszeniert seine Rückkehr als dramatische Darbietung – der verfluchte Brief war Teil davon, grollte Mephistopheles, zur Rechten von Baal, dem kindlichen Monarchen der Unterwelt.

Unbehagen regierte im Schloss, seit jene hohntriefende Nachricht eingetroffen war. Dass Despariel früher oder später im Palast auftauchen würde, war natürlich unvermeidlich gewesen – die Art und Weise, wie er seine Ankunft angekündigt hatte, glich jedoch einer Farce. Entgegen Mephistos ursprünglicher Annahme brauste der ehemalige Dämonenkönig nicht als zorniger Wirbelsturm heran, um unter wüsten Drohungen die Krone zurückzufordern – nein, er hatte allen Ernstes den formellen Weg gewählt und den Rat schriftlich um eine Audienz ersucht!

Dieser Wahnsinnige! Solche Spielchen sind in der Tat sein Stil! Von Despariels demutsvoller Wortwahl und galantem Ausdruck ließ der oberste Höllenfürst sich nicht täuschen: Seine Botschaft war alles andere als eine höfliche Bitte gewesen. Erst recht keine, die der Rat schlicht hätte ignorieren können! Zwischen den feinen Lettern hatte eine boshafte Fratze aus dem Schreiben hervorgelugt, um die Machthaber der Unterwelt unverhohlen zu verspotten.

Dann geschah es: Die Bediensteten öffneten die Türflügel – und Despariel betrat den Audienzsaal, verfolgt von einer Schar neugieriger Augenpaare. Allen Anschein nach hatte er sich nicht damit begnügt, das Schloss durch einen beliebigen Seiteneingang zu betreten, sondern vor dem großen Haupttor um Einlass gebeten; dort, wo ihn der halbe Hofstaat zu Gesicht bekam.

Gemächlich schritt Despariel über den langen Edelteppich, während seine eisigen Blicke über alle Anwesenden glitten. »Seine Majestät Baal und die Großen Neun – so treffen wir nach fünf Jahrhunderten endlich wieder zusammen!« Ein spitzes Lächeln stahl sich auf seine Züge. »Äußerst zuvorkommend, in meiner Abwesenheit meinen Thron zu bewachen!«

»Despariel … Ihr seid es wahrhaftig …«, entgegnete Mephistopheles schnarrend. Der soeben Eingetroffene erinnerte ihn an ein ekelerregendes Ungeziefer, das er schleunigst zerquetschen wollte.

Die eisblauen Augen durchbohrten ihn wie stählerne Speere. »Erfreut, mich zu sehen, Hochfürst? Mir drang zu Ohren, Eure Regentschaft gestaltet sich recht tadelnswert. Ich könnte Euch zur Hand gehen, falls Ihr erlaubt!«

Mephisto stieg vor Wut die Galle hoch, bitter verschluckte er eine bissige Antwort. Ein Seitenblick zeigte Baal, der unruhig auf dem Thron umherrutschte. Die kränkliche Knabenmiene, noch blasser als sonst, verriet eine Mischung aus Staunen und Furcht. Der kindliche König war dem früheren Höllenherrscher niemals zuvor begegnet und wusste lediglich, was Dämonen sich über Despariel erzählten.

»Verehrter Despariel, selbstredend sind wir in höchster Freude über Eure Aufwartung!«, ergriff Adramelech das Wort, der schleimtropfende Großkanzler des Schattenreichs. »Verzeiht unsere schlechten Manieren; viel früher hätten wir Euch empfangen, käme Eure Wiederkehr nicht allzu unversehens. Gestattet die Frage: Was hat Euch so lang in der Menschenwelt aufgehalten?«

»Welch freundliche Ansprache, Kanzler!« Despariel lächelte ironisch. »Nun, auf der Erde gab es Angelegenheiten, die meiner Aufmerksamkeit bedurften – vorrangig die Rückkehr meines verkommenen Bruders Raziel.« Er feuerte spöttische Blicke auf die Umstehenden ab. »Ich nehme an, die Bedrohung durch die wiederaufkeimende Rebellion dürfte in Euren Reihen bekannt sein?«

»Von diesen … Missständen wissen wir«, erwiderte Mephisto widerwillig. »Seid versichert, wir haben bereits Maßnahmen getroffen, um den bedeutungslosen Aufstand dieser Unruhestifter zu zertreten.«

»Tatsächlich?« Der Hohn in Despariels Stimme war unüberhörbar. »Mit Verlaub, ich hege eher den Verdacht, der ehrenwerte Rat sonnt sich in Unfähigkeit.«

»Mildert die Schärfe Eurer Zunge!«, zischelte der schlangenhafte Ahriman. »Soweit ich mich entsinne, seid Ihr den Rebellen bisher ebenso wenig Herr geworden.« Das verschlagene Gesicht lauerte listig. »Zudem beschäftigen uns gewisse seltsame Vorkommnisse während Eurer Zeit auf Erden ... Das Wüten des Wandelnden Nichts ist Euch gewiss nicht entgangen.«

Despariels Augen funkelten. »Ihr unterstellt, *ich* hätte bei diesem zerstörerischen Fluch die Finger im Spiel gehabt? Hoffentlich vermögt Ihr Euren Vorwurf mit Beweisen zu untermauern, Fürst Ahriman!«

»Wen wollt Ihr zum Narren halten?«, entgegnete Moloch barsch. Der Schein der brennenden Leuchter flackerte über seine groben Züge. »Unverhofft kehrt Ihr aus dem Exil zurück – und kurz darauf versinkt die Erde im Chaos. Zufall? Dass ich nicht lache! Ihr ...«

»Genug!«, durchschnitt Baals helle Stimme unverhofft den Saal, worauf alle Köpfe sich schlagartig der blutjungen Hoheit zuwandten. Seine Finger klebten zitternd an den Thronlehnen. »Ich bitte Euch, sprecht offen, Despariel: Weshalb diese Audienz? Seid Ihr gekommen, um die königliche Macht zurückzuverlangen ... oder wollt Ihr bloß Zwietracht säen?«

Momente angespannter Stille, in denen der frühere und der jetzige Monarch einander schweigend betrachteten.

»Lieber Junge, mir liegt lediglich das Wohl des Dämonenvolkes am Herzen«, entgegnete Despariel schließlich sanft, mit gefrorenen Mundwinkeln. »Ihr werdet verstehen, *Eure Majestät*: Als Sohn Luzifers vermag ich nicht tatenlos zuzusehen, wie unsere Welt dem blinden Zorn dieser Widerständler anheimfällt.«

»Der ehrenwerte Hochfürst erwähnte bereits, dass wir die Rebellengefahr mit äußerster Entschlossenheit bekämpfen«, fuhr Balberith dazwischen.

»Sehr beruhigend! Dann darf ich mich wärmstens empfehlen und harre der Taten, die den Worten folgen werden – habe ich recht?«

»Gewiss, wir halten Euch auf dem Laufenden!«, zischte Ahriman frostig.

Mephistos Blicke bohrten sich vergifteten Pfeilspitzen gleich in Despariels Rücken, während dieser Richtung Ausgang schritt. »Meine

Herrschaften, bei unserer nächsten Zusammenkunft erwarte ich entscheidende Ergebnisse!« Ein kaltes Lächeln, bevor er durch die Saaltür verschwand. »Andernfalls sehe ich mich bedauerlicherweise gezwungen … Euch den Dienst zu quittieren.«

Kaum hatte Despariel die Audienzhalle verlassen, wütete um Mephistopheles herum ein Wirbelsturm der Entrüstung:

»Unverfrorenheit!«, polterte Yen-Lo Wang.

»Wie kann er es wagen?!«, empörte sich Lilith.

»Gedroht hat er uns!«, wetterte ihr Gemahl Samael.

»Warum hetzen wir nicht einen unserer Attentäter auf diesen Irren?« – »Trübt der Ärger Eure Sinne, Moloch? Wir können unmöglich …«

Unverschämt, in der Tat! Dennoch, ich gestehe, der Moment zum Handeln ist überreif! »Eure Majestät, werte Fürsten, ich bitte Ruhe zu bewahren!«, brachte Mephisto das erboste Geschnatter zum Verstummen. »Despariel spricht in einem Punkt die Wahrheit: Wir haben den Vorkommnissen um Raziels Rückkehr zu lang unbeteiligt zugeschaut. Zeit, uns den Anführer dieser Rebellenplage vom Halse zu schaffen – endgültig!« Rasch winkte er die Bediensteten zu sich, während hinter seiner Stirn ein grausamer Plan brütete. »Schickt mir Astaroth! Der Dämon der Flammen wird diesen vermaledeiten Julian Sanders mit einem Freudenfeuer beehren …«

Kapitel 3

»Keinen Hunger heute Morgen?«, riss Julian ihn aus seiner Gedankenwelt.

Kyu-Min räusperte sich verlegen, als er vergegenwärtigte, dass er seit geschlagenen fünf Minuten stumm in seine Kaffeetasse starrte. In der Küche der Sanders' mit ihren apfelgrünen Wänden herrschte gemütliche Wärme. Aus dem kleinen Radio neben der Spüle drang leise Musik. Das Fenster mit dem chinesischen Windspiel zeigte die winterlich weiße Straße; der nächtliche Regen war inzwischen in Schnee übergegangen. Julian und Kyu mussten erst zur dritten Stunde in die Schule, ihnen blieb also genügend Zeit für ein ausgiebiges Frühstück. Julians Mutter hingegen befand sich zu ihrem Leidwesen bereits auf dem Weg zur Arbeit.

»Was is' denn los, Kyu? Bedrückt dich was?«, fragte Julian und mampfte munter sein Brötchen, meterdick mit Marmelade bestrichen.

»Ne ... nur ... ach, weiß auch nicht ...«

Sein Freund warf ihm einen besorgten Blick über den Küchentisch zu. »Noch immer wegen heut Nacht? Weil du schlecht geträumt hast?«

Kyu-Min nickte knapp und nahm schweigend einen Schluck Kaffee.

»Hey, war doch nur 'n blöder Traum! So schlimm?«

Gedankenverloren packte Kyu zwei Scheiben Käse auf seine Brötchenhälfte. »Ich ... träume schon die ganze Zeit, Julian ... Jede Nacht, seitdem du meine Seele aus dem Totenreich befreit hast ...«

Verwundert legte Julian den Kopf schief. »Aha? Davon hast du ja gar nichts erzählt ... Wieso, was träumst du denn?«

»Von Wasser ... Ich sehe das Meer ... dann ist da eine Stimme, die meinen Namen ruft ...«

Nachdenklich schob Julian sich den Rest seines Brötchens in den Mund. »Na ja ... du hast 'ne Menge durchgemacht ... Dämonen haben uns angegriffen – Himmel, du warst zwischenzeitlich sogar tot! Schätze, das muss man alles erst mal verarbeiten.« Sein Liebster bedachte ihn mit schwachem Lächeln. »*Noch* ein Grund, weshalb du dich aus der ganzen Sache besser raushältst.«

Kyu-Min verdrehte die Augen. »Komm, nicht wieder das Thema! Ich bin dein Freund, ich steck mit drin!«

»Das ist zu gefährlich!«, schlug Julian ihm dasselbe Argument um die Ohren wie jedes Mal, wenn sie dieselbe leidige Diskussion führten. »Sorry, aber ich kann nicht ständig auf dich aufpassen!«

»Ja, ja … ist eben nicht jeder 'n cooler Typ mit Dämonenpower«, knurrte Kyu grimmig.

»Witzig, echt! Denkst du, das ist Spaß, oder was? Willst du, dass dir noch mal was passiert?! Ich sag's dir jetzt zum letzten Mal klipp und klar: Du bleibst im Hintergrund, verstanden?«

Der barsche Ton traf Kyu-Min hart wie eine Ohrfeige. »Mach mir keine Vorschriften, verdammt!«, fauchte er gereizt zurück.

Julian seufzte. »Hör zu … ich bin glücklich, dass du mir helfen möchtest, ehrlich! Nur – hab halt Angst um dich, versteh das doch!«

»Mhm, ja … sicher, sicher …«, murmelte Kyu-Min zähneknirschend und wich seinem Blick aus. Wann immer diese unliebsame Debatte zwischen ihnen aufkam, war ihm danach sterbenselend zumute. Julians harte Worte weckten wieder jene Befürchtung, die ihn seit Wochen schon quälte und sich schleichend zu schmerzlicher Gewissheit wandelte. So gern Kyu sich dagegen sträuben wollte, wurde ihm dennoch zunehmend klar: In Wahrheit war er seinem Freund keine Unterstützung in irgendeiner Hinsicht … sondern schlichtweg sein lästiges Anhängsel. Ein Klotz am Bein, nichts weiter! Schutzbedürftiges Küken, das es zu behüten galt.

Julian langte über den Küchentisch, um versöhnlich seine Schulter zu streicheln, und entlockte Kyu ein erzwungenes Lächeln. Sein Magen fühlte sich an, als ob er einem Boxer als Sandsack gedient hätte. Missmutig schob er Julians Hand beiseite, goss Kaffee nach und widmete seine Aufmerksamkeit wieder stillschweigend seiner Tasse.

Draußen regierte Eiseskälte. Trotz ihrer gepolsterten Jacken ließ der Wind sie frösteln. Julian trug zusätzlich zwei Pullis unterhalb seines Anoraks, während Kyu-Min sein halbes Gesicht hinter einem enorm dicken Schal verborgen hielt. Unter ihren gefütterten Schuhen knirschte der Schnee.

Vor dem Tor zum Schulhof wartete Nadja, eine brennende Zigarette zwischen den behandschuhten Fingern. Von ihrer dunklen Wollmütze grinste ihnen ein aufgenähter Totenschädel entgegen. »Morgen, Jungs! Alles klar?«

»Geht so«, stänkerte Kyu griesgrämig. »Träume komisches Zeug … und mein herzallerliebster Freund behandelt mich wie ein Baby.«

Julian warf ihm einen scharfen Seitenblick zu und verkniff sich sichtlich eine bissige Bemerkung.

Nadja wirkte nachdenklich. »Seltsame Träume, sagst du?«

»Ja … jede Nacht, seit ich aus dem Fegefeuer zurück bin.«

Zeitlupenhaft zog sie an ihrer Zigarette und musterte ihn über die glimmende Glut hinweg. »Na ja … wen wundert's bei allem, was geschehen ist …«

»Eben, hab ich auch gesagt«, meinte Julian.

Kyu-Min spürte einen kameradschaftlichen Klaps auf der Schulter, als Florian sich zu ihnen gesellte. Dicht hinter ihm trottete Patrick vorbei und bedachte Julian und Kyu-Min mit verächtlichen Blicken. Seitdem ihre Beziehung unter ihren Mitschülern bekannt war, betrachtete Patrick es als gesonderte Abiturleistung, sie beide mit hämischen Kommentaren und provozierenden Gesten zu beglücken. Bewusst wandte Kyu das Gesicht ab, als würde er den Störenfried nicht bemerken.

»Habt ihr schon alle Weihnachtsgeschenke?«, fragte Flo.

»Muss noch was für Dennis besorgen. Mein Bruder kommt an Heiligabend.«

Nadja verdrehte die Augen. »Gott, dieser Kaufwahn jedes Jahr zu Jesus' Geburtstag!«

Florian kicherte. »Und bald dann *dein* Geburtstag, Kyu! Dauert doch nicht mehr lang zur großen Party, oder?«

Seit Jahren schwärmte Kyu-Min von einer Riesenfeier zu seinem Achtzehnten. »Na ja, also, ich hoff's … falls meine Eltern mitspielen.« Er seufzte bitter. »Ehrlich, die miese Stimmung zu Hause könnt ihr euch nicht vorstellen! Papa redet nicht mehr mit mir, Mama nur das Nötigste – und wenn, macht sie mir Vorwürfe …«

»Wenigstens hast du ihnen die Idee mit dem Internat ausreden können.« Julian schenkte ihm ein aufmunterndes Lächeln. »Immerhin ein kleiner Sieg.«

Florian nickte betroffen. »Tja ... wollen wir am Wochenende alle Mann zum Weihnachtsmarkt?«, schlug er vorsichtig vor. »So 'n bisschen Abwechslung heitert dich vielleicht auf, Kyu.«

»Mhm, von mir aus«, murmelte Kyu-Min düster. Sein Atem hinterließ winzige Wölkchen in der kalten Luft.

Vom Schulgebäude ertönte ein Gongschlag.

»Na, dann erst mal rein mit uns.« Nadjas Zigarettenstummel landete zischend im Schnee.

Langsam stapften sie durchs Tor und folgten dem Schülerstrom in Richtung Eingang. Ein eisiger Windstoß pfiff über den Hof. Vom Himmel fielen erneut die Flocken.

Kapitel 4

Die Erregung brannte in sämtlichen Adern. Endlich! Nach ewig langen Wochen durfte er wieder seiner einzig wahren Liebe frönen. Ja, bald würde es ein wundervolles Feuerchen geben!

Astaroth hatte sich in die winzige Kammer daheim unterm Dach zurückgezogen: sein abgeschottetes Refugium, welches er stets aufsuchte, bevor er einen neuen Auftrag erfüllte. Einer Geste gehorchend entzündeten sich die Kerzen vor ihm auf dem Schrein. Hier, im flackernden Licht auf einem Kissen kniend, sammelte Mephistos tödlichster Meuchelmörder seine inneren Kräfte – umgeben von den Stimmen, die aus den Kerzenflammen zu ihm sprachen:

Auf in ein neues Gefecht! ... Gebieter, sieh, wie mächtig du bist! ... Astaroth, oh, Astaroth, mein Geliebter! ... Brennen, lass mich brennen!

Manchmal – in jenen seltenen Momenten, wenn der Verstand die Oberhand gewann – begriff er durchaus, dass diese Stimmen seiner bloßen Fantasie entsprangen. Dann aber schrie Astaroth vor Verzweiflung auf und verdrängte diese Erkenntnis rasch, um seine geisterhaften Kameraden nicht zu verlieren. Er *liebte* sie, die Seelen des Feuers.

Die meisten anderen Engel hatten es als schweres Vergehen bezeichnet. Astaroth hingegen nannte es Bestimmung: Damals in Araboth, dem größten der sieben himmlischen Reiche ... kurz vor Luzifers Revolte ... als Belial die verbotene Schriftrolle aus der Bibliothek Gottes gestohlen hatte, die den Schlüssel zur Herrschaft über die Naturgewalten enthielt ... Jenes geheime Ritual, das vier Himmelskinder – Belial, Leviathan, Eurynome und Astaroth selbst – in die vier Urdämonen verwandeln sollte. Durch die magische Zeremonie war ihm damals die feurige Gabe zuteilgeworden. Zweifelsohne Schicksal, oh ja, das Feuer hatte ihn erwählt!

Die Stimmen der Flammen hatte Astaroth freilich schon vorher vernommen. Bereits als Knabe sprachen sie zu ihm; Gefährten gleich, sanft wie eine Mutter, schutzverheißend wie ein Vater.

Vater … Ewigkeiten waren verstrichen, dennoch erinnerte Astaroth sich bildhaft an seinen leiblichen Erzeuger. Im himmlischen Tempel von Araboths Hauptstadt war er vor den Augen der Betenden hingerichtet worden – und Jahrtausende hatten nicht ausgereicht, den Verlust zu verwinden.

Astaroths alter Herr war in der damaligen Nachbarschaft als absonderlicher Kauz mit launischem Gemüt bekannt gewesen. Äonen vor Astaroths Geburt, auf einer Handelsreise durch die Gläserne Wüste hatte sein Vater sich von einem zwielichtigen Beduinen einen verwunschenen Dolch aufschwatzen lassen: Eine wundersam beschaffene Waffe, die eigenständig in die Hand ihres Besitzers sprang, sobald Gefahr durch jemanden drohte, der Sünde im Herzen trug. Gleichwohl hatte der Nomade Astaroths Vater gewarnt, den Dolch niemals aus Eigensucht zu zücken, andernfalls würde der Zauber dieser Klinge ihren Träger ins Unglück stürzen.

Schließlich, an einem bitterkalten Herbstabend waren Vater und Mutter miteinander in Zank geraten. Nichts Ungewöhnliches; soweit Astaroth sich entsinnen konnte, war zwischen seinen Eltern kaum jemals ein warmes Wort gefallen. An jenem verhängnisvollen Abend jedoch hatte der Zorn seinen Vater dazu getrieben, die Warnung des Beduinen in den Wind zu schlagen: Dreizehn Stiche mit dem magischen Dolch kosteten Astaroths Mutter das Leben. Anschließend war sein alter Herr die Treppe hinauf zur Stube geschlichen, wo die Kinder in ihren Betten schliefen. Heimlich wünschte Astaroth sich bis zum heutigen Tage gelegentlich, er wäre seinen Geschwistern damals in den Tod gefolgt … doch: Nachdem der blutgetränkte Dolch Astaroths Bruder und seine beiden Schwestern ins Jenseits befördert hatte, war sein Vater von einer schlagartigen Sinneswandlung übermannt worden. Unter Tränen hatte er den Dolch zu Boden fallen lassen, um panisch zur Haustür hinaus zum städtischen Tempel zu flüchten und Gott um Vergebung anzuflehen – geradewegs in die Mitternachtsmesse hinein, wo die Himmlischen Heerscharen ihn alsbald fanden und niederstreckten.

Astaroth, von Vater und Mutter verlassen, war daraufhin ins Waisenhaus auf der Insel der Sternschnuppen gelangt; ein grünendes Eiland in den Weiten des Meeres von Araboth. Die Insel verdankte ihren Namen den zahllosen Wiesen, bewachsen von unendlich vielen Blümchen mit goldenen, sternförmigen Blüten. Nahe der Küste erhob sich der Elfenstaubwald, in dem blühende Fliederbäume bis an die Wolken stießen und wo auf wundersame Weise immerzu Frühling herrschte. Vom Fenster seines Zimmers aus, das Astaroth mit zwei anderen Engelskindern teilte, hatte er den Wald mühelos sehen können … und damals schon, wenn er des Nachts keinen Schlaf fand und in der Ferne die dunklen Wipfel betrachtete, waren ihm die ersten Träume gekommen … Seine bösen, zerstörerischen Träume …

Das Kinderheim hatte sich zu jener Zeit mit hervorragendem Ruf brüsten dürfen: Saubere Stuben, ausreichende Mahlzeiten, lichtdurchflutete Gänge mit großen Fenstern und freundlichen Farben an den Wänden; ja, sogar Spielsachen gab es. Eine erlesene Handvoll hochrangiger Lehrmeister trug zudem Sorge, der verwaisten Engelschar das nötige Maß an Bildung, Zucht und Zuneigung zukommen zu lassen. Darüber hinaus hatte das Heim sich eines hauseigenen Tempelsaals gerühmt, in dem tagtäglich die Heilige Messe zelebriert worden war.

Dort, an einem Morgen zur Wintersonnenwende war das Wunder geschehen: Astaroth empfing das Licht! An diesem schicksalsträchtigen Tag hatten die Stimmen aus den Flammen zum ersten Mal zärtlich zu ihm gesprochen. Liebevoll waren sie an sein Ohr gedrungen; Geschwistern gleich, die einen lang vermissten Bruder endlich wieder in die Arme schlossen. Auf der Bank zwischen anderen Kindern hockend hatte Astaroth dem numinosen Flüstern gelauscht und wie gebannt die brennenden Kerzen auf dem Altar betrachtet – ihren göttlichen Schein! Das Feuer erschien ihm von diesem wegweisenden Moment an als geisterhafter Beschützer, der künftig seine flackernde Hand über ihn halten würde. Dies war eine Offenbarung, ein Geschenk des Herrn, sinnierte der junge Astaroth … und beschloss noch im selben Augenblick, sich dankbar zu erweisen und den Tempel durch güldene Schönheit zu veredeln. Die Lobstätte des Schöpfers mit lodernder Glut zu reinigen und den heiligen Zungen zu weihen!

Im Kleiderschrank seiner Stube hielt er ein Bündel Schwefelhölzer unter den Leinenhosen versteckt. Mit diesem heimlichen Schatz schlich Astaroth zwei Nächte, nachdem die Stimmen ihn berufen hatten, durch die schlafenden Korridore zum Tempelsaal; faltete die Hände, dankte Gott … und steckte die Gebetsstätte in Brand. Unter innerem Jauchzen bestaunte er das Flammenspiel, das flackernd die Wände hinauftanzte, knisternd auf den hölzernen Bänken musizierte und den Saal mit einem Meer aus heiligem Licht reinwusch. Der Tempel badete in Feuer! Wie berauscht hatte Astaroth vor der brennenden Flügeltür gestanden, während auf den Gängen um ihn herum bereits die Öllampen aufgeflackert und helle Panik im nächtlichen Heim ausgebrochen war.

Es bestand kein Zweifel an seiner angeblichen … *Schuld.* Als Knabe von hundertsechs Jahren hatte seine Jugend ihn zwar vor dem Gesetz geschützt, nicht jedoch vor der Strafe durch die Lehrmeister. *Sünder! Ketzerbrut!* … Ihre tadelnden Schmähungen hallten noch als fernes Echo durch Astaroths Gedächtnis. Schrecklich blind waren sie gegenüber seiner Kunst gewesen!

Astaroths Tagesablauf hatte sich daraufhin drastisch gewandelt. Fortan hieß es: Fußböden schrubben. Vom Morgengrauen bis zur Abendstunde scheuerte er die endlosen Flure. Astaroth erinnerte sich an Schwielen an seinen Händen und schmerzende Knie. Während der Zeit seiner Buße hatte er manchmal zu den Fenstern hinaus zum Elfenstaubwald geschaut und sich lebhaft seinen Lebenstraum ausgemalt: Brennende, ächzend zusammenbrechende Baumstämme … Flammen, die das Grün der Blätter feurig rot färbten …

Die übrigen Heimkinder lebten unterdessen in Furcht vor ihm. Wenn sie leise hinter seinem Rücken munkelten, sprachen sie von ihm als ›Feuerteufel vom Waisenhaus‹. Nur ein paar wenige Buben waren mutig genug gewesen, ihn offen zu verspotten und ihn stattdessen schlicht einen Schwachsinnigen zu nennen.

Allerdings, dumm oder gar schwachsinnig war Astaroth keineswegs. Tatsächlich sollte sich herausstellen, dass ein kluger Kopf auf seinen Schultern saß. Ausgezeichnete Noten ebneten ihm den Weg zur begehrten Akademie von Araboth. Seine Studienwahl fiel auf Politik unter dem Schwerpunkt *Philosophie verschiedener Herrschaftssysteme.* Obgleich stets vom Flüstern des Feuers begleitet, hatte Astaroth bis zu jenen Tagen niemals mehr einen Brand gelegt – zumindest keinen, der in einem Inferno ausgeartet wäre. Wenn er zu später Stunde durch die

Straßen geschlendert war, warf er zwar gelegentlich brennende Zünd-
hölzer in Büsche oder Blätterhaufen … doch diese winzigen Zündel-
freuden hatten weder großes Misstrauen erregt noch ihn in Verdacht
bringen können.

Auf der Akademie hatte er Freundschaft mit Leviathan geschlossen,
einem schweigsamen Kameraden vom hohen Range der Seraphim.
Abgesehen von den lieblich raunenden Flammenzungen war dieser
geheimnisvolle Zeitgenosse sein erster und einziger Gefährte gewesen.
Heute war Astaroth sich nicht sicher, wer ihn erstmals zögernd ausgesprochen hatte, den wahnwitzigen Gedanken vom Aufstand … niemals jedoch würde er jenen schicksalhaften Tag vergessen … die Stunde, als er dank Leviathan – ein Engel aus vornehmer Wiege, in angese-
hensten Kreisen verkehrend – *ihm* begegnet war: dem strahlenden
Sohn des Lichts, dessen Glanz ihn sogleich in den Bann zog. *Er* hatte
Astaroth eine Vision enthüllt … in seinem Geist ein Bild entzündet,
herrlicher als alles, was er sich je hätte erträumen können: Der Himmel
in Flammen! Des Schöpfers Gärten mit einem Feuermeer taufen und
das prächtigste Meisterstück in den Geschichtschroniken der Engel
vollbringen! Noch Äonen später würde allein der Klang seines Namens
selbst den höchsten Seraph in Ehrfurcht erstarren lassen!

*Bedenke, Astaroth, jeder Künstler braucht zunächst sein Werkzeug – den Pin-
sel, welcher die Farben lenkt* … Er entsann sich Luzifers bedeutsamer
Worte … damals, als Astaroth mit zitternden Händen und Freudentränen auf den Wangen zum ersten Male vor ihm gestanden hatte.

Es näherte sich der Moment, der sein Geschick unwiderruflich verändern sollte: Der Augenblick seiner Vermählung, der Astaroth und
seine glühende Geliebte auf ewig vereinigte. Kurz nachdem Belial –
zuvor Bibliothekar in Elysium, nunmehr ein Dieb – das Ritual aus der
gestohlenen Schriftrolle vollzogen hatte, überfiel ihn gewaltige Hitze.
In Astaroths Adern kochte das Blut. Einem flammenden Kometen
gleich fuhr es ihm in sämtliche Glieder: das Element, das ihn auserse-
hen hatte! Feuer rauschte Funken sprühend durch seinen Körper und
erleuchtete seine Seele; verbrannte ihn wie eine flackernde Fackel, um
ihn als wiedergeborener Phönix aus der Asche auferstehen zu lassen.
»Oh, Flamme … oh, Königin …«, hatte er gesäuselt, voller Verzü-
ckung wie ein Verliebter. Ein Blick in den Spiegel zeigte seither eine

rote Strähne, die nach seiner Verwandlung jäh aus Astaroths krähenschwarzem Haar hervorgestochen war.

Noch heute, Jahrtausende später, fragte er sich manchmal: Wie mochten Leviathan, Belial und Eurynome wohl den Abend vor der großen Schlacht verbracht haben? Hatten sie ein weiteres Mal sämtliche Strategien durchgesprochen? Geruht, um ihre Kräfte zu sammeln? Vielleicht ausgelassen gefeiert – das letzte Fest im Himmel; nichtsahnend, dass sie das Gefecht verlieren und mitsamt Luzifers übrigen Gefolge aus den paradiesischen Gefilden in die Finsternis verbannt werden würden?

Astaroth jedenfalls hatte sich in jener Nacht den lang gehegten Wunsch seiner Kindheit erfüllt. Seine weiß schimmernden Flügel trugen ihn über die stürmische See zur Insel der Sternschnuppen, wo er aufgewachsen war. Mit flatterndem Herzen, trunken vor Erregung hatte er den Elfenstaubwald betreten und seiner Gabe freien Lauf gewährt. Lodernde Zungen leckten den Flieder von den Bäumen, Flammen fraßen das Gebüsch. Ein Konzert aus Knistern und Knacken; seine Gefährten, unsichtbar verborgen in der feurigen Brunst, stimmten einen glückseligen Lobgesang an. Grelle Farben – Gelb, Rot und Orange – tanzten miteinander im fröhlichen Ringelreigen. Astaroth, Herr des Feuers, stand lächelnd in der Hitze des Infernos, während ein Funkenregen wie ein wohliger Schauer über ihn hinweggeprasselt war. Zum ersten Mal in seinem Leben hatte er inneren Frieden gespürt. Er war gewiss, in diesem Moment ergötzte sich die gesamte Inselbevölkerung an der brennenden Schönheit seines Meisterwerks! Waisenknaben würden mit offenen Mündern vor den Fenstern stehen und den glutroten Nachthimmel bewundern; Dorfbewohner ihre Blicke zur majestätisch flackernden Pracht in der Ferne richten – ja, *jeder* würde Feuer und Flamme staunen! …

»Oh, Flamme … oh, Liebste …«, hauchte Astaroth nun zärtlich ins Zwielicht, kniend vor dem Schrein in seiner Kammer.

Unsere Zeit ist reif! Die Stimmen der Kerzenflammen sprachen ihm Mut zu, prophezeiten Ruhm und den grandiosen Sieg eines Gefechts.

Als Assassine in Diensten von Mephistopheles hatte Astaroth im Verlauf der Äonen zahllose Seelen brennen lassen. Und nun endlich – nach Bergen aus Asche, die ihren gemeinsamen Pfad pflasterten –

wurde ihm und seiner feurigen Gefährtin die höchste Ehre zuteil: Ein Stelldichein mit dem schlimmsten Feind der Hölle!

Auf, Gebieter! Neues Leben wartet!

Astaroths Herz schlug schneller, beflügelt vom Gedanken, dem Anführer der Rebellen bald Auge in Auge gegenüberzustehen. Die Lippen des Erzverräters warteten schon auf den flammenden Kuss, das Feuer frohlockte bereits dem innigen Todestanz. Astaroths glühende Geliebte gierte danach, Raziel in ihre Arme zu schließen.

Kapitel 5

Kerzenwachs tropfte auf Zadkiels blanke Brust und entlockte ihren Lippen ein lustvolles Keuchen. Die Wachsspuren brannten wonnig heiß auf ihrem Busen, dann fühlte sie die kühle Zunge ihres Liebsten die Rundungen ihrer Weiblichkeit liebkosen. Michaels sehnige Hände strichen über ihre straffe Haut, sein feuriger Atem streichelte ihre Wange – nächtliche Zweisamkeit im Zwielicht des Schlafgemachs. Ihre Blicke verschmolzen miteinander. Vermochte er das lodernde Verlangen, die glühende Sehnsucht in ihren Augen zu lesen?

Leise drang ein Geräusch an ihr Ohr. Zadkiel, beide Handgelenke mit Leinentüchern sanft an die Pfosten des Bettes gebunden, schaute hinüber zum nachtverhangenen, halb geöffneten Fenster. Draußen auf dem Sims saß eine schneeweiße Taube im Mondschein und gurrte sachte. Ein schwarzes, rundes Augenpaar stierte ins Schlafgemach. Unverwandt starrte das Tier zu ihnen herein ... sah zu, wie ...!

Sie ... sieht uns! Zadkiels Blick kreuzte den der Taube – und für einen winzigen, schaurigen Moment bildete sie sich ein, der Vogel würde sie zusammen mit ihrem Herrn ... *beobachten*, ihre heimliche Liebelei bei Kerzenlicht argwöhnisch belauern. *Aber das ... Nein, Unfug ... unmöglich!*

Michaels Fingerkuppen berührten sie zart, worauf Zadkiel die Lider schloss und alle Hirngespinste rasch verscheuchte, um sich wieder ihren süßen Fantasien hinzugeben: *Nackt bis auf die Haut, lediglich ein ledernes Band um den Hals ... eine Dienstmagd ohne Kleider, in den Händen ein silbernes Tablett ...*

»Ich liebe dich ...«, flüsterte sie, zärtlich gefangen in den Armen ihres Gebieters. »Mein Herr ... mein lichter Fürst ...«

Einen Wimpernschlag lang – für den plötzlichen Bruchteil einer Sekunde bloß – verkrampfte Michael. Ein seltsam wehmütiger Ausdruck schlich auf sein Gesicht. »Lichter Fürst ...«, wiederholte er gedankenversunken. »Merkwürdig ... ich erinnere mich, früher wurde ich häufig so genannt ... nicht jedoch von dir ...«

Erstaunt hob Zadkiel eine Braue. »Aber ... von wem dann?«

»Einem Spielgefährten aus Kindertagen ... als Knaben waren wir unzertrennlich.«

»Ah ja ... Ezechiel ... von ihm sprichst du, nicht wahr?«

Michael nickte. »Seit Ewigkeiten habe ich nicht mehr an ihn gedacht ... Er floh, als Samael und seine Dämonen damals das Schloss plünderten; Gott weiß, was aus ihm geworden ist ... Ich seh' ihn noch vor mir ... ein stiller Bursche, schmächtig gebaut, von sanftem Wesen ... ›Mein lichter Fürst‹ ... ja, so sprach er mich stets an ...«

Zadkiel schenkte ihm ein heiteres Lächeln. »Gewiss hat er dich bewundert – dich, dem jeder Engel nachsagt, einst den Widersacher aus dem Himmel vertrieben zu haben.«

Ein Schmunzeln legte sich auf Michaels Lippen. Seine Finger löschten die Kerze neben dem Bett, das Zimmer versank im Dunkeln und erneut umschlang er sie voller Leidenschaft.

Stilles Geflatter.

Zadkiel schielte zum Fenster. Die Taube war verschwunden.

†

Die Sonne schien herrlich vom Horizont: ein niemals endender Sommertag, unberührt vom Strom der Zeit. Meterhohe Hecken umrankten die verfallenen Hallen von Hel. Zwischen den Ruinen des Gemäuers, in dem früher das Gericht über die Toten getagt hatte, erstreckte sich nun ein prächtiger Garten mit blühenden Beeten und saftigen Wiesen. Junge Bäumchen streckten sich in schierer Lebensfreude gen Himmel, während bunte Blumen in fröhlichen Farben leuchteten.

Belial saß auf den goldenen Stufen, hielt die Augen geschlossen und hing Tagträumen nach. Der Duft von Flieder, Jasmin und Hyazinthen schmeichelte sanft seiner Nase. *Jetzt bist du der Chef im Haus! Sorg dafür, dass es hier von nun an gerechter zugeht ... Wir sehen uns wieder, ganz bestimmt – versprochen!* Sein Seufzen verjagte einen Schmetterling, der friedlich auf seinem Handrücken gehockt hatte.

»Vermisst den Blondschopf, was?«

Blinzelnd hob er den Kopf und sah Marco vor sich im Sonnenschein. »*Du* gewiss nicht«, entgegnete er mit verhaltenem Lächeln.

Marco kicherte. »Ne, Quatsch! Wozu brauchen wir den Spinner? Läuft hier doch alles tipptopp auch ohne Julian, oder?«

Nicht zum ersten Mal bemerkte Belial, dass die Gestalt von Marcos Seele sich während ihres Aufenthalts im Fegefeuer unmerklich gewandelt hatte. Die Gesichtszüge schienen sanfter und sein Lachen verströmte eine Wärme, die dem Grobklotz von damals unbekannt gewesen war. »Erstaunlich, Marco … Anfangs hast du mich verflucht, weil ich dir die Rückkehr zur Erde nicht gestatten durfte. Mich dünkt jedoch, du findest allmählich Gefallen an deinem Dasein als mein Gehilfe.«

Bedächtiges Nicken. »Meine Erinnerung ist halb erloschen … Ich weiß noch, früher war mir das Geld in der Tasche wichtig; die tollsten Partys, der nächste Rausch … Jedem wollte ich beweisen, dass ich eine tolle Nummer bin. Jetzt spielt das alles keine Rolle mehr … Hält man sich lang genug im Totenreich auf, verliert das Leben an Bedeutung, schätze ich …« Marco setzte sich neben ihn auf die moosüberwachsenen Stufen. »Traurig, oder …? Julian hat mich aus dem Erebos gerettet … Obwohl wir einander nie ausstehen konnten, war er mir am Ende wohl ein besserer Freund als jeder meiner damaligen Kumpels …«

»Nach der Vergangenheit wartet der Neubeginn«, antwortete Belial aufmunternd. »Du bist mir wahrlich eine große Hilfe. Wenn es dir hier gefällt, so nutze doch die Gelegenheit, das Alte abzustreifen.«

Ein schwaches Lächeln stahl sich auf Marcos Lippen. »Ja … vorhin erst führte ich eine Schar Kinderseelen zum Läuterungsberg. Ich sah nur Dankbarkeit in ihren Gesichtern … Niemand hat gefragt, welche Marke auf meinen Klamotten steht oder ob ich das neueste Smartphone besitze …«

»Das freut mich.« Gedankenverloren wanderte Belials Blick ringsum über die blühende Schönheit. »Sag, Marco … besuchen uns viele Seelen in den jüngsten Tagen?«

»Ne, momentan schieben wir eher 'ne ruhige Kugel.«

Belial schielte ihn von der Seite an. Hinter seiner Stirn brütete ein waghalsiger Entschluss. »Traust du dir zu, eine Weile das Zepter zu übernehmen?«

Verwundert hob sein Gesprächspartner die Brauen. »Du … gehst fort?«

»Kurze Zeit bloß.«

»W… Wohin?«

»Zur Erde … den Läuterungsberg hinauf, dem einzigen Weg ins Leben …«

Verständnislosigkeit spiegelte sich auf Marcos Zügen. »Du willst …? Aber – wieso? Etwa …?«

»… um Julian wiederzutreffen … gewiss.«

Genervtes Schnauben. »Mann, hör auf, ihm nachzutrauern! Der hat nur seinen Kyu-Min im Kopf, da hast du keine Chance!«

Ein wehmütiger Seufzer. »Ich weiß … Hilfst du mir dennoch?«

»Wenn ich dir sage, ist 'ne Scheiß-Idee – bremst dich das?«

»Nein.«

»Dacht ich mir.« Marco rollte mit den Augen. »Na, keine Sorge, ich schmeiß den Laden. Bin der geborene Boss!« Ein Grinsen erschien, das an sein damaliges Ich erinnerte. »Bleib trotzdem nicht zu lange weg, okay?«

»Ich komme wieder, sobald ich kann.« Belial lächelte. »Hab Dank!«

»Null Problemo! Grüß den Kotzbrocken und bring 'ne Kleinigkeit von der Erde mit!«

»Gern … insofern irgendein magischer Schlüssel mir später den verbotenen Pfad nach Hause öffnet«, murmelte der Erddämon und ließ eine pechschwarze Rose zwischen seinen Handflächen wachsen.

Marco verschlug es sichtlich die Sprache. »Du meinst …?«

Belial nickte düster, während seine Finger die nachtdunklen Blütenblätter streichelten. »Sollte ich keine Jakobsleiter finden, die mich zurück ins Totenreich bringt … so werde ich sterben müssen, um dich wiederzusehen …«

Kapitel 6

»Sicher, dass wir hier unbeobachtet sind?«, argwöhnte Jophiel, stets auf der Hut vor unliebsamen Augen und Ohren.

»Gewiss, ich habe sämtlichen Bediensteten verboten, den Saal binnen der nächsten Stunde zu betreten«, beschwichtigte Michael. »Also, wie steht unsere Lage?«

Der andere Engel breitete eine Landkarte auf dem langen Tisch aus, die das Himmelreich Schamajim zeigte. Verschiedene Stellen waren mit blutroten Kreuzen markiert: Geheime Standorte der Rebellion. »Unsere Situation verschlechtert sich. Viele unserer Schlupfwinkel sind entdeckt worden. Soldaten durchkämmen die Städte, die Heerscharen betreiben eine wahre Hetzjagd auf uns!« Jophiels Stirn hatte in den vergangenen Tagen etliche Sorgenfalten hinzugewonnen. »Gleichzeitig wächst damit der Druck auf dich, Michael. Seine Majestät Metatron erwartet, dass du als einer der sieben Himmelsfürsten mit eiserner Hand gegen den Aufstand vorgehst – andernfalls läufst du Gefahr, selbst als Verräter aufzufliegen.«

Michael nickte düster, seufzend glitten seine Augen die Decke entlang. Unter den gewaltigen Dachbögen fühlte er sich wie ein hilfloser Winzling. »Was können wir tun?«

»Unsere Mitstreiter schleichen nachts durch die Straßen und reißen Steckbriefe von den Fassaden, um die Namen gesuchter Rebellen unkenntlich zu machen. Wir vertrauen außerdem auf die Hilfe jener Heerscharen, die sich im Geheimen mit uns verbündet haben – Überläufer, die falsche Fährten legen und die königlichen Häscher an der Nase herumführen«, erwiderte Jophiels Schwester Chamuel, deren Stimme windhauchzart hinter dem rosafarbenen Schleier vor ihrem Gesicht hervordrang.

In den Gefilden von Djanna, Jophiels und Chamuels früherer Heimat, standen weibliche Himmelskinder im Verruf, verdorbene Gefühle in den Männerherzen zu wecken. Das Gesetz gebot den Frauen dort daher, ihre Körper zu verhüllen: eine traditionsreiche Zwangsgepflogenheit, von der Chamuel sich bis zum heutigen Tage niemals hatte befreien können. Beide Geschwister besaßen jeweils nur einen einzigen Engelsflügel. Ein getrenntes Paar Schwingen, das sich jedoch vereinigte, sobald Bruder und Schwester nahe beisammen waren – eine geheimnisumwitterte Laune der Natur.

»Verzeih, Michael … wie steht es um Raziel?«, erkundigte Chamuel sich. »Können wir auf den Beistand unseres wiedergeborenen Anführers hoffen?«

»Gewiss, Julian gab mir sein Wort.«

Jophiels Mundwinkel verhärteten sich. »Mit Verlaub … die Männer munkeln, dieser Julian Sanders sei bloß ein großmäuliger Nichtsnutz. Trotzig, aufbrausend, unbekümmert … Vermag er die Verantwortung zu tragen, die auf seinen Schultern lastet?«

»Selbstredend!«, beeilte sich der Feuerengel zu versichern. »Er ist nur … nun, ähm …«

»… unerfahren«, kam Zadkiel ihm zu Hilfe. »Julians Herz hängt an der Menschenwelt, sein vergangenes Leben liegt für ihn in weiter Ferne. Vor Kurzem erst gewann er seine Kräfte zurück; er muss noch lernen, sie zu nutzen.« Ein Lächeln umspielte ihre Lippen. »Doch wenn Julian ein Versprechen gibt, hält er es! Habt Vertrauen, er …«

»Still!«, schnitt Michael ihr abrupt das Wort ab. Seine Ohren vernahmen verdächtige Geräusche: Leise Schritte … »Draußen … es ist jemand vor der Tür …«

Ein zaghaftes Klopfen.

Chamuel erstarrte auf ihrem Stuhl zur Salzsäule. Blitzschnell ließ Jophiel die rasch zusammengerollte Karte wieder unter seinem sonnenstrahlenden Gewand verschwinden.

Im selben Moment klopfte es zum zweiten Mal.

Michael erhob sich steif, Zadkiel folgte ihm zögernd. Sein Atem ging stockend. Allmächtiger, waren sie belauscht worden? Ruckartig riss er beide Türflügel auf.

Ein Knabe stand davor, offenbar ein Laufbursche.

»Was hat die Belästigung zu bedeuten?!«, blaffte Michael, gröber als beabsichtigt. »Hier findet eine wichtige Besprechung statt! Ich hatte jegliche Störung untersagt!«

»B-Bitte um Verzeihung, verehrter Fürst! Ich, äh … h-habe Befehl, Euch unverzüglich zu verständigen, dass …« Dem Dienstjungen tropften Schweißperlen von der Stirn. »V-Vor dem Schlosstor, da … äh, wartet … eine Botin Seiner Majestät Metatron – eine Gesandtin aus dem höchsten Himmel!«

Der Erzengel schnappte ungläubig nach Luft. Verblüffte Blicke schwirrten zwischen allen Anwesenden umher.

»Du meinst … ein Cherub?«, staunte Zadkiel, als ob sie ihren Ohren nicht trauen wollte.

Der Knabe nickte zaghaft.

Wie der Sturm sausten Michael und Zadkiel aus dem Saal die endlosen Korridore entlang; Jophiel und Chamuel hetzten im Schlepptau hinterdrein. Durch den Kopf des Feuerengels stob ein Funkenregen wildester Befürchtungen: *Weshalb steigt ein Hoher Engel aus Elysium zu uns herab?* Jophiels Warnung von vorhin spukte ihm durch den Sinn … Dass Michael früher oder später das Misstrauen des Throns auf sich lenken würde, weil er als Herr von Schamajim zögerte, das Schwert gegen die Rebellen zu erheben.

Halb außer Atem erreichten sie die Empfangshalle. Mit hastiger Geste befahl Michael den Bediensteten, das Burgtor zu öffnen.

Langsam glitten beide Torflügel auseinander … und es ward Licht! Im nächsten Moment erfüllte sanfter Duft die Halle, einem Blütenhauch aus den Gärten des Schöpfers gleich. Eine Frau betrat das Schloss, atemberaubend schön wie aus märchenhaften Wunderwelten. Weißes Haar, von Violett durchsetzt, schimmerte in den Farben des Amethysts. Die helle Haut erinnerte an feinstes Porzellan, während jede Feder ihrer Engelsschwingen in heiligem Glanz erstrahlte.

Anmut, wie das Paradies keine kennt … Mir ist, als würde ich träumen … Der betörende Anblick der soeben eingetroffenen Botin beraubte Michael all seiner Sorgen; das geheime Gespräch mit seinen Gefährten und die zunehmend bedrohliche Lage der Rebellen schienen schlagartig aus seinen Gedanken gelöscht. *Das liebreiche Antlitz, die samtenen Haare … göttliches Licht, rein über allem leuchtend … wahrhaftig, ein Cherub!*

Zwei Augen, klaren Diamanten ähnlich, schauten in seine und zauberten ein Lächeln auf Michaels Lippen. Elegant trat die reizende Frau näher. Im Kragen ihres Kleides hatte sich etwas Weißes verfangen. Ein winziges Federchen, von einem Vogel vermutlich. Einer Taube vielleicht.

Kapitel 7

Der Schnee hatte ein frisches Laken über die Stadt geworfen. Auf dem weiß bedeckten Marktplatz tummelten sich haufenweise Menschen: eingepackt in warme Winterjacken, die Hände in gefütterten Handschuhen, auf den Köpfen dicke Pudelmützen. Um die alte Kirche verteilten sich Stände und Bretterbuden, geschmückt mit Tannenzweigen, Papp-Nikoläusen und Rentieren aus kitschigem Plüsch. Lichterketten erhellten das abendliche Dunkel. Der Duft von Popcorn und gebrannten Mandeln hing in der Luft. Kinderlachen erscholl vom kunterbunten Karussell, aus den Dudelboxen drang weihnachtliche Musik.

Kyu-Min wärmte seine klammen Finger an einer dampfenden Tasse Glühwein, während Julian Zuflucht unter einem hohen Freiluftheizer suchte. Nadja nippte an ihrem Punsch, Florian begnügte sich mit heißem Kakao. Unter seinem Arm klemmte ein Teddybär vom Stand für Stofftiere, direkt neben der nach Fett miefenden Reibekuchenbude. »Miriam hätte sich über den Bären gefreut …«, hatte er still seufzend geäußert.

In den vergangenen Wochen war Florians Lächeln langsam zurückgekehrt, die Trauer um den Verlust seiner Freundin überwältigte ihn nur noch selten. Gleichwohl, seit das Wandelnde Nichts sich verzogen hatte, verdunkelten neue Schatten sein Gemüt. Flo spürte zweifellos, dass seine Freunde ein Geheimnis hüteten. Hinter seinem Rücken Dinge besprachen, die sie ihm verschwiegen. Über die rätselhaften Ereignisse der letzten Zeit mehr wussten, als sie zuzugeben bereit waren. »Na, schließt ihr mich wieder aus?«, beschwerte er sich häufig, wenn er sie beim Flüstern auf dem Schulhof erwischte. »Christina hat tot bei uns in der Küche gelegen, schon dafür schuldet ihr mir eine Erklärung!« – »Bald, versprochen!«, wimmelte Julian ihn jedes Mal halbherzig ab, worauf Florian missmutig murrte oder durch beleidigte Blicke signalisierte, dass er die Heimlichkeiten gründlich satthatte.

Kyu-Min trank von seinem Glühwein, während er gedankenverloren auf eine gefrorene Pfütze starrte. Traumfetzen aus den vergangenen Nächten geisterten durch seine Erinnerung: Das Meer wisperte seinen Namen, Wellen streichelten sanft seine Haut … Undinen schenkten ihm unsterbliche Küsse, Neptuns Reich hieß ihn willkommen …

Hey, war doch nur 'n blöder Traum! Unwillkürlich zog Kyu eine Grimasse, als er sich Julians Reaktion drei Tage zuvor am Frühstückstisch zurück ins Gedächtnis rief. Die Bilder aus seinen Träumen … berührten ihn … drangen tief in seine Seele – und die Leichtfertigkeit, mit der sein Freund seine Gefühle abgetan hatte, ärgerte ihn ebenso wie seine fortwährende Bevormundung. *Ich sag's dir jetzt zum letzten Mal klipp und klar: Du bleibst im Hintergrund, verstanden?* Julians scharfe Stimme schallte erneut in Kyu-Mins Ohren; abermals kam er sich wie ein unmündiger Bengel vor, der eine Standpauke erhielt. Ein Latrinenputzer, der vor dem General zitterte.

»Alles okay? Bist so schweigsam.« Julian warf ihm einen fragenden Blick zu.

Kyu zwang sich zu einem stummen Lächeln.

Nadja und Florian führten gerade eine flammende Diskussion über die gestrige Matheklausur, als die Luft ringsum plötzlich stickig wurde … ja, förmlich zu kochen schien …

Kyu-Min wischte sich über die Stirn. Trotz des Winterwetters war ihm mit einem Mal schweißtreibend heiß. Traf den Glühwein die Schuld … oder die innerlich brodelnde Wut auf Julian? *Quatsch, nein, es herrscht ja eine Hitze, als wäre der Sommer zurück!* Mit zwei Fingern lockerte er den Schal um seinen Hals – bevor Sekunden darauf der Freiluftheizer explodierte.

Kyu und seine Freunde ließen vor Schreck ihre Tassen fallen. Umstehende stoben panisch auseinander.

Die Glühweinhütte fing Feuer; Flammen fraßen das Lametta von den Wänden, die Lämpchen der Lichterketten zerplatzten. *Stille Nacht! Heilige NachZZZ Gottes Sohn – KRR – wie lach – KRAAZ!* Die Soundboxen zerbarsten mit ohrenbetäubendem Lärm. Schrille Schreie folgten.

Einen Moment puren Entsetzens rätselte Kyu-Min, ob womöglich der Glühweinkessel in die Luft geflogen war – dann erspähte er einen Schemen, der sich inmitten der Flammen bewegte. Zwischen glühenden Zungen erschien das Flügelpaar eines Dämons. Sein Oberkörper war vollkommen unbekleidet, lediglich eine weite Hose endete in klobigen Stiefeln. Das Haar trug er zu einem Irokesen rasiert: Der obere Schopf fiel lang über die linke, kahle Kopfhälfte, wobei eine feurig rote Strähne aus dem Krähenschwarz hervorstach.

Kyu spannte jeden einzelnen Muskel an. »Wer … bist du?«

Zwei rubinfarbene Augen schossen in seine Richtung. »Man nennt mich den flammenden Stern der Hölle, die lodernde Fackel der Unterwelt! Ich bin Astaroth!«, verkündete der Dämon mit grausigem Grinsen, hob beide Arme – und ein plötzlicher Feuerwall fegte heran und schmolz sämtlichen Schnee.

Kyu-Min sprang zur Seite und riss Florian mit sich; brandheiße Hitze versengte ihm die Haarspitzen.

Ringsum tobte helle Panik: Neben Kyu ließ ein Mädchen weinend seine Zuckerwatte fallen. Ein Mann, dessen Mantel Feuer gefangen hatte, stürzte schreiend zu Boden. Die Menschenmenge auf dem Weihnachtsmarkt floh wild in alle Himmelsrichtungen.

»Julian!« Kyus Blicke suchten nach seinem Freund und fanden ihn halb in Deckung hinter dem Kinderkarussell.

Der Dämon griff erneut an. Blitzartig rappelte Julian sich auf; ein magisches Leuchten in seinen Augen und das fackelnde Geschoss zwischen Astaroths Händen verpuffte im Nichts.

»Raziel, Erster der Rebellen, siehe deinem brennenden Tod entgegen!«

»Ach ja? Mach *du* dich lieber auf Stress gefasst! Bei 'ner gemütlichen Glühweinrunde stören, geht's noch?!«, rief Julian zornig zurück und schleuderte nun seinerseits einen Flammenball auf den Gegner.

»Feuer mit Feuer bekämpfen?« Astaroth lachte höhnisch. »Mein eigenes Element fügt mir kein Leid zu, du Narr! Im gesamten Universum existiert nur eine einzige Macht, stark genug, mich zu vernichten – und die bist garantiert *nicht* du!« Gelassen schnippte der Dämon mit den Fingern, worauf Julians Attacke im Flug wendete und wie eine Panzerfaust ins Karussell einschlug.

Das Fahrgeschäft verwandelte sich in ein sich drehendes Feuerrad. Angsterfülltes Kindergeschrei. Abrupt verstummte die Dudelmusik, die Glühbirnen zersplitterten in einem Funkenregen, der Gestank der verkohlten Karussellwagen verpestete die Luft. Eisiger Wind wehte die kalte Asche umher und verbreitete den Brand rasend schnell. Knisternd fraß die glutrote Brunst den prächtig geschmückten Tannenbaum, der den Marktplatz turmhoch überragte; verschlang gierig Girlanden, Strohsterne und Weihnachtsengel.

Beim nahen Reibekuchenstand explodierte lautstark der Ofen. Schützend legte Florian seine Arme um das kleine Mädchen, das seine Zuckerwatte verloren hatte. Nadja griff nach einer Packung Salz, die ihr vor die Füße geflogen war, und streute mit beschwörenden Worten einen magischen Kreis um die beiden.

Aus angstgeweiteten Augen sah Kyu-Min, wie Astaroth einen flammenden Ring um Julian schloss. Schmerzlich verzog sein Freund das Gesicht, als peitschende Zungen ihm die Schulter verbrannten.

Panisch wollte Kyu zu ihm hinüberhechten, doch Nadja hielt ihn am Arm fest. »Stopp! Du kannst nichts tun!«

»Julian!!!« Kyu-Min zitterte am ganzen Leib, wobei jedes Härchen seiner Haut pfeilgerade wie nach einem Blitzschlag emporstand. Tief in seinem Inneren … erwachte etwas. Ein schlafendes Seeungeheuer, das sich am Grund des Meeres regte. Stechender Schmerz hinter der Stirn – und in Kyus Bewusstsein öffneten sich verborgene Schleusen, durch die Energiewellen in jede Faser seines Körpers strömten. *Wasser, der Quell allen Lebens* … In den Untiefen seines Geistes fühlte er sie fließen, die Gewässer dieser Welt: *Die Wogen des Ozeans … Stille Bäche und reißende Fluten … Flüsse, die Blutbahnen der Erde … Regen, der den Boden befruchtet … Verwunschene Teiche, die Geheimnisse bergen …*

In Trance vernahm Kyu-Min den dumpfen Klang von Astaroths spotttriefender Stimme: »Ob Mephisto das Kopfgeld erhöht, wenn ich dich lebend ausliefere, Raziel?« Der Dämon angelte einen stählernen Reif aus seiner Hosentasche, der an ein Halsband aus Eisen erinnerte. »Sieh, dies ist ein *Magischer Bezwinger*. Er bindet deine Kräfte und kann ohne meinen Willen nicht wieder abgelegt werden. Jeder Zauber von dir wird damit zu Schall und Rauch.«

»*NEIN!!!*« In Kyus Seele brachen die Gitterstäbe eines Kerkers und entließen eine Welle kosmischer Macht hinaus in die Freiheit.

Finstere Wolken zogen sich zusammen, grollender Donner gab den Startschuss zu einem tosenden Unwetter. Regen prasselte auf die alles verwüstenden Flammen nieder, dem Zorn eines erbosten Wettergottes gleich.

Kyu-Mins Augen begannen zu leuchten, blau wie der ewige Ozean. *Hier unter den Straßen der Stadt fließt Wasser durch die Venen der Erdenmutter* ...

Unterirdische Leitungen platzten, der Asphalt zerbröckelte und unbändige Fontänen schossen in die Höhe. Hatte zuvor ein Hölleninferno getobt, herrschte nun die Sintflut. Gullys gurgelten, Kanaldeckel sausten durch die Gegend und Wassermassen schnellten empor. Der Himmel schüttete Niagarafälle herab, während wilde Sturmgeister um die Wetterspitze der Kirche heulten. Neben dem kohlrabenschwarzen Weihnachtsbaum begann plötzlich der Springbrunnen zu sprudeln und spuckte reißende Fluten aus, die den Marktplatz überschwemmten und den Brand unter sich begruben. Das Feuer starb, niedergerungen vom wütenden Wasser. Feuchtes Blau bezwang das flackernde Rot.

Astaroth, regungslos zwischen Rauchschwaden, glotzte wie ein begossener Pudel. Ein stummer Befehl jagte durch Kyus Geist – im selben Moment vereinigten die allgegenwärtigen Fontänen sich zu einer gewaltigen Welle, die den Dämon von den Füßen fegte und ihn, einem Stück Treibholz ähnlich, hilflos zwischen die Trümmer der abgefackelten Glühweinhütte spülte.

Der feurige Ring erlosch. Julian, frei aus seinem glühenden Gefängnis, hielt sich ächzend die verletzte Schulter. Aus leuchtend blauen Augen sah Kyu-Min, wie sein Liebster sich ihm mit ungläubiger Miene näherte. »K... Kyu ...?«

Wenige Schritte entfernt standen Nadja, Flo und das kleine Mädchen, staunenden Ölgötzen gleich.

Schwerfällig rappelte Astaroth sich hoch, hustete und rang nach Atem. Flüsse rannen von seinen Haarsträhnen hinab. »U... Unmöglich ...« Die rubinroten Pupillen starrten Kyu-Min an, als wäre er ein Wesen aus geheimen Tiefen eines Unterseereichs. »Du ... b-bist tot ... seit Ewigkeiten!«

Zwischen Kyus Händen sammelte sich der fallende Regen zu einem kugelrunden Wassergeschoss, bereit zum nächsten Angriff.

Furcht bemächtigte sich Astaroths Züge. Zitternd fischte er eine Jakobsleiter aus der Tasche und floh panisch durch das sich öffnende

Portal, das ihn heim in die Hölle führte.

Aus der Ferne näherte sich der Klang von Sirenen. Das Gewitter verzog sich, der Horizont klarte auf. Dichte Dampfwolken verschleierten den Marktplatz.

Kyu-Mins Kräfte verließen ihn und das Leuchten in seinen Augen verblasste. Betäubende Müdigkeit übermannte seinen Körper, als hätte er einen Marathon hinter sich. Durchnässt sank er zu Boden, einen erschöpften Seufzer auf den Lippen, und brach in einer Pfütze kniend zusammen.

Kapitel 8

Michael verneigte sich und drückte der hübschen Botin sanft einen Kuss auf die Hand. »Seid mir willkommen, Gesandtin des höchsten Himmels!«

Ein Lächeln legte sich über das strahlende Antlitz. Trotz aller Schönheit wirkten die Züge auffallend markant, insbesondere das Kinn schien eine Spur zu scharf geschnitten für das Gesicht einer Frau. »Es ist mir eine Ehre, Fürst von Schamajim!« Ein merklich dunkler Tonfall färbte die Stimme des Cherubs. »Mein Name ist Amitiel. Ich komme auf Geheiß Seiner Majestät Metatron.«

»Was ... wünscht Seine Hoheit?«, fragte Michael beklommen.

»Der König überbringt Euch durch mich frohe Kunde. Dem Herrscher des Lichts ist zu Ohren geraten, dass die Plage der Rebellen in Eurem Reich wuchert wie ein Pestgeschwür. Elysium reicht Euch die helfende Hand, um Schamajim zu befreien!«

Jophiel und Chamuel schnappten kaum hörbar nach Luft, wenngleich ihren Gesichtern nicht die geringste Regung anzusehen war. Nach Jahrhunderten als Krieger im Untergrund beherrschten sie die Kunst des getarnten Mienenspiels in voller Perfektion.

Michael zwang sich zu lächeln. »Nun ... Euer Angebot klingt großzügig, werte Amitiel. Doch mit Verlaub, Ihr überschätzt die Machenschaften dieser Unruhestifter. Gewiss ist die Rebellion eine Seuche – aber keine, die meine Armee nicht auszumerzen vermag, auch ohne den König in dieser Angelegenheit belästigen zu müssen.«

Amitiel lachte heiter. »Ihr missversteht, Fürst Michael. Ich spreche nicht von einer Verstärkung Eurer Heerscharen, sondern von einer Beförderung! Seine Majestät hat beschlossen, Euch auf die oberste Sprosse der himmlischen Hierarchie zu erheben – in den Rang eines Hohen Engels! Macht, Ruhm und Ehre winken!«

Verblüfftes Raunen wehte durch die Eingangshalle. Zwei Diener tuschelten aufgeregt miteinander, die Rüstungen der Wachen klapperten nervös. Michaels gefasste Miene kapitulierte vor überraschtem Staunen. Sprachlos wechselte er einen Blick mit Zadkiel, deren Augen ebenso verwundert aus ihren Höhlen quollen.

»Bitte, habt die Güte, mich zu empfangen, Fürst«, drängte Amitiel freundlich. »Ich verspreche, Ihr bereut es nicht!«

Der Feuerengel räusperte sich. »Nun denn … vielleicht mögt Ihr Euch zunächst in einem unserer Gemächer erfrischen und anschließend mit uns speisen? Ich lasse ein Mahl vorbereiten. Bei Tisch können wir alles besprechen.«

»Ich sehe, der Ruf Eurer Gastfreundschaft wird Euch gerecht, Herr von Schamajim«, erwiderte der Cherub und verneigte sich ehrfürchtig.

Auf Michaels Befehl geleiteten zwei Lakaien Amitiel ins Innere des Schlosses. Als die strahlend schöne Botin vorüberschritt, hingen die Blicke der gesamten Dienerschaft an ihr.

Michael blieb in der Empfangshalle zurück und starrte entgeistert in die Gesichter seiner Freunde. Jophiel und seine Schwester schienen ihrer Stimmen beraubt worden zu sein, während Zadkiels Mund einem schmalen Strich glich. Alle drei wirkten nicht weniger ratlos als der Feuerengel selbst.

†

Vor der Veste wachte ein Troll, ein abscheuliches Mischwesen aus Dämon und Bestie. Zwei gewaltige Hörner ragten aus dem Haupt hervor, die Augen glühten wie feurige Kohlen und gepanzerte Schuppen bedeckten seinen Leib. Die rechte Klaue hielt einen dreiköpfigen Höllenhund an der Kette, dessen Mäuler bedrohlich die Zähne fletschten.

»Welches Verlangen treibt dich her?«, fragte der Troll mit einer Stimme, grollendem Donner gleich.

»Ich wünsche die Herrin des Hauses zu sprechen«, erwiderte Astaroth ungeduldig.

»Wer bist du Wicht, dass du die Hausherrin zu belästigen wagst?«

»Ihr Bruder im Geiste! Vor dir steht einer der vier Urdämonen, du Vieh!«

Die Glutaugen musterten Astaroth eine halbe Ewigkeit lang abfällig, bevor der Troll schnaubend die Pforte freigab.

Der Herr der Flammen eilte an dem monströsen Wächter mit seinem knurrenden Höllenhund vorüber und betrat die Veste der Vier Winde: jenes verrufene Gemäuer am Rande der Gassen von Schwarzalb Stadt, wo sich gegen bare Münze alles erwerben ließ, was reizvoll und verboten war.

Ein Diener nahm ihn in Empfang; ein junger Mann mit geschorenem Haupt, nackt bis auf einen Lendenschurz, jeder Muskel wie aus Stein gemeißelt. Er erkundigte sich nach Astaroths Begehren und geleitete ihn daraufhin einen Gang entlang. Vorbei ging es an verschlossenen Türen, aus denen die keuchenden Laute derer drangen, die sich dort ihren verdorbenen Lastern und stillen Sehnsüchten hingaben. Anschließend durchquerten sie einen Saal, erleuchtet von flackerndem Fackelschein. Auf rotem Samt vergnügten sich grobe Kerle mit zarten Frauenzimmern, Greise mit blutjungen Dirnen und einsame Edeldamen mit gestählten Mannsbildern. Der Klang leidenschaftlicher Küsse und der Geruch von süßem Schweiß schwängerten die Luft. Mägde, bekleidet wie Nymphen, liefen geschmeidig umher und schenkten berauschenden Wein dazu ein.

Astaroth folgte dem Diener ungerührt eine gewundene Treppe empor. Oben im Ostflügel angekommen verneigte der Bursche sein kahles Haupt und nahm höflich Abschied.

Als der Urdämon das Turmzimmer betrat, wehte ihm der betörende Duft von Opium um die Nase. Eine Frau lag bei Kerzenschein in plüschigen Kissen. Über ihre Schultern floss honigfarbenes Haar, während der offene Seidenmantel einen Blick auf die Rundungen ihrer Weiblichkeit gewährte. Zwei schmale Finger, die Nägel fein lackiert, legten eine kunstvolle Pfeife beiseite. Durch die Rauchschwaden blickten ihm Augen entgegen, grau wie Wolken am Horizont. »Meister des Feuers … es muss Äonen her sein …«

Astaroth trat näher. »Sei gegrüßt, Eurynome, Beherrscherin der Lüfte!«

Die Urdämonin lächelte traumversunken, benebelt vom Opium. »Was verschafft mir die Ehre nach all der Ewigkeit? Packt dich, der nur Brandschatzung und Flammentod liebt, am Ende die Lust nach einer Maid?«

»Ich bin nicht deiner Huren wegen hier, sondern in Mephistos Namen!«, knurrte Astaroth.

»Was wünscht der Hochfürst? In dringenden Angelegenheiten hätte Mephistopheles mich gewiss persönlich nach Pandämonium beordert.«

Nur zögernd brach die Antwort hervor: »Mir oblag der Befehl, Julian Sanders zu töten ... die menschliche Wiedergeburt des Rebellenanführers Raziel ...«

»Und du hast ... versagt?« Ein erschütterter Zug brachte Eurynomes entrückten Gesichtsausdruck ins Wanken. »Gegen ... einen *Menschen*?«

Astaroth senkte den Blick. »Ich ... stieß auf unerwarteten Widerstand.«

»Welcher Art?«

Seine Stimme sank um etliche Oktaven. »Raziel hatte einen Jungen bei sich, mit dämonischen Kräften begabt ... Macht, die einst dem Herrscher des Meeres zu eigen war ...«

Verwunderung lüftete den nebligen Schleier vor den wolkengrauen Augen. »D-Das ist ... unmöglich!«

»Nun ... wer weiß? Wenn Raziels Seele in der irdischen Welt verweilt ... dann vielleicht auch ...«

Eurynome sank zurück in die Kissen und zog an ihrer Pfeife. Dünne Rauchfäden umspielten die makellose Haut ihrer Beine. »Diesen Moment habe ich vorhergesehen ... den Tag, an dem die vier Urdämonen sich wieder vereinen ...« Erneut widmete sie Astaroth ein träumerisches Lächeln. »Seit Ewigkeiten ersehne ich seine Wiedergeburt ... habe jahrhundertelang gehofft, der Tod möge ihn freigeben ...«

Der Feuerdämon bedachte sie mit spöttischer Miene. »Bei all den Männern, die zwischen deinen Schenkeln nach Glück suchen – wirst du nie aufhören, allein *ihn* zu lieben?«

Die Herrin des Windes überging seine Bemerkung stumm, rauchte und stieß graue Schwaden in die Luft. »Was schlägst du vor, soll nun geschehen?«, fragte sie gedankenverloren.

»Ich sage, wir verbünden uns und kämpfen gemeinsam wie in alten Tagen!« Astaroths erhitztes Gemüt ließ die brennenden Kerzen im Turmzimmer auflodern. »Durch die neu erwachten Kräfte seines Gefährten gewinnt Raziel einen gefährlichen Krieger für seine Sache. Ziehen wir ihn auf unsere Seite, bevor es zu spät ist! Zusammen vernichten wir die Rebellen und zerschmettern ihren vermaledeiten Widerstand!«

»Ei, das klingt wie süßer Gesang in meinen Ohren!« Eurynome erhob sich, der Mantel rutschte herab und enthüllte ihre blanken Brüste. »Fürwahr, die Rebellen suchen die Hölle schon viel zu lange heim – Zeit, dass sie den Zorn von Wind und Feuer spüren!«

»Sei versichert, Mephistopheles wird uns fürstlich entlohnen, Schwester! Unsere Namen werden aufs Neue im Glanz erstrahlen, heller noch als damals während der Revolte im Himmel!«

»Gewiss …« Lächelnd näherte sie sich, bis Astaroth ihren Atem auf seinen Wangen fühlte. »Und … womöglich erfahren wir auf diesem Wege auch die Wahrheit über … die Wiederkehr von … Leviathan!«

†

»Leviathan …«, murmelte Kyu. »Wer … soll das sein?«

»Ein Elementar, der den Gewässern gebietet – einer der vier Urdämonen«, erklärte Nadja. »Der Dämon, der uns angegriffen hat, gehört ebenfalls zu ihnen. Es war Astaroth, der Herr des Feuers.«

Julian hob den sogenannten *Magischen Bezwinger* auf, den der Angreifer verloren hatte, und drehte den Stahlreif nachdenklich zwischen seinen Händen. »Lodernde Fackel der Unterwelt«, so hat der Typ sich vorgestellt …«

Nadja nickte. »Astaroth verübt Anschläge im Namen der Hölle. Er ist der berüchtigtste Meuchelmörder von Mephisto, dem Obersten der Neun.« Sie seufzte. »Scheint, die finsteren Fürsten sind auf Raziels Erwachen aufmerksam geworden.«

Julian steckte den mysteriösen Eisenhalsring in seine Jackentasche, bevor sein verwirrter Blick zu Kyu-Min wechselte, um ihn zu beäugen wie ein Phantom. »Trotzdem begreif ich nicht … warum zum Teufel … Kyu …?«

»Keine Ahnung … P-P-Plötzlich, da … war d-diese Macht in mir …« Kyu-Mins Stimme zitterte. Ihm war eisig kalt; es tropfte von seiner Jacke, die Jeans klebte klamm an seinen Schenkeln und in seinen Schuhen schwappte Wasser.

Nadjas dunkle Haare ähnelten einem feuchten Wischmopp; triefnasse Strähnen bedeckten halb die Falte, die sich auf ihrer Stirn gebildet hatte. »Leviathan ist vor langer Zeit im Großen Krieg gefallen … Wenn du, Julian, Raziels Seele in dir trägst … dann bist *du*, Kyu-Min, wahrscheinlich …«

Julian schnappte nach Luft. »Du meinst …?«

»B-Blödsinn …«, widersprach Kyu kläglich. »Wieso sollte ich …?«

Meine Träume! Entgeistert stockte ihm der Atem.

Nadja schien immer tiefer in Gedanken zu versinken. »Ich vermute, es hängt mit deiner Rückkehr aus dem Totenreich zusammen. Die Wiederbelebung hat die Energiestruktur deiner Seele verändert, so konnten die schlafenden Kräfte von Leviathan erwachen.«

Ein unsichtbarer Presslufthammer malträtierte Kyu-Mins Schädel. Staunend wanderten seine Augen über den verwüsteten Marktplatz:

Sanitäter trafen ein, um Verletzte zu versorgen. Von den Bretterbuden waren bloß verbrannte Trümmer übrig, offene Stromleitungen sprühten bedrohliche Funken. Die allerorts verkohlten Tannenzweige und abgefackelten Girlanden glichen traurigem Grabesschmuck.

Kann es sein …? Wohnt dieses mächtige Wesen in mir? Der Regen, die Überschwemmung … war das wirklich mein Werk?! »Wow …!«, entfuhr es Kyus Lippen, während seine Mundwinkel sich nach oben kräuselten, beseelt von einem nie gekannten Hochgefühl. *Ich bin …!*

»Entschuldigt, Leute!« Durch ein Räuspern lenkte Florian schlagartig sämtliche Aufmerksamkeit auf sich. Noch immer hielt er das kleine Mädchen im Arm, das sich verängstigt an ihn klammerte. Flos Blicke flogen zwischen Julian, Nadja und Kyu-Min umher wie scharfe Pfeile. »Vielleicht wäre jetzt endlich der passende Zeitpunkt, mir alles zu erklären – meint ihr nicht auch?«

Kapitel 9

Als Baal zu Bewusstsein kam, fand er sich in seinem königlichen Schlafgemach wieder. Dumpfer Schmerz pochte hinter seiner Stirn. *Die Ratssitzung …!* Hitzige Debatten um Despariels Rückkehr waren das letzte, woran er sich erinnerte, bevor ihn Schwindelgefühle gepackt und sich sein Sichtfeld vernebelt hatte.

Vor Baal auf der Bettdecke hockte Maximilius, sein kleiner Nachtalb. Scheinbar besorgt legte er den struppigen Kopf schief und betrachtete den kindlichen König mit Augen, rötlich wie zwei glühende Kohlen.

Am Bettrand saß Hekate und lächelte ihm zu. Mildes Tageslicht drang durchs Fenster und ließ ihr silbriges Haar gleich einem Sternenschauer glänzen. »Wie fühlt Ihr Euch, Majestät?«

»Erschöpft …«, erwiderte Baal, während er sich mühsam aufrichtete.

»Volle drei Stunden habt Ihr geruht, Hoheit. Der Heiler wird Euch später einen stärkenden Trank zubereiten.«

Ein Klopfen.

Der junge Monarch wandte den Kopf zur Tür, die geöffnet wurde, noch bevor er irgendwen hereingebeten hatte.

Mephistopheles betrat das Gemach. Sein starrender Blick heftete sich an Hekate. »Was habt Ihr hier zu suchen? Muss ich betonen, wie wichtig Schlaf für die Genesung Seiner Majestät ist?«

»Seid versichert, das Wohl Seiner Hoheit liegt mir ebenso am Herzen wie Euch, Hochfürst.« Hekates Stimme ließ keine Spur von Höflichkeit vermissen, obwohl Baal auf ihrem Gesicht einen flüchtigen Schatten zu erkennen glaubte. »Ich war in Sorge, als ich von seinem Schwächeanfall während der Sitzung hörte. Mit Schrecken erfuhr ich, Seine Majestät hätte die Besinnung verloren.«

»Aus genau diesem Grunde gilt es, die Ruhezeit des Königs zu achten«, entgegnete Mephisto kühl. »Ich empfehle daher, Ihr zieht Euch zurück und bereitet den morgigen Unterricht vor.«

»Sehr wohl ...« Hekates Mundwinkel zuckten. Liebevoll strich sie Baal übers Haar. »Ruhet noch eine Weile, ich sehe später wieder nach Euch.«

Der Höllenfürst bedachte ihre letzte Bemerkung mit missbilligendem Schnauben, während die Hoflehrerin sich stolzen Ganges an ihm vorbeischob und durch die Tür verschwand.

»Was hat der Rat entschieden, Hochfürst?«, erkundigte sich Baal.

Mephistopheles trat zu ihm ans Bett. Maximilius, der Nachtalb sprang von der Decke. »Die Sitzung ist seit Stunden vorüber. Die Fürsten sind entschlossen, Despariels Drohungen angemessen zu begegnen.«

»Ohne dass meine Stimme gezählt hätte ...«

»Seid gewiss, Majestät: Der Rat fällt keinen Entschluss, der nicht in Eurem Sinne wäre. Ihr musstet Euch schonen, Eure Gesundheit verdient Vorrang.«

»Wie soll ich je ein guter König sein? Ich bin Ballast ... nutzlos«, murmelte Baal und ließ missmutig die Schultern hängen.

Mephisto betrachtete ihn stumm, beugte sich zu ihm herab ... und lächelte. Ein knappes Lächeln bloß, im Grunde kaum mehr als ein kurzes Zucken der Mundwinkel – doch ungewöhnlich gütig und mitfühlend. »Ich verstehe Euch, Hoheit ...«, flüsterte er, einen warmen Funken in den eisigen Augen. »Glaubt mir ... ich weiß, was es heißt, sich vom Schicksal gestraft zu fühlen ...«

Baal schaute ihn in sprachloser Verwunderung an, während die Hand des Höllenherrschers sanft über die seine streichelte.

»Schlaft nun, Majestät, und sorgt Euch nicht. Wenn Ihr erwacht, wird Despariel Euch niemals mehr behelligen.« Mephistos fürsorglicher Tonfall verwandelte sich zurück in den gewohnten Hohn. »Ich habe einen meiner Attentäter mit der Angelegenheit betraut ... einen Krieger, der uns dieses Ungeziefer vom Halse schafft – endgültig!«

✝

»Glaubt ihr, er hat es ... verstanden?«

»Tja ...« Nadja, die neben Kyu die verschneite Straße entlangtrottete, zuckte mit den Schultern.

»Viel gesagt hat er jedenfalls nicht«, meinte Julian. »Dachte eigentlich, Flo würde uns mit Fragen löchern – oder uns zumindest auslachen.«

Zwei Stunden zuvor hatten sie zu Hause bei Florian ihre nassen Jacken über die Heizung gehängt und sich mit Tassen voll heißem Kakao gewärmt. Nadja schloss leise die Zimmertür, während Kyu und Julian zögerlich begannen, Flo abwechselnd alles zu erzählen: angefangen mit zwei Engeln auf der Suche nach Raziels Seele bis zu Kyu-Mins Heimkehr aus dem Totenreich und der Verwüstung durch das Wandelnde Nichts. Wie versteinert hatte Florian auf seinem Bett gesessen, schweigend zugehört und bloß knappe Kommentare der Sorte »Kaum zu fassen« verlauten lassen.

»Flo braucht Zeit, das zu verdauen. Immerhin hat Despariel ihn als Werkzeug benutzt, um die Erde zu vernichten«, warf Nadja ein. »Außerdem, fürchte ich, haben wir momentan ein anderes Problem.«

»Astaroth …«, murmelte Julian.

Nadjas Gesicht verdüsterte sich. »Er ist ein Ungeheuer, das nicht aufhören wird, uns zu verfolgen. Alte Texte berichten, Astaroth tötet nicht nur jeden Gegner gnadenlos, sondern brennt meistens gleich das gesamte Heimatdorf seines Feindes nieder …«

»Keine Angst, ich kann ihm bestimmt noch einmal die Stirn bieten«, bemerkte Kyu-Min zuversichtlich. »Diese … Kraft kommt sicher zurück, wenn ich sie rufe.«

Julian bedachte ihn mit besorgtem Blick. »Im Ernst, Kyu … lass lieber die Finger davon. Wer weiß, was das für Mächte sind, die in dir schlummern … ob sie dich nicht … na ja … *verändern*, wenn du dich auf sie einlässt …«

Kyu-Mins Miene spiegelte eine Mischung aus Verdruss und Verwirrung. »Warum? Du besitzt solche Kräfte doch selber!«

»Aber ich habe sie mir nie *gewünscht* – ich wollte niemals Raziel sein!« Julian seufzte verzweifelt. »Gott, und jetzt … soll auch noch mein bester Freund …! Wann hört das endlich auf? Werden wir je wieder ein normales Leben führen?«

Kyu-Min umschloss sanft seine Hand. »Ich will nur helfen, ehrlich.«

»Weiß ich, doch du kannst diese Macht nicht beherrschen, Kyu … Sie ist unberechenbar, glaub mir. Ich hab diese Dämonenkräfte schon länger – und trotzdem keinen Schimmer, wie man richtig damit umgeht. Mit mehr Kontrolle hätte Astaroth mich sicher nicht halb weggeputzt …«

»Nun … vielleicht gibt es einen Weg, euch mit euren Fähigkeiten eins werden zu lassen«, murmelte Nadja, die Stirn in tiefe Falten gelegt.

Fragend hob Julian die Brauen. »Äh … und welchen?«

»Hexerei … ein Ritual, das verborgenes Wissen freisetzt und eure Kräfte zu voller Blüte treibt.«

»Du meinst, dieser Zauber macht uns stärker?« Einen Moment klang Kyu einem Kind ähnlich, das auf ein besonders großes Geburtstagsgeschenk hofft.

»Sozusagen. Das Ritual öffnet die Tore zu den Tiefen eures Geistes und befreit Raziels und Leviathans Erinnerungen, ihren Erfahrungsschatz, ihre geballte Macht …«

»Hört sich gefährlich an«, entgegnete Julian skeptisch. »Magie ist kein Spielzeug. Wenn unsere Fähigkeiten bisher nur stückweise zurückgekehrt sind, hat das wahrscheinlich gute Gründe.«

»Na, etwas mehr Power gegen Astaroth kann trotzdem nicht schaden, oder?«, widersprach Kyu-Min eifrig – bemerkte sogleich Julians bitterernsten Gesichtsausdruck und senkte rasch den Blick. »Also, ich meine … wir können ja zumindest mal 'ne Nacht drüber schlafen, nicht wahr?«

Nadja nickte. »Gut, aber überlegt nicht zu lang. Astaroth greift womöglich jederzeit erneut an und der Zauber gelingt nur, wenn Pluto eine bestimmte Position unter den Planeten einnimmt – das ist bereits Mitte nächster Woche!«

»Okay … wir geben dir Bescheid«, erwiderte Julian knapp.

Sie erreichten eine Kreuzung, wo sich ihre Wege trennten. Nadja winkte zum Abschied, während Julian und Kyu-Min in die rechte Seitenstraße einbogen.

Wieder begann es zu schneien. Flocken fielen wie Federn vom Himmel und bedeckten die weihnachtlich geschmückten Vorgärten mit einem weißen Totenhemd.

†

»Verzeiht, aber was treibt den König zu diesem … unerwarteten Entschluss?«, fragte Michael und füllte seinen Kelch mit Wein.

Amitiel nahm eine Kirsche zwischen ihre Lippen. »Wem gebührt ein Sitz unter den Höchsten des Himmels, wenn nicht Euch? Dem mächtigsten Krieger des Lichtes, der vor Ewigkeiten den Erzfeind aus unserem Reich verbannt hat?«

»Dass ich einst, viele Leben zuvor, Luzifer gestürzt haben soll … ja, das erzählte man mir, als ich als Knabe hierher nach Schamajim kam«, murmelte Michael. »Ehrlich gesagt, ich selbst halte diese Vorstellung für ein Märchen. Die weisesten Engel haben von Beginn an versucht, meine verlorenen Erinnerungen daran zu erwecken – vergeblich!«

»Zweifelt nicht, Fürst!«, antwortete Amitiel zuversichtlich. »Seine Majestät Metatron hegt große Hoffnungen, dass Euer Aufstieg zugleich den Untergang dieser abscheulichen Rebellen bedeutet. Ihr werdet unbesiegbar sein und Kräften gebieten, die jeden Feind wie Geschmeiß zerschmettern.«

Ein Raunen wehte durch die Speisehalle. Rund um die gedeckte Tafel starrten entgeisterte Gesichter die schöne Himmelsbotin an.

Michael gewann als erster die Sprache zurück: »Verwunderlich … ich glaubte in der Tat, Seine Hoheit wäre enttäuscht über mein bisheriges Scheitern, den Widerstand zu zerschlagen.«

»Oh, nicht doch, Fürst! Der König weiß sehr wohl, eine Seuche wie diese Rebellion heilt man nicht mit wenigen Arzneitropfen. Es braucht Geduld, eiserne Härte und den Zusammenhalt der Hohen des Lichts.«

Unterm Tisch verkrampfte Michaels Hand sich zur Faust, als er einen tollkühnen Sprung nach vorn wagte: »Was, wenn Kampf nicht der rechte Weg ist? Vielleicht sollten wir aufeinander zugehen … versuchen, uns gegenseitig zu verstehen …«

Jophiel, auf dem Platz neben ihm, verschluckte sich hustend an einem Bissen Fleisch.

Amitiels Gesichtsausdruck ließ keinerlei Deutung zu. »Mit Verlaub, Ihr unterschätzt die Bösartigkeit dieser Übeltäter«, entgegnete sie mit zuckersüßer Stimme. »Wisst Ihr, ich hörte einst eine Geschichte über ihren Anführer Raziel … Die Rebellen hatten Feldfrüchte gestohlen und er selbst wachte streng über die Verteilung der Vorräte. In der Nacht ertappte Raziel einen seiner Männer dabei, wie er sich vor Hunger heimlich an den gefüllten Säcken zu schaffen machte. Zur Strafe, so sagt man, brach Raziel ihm den Arm – als Warnung, von Verbotenem künftig die Finger zu lassen.«

Erschütterung griff klauenartig nach den Speisenden. Ein Mädchen, die Tochter einer Zofe, ließ vor Schreck den Löffel fallen. Jophiel und seine Schwester Chamuel tauschten bestürzte Blicke.

Amitiel nippte an ihrem Wein. »Bezeichnend, nicht wahr? Obwohl Raziel stets nach Freiheit schrie, regierte er seine Anhänger grausamer als jeder Gewaltherrscher.«

»Wahre Worte …«, zischte einer der Generäle am hinteren Ende der Tafel.

Michael verzog beide Mundwinkel.

Die Türen wurden geöffnet und der Duft von gekochtem Wild, gebratenen Erdäpfeln und gedünstetem Kohl erfüllte die Halle. Diener brachten Teller, Schüsseln und Krüge herein, um den nachfolgenden Gang aufzutragen.

Michael bemerkte Zadkiels Argwohn, als Amitiels Fingerspitzen über den Tisch glitten und sanft seine Hand berührten.

»Ich verstehe Eure Ängste, Fürst von Schamajim. Die Bürde großer Macht ist mir bekannt. Wisset, wir teilen ein ähnliches Schicksal. Nicht immer stand ich in Metatrons Diensten … mein Dasein glich dem einer niederen Magd, bis unser gütiger König mich in den höchsten Himmel erhob.«

Die strahlenden Augen des Cherubs schauten geradewegs in seine. Etwas seltsam Vertrautes lag darin. Als wäre die geheimnisvolle Frau kein Wunderwesen aus heiligsten Gefilden, sondern … eine Freundin aus längst vergangener Zeit? Verstohlen glitten Michaels Blicke über das markante Kinn. Eigenartige Erinnerungen regten sich in ihm, überschattet vom Dunkel des Vergessens. *Dieses Gesicht … woher …?*

»Nehmt Euch nur die nötige Bedenkzeit, Fürst.« Amitiels Worte schienen zärtlich wie aus einem holden Traum. »Sowie Ihr einwilligt, führe ich Euch nach Elysium – und Euer Name wird als Lobgesang im gesamten Himmelreich erschallen!«

Michael spürte einen Kloß im Hals, Unbehagen packte ihn. »Gewiss, ich … teile Euch meine Entscheidung in Bälde mit«, krächzte er heiser.

»Genießt derweil meine Gastfreundschaft.«

Die Botin antwortete mit sonnenwarmem Lächeln.

Hoffnungslos schlug der Erzengel die Augen nieder. Ein stiller Seufzer drang über seine Lippen, dennoch vermochte seine Hand sich nicht von Amitiels zu lösen.

Als Zadkiel auf leisen Sohlen zu ihm ins Schlafgemach schlich, lag Michael noch wach, mit stürmenden Gedanken hinter der Stirn. »Können wir Amitiel Glauben schenken? Ob der König wirklich plant, mir solche Macht zu verleihen …?«

»Als Botin Elysiums hat sie den Eid der Wahrheit abgelegt. Damit gilt ihr Wort als unanfechtbar.« Seine Geliebte schmiegte sich an ihn.

Michael starrte hinauf zur nachtdunklen Zimmerdecke. »Die Kräfte eines Hohen Engels … ich wäre ein stärkerer Krieger als je zuvor … Das könnte den Sieg für uns Rebellen bedeuten. Vielleicht sollte ich mich auf ihr Angebot einlassen …«

»Haben wir überhaupt eine Wahl? Lehnst du ab, erregst du Verdacht. Man wird Fragen stellen.«

Er seufzte bitter.

Zadkiels Stimme wurde schwach wie ein Windhauch. »Sag … diese Geschichte über Raziel … ist es wahr, dass er diesem armen Burschen …?«

»Nein, er …« Michael stockte. »Raziel hat ihn mit Schlägen gestraft … aber ihm nicht den Arm gebrochen.«

Er spürte, wie seine Liebste von ihm wich. »Das … hast du mir niemals erzählt. Nur weil … dieser Mann hungrig war? Grausam …«

»So darfst du nicht denken«, widersprach Michael warmherzig und nahm ihre Hand. »Die Essensvorräte waren begrenzt, es herrschte Not in unseren Reihen. Raziel … gewiss lenkte nicht immer Güte sein Handeln, doch … nun … ringen wir nicht alle mit dem Bösen in uns?«

Zadkiel zog die Federdecke um sich, ihre Finger lösten sich von seinen. »Und falls Raziels Schatten ihm nachgefolgt ist?«, wisperte sie ins Dunkel. »Was, wenn er das Böse in sich nie besiegt hat? Wenn Julian bis heute kämpft …?«

†

»Sollten wir's nicht wenigstens versuchen? Raziels gesamte Macht, seine kompletten Erinnerungen ... bist du nicht neugierig?«

Trotz der nächtlichen Dunkelheit bemerkte Kyu-Min den Argwohn in Julians Augen. »Scheinst dich mit dem Dämonendasein echt ziemlich schnell anzufreunden ...«

»Na ... ist doch toll, etwas Besonderes zu sein. Aufregung und Abenteuer; Kräfte, von denen andere nur träumen ...«

»Du hältst das alles nach wie vor für ein spannendes Spiel, was?« Der Tonfall in Julians Stimme ließ nicht eindeutig erkennen, ob er verärgert oder enttäuscht war.

»Nein, ich ... keine Sorge, bin vorsichtig«, antwortete Kyu-Min versöhnlich und drückte ihm einen Kuss auf die Wange.

Julian erwiderte nichts, sondern wandte wortlos den Kopf. Das Kissen raschelte. »Weihnachten steht vor der Tür«, wechselte er das Thema. »Schaust du bei deinen Eltern vorbei?«

»Hab's vor, aber ... ach, gibt bestimmt wieder Stress.« Kyu-Min seufzte. »Wäre meine Mutter nur halb so cool wie deine! Ehrlich, kann ich nicht einfach mit euch feiern?«

»Na ja, wäre kein Problem, wenn ... also, mein Bruder kommt über die Feiertage ...«

»Und? Dennis kennt mich doch schon seit dem Sandkasten. Würde mich freuen, ihn wiederzu...« Die Erkenntnis schnitt ihm das Wort ab. »Du ... hast es ihm nicht gesagt?«

»Ich ... nein. Dennis, er ... könnte das nicht ...«

»So nahe wie ihr zwei euch steht – dachte eigentlich, *ihm* erzählst du's zuerst.« Verständnisvoll streichelte Kyu seinem Freund über die Schulter. »Versuch, mit Dennis zu reden. Du bist sein Bruder, er liebt dich. Klar, er braucht sicher Zeit, um ... ähm, aber ... am Ende freut er sich vielleicht sogar für uns. Bestimmt!«

Julian entfloh ein Lachen, heiser und schmerzlich. »Du hast ja keine Ahnung, wie er sein kann ... Da war dieser Junge in seiner Klasse damals, Felix ... Dennis hat ihn immer *Die Schwuchtel* genannt ... Wir haben ihn ständig fertiggemacht ...«

Kyu hob die Brauen. »W... Wir?«

»Mein Bruder und seine Kumpels ... Ich weiß noch, einmal haben sie ihm das Pausenbrot weggenommen. Jeder der Jungs hat auf die

Wurst gerotzt und danach musste Felix die Schnodder-Schnitte essen. Zu Hause hat Dennis mir dauernd von den Schikanen erzählt … Ich sollte ihn bewundern; er war stolz drauf, Felix zu klatschen … genau, ja … ›den blöden Schwulen klatschen‹, so hat er's immer gesagt …«

Kyu-Min schnappte nach Luft. »Ja, aber … *du* hast mitgemacht, oder wie?«

»Nein … ja … den einen Abend auf dem Rummel, ich war neun oder zehn …« Julians Stimme sank zu einem Wispern, während Kyu mit wachsendem Schaudern zuhörte, wie Dennis und seine Kumpels ihren damaligen Klassenkameraden auf dem Jahrmarkt überrascht hatten. Felix hinter die Scheune auf die verlassene Wiese zerrten. Ihm drohten. Dann: ein Ballen Gras in Julians Hand … »Na los, Kleiner, stopf der dummen Schwuchtel das Maul!‹, meinte mein Bruder …«

»Gott …!« Kyu-Mins Hand, die zärtlich den Rücken seines Freundes liebkost hatte, wich unwillkürlich fort. Er wusste, Dennis hatte Julian praktisch aufgezogen, statt des Vaters, der beiden fehlte. Die grobe Gemütsart von Julians älterem Bruder war Kyu im Gedächtnis geblieben – aber *solche* Brutalität hätte er im Leben nicht für möglich gehalten. *Den blöden Schwulen klatschen …*

»Er … darf das mit uns nicht erfahren … *Nie*, hörst du?«

»Sicher, aber … bitte, gib dir nicht die Schuld«, stammelte Kyu-Min hilflos. »Ich meine, du … warst noch klein … Dennis, er … hat dich gezwungen … Ich kenne dich! Niemals würdest du einfach aus Spaß …«

»Doch … ein einziges Mal«, murmelte Julian leise ins Kissen. »In der siebten Klasse … ich … bin mit Florian aneinandergeraten …«

»Wie? Mit … unserem Flo?«

Sachtes Nicken. »Also, seine Eltern hatten ja damals schon Kohle ohne Ende … Und so … das war irgendwann nach dem Sport in der Umkleide: Florian zog grade seinen neuen, sündhaft teuren Markenpulli an, von dem normalsterbliche Schüler nur hätten träumen können. Jedenfalls, er nutzte die Gelegenheit, um ordentlich damit anzugeben. Mir ist bald der Kragen geplatzt; hab Florian angepflaumt, er soll gefälligst langsam seine blöde Klappe halten – und da ist er richtig frech geworden. Hat sich über meine Klamotten lustig gemacht … ob man solche Punk-Shirts eigentlich direkt aus dem Altkleidersack fischt. Irgendwie … in mir ist 'ne Bombe explodiert. Draußen vor der Turnhalle … ich hab Flo abgefangen, um ihn mir vorzuknöpfen … 'Ne Schelle von mir, schon war er am Flennen …« Julians Tonfall veränderte sich auf subtile Weise; mischte sich mit einem unterschwellig kalten Klang, der Kyu-Min für einen Moment rätseln ließ, ob sein Freund sein abscheuliches Handeln bereute – oder es ihn insgeheim amüsierte?

»Dann … ich nahm meine Trinkflasche aus dem Rucksack und kippte Florian den Saft über seinen heiß geliebten Sweater. Pitschnass, heulend und zitternd stand er vor mir wie ein kleines Würstchen … Gelacht hab ich und gefragt, wo die große Fresse geblieben wäre …«

»Und … weiter?«, krächzte Kyu wie eine Krähe mit Kehlkopfkrebs.

»Siehst ja aus wie ein begossenes Schwein, machen wir dich erst mal schön sauber«, hab ich bloß gemeint, Flo gepackt und auf die nächste Schultoilette gezerrt … um … na ja, seinen Kopf …«

»*Das* … hast du nicht wirklich …!«

»Ich … nein, nein … wollte ihm bloß Angst machen. Weiß noch genau, er … hat getobt, geschrien, gebettelt … Hab ihn bis zu den vorderen Haarspitzen ins Toilettenwasser getaucht, dann losgelassen …«

Kyu-Min fühlte sich wie zu Stein erstarrt. Trotz der wohlig warmen Decke war ihm eisig kalt. »Das hast du Flo angetan …? Nur weil … er 'n bisschen auf den Putz gehauen hat?«

Mit einem Seufzer wälzte Julian sich auf die andere Bettseite, das Gesicht abgewandt. »Ich … war halt stinksauer … und … in diesem Moment, da … rasten mir die wildesten Gedanken durch den Kopf … Von dem Waschlappen lass ich mir nicht solche Sprüche bieten, der halben Portion bring ich Manieren bei!«

»Was mich wundert … wie kommt's, dass Florian dir nicht die Freundschaft gekündigt hat?«

»Keine Ahnung … Ehrlich gesagt, wir haben nie über den Vorfall gesprochen … und … ich … möchte jetzt auch nicht mehr darüber reden, Kyu.« Gähnend zog Julian sich die Decke über beide Ohren. »Lass uns langsam schlafen, okay?«

»Aber …«

»Bin hundemüde.«

»Ich meine nur … Hm, schön … also … Gute Nacht«, wünschte Kyu-Min lieblos, drehte seinen Kopf auf die entgegengesetzte Seite des

Kissens – fort von Julian – und schloss die Augen.

Doch: Sogar als sein Freund längst schlummerte, lag Kyu noch wach und starrte ins Dunkel. Düstere Gedankengänge raubten ihm die Ruhe. *Siehst ja aus wie ein begossenes Schwein, machen wir dich erst mal schön sauber …* *Der halben Portion bring ich Manieren bei!* Julian, den er liebte und mit dem er von Kindesbeinen an befreundet war – auf einmal glaubte Kyu-Min, ihn im Grunde genommen nur sehr, sehr wenig zu kennen. *Den blöden Schwulen klatschen … Na los, Kleiner, stopf der dummen Schwuchtel das Maul!* Plötzlich beschlich Kyu eine Ahnung, die er seit Jahren verdrängte. Eine schreckliche Frage, deren mögliche Antwort ihn ängstigte: Welche Wesenszüge seines Bruders wohnten wohl auch Julian inne? Wie viel von Dennis' roher Härte mochte ihm selbst anhaften …?

Kapitel 10

In der Hölle war er berüchtigt als der *Krieger mit den sieben Klingen*. Unterdessen geriet sein wahrer Name, Halphas, langsam in Vergessenheit; lediglich im Limbus, zwischen dem Dreck und der Armut seiner alten Heimat, vermochte man sich vage zu erinnern. Nur wenige waren noch am Leben, welche die traurige Geschichte seiner Herkunft zu erzählen wussten. Bloß ein einziger Mann kannte jeden Meilenstein auf seinem leidgeprüften Lebenspfad: der Oberste der Neun, sein Gönner Mephistopheles.

Von beiden Eltern verlassen gelangte er als Knabe in ein Waisenhaus – dasselbe heruntergekommene Kinderheim, in dem auch Despariels spätere Adoptivtochter Kallisto aufgewachsen war. Halphas erinnerte sich … ein Mädchen mit blondem Haar und ernstem Gesicht, das ihm häufig im Speisesaal und draußen auf dem Hof aufgefallen war. In den letzten Tagen fragte er sich manchmal: Was für ein Dasein würde er heute wohl führen, hätte Despariel damals nicht Kallisto, sondern *ihn* unter seinem Dach aufgenommen?

Die Jahre im Waisenhaus waren trostlos und rau gewesen. Besonders der Lehrmeister für körperliche Ertüchtigung hatte es auf ihn abgesehen. Unter dem Deckmantel notwendiger Disziplin erfand dieser Schinder stets neue Vergehen, wegen denen Halphas angeblich bestraft werden musste: züchtigte ihn mit Gerte und Gürtelriemen oder ließ ihn über den Vorplatz marschieren, bis der Schweiß troff.

Früh zog es Halphas zu Messern, Schwertern und Säbeln hin – Klingen, die scharf in den Leib eindrangen, die Haut zerschnitten und den Saft des Lebens in roten Bahnen zum Fließen brachten. Kaum hatte er diese heimliche Leidenschaft entdeckt, schmiedete Halphas sich im Werkunterricht die erste eigene Waffe: einen Dolch, schmal genug, sodass er ihn im Ärmel verstecken konnte. In der Nacht, als alles schlummerte, schlich er durch die stillen Gänge in die Stube des verhassten Lehrmeisters, um die Klinge zu entjungfern. Die Haut war ungewöhnlich dick und drei Schnitte nötig gewesen, die Kehle zu durchtrennen. Sein Opfer hatte nicht einmal geschrien ... nur stumm die Lider aufgerissen und Halphas aus ausdruckslosen Augen angestarrt, während das Blut aus seinem Halse geflossen und der Lebensfunke ertrunken war.

Gewiss wäre Halphas am Galgen geendet, hätte Mephisto ihm nicht die rettende Hand gereicht. Der Hochfürst hatte sich in die Waisenheime des Limbus begeben, um nach frischem Fleisch für seine Brigade von Attentätern zu suchen; nach hartgesottenen Burschen, die er mit Geduld und Grausamkeit in gewissenlose Mörder verwandeln würde. Mephistos damalige Wahl war auf Halphas gefallen. Bis zum heutigen Tag hatte er nie versagt, den Hochfürsten niemals enttäuscht – und war somit fest entschlossen, seinen jüngsten tödlichen Auftrag ebenso siegreich abzuschließen:

Von schwarzen Schwingen getragen landete der *Krieger mit den sieben Klingen* im Garten von Kastell Astarte und suchte Schutz zwischen dichten Bäumen. Schwungvoll streifte er seinen Kapuzenmantel über; einen Tarnumhang, den er einem verschrobenen Einsiedler aus dem Gebirge von Naraka geraubt hatte und der ihn blitzartig unsichtbar werden ließ.

Vor fremden Blicken verborgen näherte Halphas sich dem Anwesen. Im fahlen Mondlicht erkannte er, dass sämtliche Fenster verriegelt waren. Lediglich eine Luke zum Keller stand halb offen, durch die gedämpftes Licht schimmerte. Soweit Mephistopheles ihn mit den Gegebenheiten des Kastells instruiert hatte, besaß Despariel ein Dampfbad in den unteren Gewölben. Behutsam schlich Halphas zur Öffnung und schlüpfte hindurch.

Unten warteten kahle Kellerwände. Der sachte Leuchtschimmer kam vom Ende eines Ganges. Halphas hielt inne und lauschte. Stille. Unsichtbar huschte er den Flur entlang und erreichte eine Tür mit Bullauge. Die Scheibe war von innen mit Dunst beschlagen. Angestrengt warf er einen Blick hindurch und erspähte einen Schatten: den Umriss eines Körpers, umgeben von wallenden Dampfschwaden. Exzellent! Sollte der ehemalige Dämonenkönig in diesem Moment nach Ruhe und Reinigung in seinem Dampfbad suchen, konnte Halphas überraschend wie ein Geist aus dem Dunstnebel zuschlagen. Er bemerkte, dass die Tür einen Fingerbreit angelehnt stand. Mit lautloser Vorsicht öffnete er den Spalt gerade weit genug, um sich seitlich hindurchzuzwängen.

Feuchtheiße Luft umfing ihn, einem Hieb mit der Keule gleich. Schweiß trat auf seine Stirn. Rauchige Schwaden, schwanger vom Duft wilder Kräuter, wehten durch das Dampfbad wie milchige Schleier. Auf der Steinbank an der Wand saß Despariel, umhüllt vom diesigen Dunst: unbekleidet, die Hände auf den Knien ruhend, beide Augen geschlossen.

Halphas hielt den Atem an, seine Finger glitten über die sieben Klingengriffe an seinem Gürtel. Im Schutz des Tarnumhangs schlich er auf leisen Sohlen näher.

Despariel erhob sich – stand ihm mit dem Rücken direkt gegenüber!

Halphas' Hand griff nach seinem langen, spitzen Dolch. Ein schneller Stich in den Nacken und sein Auftrag wäre erfüllt! Kallisto, die sich vermutlich in den oberen Etagen aufhielt, würde ihren toten Ziehvater erst finden, wenn er von Mephisto schon längst das Kopfgeld kassiert hatte.

Die Nebelwand lichtete sich, Halphas stürmte mit gezückter Klinge voran – und erstarrte vor Entsetzen. »Bei allen Teufeln …!« Der grässliche Anblick von Despariels Körper brachte ihn schlagartig um den Verstand. Was Halphas auf der Haut des ehemaligen Königs entdeckte, war derart abscheulich, dass er erschrocken den Dolch fallen ließ. Die Kapuze seines Tarnmantels war hinabgerutscht, was den skurrilen Anschein erweckte, Halphas' Kopf würde herrenlos im Nirgendwo schweben.

Seelenruhig wandte Despariel sich um. Seine Züge verrieten keinerlei Regung, weder Zorn noch Furcht, nicht einmal Verwunderung. »Guck an, Ungeziefer in meinem Haus …«

»Wa-Was ist Euch widerfahren?«, stammelte Halphas. »Wer hat Euch so gezeichnet …?«

»Was du siehst, ist meine wahre Gestalt … das scheußliche Geheimnis, das sich hinter der erhabenen Maske verbirgt.« Ein kaltes Lächeln spielte um Despariels Lippen. »Bedauerlicherweise kann ich nicht dulden, dass ein mieser Meuchelmörder die Wahrheit unters Volk trägt.«

Seine Augen begannen rot zu glühen, lodernden Fackeln ähnlich.

Halphas spürte die stickige Luft noch heißer werden, sengend wie in der unbarmherzigsten Wüste. Der Schweiß rann ihm in Bächen herab. Eine feurige Pranke griff aus dem Nichts nach ihm, der Umhang fing Flammen, sein Atem versagte.

Der *Krieger mit den sieben Klingen* starb friedlich – trotz seines gewaltsamen Todes. Despariels Fluch verbrannte ihn zu Asche ... doch als sein Lebenslicht erlosch, empfand Halphas nur tiefe Dankbarkeit darüber, diesen scheußlich entstellten Leib nicht länger ansehen zu müssen.

Kapitel 11

Drei Uhr nachts – die Stunde des Teufels. Dichte Vorhänge verdeckten das Fenster. Nadja hatte den Teppichläufer beiseitegerollt und auf dem Laminat einen Kreidekreis gezogen, um den sie rundherum allerlei mystische Symbole zeichnete. In der Kreismitte stand ein mannshoher Spiegel; das ovale Glas ähnelte der Form eines Auges.

»Den Spiegel hab ich im Antiquitätenladen in der Nähe vom Bahnhof gefunden. War nicht grade günstig«, erklärte Nadja stolz und entzündete die letzte der vier Kerzen, die sie um den magischen Kreis herum aufgestellt hatte: eine in jeder Himmelsrichtung. »Damit hätten wir alles, denke ich. Der Ritualtext ist auf Latein; ziemlich verschachtelt, aber den Großteil hab ich übersetzen können.«

»Woher hast du den Zauber eigentlich?«, erkundigte sich Julian.

»Aus einem alten Grimoire, ein okkultes Werk aus dem 17. Jahrhundert. Der Magier, der das Buch geschrieben hat, empfing die Zauberformel angeblich von einem Engel.«

Kyu-Min kicherte. »Wenn dein Pflegepapa wüsste, was für Hokuspokus wir bei euch zu Hause treiben!«

»Johannes ist bis Freitag auf Dienstreise, er erfährt nichts.« Nadja nahm eine Messingschale, randgefüllt mit Räucherwerk, und zückte ein Feuerzeug. Schwerer, eindringlicher Duft durchzog Sekunden darauf den Raum. »Bereit, ihr beiden?«

»Kann losgehen«, meinte Kyu, scheinbar putzmunter trotz nächtlicher Uhrzeit.

»Nein … aber fangen wir einfach an«, grummelte Julian und hockte sich zusammen mit Kyu-Min mitten in den Kreis aufs Laminat. Er fühlte sich ausgesprochen unwohl in seiner Haut. Nicht nur, weil er Zweifel an dem ganzen Hexenkram hegte – Kyus Sorglosigkeit angesichts Schwarzer Magie irritierte ihn zusätzlich.

Das Schummerlicht der Kerzen ließ unheimliche Wesen an den

Wänden tanzen. Im Spiegel wirkten Julians und Kyu-Mins Ebenbilder wie geisterhafte Schemen im halbdunklen Zimmer.

Nadja stellte das Räucherschälchen neben Julian auf dem Boden ab und griff nach einem Buch mit vermodertem Ledereinband, das auf ihrem Schreibtisch unter Notizzetteln vergraben lag.

Julian und Kyu, Nadjas Anweisungen folgend, beruhigten ihren Atemfluss. Mit geschlossenen Augen hörte Julian, wie Nadja einen lateinischen Vers zu murmeln begann. Leise und unverständlich drangen die fremden Worte an sein Ohr, ließen Ameisen unter seiner Haut krabbeln. Würde Raziels geballte Macht als gewaltiger Energiestrom durch seine Adern schießen? Durfte er hoffen, jeden Moment kraftstrotzend zu explodieren? Sachte hob er die Lider. Die Kerzen flackerten, das Räucherwerk in der Schale verglomm … Plötzlich: Ihre Spiegelbilder verzerrten sich zu zwei Dämonen mit nachtschwarzen Schwingen. Angespannt hielt Julian den Atem an, seine Finger krallten sich in den Stoff seiner Jeans – und es geschah …

… nichts. Keine teuflischen Kräfte entfalteten sich, kein göttliches Licht erleuchtete ihn. Nachdem Nadja den Zauberspruch verlesen hatte, fühlte Julian sich weder weiser noch stärker – höchstens hundemüde, so spät in der Nacht. Die dämonischen Gestalten im Spiegel verflüchtigten sich flugs; verwandelten sich von einem Wimpernschlag auf den nächsten in Julians und Kyus gewöhnliche Abbilder zurück. Bloße Einbildung?

Kyu-Min öffnete die Augen. »Ähm … soll jetzt eigentlich … irgendwas Bestimmtes passieren?«

»Na ja … keine Ahnung«, gestand Nadja. »Spürt ihr denn … dass irgendwie …?«

»Ehrlich gesagt … nein. Sorry.«

Julian schüttelte ebenfalls den Kopf. Ein letzter Blick in den Spiegel zeigte lediglich drei bettreife Jugendliche. »Tja, vielleicht … legen wir uns besser langsam aufs Ohr, sonst sind wir morgen früh in der Schule halb tot«, schlug er vor und holte gähnend die Schlafsäcke, die sie neben dem Kleiderschrank deponiert hatten.

»Kapier das nicht … Bin den Text doch sorgfältig durchgegangen, hab mich genau an die Anweisungen gehalten …«, murmelte Nadja missmutig und löschte alle Kerzen. Ihrem enttäuschten Gesicht war anzusehen, dass der Misserfolg sie deutlich wurmte.

Kyu-Min half ihr, den Spiegel beiseitezuschieben und mit feuchtem Lappen die Kreide vom Boden zu wischen. »Also, kenne mich mit Magie zwar nicht aus, aber … eventuell braucht der Zauber einfach 'n bisschen Zeit, um zu wirken.«

»Ja – oder ich hab's vermasselt«, erwiderte sie grimmig und seufzte.

»Ist okay, niemand macht dir 'n Vorwurf.« Kyu kramte seinen Kulturbeutel aus seinem Rucksack hervor und lächelte ihr zu. »Ach, bevor wir pennen gehen … Nadja, sag mal … hast du vielleicht 'ne Kippe für mich?«

Kapitel 12

Als Julian am Morgen in die Küche kam, bot sich ihm ein ungewohntes Bild: Kyu-Min stand gemeinsam mit Nadja am geöffneten Fenster und rauchte.

»Sag mal, qualmst du neuerdings regelmäßig, oder was?«

»Problem damit?«

»Na … ich mein nur, du rauchst doch sonst nie.«

»Mir ist eben grad danach – na und?«, knurrte Kyu und zerdrückte die Zigarette im Aschenbecher.

Julian fischte sich ein Brötchen aus dem Brotkorb, während Nadja die Kaffeemaschine einschaltete.

»Ich geh heut nicht zur Schule. Zadkiel will mich treffen, im Himmel braut sich scheinbar was zusammen …«, verkündete sie beim Frühstück und biss von ihrem Wurstbrot ab. »Wie fühlt ihr euch? Irgendwas … Besonderes seit letzter Nacht?«

»Bloß, dass ich hellwach bin, obwohl wir echt wenig geschlafen haben.« Julian bedachte sie mit halb amüsiertem, halb herablassendem Lächeln. »Üb einfach fleißig weiter, irgendwann wird aus deinen Hexentricks sicher 'ne große Nummer.«

Nadja erwiderte ausdruckslos seinen Blick. »Und bei dir, Kyu?«, fragte sie, ohne auf die spöttische Bemerkung einzugehen.

Kyu-Min lächelte schelmisch, vollführte einen Wink mit der Hand – und der Kaffee auf dem Tisch spritzte in die Höhe, Fontänen eines Springbrunnens ähnlich; plätscherte bis zur Decke und landete auf Kyus Befehl sauber zurück in den Tassen.

»Wahnsinn. Toll. Klasse«, kommentierte Julian begeisterungslos. »Wenn du Astaroth siehst, lad ihn zum Kaffeekränzchen ein!«

Kyu-Mins Blicke durchbohrten ihn giftigen Pfeilen gleich. »Tja, blöd, dass du jetzt nicht mehr der Einzige mit coolen Kräften bist, was?«

»Freund, pass besser auf, was du sagst, sonst …«

»Jungs, keinen Streit!«, funkte Nadja dazwischen. »Unser Ritual ist fehlgeschlagen, daher … stimmt schon, ihr solltet eure Fähigkeiten in jedem Fall weiterhin auf eigene Faust trainieren.« Sie betrachtete ihre Tasse, aus der Kyu-Min den Kaffee hatte hochsprudeln lassen. Ihre Lippen lächelten verhalten. »Und … also, na ja … für den Anfang zumindest nicht schlecht, Kyu.«

»Oh, vielen, vielen Dank«, erwiderte Kyu-Min mit einer Stimme, ätzend wie Säure. »Ich wette, wenn ich *einfach weiter fleißig übe*, ist bestimmt auch unser Boss bald zufrieden mit mir.«

Julian quittierte seine Äußerung mit abfälligem Schnauben und biss missmutig in sein Käsebrötchen.

Draußen durchbrachen milde Sonnenstrahlen den kalten Wintermorgen.

Kaum vor der Tür, erprobte Kyu-Min zum ersten Mal übermütig seine Flugkünste; ließ zwei dämonische Schwingen auf seinem Rücken erscheinen und erhob sich johlend in die Luft. »Wow, total irre!«, kreischte er, während er ausgelassen um die nahen Dächer kreiste. »Hey, sollen wir zur Schule fliegen?«

»Verdammt, komm runter, bevor dich jemand sieht!«, brüllte Julian zu ihm hinauf, worauf Kyu mit grimmiger Grimasse vor seinen Füßen landete.

Schweigend trotteten sie die Straße entlang: die Schultern gesenkt, die Hände in den Hosentaschen vergraben. Mürrisch schlug Kyu-Min einen Kurzstopp am Kiosk vor, um sich mit einem zweiten Kaffee einzudecken.

»Und ein Päckchen *Marlboro*!«, fügte er hinzu, als der Kioskbesitzer zwei dampfende Pappbecher auf den Tresen stellte.

»Vergiss es!«, fuhr Julian dazwischen und drückte dem verwirrten Verkäufer die Zigarettenschachtel prompt zurück in die Hand.

»H-Hallo? Geht's noch?!«, protestierte Kyu-Min lautstark.

»Schadet der Gesundheit und kostet ein Vermögen – kommt nicht infrage!«

»Und? Ist ja wohl meine Sache, oder? Du rauchst doch selber manchmal, also warum …«

»Weil ich es sage, darum!«, schnitt Julian ihm in derart scharfem Ton den Satz ab, dass sein Freund erschrocken zusammenzuckte.

»Ehrlich … du spinnst langsam!«, zischte Kyu zornig, wagte jedoch offenkundig keinen weiteren Widerspruch.

Wortlos lümmelten sie sich um einen der beiden Stehtische und tranken grollend ihren Kaffee.

Auf dem Bürgersteig näherte sich torkelnd ein Mann: Löcher in Jacke und Hose, Bart und Haare struppig, das Gesicht eine eingefallene Ruine. »Habt da ma' 'n bisschen Kleingeld?« Der Atem des Obdachlosen glich dem Gestank abgestandener Bierfässer.

Nach einem kurzen Blick ins Portemonnaie gab Julian ihm zwei Fünfzig-Cent-Stücke.

Die trüben Augen wanderten zu Kyu-Min.

»Na, wie viel brauchste denn?«, fragte er mit einer Freundlichkeit, gekünstelt wie aus dem Mund eines Soapdarstellers.

»Ein, zwei Euro … für 'ne Mahlzeit, ne?«

Kyus Lächeln verwandelte sich in ein hämisches Grinsen. »Wie wär's, ich spendier dir 'n Zehner für 'n Stück Seife? Stinkst schlimmer als die städtische Müllhalde, Alter!«

Schnaubend wollte der Mann sich bereits abwenden – als Kyu-Min zehn Euro aus seinem Geldbeutel fischte und mit dem Schein verführerisch vor seiner Nase wedelte.

»Hm, was is'? Komm, sag schön *Bitte* zu mir!«

Beunruhigt tanzte Julians Blick zwischen seinem Freund und dem Obdachlosen umher, als würde er eine unerwartet groteske Szene in einem Film betrachten. »*Äh* – Kyu?«

Der verwahrloste Kerl kratzte sich am Bart; scheinbar unschlüssig, ob Kyu-Min sein geschmackloses Angebot ernst meinte oder sich einen miesen Scherz erlaubte. Die Stimme zu einem Wispern gesenkt nuschelte er schlussendlich ein kaum verständliches »Büdde …«

»Brav!« Kyu-Min lachte höhnisch, bevor er den Geldschein verächtlich zu Boden fallen ließ. »Hier, heb auf, du Penner!«

Der Obdachlose starrte ihn verdattert an. Sekunden verstrichen, die eine Ewigkeit lang schienen … dann bückte er sich so rasch, dass er beinah stolperte, und stopfte den Zehner in seine Jackentasche.

»Arschloch … Scheiß-Halbstarker …« Flüche murmelnd wankte er davon, die Scham überdeutlich ins zerfurchte Gesicht gezeichnet, während Kyu-Min ihm zum Abschied seinen ausgestreckten Mittelfinger zeigte.

Aus dem offenen Kioskfensterchen drang die aufgebrachte Stimme des Verkäufers: »Ey, du da, Chinese – noch ganz dicht in der Birne?!«

Julian vergaß beinah, den letzten Schluck Kaffee hinunterzuschlucken; kalt und ungenießbar lag er ihm auf der Zunge. »Wa… Was sollte denn diese Aktion?«

»Warum? War doch lustig!« Kyu-Min kicherte gehässig. Beide Augen zu feindseligen Schlitzen verengt folgte sein Blick dem davontorkelnden Stadtstreicher. »Wandelnder Sauhaufen, echt …«

Für einen Moment fühlte Julian sich berufen, Kyu die Standpauke seines Lebens zu halten – sah sich jedoch nur befähigt, seinen Freund ungläubig anzuglotzen. »Früher hast du anders geredet … Denk mal an unser Hilfsprojekt für Straßenkinder damals in der Neunten. Mit dir als Klassensprecher an der Spitze!«

Kyu-Min musterte ihn unverwandt. Die warmherzigen Augen, die Julian so liebte, wirkten von kaltem Frost überzogen. »Ganz ehrlich? Ich wollte als Klassensprecher wiedergewählt werden, dafür muss man halt beliebt sein«, erwiderte er eisig und spülte den Rest in seinem Becher hinunter. »Die bettelnden Bälger haben mich im Grunde nie gejuckt … und Typen wie grade – unter uns, solche Opfer fand ich sowieso schon immer zum Kotzen!«

Kapitel 13

Das Einhorn lag auf einer Lichtung und knabberte Gras. Abseits des Schlosses in der Geborgenheit des Ewig Blühenden Waldes lebten unzählige dieser eleganten Wunderwesen. Anmutig galoppierten sie zwischen den hohen Flieder- und Machandelbäumen, weideten auf den immergrünen Wiesen oder spielten an den Ufern der klaren Bäche und Seen.

Im Vorbeigehen hielt Michael einen Moment auf dem Waldpfad inne, um das zauberhafte Geschöpf mit seinem perlmuten Fell, der schneeweißen Mähne und dem muschelfarbenen Horn still zu betrachten. Langsam hob das Einhorn sein Haupt und erwiderte den Blick des Erzengels. Die beiden golden leuchtenden Augen vertrieben wenige Sekunden lang den Sturm aus düsteren Gedanken, der durch seinen Geist stob.

Michael hatte den Palast im Morgengrauen verlassen und die heilsame Abgeschiedenheit inmitten der Natur aufgesucht. Auf halber Strecke war ihm Jophiel entgegengeritten, auf dem Heimweg von der Jagd.

»Erlaubt, wohin des Weges, mein Fürst?«

»In die Wälder ... Kraft und Ruhe tanken.«

Fragend hatte Jophiel eine Augenbraue gehoben. »Allein? Zu Fuß?«

»Ja. Ich habe nachzudenken ...« *Über Amitiels verlockendes Angebot ... meine quälenden Zweifel ...*

»Du hegst nicht zufällig die Absicht, mich einzuweihen?«

»Nein ... Verzeih.«

Jophiels skeptisches Stirnrunzeln war nicht zu übersehen gewesen. »Wohlan ... so hoffe ich, der Erfolg krönt deine Gedankengänge.«

»Hab Dank. Vor Sonnenuntergang bin ich zurück.« Rasch hatte Michael einen Seitenpfad gewählt, ohne sich noch ein weiteres Mal nach seinem Kameraden umzuschauen – wenngleich Jophiels argwöhnische Blicke deutlich im Rücken zu spüren gewesen waren.

Sollte ich wahrhaftig ein Seraph werden, dann … ich besäße die Macht, die herrschenden Engel zu vernichten und die finsteren Pforten der Hölle zu stürmen. Das wäre der Sieg der Rebellion, Raziels Traum würde sich noch am selben Tag erfüllen! Trotzdem … Amitiel zu trauen ist Irrsinn. Die Cherubim zählen zu den Hohen des Lichts, unseren ärgsten Feinden. Und dennoch … ihre Worte klangen redlich, sie schien voller Aufrichtigkeit zu mir zu sprechen … Michael war sich der Gefahr hinter dieser seiner vielleicht größten Chance bewusst. Amitiel nach Araboth, dem prächtigsten der sieben Himmel, zu folgen und die Heimstatt des Schöpfers zu betreten – das hieß, sich kopfüber in den Schlund der Bestie zu stürzen! Was jedem übrigen Engel mit Gewissheit die höchste Ehre bedeutet hätte, war für einen Rebellen ein Liebäugeln mit dem Tod. Andererseits, als Raziels einstiger Blutsbruder durfte Michael kein Risiko scheuen. Was sollten seine Mitstreiter sonst von seinem Zaudern halten? Ihr Kampfgeist würde womöglich erlöschen. Gerade in der momentanen Krise, in der die Lage des Widerstands stetig aussichtsloser zu werden drohte, gebot Michaels Pflichtgefühl ihm, selbst ein Hoffnungsschimmer für seine Freunde zu sein. *Nichtsdestotrotz … Furcht fesselt mein Herz! Möglicherweise sind die Herrscher von Elysium mir längst auf die Schliche gekommen? Falls dies eine Falle ist … Geliebte Zadkiel … was, wenn …?*

Zutraulich legte das Einhorn den Kopf in Michaels Schoß, als er auf die Lichtung trat und sich neben dem Zauberwesen im Gras niederließ. Sachte strichen seine Finger über die federweiche Mähne. Die golden strahlenden Augen blickten in Michaels. Schauten zu ihm auf, sanft und zuversichtlich … vielleicht, um ihm auf stille Art Mut zuzusprechen?

Kapitel 14

Zwei Schulstunden reichten Kyu-Min aus, um sich zwei deftige Einträge ins Klassenbuch einzuhandeln. In Mathe forderte der Lehrer ihn mehrere Male auf, vorn an der Tafel verschiedene Rechenaufgaben zu lösen – worauf Kyu dem Pauker zu verstehen gab, in welche Körperöffnung er sich seine Gleichungen gern schieben konnte. Nach dem Unterricht schnorrte er sich von einem Mitschüler eine Zigarette, um in einer ungestörten Ecke des Schulhofes heimlich zu rauchen. Eigenmächtig verlängerte er dabei seine Pause, bis er volle zwanzig Minuten zu spät zur Biostunde erschien.

Noch immer kochte ungeheure Wut in Kyu-Mins Bauch: unterschwellig kokelnd, aber dennoch glühend heiß! Schwer zu sagen, ob ihm bloß der Schlafmangel von vergangener Nacht auf die Stimmung schlug – oder sein Groll gegen Julian, der ihm glatt das Rauchen verboten und ihn nach dem Scherz mit diesem dämlichen Penner getadelt hatte wie ein Kleinkind! *Klar, er darf Florian schikanieren, andere fertigmachen, ihnen Gras ins Maul stopfen! Doch wehe, ich tanz mal aus der Reihe, was?*

Zu Beginn der großen Pause wartete Kyu widerwillig vor Julians Klassenraum, um ihn zum Mittagessen abzuholen; zog währenddessen sein Smartphone aus der Tasche und checkte seine Social-Media-Apps. Irgendein Scherzbold hatte ein Bild gepostet, das Kyu-Min zu seinem Missfallen sogleich erkannte: ein Foto des mit Edding beschmierten Plakats, das Marco im Sommer ans Schulbrett gepinnt hatte, um Julian und Kyu beide als heimliches Homo-Pärchen bloßzustellen. Verärgert ließ er sein Handy zurück in die Hosentasche gleiten … und ertappte sich plötzlich bei einem äußerst grämlichen Gedanken: *Alles wegen Julian! Im Grunde … ist er nicht schuld, dass …?*

Tumult belebte den Gang, als sein Freund zusammen mit anderen Schülern aus der Klasse kam. »Hey, alles okay?« Julian runzelte die Stirn, den Blick auf Kyu-Mins grimmiges Gesicht gerichtet.

»Hm – ja, ja. Hab bloß Hunger.«

In der Cafeteria schlangen sie ihr Essen hinunter, ohne viele Worte miteinander zu wechseln. Keine Ahnung, ob Julian ihn durch sein Schweigen möglicherweise strafen wollte – Kyu jedenfalls versuchte jedes Gespräch zu vermeiden, das den Vorfall heute Morgen am Kiosk thematisieren könnte. Nicht aufgrund von Gewissensbissen, sondern weil er andernfalls befürchtete, zu explodieren wie ein Atomfass.

Nachdem sie das Mittagessen beendet und die Toiletten aufgesucht hatten, lief ihnen Patrick entgegen; ein gehässiges Grinsen im Gesicht. »Ah, treffen sich die Schwuchteln aufm Klo?«

Julian gab nur ein gefährliches Knurren zur Antwort und zog Kyu-Min kurzerhand an Patrick vorbei den Gang entlang.

»Also, wir sehen uns nächste Pause«, sagte er, bevor sie sich auf halbem Weg zu ihren Unterrichtsräumen trennten.

»Ich, äh … nein«, antwortete Kyu-Min knapp. »Echt, für heute reicht's mir, ich mach die letzten Stunden blau. Geh in die Stadt … brauch sowieso endlich neue Klamotten.«

Julian betrachtete ihn mit irritierten Blicken. »Äh, aber … das können wir doch auch nach der Schule zusammen …«

»Ach … ne, lass mal«, fuhr Kyu ihm über den Mund – und erwähnte daraufhin rasch den *Urban Culture* Shop, wo er sich neu einzukleiden gedachte. »Weißt schon … Mode für echte Männer halt. Ist eh nicht dein Geschmack.«

»Aha. Na dann … mach, was du willst. Muss los«, erwiderte sein Freund säuerlich und verschwand in Richtung Klassenraum.

Patrick, der noch immer in der Nähe herumlungerte, war Julians finstere Miene offensichtlich nicht entgangen. »Na, Ehekrise, ihr zwei?« War dieses saublöde Grinsen eigentlich eingemeißelt?

»Meinungsverschiedenheit«, erwiderte Kyu-Min und bemühte sich um Gelassenheit.

»Geht's darum, wer hinhält und wer reinsteckt?« Patricks Mundwinkel berührten beinah die Ohrläppchen.

»Ne. Darum, wer der Boss ist, könnte man sagen.« *Kacke, warum diskutier ich das mit diesem Schwachmaten?*

Das Grinsen auf Patricks Gesicht wich einem unerwartet ernsten Ausdruck. »Ähm … bedroht er dich etwa …?«

»Quatsch! Er ist nur … nun …« Kyu seufzte. »Na ja … er ist eben Julian.«

»Ehrlich, ich hab's eh nie geschnallt …«, antwortete Patrick mit gesenkter Stimme. »Ich meine, du bist beliebt, cool … Wieso gibst du dich überhaupt mit diesem Vollassi ab? Raff ich nicht!«

Machst du jetzt einen auf Kumpel, oder was? Ich liebe Julian, er ist mein bester Freund … sorgt sich, beschützt mich, hilft mir ständig aus der Patsche … behandelt mich wie ein Baby, lässt mich nach seiner Pfeife tanzen …! Kyu-Mins Augen wanderten zu seinen Schuhspitzen. »Ich manchmal auch nicht …«

Ein dümmliches Lächeln spielte um Patricks Lippen. »Also … wenn ich ehrlich bin, kann mir sowieso nicht wirklich vorstellen, dass du … äh … Julian hat dich da doch in was reingezogen, oder?«

Ja … wäre dieser Abend im Park nicht gewesen, hätte er mir niemals seine Liebe gestanden … Dann wäre alles noch wie früher, ich hätte mein altes Leben zurück … »Nein … na ja … er, äh … baut halt viel Scheiße.«

»Sicher hast du ihn abblitzen lassen und dann hat er einfach behauptet, du willst was von ihm – so war's, stimmt's?« Patrick redete sich regelrecht in Rage, als wäre Kyu das Opfer einer miesen Intrige, das es zu verteidigen galt. »Echt, du und schwul? Ich wette, Julian hat das Gerücht selber verbreitet, damit …«

»Ey … grad keinen Bock mehr, drüber zu labern, okay?«, unterbrach Kyu-Min, worauf der Redeschwall quasi auf Befehl verstummte.

»Logisch, sorry«, entschuldigte sich sein Gegenüber monoton und schob ein schnelles »Und, ähm … du schwänzt heute, hab ich gehört?« hinterher.

»Japp. Geh shoppen.«

»Paar Szeneläden abklappern, nehm' ich an?«

Kyu-Min nickte … und erinnerte sich: Früher hatte er solche Touren oft mit Patrick gemeinsam unternommen. In der achten Klasse waren sie Freunde gewesen. Patrick hatte klettengleich an ihm gehangen, sogar Kyus Kleidungsstil imitiert und ihn – *Wie schaffst du's bloß, ständig die Bräute abzuschleppen?* – ein, zwei Mal tatsächlich nach Tipps wegen Mädchen gefragt. Im Verlauf der Schulzeit schloss Kyu-Min jedoch eine Menge Freundschaften und Patrick war dabei auf der Strecke geblieben. Schließlich hatte Kyu sich nur noch bei ihm gemeldet, wenn ihm langweilig war … und schlussendlich überhaupt nicht mehr.

»Tja, dann … hoff, du findest was Cooles«, meinte Patrick und vergrub seine Hände in den Hosentaschen, während drei verspätete Schüler an ihnen vorbei zur bereits begonnenen Unterrichtsstunde hasteten.

»Klar, bestimmt«, entgegnete Kyu-Min, schulterte seinen Rucksack – und warf ihm ein schwaches Lächeln zu. »Wie sieht's aus? Bock, mitzukommen?«

†

Griesgrämig verließ Julian die Klasse. In seinem Kopf brütete die Frage, was ihm stärkere Bauchschmerzen bescherte: Die Unmenge an Englisch-Hausaufgaben – oder Kyu-Mins unmögliches Verhalten? *Was zum Teufel ist los mit dir? Du bist echt merkwürdig drauf … und verletzend noch dazu. Versteh doch, ich mach mir Sorgen! Leviathans Seele, diese dunklen Kräfte in dir … nicht zu fassen, wie unbekümmert du damit umgehst! Ich liebe dich, Kyu … aber in letzter Zeit … ich erkenne dich kaum wieder …*

Julians Gedankengang riss abrupt, als ihn unverhofft jemand seitlich anrempelte, sodass ihm der Rucksack von den Schultern rutschte und der Inhalt aus der halb offenen Tasche herausfiel. Seine Hefte und Bücher verteilten sich auf dem Gang, Stifte rollten über den Flur.

»Verzeihung!«, erklang sanft eine Stimme – und bevor Julian Gelegenheit bekam, den Schuldigen gründlich zur Schnecke zu machen, kroch dieser bereits über den Fußboden und hob die Schulsachen flink wieder auf. Zu seiner Verwunderung bemerkte Julian, das Haar des fremden Burschen war grün wie die Blätter der Bäume.

Rasch packte der Tollpatsch Mathebuch und Physikordner zurück in den Ranzen. »Vergib mir mein Missgeschick«, entschuldigte er sich zum zweiten Mal und blickte beinah untertänig zu ihm auf.

»Ist okay.« Der Duft von frischer Erde, von feuchtem Moos und wilden Kräutern umwehte plötzlich Julians Nase.

Der eigenartige Mitschüler schloss den Reißverschluss an Julians Rucksack und erhob sich mit zaghaftem Lächeln. »Darf ich fragen, wo musst du jetzt hin?«

»Erst mal raus in die Hofpause, danach zu Deutsch«, erwiderte Julian und streckte den Arm nach seinem Ranzen aus.

»Lass nur, ich trage gern die Tasche für dich.«

Belustigtes Glucksen. »Nicht nötig, wirklich.«

Die scheu lächelnden Lippen gewannen einen lauernden Zug. »Strafe muss sein, nicht wahr?«

Gott, du bist weird, dachte Julian und betrachtete den seltsamen Zeitgenossen von Kopf bis Fuß. Grüne Haarsträhnen fielen lang nach vorn über die rechte Gesichtshälfte, während finsterer Kajal das linke, sichtbare Auge umrahmte. Der Aufdruck auf dem Hoodie zeigte ein weinendes Skelett, das ein zerbrochenes Herz in der Hand hielt. Um die Hüfte schwang sich ein Nietengürtel. Die dunkle Jeans endete in zwei schwarzen *Chucks*. »Moment ... dich kleinen Emo kenn ich doch ... Dein Gesicht, du ... bist kein Schüler, sondern ...«

»Ein Urdämon, gewiss. Herr der Erde und Hüter der Totenwelt.«

»B ... Be ... lial ...?«

Der Dämon nickte.

»Im Totenreich ... ja, die Suche nach dem Erebos ...« Vergessene Erinnerungen brachen in Julians Gedächtnis ein. »Du bewachst die Mutter der Bäume ... und ... deine Arme ... sind voller Narben ...«

Belials stumme Antwort bestand in einem schmerzlichen Zucken der Mundwinkel. Nahezu diensteifrig schulterte er Julians Rucksack; scheinbar felsenfest entschlossen, sein Gepäckpage zu sein. »Nun denn ... darf ich dich auf den Hof begleiten? Dort können wir unser Wiedersehen gern vertiefen ...«

Draußen herrschte knackige Winterkälte. Weiße Kronen bedeckten die kahlen Baumwipfel auf dem Pausengelände. Viele Schüler kuschelten sich zu kleinen Grüppchen zusammen, manche mit einer dampfenden Tasse Tee oder Kakao aus der Schulkantine in Händen.

»Wann beginnt dein Unterricht?«, fragte Belial und gab Julian endlich seine Tasche wieder.

»In ein paar Minuten.« Er seufzte. »Obwohl, wenn ich's mir recht überleg ... ich glaub, ich lass Deutsch sausen.«

»Unglücklicher Tag heute?«

»Na ja ... ein bestimmter Jemand stresst mich grad ziemlich.« *Mode für echte Männer halt. Ist eh nicht dein Geschmack.*

Belial näherte sich ihm einen schüchternen Schritt. »Sag, wollen wir ... gemeinsam eine Trinkstube aufsuchen? Das vertreibt die trüben

Gedanken. Ich lade dich ein auf … äh, jenen warmen Trunk aus gerösteten Bohnen vielleicht?«

»Kaffee, Mann – das nennt sich *Kaffee*!«

»Gewiss, davon sprach ich«, entgegnete der Urdämon mit verzagtem Schmunzeln.

Unschlüssig hielt Julian seinem erwartungsvollen Blick stand. »Weiß nicht, ich … obwohl …« Missmutig rief er sich ins Bewusstsein, wie Kyu-Min ihm deutlich klargemacht hatte, dass er den Tag ohne ihn verbringen wollte und beim Klamottenkauf nicht den geringsten Wert auf Julians Gesellschaft legte. »Nun, also …« Langsam erzwangen seine Lippen ein Lächeln. »Ja, okay … warum eigentlich nicht?«

Kapitel 15

Als Mephistopheles den Westflügel betrat, stand Samael vor einem der wandhohen Giebelfenster und schaute hinaus ins tosende Gewitter. Seit Tagen tobten Unwetter über Gehenna und schütteten Wasserfälle auf das Herz der Hölle hinab. Um die schwarzen Turmspitzen von Pandämonium kreisten Sturmdruden und Geistervögel im wilden Tanz vereint. Ihr heiseres Gekrächze durchzog gespenstisch die feucht-schwangere Luft.

Mephisto schritt zu dem anderen Fürsten ans Fenster. »Die Schauer lassen nicht nach. Ich habe Sorge, der Styx steigt über die Ufer.«

Samael nickte sachte, ohne seinen Blick von der vom Regen benetzten Scheibe abzuwenden. »Die Sturmflut begann mit Leviathans Erwachen ... Sein Element, das Wasser ... es ruft ihn heim in die Hölle ...«

Mephistopheles betrachtete ihn aus den Augenwinkeln. »So glaubt Ihr wahrhaftig, der Teufel der Meere ist zurückgekehrt?«

»Nicht allein das! Ich erfuhr Neuigkeiten von unseren Spähern, welche die Ereignisse auf Erden überwachen: In derselben Nacht, als in Gehenna der Regen einsetzte, schwemmte ein Fluss elementarer Energie über die irdische Sphäre hinweg – und zwar in jenem Städtchen, das Julian Sanders und einigen Rebellen Obhut bietet.«

Mephisto erstarrte. »Ihr meint ...?«

»Ja, ich befürchte ... Leviathans Seele wohnt einem von Raziels Gefährten inne.« Samael warf ihm einen Seitenblick zu. »Sagt, habt Ihr bereits Kunde von Astaroth erhalten, Hochfürst?«

»Bislang nicht«, bemerkte Mephistopheles bitter. »Kein Lebenszeichen, seit er in meinem Auftrag zur Erde aufgebrochen ist.«

»Dann mögen die finsteren Mächte es fügen, dass die lodernde Fackel der Unterwelt auch dieses Mal obsiegt ...«, murmelte Samael, während seine Aufmerksamkeit weiterhin dem Bann des wütenden Unwetters erlag.

Mephisto trat näher ans Fenster. Regentropfen rannen in langen Bahnen über die Scheibe. Draußen hatte sich eine Drude auf der Spitze des Nordturms niedergelassen und sträubte kreischend ihr schwarzes Gefieder. Dunkle Wolken und triefnasse Schleier zogen über Hänge und Hügel hinweg, als ob der Regen eine Botschaft verkündete ... jemanden willkommen hieß.

Wasser ..., schlich es unwillkürlich durch Mephistopheles' Geist. *Rein und klar wäschst du jeden Schmutz hinfort ... nur nicht den Dreck, der an mir haftet ... die Abscheulichkeit meines abstoßenden Leibes ...*

Das Knarren der sich plötzlich öffnenden Tür zerriss die trübe Gedankenkette. »Verzeihung, Hochfürst ...« Liliths Gesicht glich einem kreideweißen Grabtuch. »Für Euch ist ein Paket eingetroffen ... wegen Halphas ...«

»Ah! Hat der *Krieger mit den sieben Klingen* sich endlich vernehmen lassen?«

»Nun ... nein, er ...« Die Stimme der Fürstin stockte, ihre schreckgeweiteten Augen traten beinah aus den Höhlen. »Man ... hat Euch ... seine Asche geschickt ...«

Draußen ertönte ein Donnergrollen. Samael schnappte hörbar nach Atem.

»Ihr scherzt ...«, entgegnete Mephistopheles ungläubig – doch der bestürzte Ausdruck auf Liliths Miene belehrte ihn eines Besseren.

»Nein, der Schachtel ... war ein Schreiben von Despariel beigelegt ... Eine Art ... Beileidsbekundung ... reinster Hohn«, stammelte sie und rang sichtlich um ihre Fassung.

Samael legte den Arm um seine Gemahlin, um ihr Trost zu spenden. »Vielleicht war es unklug, Despariel abzuweisen. Womöglich sollten wir ihm die Krone überlassen, statt ...«

»Niemals!« Mephistos Wutausbruch brachte Samael zum Verstummen wie ein Kanonenschlag. *Despariel, du widerwärtiges Ungeheuer!* »Nein, dieser Made überlasse ich nicht kampflos den Thron! Niemand nimmt mir meine Macht!«

Ich goss die Hölle in ihre heutige Form; habe mehr Opfer erbracht, als irgendwer sich vorzustellen vermag! Einst ausgestoßen – nun der Oberste der Großen Neun! Das wird mir keiner jemals entreißen!

»Luzifers Jüngster sucht den offenen Krieg? Wohlan, er soll ihn bekommen!« Unbewusst ballte seine Rechte sich zur Faust, sodass die Fingernägel sich ins eigene Fleisch bohrten. *Seid gewiss, Despariel – ich vernichte Euch!*

†

»Was ist mit Halphas' Asche geschehen?«

»Nun, ich habe die Überreste dieses Hundes seinem Herrchen zurückgesandt«, erklang Despariels Stimme aus der Düsternis.

Kallisto wagte drei weitere Schritte in das nachtdunkle Schlafgemach. Ein Wink ihrer Hand – und im Leuchter in der hintersten Zimmerecke entzündeten sich die Kerzen.

»Kein Licht!«, zischte Despariel. Ein Windzug wehte durch den Raum, worauf die Flammen sogleich wieder erloschen. »Ich ertrage ihn nicht … den Blick deiner Augen auf meiner grässlichen Gestalt … so wie dieser vermaledeite Meuchelmörder mich gesehen hat …«

Vorsichtig näherte Kallisto sich ihrem Herrn, der mit bloßer Brust und lediglich einem Handtuch um den Unterleib auf der Bettkante saß, das rabenschwarze Haar noch feucht vom Bad. Mondschein drang durchs Fenster und warf fahlen Glanz auf das traurige Gesicht und den geschundenen Körper ihres Gebieters. Kallisto setzte sich neben ihn aufs Bett. Die Spitzen ihrer Finger berührten behutsam seine Schultern … streichelten sanft über den Rücken und die grauenerregenden Narben, die Despariels Haut entstellten. *Herr … Vater … ich erschaudere beim Gedanken daran, was Euch widerfahren sein muss … wenngleich ich nie gewagt habe, zu fragen …* »Woher … stammen diese Wundmale? In all unseren gemeinsamen Jahrhunderten genoss ich stets Euer Vertrauen, doch darüber habt Ihr nie ein einziges Wort verloren …«

Zeitlupenartig wandte Despariel ihr sein Angesicht zu. Dem nächtlichen Zwielicht zum Trotz erkannte sie die Verlorenheit und Verzweiflung darin. »Raziel … es dürstete ihn bereits nach Grausamkeit, lange bevor er die Rebellen zum Aufstand führte. Einst hing mein ganzes Herz an meinem Bruder, größere Liebe findet sich im gesamten Kosmos nicht … aber … er zerbrach es, blind vor Verachtung …« Im Mondschimmer sah Kallisto eine einzelne Träne einsam über Despariels Wange rinnen. »Jedoch, letztendlich bekämpft Raziel bloß seinen eigenen Schatten ... Du musst wissen, er erträgt nicht, dass ... oh ja, ich konnte in seinem Antlitz lesen, wie es ihn innerlich zerfraß: Das Geheimnis seiner Herkunft, das er in jener Nacht erfuhr ... damals, als unser beider Albtraum begann ...«

Kapitel 16

Die Trinkstube – oder das »nice Café«, wie Julian es nannte – war festlich dekoriert. Tannenzweige schmückten die Tische, Strohsterne und Schneeflocken aus weißer Pappe hingen an den Fensterscheiben. Offenbar stand der Ehrentag des Heilands vor der Tür; Belial hatte Seelen in der Totenwelt von diesem Brauch sprechen hören.

»Wie hast du mich überhaupt gefunden?«

»Ich beschritt den Läuterungsberg, trotzte den Winden und durchquerte das Portal ins Reich der Lebenden. Danach folgte ich den Stimmen der Natur: Das Flüstern der Blätter und Wispern der Grashalme führte mich zu dir.«

Julian betrachtete ihn über den Rand seiner Kaffeetasse. »Aber – wieso bist du auf der Erde? Etwa … nur um …?«

»… dir wiederzubegegnen, ja.« *Noch einmal dein Lächeln zu erblicken. Voller Bewunderung zu dir aufzuschauen. Dir nahe zu sein, wenngleich du ewig fern bist …* »Entsinnst du dich wahrlich nicht mehr, Julian? Wie ich dich in den Elysischen Feldern fand und in meinem Baumhaus umsorgt habe?« *Von dir Prügel bezog … die Härte und Liebe deiner Schläge genoss?* Belial nahm rasch einen Schluck seiner heißen Schokolade und senkte verschämt die Wimpern, um Julians Blick zu entfliehen. Seinem Gegenüber geradeheraus ins Gesicht zu sehen scheuchte eine Meute wilder Fledermäuse in seinem Magen auf; allein die unscheinbare Kraft von Julians stahlblauen Augen vermochte ihn förmlich in die Knie zu zwingen.

»Also … da sind verschwommene Bilder … Ja, du hast mir den Weg zum Erebos gezeigt … Ich erinnere mich … einsam warst du, traurig … und … hey, die Emo-Klamotten und deine Frisur jetzt – das ist neu, stimmt's?«

»Gewiss. Ich halte mich schon seit einer Weile in deiner Heimatwelt auf, um mich mit den Gepflogenheiten anzufreunden.« Scheu versuchte Belial ein Lächeln. »Ziemlich, ähm … cool, die Kleidung, oder?«

»Manometer, und die Sprüche! Sonst quatscht ihr Dämonen doch wie in einem Shakespeare-Stück.« Anerkennend streckte Julian den Daumen empor. »Machst dich gut, Kleiner!«

Der Duft von Zimt und Rosinen schmeichelte Belials Nase, als eine Wirtin mit roter Schürze zu ihnen an den Tisch kam und die zwei Stücke Kuchen brachte, die Julian kurzerhand für sie beide bestellt hatte.

»Köstlich!«, schwärmte der Urdämon nach dem ersten schmackhaften Bissen. »Wahrhaftig, es gefällt mir, dieses … Café!«

»Ich sag ja, hier ist's super – nur 'n bisschen stark beheizt, was?« Langsam krempelte Julian die Ärmel seines Pullis hoch und entblößte seine eisern trainierten Unterarme.

Verstohlen zeichneten Belials Blicke die Konturen der Muskeln nach, die sich unter straffer Haut wölbten. Sein Herz hämmerte wie ein wahnsinniger Zimmermann; fast befürchtete er, Julian könnte es hören!

»Übrigens, wenn du möchtest, zeig ich dir nachher noch mehr. Bei uns gibt's viele tolle Sachen.«

»Davon … habe ich geträumt vom ersten Moment an, als ich dich sah, Julian … gemeinsam mit dir durch die Straßen der Menschen zu ziehen …« *fügsam deinen Schritten folgend …*

»Kein Problem! Wart's ab, nach 'ner Ewigkeit unter Toten blühst du bald richtig auf, dafür sorg ich schon!«

Julians keckes Zwinkern traf Belial einem Donnerschlag ähnlich. »Ja … dir will ich Leib und Seele anvertrauen … Führe mich mit fester Hand und sei gewiss, ich zolle dir Respekt und leiste jedem deiner Worte Gehorsam.«

»Soso.« Grinsend ließ Julian sich ein Stück Kuchen im Mund zergehen. »Machst du auch meine Hausaufgaben und putzt mein Zimmer?«

»Wenn du es wünschst …« … *dann diene ich dir gar in Ketten, ehrfürchtig vor dir zitternd …*

Genüsslich verschränkte Julian die Arme hinter dem Kopf, was seinen voluminösen Bizeps zur vollen Geltung brachte und Belials Wangen rot färbte. »Wirklich? Dein Ernst?«, fragte er heiter – aber mit einer Spur Häme, die grausam in den Mundwinkeln nistete. »*Alles*, was ich sage?«

Die bloße Bedeutung dieser Worte durchfuhr Belial gleich einem Blitz. *Woher nur nimmt er diese Macht? Mit welcher Fessel bindet er mich? Uns Engeln der Finsternis ward die Gabe verliehen, die Menschheit zu verführen. Warum erliege ich, ein Urdämon aus den Tiefen der Hölle, nun selbst dem Bann dieses Menschenjungen ...?* Siedender Schweiß stand auf Belials Stirn, als seine Finger über die Tischplatte glitten und sachte Julians Hand zu berühren wagten. »Was immer du befiehlst ...«, hauchte er: zaghaft zwar, doch demütig wie ein Diener, der seinem Herrn ehrliche Ergebenheit schwört.

»Gut ... ich nehm' dich beim Wort, Belial. Verlass dich drauf.«

Das spöttisch kalte Lächeln auf Julians Lippen ließ ihn regelrecht zu Eis erstarren – während in seinem Herzen, seinen Lenden heiße Flammen loderten.

Kapitel 17

Zweifel an seinem Fürsten lagen Jophiel fern. Schließlich: Michael hatte seiner Schwester und ihm ein Heim gegeben, nachdem beide Geschwister einst verloren durch Schamajims Straßen gewandert waren. Ihr Vater war im Großen Krieg gefallen, die Mutter kurz nach Chamuels Geburt an einer Krankheit gestorben. Daraufhin hatte ein Onkel seine Schwester in Obhut genommen und Jophiel selbst sich Fahrendem Volk angeschlossen. Gemeinsam mit den Gauklern jonglierte er auf Marktplätzen, erfreute Kinderscharen mit fröhlichem Puppenspiel, übte sich im Feuerspucken und deutete verliebten Mädchen aus farbenfrohen Spielkarten die Zukunft. Ein Vagabundendasein ermöglichte zwar kein Vermögen – doch kaum war in seinen Taschen genügend Gold gewesen, um seiner Schwester ein Leben ohne Hunger und Kälte zu gewähren, hatte Jophiel an die Haustür seines Onkels geklopft.

Obwohl Jahrhunderte vergangen waren, erinnerte Jophiel sich glasklar an jenen schicksalsträchtigen Sommertag: Im Schatten einer Linde hatten die Geschwister sich gegenseitig das Versprechen gegeben, einander niemals wieder zu verlassen, und den Schwur mit blanker Klinge ins Holz des Baumes geritzt. Noch im selben Moment, als sie die Worte besiegelt hatten, waren ihre Himmelsschwingen verschwunden und jedem ein einziger, neuer Engelsflügel gewachsen. Zwei Hälften, die zusammen ein Ganzes bildeten – sichtbares Wahrzeichen unzertrennlicher Treue. Zwei Herzen, so innig verbunden, dass sie sich seither ein Flügelpaar teilten.

Bruder und Schwester hatten sich bei der Hand genommen und ihr Heimatreich Djanna verlassen. Der Erzengel Michael stand im Ruf, von allen Fürsten des Lichts der Großmütigste zu sein. Auf dem beschwerlichen Weg nach Schamajim vergingen Wochen der Wanderung. Das Gold, das Jophiel als Gaukler angesammelt hatte, reichte unterwegs für heruntergekommene Herbergen und wenige Stücke Brot, bis die Geschwister schließlich vor den Toren von Michaels Schloss standen. Dachte Jophiel an die erste Begegnung mit dem Engel des Feuers zurück, kamen ihm vor allem Michaels Herzlichkeit und Gastfreundschaft in den Sinn. Wer bedürftig war und um Beistand bat, dem reichte er bedingungslos die helfende Hand. Den rangniedrigsten Laufburschen behandelte der Fürst ebenso freundlich wie den ruhmreichsten seiner Krieger. Obgleich Chamuel und Jophiel zunächst nur eine Stellung als einfache Dienstboten fanden, entdeckte der Herr von Schamajim bald Jophiels Mut und sein schlummerndes Talent für den Umgang mit dem Schwert.

Nur einen Mondmonat, nachdem Michael ihn zum Krieger erhoben hatte, zog Jophiel Seite an Seite mit dem Heer in die Gläserne Wüste. Die Erinnerung an seine erste Schlacht sollte als blutiges Grauen auf ewig in Jophiels Gedächtnis spuken. So viele junge, frisch einberufene Soldaten, die sich wackeren Herzens fürs Gefecht gerüstet hatten, fanden in den sandigen Dünen den Tod. Wie jeder Engel hatte auch Jophiel von Kindesbeinen an die heldenhaftesten Geschichten über den Großen Konflikt gehört – doch erst jenes entsetzliche Massaker ihn die wahre Bedeutung hinter all den leeren Worthülsen begreifen lassen. Dort in der Wüste war sie ihm begegnet: Die rasende Furie namens Krieg, die mit Narben entstellter Fratze alles Leben verzehrte. Jophiels Augen hatten mit angesehen, wie jahrtausendealter Hass und tiefgreifende Zwietracht Kameraden und Freunde ins finstere Grab stürzten.

Nach Samaels Verrat und Raziels unverhofft rettendem Eingreifen hatte sich von Michaels früherer Munterkeit nur noch selten eine Spur gezeigt. Sein Großmut war geblieben, sein Gesicht jedoch oft von Trauer und Gram gezeichnet gewesen. Jophiel wusste, Michael plagten Schuldgefühle am Tod seiner Männer, und schenkte ihm Trost nach seinen Möglichkeiten. So trist jene dunklen Tage gewesen sein mochten, hatten sie das Band des Vertrauens zwischen seinem Fürsten und ihm dennoch gestärkt.

Kaum war neues Lebensfeuer in Michaels Brust entbrannt, hatte er bei der Suche nach Chamuel geholfen. Jophiel klammerte sich an die Zuversicht, dass seine Schwester rechtzeitig geflohen war und die Plünderung des Palastes überlebt hatte. Durch die unerklärliche Kraft ihres gemeinsamen Schwurs hätte er gespürt, wenn Chamuel – sein Spiegelbild, sein zweiter Flügel – der brandschatzenden Dämonenhorde zum Opfer gefallen wäre. Und wahrhaftig: Wenige Monde später hatten sie seine Schwester wohlbehalten in den ländlichen Provinzen von Schamajim aufgefunden, wo sie nach der Flucht eine Bauernfamilie um Obdach gebeten hatte.

Jophiel und Chamuel blieben ihrem Fürsten in Treue verbunden – trotz oder wegen des Pakts mit Raziel, ließ sich schwerlich sagen. Tapfer und aufrecht folgten sie Michael weiterhin, der als Blutsbruder des Rebellenanführers fortan aufseiten des Widerstands kämpfte. Das Streben nach einer besseren Welt war bald auch in ihren Herzen entflammt. Ein geeintes Reich – der hoffnungsvolle Traum, den sie teilten. Wo Fülle und Wohlstand herrschen und die Armut einen Waisenjungen niemals von seiner Schwester trennen; eine friedliche Welt, die weder Krieg noch Gräueltaten wie jenes Blutbad in der Gläsernen Wüste kennen würde. Ein Paradies, in dem es Chamuel – deren Gesicht außer ihm, ihrem Bruder, nie ein Mann erblickt hatte – vielleicht vergönnt sein mochte, ihre Schönheit den Augen anderer zu offenbaren, statt sie hinter Schleiern zu verbergen.

Bis zur heutigen Stunde hatte nichts das Vertrauen und die Ehrerbietung erschüttert, die Jophiel seinem Fürsten entgegenbrachte. Dennoch war ihm nicht entgangen, dass Michael sich seit den vergangenen Tagen merkwürdig verhielt; sich zurückzog, selten ein Wort sprach und häufig in Gedanken verloren schien. Unschwer zu erraten, dass sein Verhalten mit der Ankunft des Cherubs in Verbindung stand. Amitiels Worte gingen dem Fürsten augenscheinlich nicht aus dem Kopf. Die Ernennung zum Hohen Engel … zog Michael wahrlich in Erwägung, sich auf diesen Irrsinn einzulassen? Jophiel war sich der Niederträchtigkeit der Himmelsherrscher bewusst. Was, wenn sich diese sogenannte *Beförderung* als zweischneidiges Schwert entpuppte? Schon die Zeremonie, die für Michaels Aufstieg vonnöten wäre, konnte womöglich lebensgefährlich sein!

Jophiel war von der Jagd heimgekehrt, hatte im Stall sein Einhorn versorgt und sein Gewehr in der Waffenkammer verschlossen. Als er anschließend durch die Schlossgänge zu seinem Gemach lief, bemerkte er plötzlich: Jemand hatte sich an der alten Rüstung zu schaffen gemacht, die – so wollte es die Legende – vor ewiger Zeit Eigentum des ersten Fürsten von Schamajim gewesen war. Wurde ein versteckter Schalter hinter dem linken Schulterpanzer betätigt, glitt der Harnisch mitsamt dem unteren Sockel beiseite und gab die Treppe zu einem verborgenen Gewölbe frei. Wie in den meisten herrschaftlichen Gemäuern schlummerten auch in der Burg von Schamajim etliche solcher Geheimnisse; viele davon waren vermutlich nur denjenigen bekannt, die bereits von Jugend an im Schloss lebten. Jophiels Augen erkannten sogleich, der Sockel mit der Rüstung war nicht an den richtigen Platz zurückgesetzt worden. *Befindet sich irgendwer unten in der Kammer?*

Langsam stieg Jophiel die geheimen Stufen hinab. Dumpf hallten seine Schritte an den steinernen Wänden wider. Die Tür am Fuß der Treppe stand offen, heller Lichtschein glomm ihm entgegen: der Glanz eines hohen Himmelswesens. Geflüsterte Gesprächsfetzen drangen an sein Ohr: »Fürst Michael ... bald so weit ... verweile bis dahin ...«

Unten in der von Spinnweben verhangenen Kammer stand zwischen altem Gerümpel eine Gestalt, gehüllt in ein strahlend weißes Gewand. Leuchtendes Haar in der Farbe des Amethysts bedeckte ihre Schultern. In den Händen hielt sie eine Kristallkugel: ein seltenes magisches Relikt, das die Verständigung mit Engeln an fernen Orten ermöglichte. Im Inneren des Kristalls schwamm undeutlich ein fremdes Gesicht.

»Ihr ...!«

Erschrocken zuckte Amitiel zusammen. Die Kugel entglitt ihren Fingern und rollte zu Boden, ohne Schaden zu nehmen. Das Abbild des Fremden darin erlosch.

»Woher wisst Ihr von diesem versteckten Keller? Mit wem habt Ihr gesprochen?«

Die Augen des Cherubs lauerten arglistigen Wölfen gleich. »Andere zu belauschen schickt sich nicht ...«

Jophiel ließ sich nicht beirren. »Was ... habt Ihr Übles mit Michael im Sinn?«

Anmutig trat Amitiel auf ihn zu. Unverhofft zauberten ihre Lippen ein Lächeln hervor, betörend wie die paradiesischen Wonnen. »Der Fürst erhält, was ihm gebührt ... ebenso wie du.«

Nackte Schauer ergriffen von Jophiel Besitz. Unbeholfen wich er zurück und stolperte gegen ein zerbrochenes, staubiges Spinnrad. Zärtlich spürte er Amitiels Hand auf seiner Schulter. Die Berührung erfüllte ihn gleichermaßen mit kalter Furcht und heißem Prickeln.

»Guter Freund, vergiss die halbherzige Moral, die sie dich in deiner früheren Heimat Djanna einst lehrten«, raunte die Stimme des Cherubs verheißungsvoll. »Glaube mir, es liegt keine Sünde darin, sich nach einem Weib zu sehnen ...«

In blinder Gegenwehr schlug Jophiel mit beiden Armen um sich; seine Finger bekamen dabei Amitiels Gürtelknoten zu fassen, worauf ihr strahlend weißes Gewand sich einen winzigen Spalt öffnete ... und das Geheimnis, das sich unter dem schützenden Stoff verbarg, verschlug ihm schier den Atem. »Ihr ... seid keine Frau ... nein, Ihr ...!«

»Ruhig, Liebster!« Die Worte belegten ihn mit stillem Bann. Süß streichelte Amitiels Wange über die seine. »Gib dich mir hin und sei gewiss: Mein Kuss währt ewig ... wie Felsgestein.«

Die Lippen des Cherubs drückten sich sanft auf seine – und Jophiel durchfuhr es grollendem Donner gleich. Sämtliche Glieder erschienen ihm schlagartig schwerer als Blei, seine Beine vermochte er nicht länger zu bewegen. Eisige Kälte kroch von den Haarspitzen bis zu den Zehen herab, während seine Haut urplötzlich die Farbe von trostlosem Grau annahm. Sein entsetzter Schrei starb in seiner Kehle, kein Laut drang mehr aus seinem Mund. Das Letzte, was seine Augen sahen, war das grausame Lächeln auf Amitiels Gesicht ... schreckliche Sekunden, bevor Jophiels Herz aussetzte und sein Leib sich in Stein verwandelte.

Kapitel 18

Als Julian nach Hause kam, erwartete ihn ein Fremder – oder zumindest jemand, den er auf den ersten Blick kaum wiedererkannte. Kyu-Mins Kopf zierte eine nigelnagelneue Cap, am linken Ohrläppchen blinkte ein offensichtlich frisch gestochener Brilli. Eine extrem weite Jeans rutschte halb vom Hintern herab und endete in zwei klobigen Boots, während ein schwarzer Schlabberpulli mit graffitiähnlichem Schriftzug derb verkündete: *FUCK U ALL!*

»Äh – wow!« Der ungewohnte Anblick verschlug Julian um ein Haar die Sprache. »Hot cool Asian Gangsta, oder was?«

Kyu-Min lächelte nur gleichmütig, zündete sich eine Zigarette an und blies ihm provokant den Rauch entgegen.

»Kippe aus! In meinem Zimmer wird nicht gequalmt, klar?«

»Jawohl, Mama!«, antwortete Kyu spotttriefend, öffnete das Fenster und schnippte den brennenden Glimmstängel achtlos hinaus ins Freie.

Julian verschluckte eine bissige Bemerkung. »Sag mal … gibt's 'nen Grund für deinen komplett neuen Style? Dachte, du kaufst höchstens 'ne Hose oder so.«

Kyu-Min zuckte mit den Schultern. »Na ja, bin halt mit Patrick in die Stadt zum Shoppen und … mir war einfach danach.«

»Bitte?!« Julian glaubte, seine Ohren würden ihm einen Streich spielen. »Mit … *Patrick*?«

»Reg' dich ab! Er … ich meine … immerhin ist er ein Kumpel von früher.«

»Toller Kumpel, der uns ständig blöd anmacht!« Julian schnaubte fassungslos. »*Mich* lässt du wie ein Trottel im Regen stehen – und dann … du gehst allen Ernstes mit …!«

Kyu-Min grinste, doch seine Mundwinkel wirkten gefroren. »Im Gegensatz zu dir hab ich halt Freunde. Stört dich, was?«

»Kyu, es langt! Du wirst …«

»*Nichts* werd ich!«, schrie er, dass Julian erschrocken zusammenzuckte. »Du sagst mir nicht mehr, was ich tun soll, kapiert? Ich besitze jetzt die Macht eines Urdämons – ich bin nicht mehr dein hilfloses Anhängsel, das du bevormunden kannst! Wer hat Astaroth in die Flucht geschlagen, hm? Also, lass deine Chefallüren stecken, von nun an ...«

»Ja, ja, komm wieder runter«, unterbrach Julian staubtrocken. »Schon klar: Du schnupperst ein bisschen dunkle Magie und glaubst gleich, du wärst die große Nummer, was? Urdämon – scheiß drauf! Urdämonen lecken mir die Schuhe sauber, wenn ich's will! Deine Pitsch-Patsch-Wasserzauberei wisch ich doch mit dem Mopp auf!« Angriffslustig näherte er sich Kyu, bis ihre Nasenspitzen sich beinah berührten. »Sieh's ein, sogar als böser Oberteufel schlag ich dich locker, Kleiner!«

Die mandelförmigen Augen flackerten vor kaltem Zorn. »Logisch ... schlagen ist ja auch alles, was du kannst! Patrick hat recht, wieso geb' ich mich mit dir Vollassi ab ...?«

»Weil ich dir die Windeln wechsle, Sonnyboy!« Julian strafte Kyu mit dem herablassendsten Lächeln, das sein Mienenrepertoire zu bieten hatte. »Zu wem rennst du denn flennend, sobald es Probleme gibt? Wer haut dich raus, wenn du Stress hast, hä? Ohne mich nehmen sie dir in der Schule doch glatt das Butterbrot weg!«

Kyu-Mins Gesicht färbte sich tomatenrot. Beschämt senkte er die Lider und seine Verteidigung brach unter Julians harten Worten zusammen wie ein Kartenhaus. »Ich ... bin dir auch wirklich dankbar, aber ... trotzdem, so kannst du nicht mit mir sprechen«, stammelte er, während er seine nagelneuen Boots betrachtete.

»Ach, der feine Herr findet das unfair? Freund, du hast keine Ahnung, welche Narrenfreiheiten du bei mir genießt! Reißt dämliche Sprüche, würgst mir ständig eins rein ... das lass ich mir normalerweise von niemandem bieten!«

Kyu-Min hob den Blick, seine Wangen waren feucht von Tränen. »Bitte ... hör auf, ich ...«

»Aufhören? Ich fang grad erst an!«, entgegnete Julian gnadenlos; überwältigt von nie gekannter, grausamer Wut. »Dämonenkräfte hin oder her – du bist und bleibst ein Weichei, das an Muttis Rockzipfel hängt! Bringst ja nicht mal den Mumm auf, endlich Klartext mit deinen Eltern zu reden! Und so was will mir im Kampf gegen die Hölle helfen? Wie denn? Indem du einen auf dicke Hose machst?« In seinem Inneren kochte plötzlich unbändige Lust, Flüsse der Verzweiflung aus Kyu-Mins Augen fließen zu sehen. Seinen Freund seelisch zu verletzen, bis er auf die Knie sinken und um Erbarmen winseln würde ... *Ihn im Staub zu zertreten*, raunte eine finstere Stimme aus geistigen Untiefen. »Du möchtest bei der coolen Rebellen-Gang dabei sein? Dann akzeptierst du erstens, *ich* bin der Boss – und zweitens: Du tust, was *ich* sage, verstanden?«

»Aber ...!«

»Und drittens, das Allerwichtigste: Widersprich mir gefälligst *nie wieder*!«, brüllte Julian besinnungslos ... bevor er mit blanker Faust brutal in Kyus Gesicht schlug.

Stöhnend vor Schmerz presste sein Freund sich die Hand vor die Nase. Rot quoll es zwischen den Fingern hindurch und tropfte auf die neuen Schuhe.

Julians Zorn verflog förmlich auf Stichwort. Zu Tode erschrocken starrte er auf seine geballte Rechte. »Kyu, ich ... Es ...«

»Sag jetzt bloß nicht, es tut dir leid!«, zischte Kyu-Mins Stimme hinter der vorgehaltenen Handfläche hervor.

»Ich ... b-brauchst du ein Tempo? Äh, oder etwas Eis zum Kühlen? Bitte, ich ...«

»Schaff ich schon«, nuschelte Kyu und stürmte aus dem Zimmer.

Aus dem Bad hörte Julian das Rauschen des Wasserhahns, während er wie ein schwerer Sack auf seinem Schreibtischstuhl niedersank. Kalter Schweiß stand ihm auf der Stirn, sein pochender Puls glich den Schlägen eines Schmiedehammers. *Mein Gott ... was hab ich getan?*

Kyu-Min kam zurück mit einem Stück Toilettenpapier, das er sich unter die blutige Nase hielt. In seinen dunklen Augen lag keine Spur von Wut – vielmehr schienen sie auf stumm anklagende Weise mitzuteilen: *Wusst' ich's doch! Hab's ja immer gewusst!*

»Wo ... willst du hin?«, fragte Julian zaghaft, während Kyu rastlos seine wild vorm Bett verstreuten Klamotten aufzusammeln und seine Reisetasche zu packen begann.

»Nach Hause.«

»Du meinst ...?«

»Zu meinen Eltern, genau. Wolltest du doch.«

Julian spürte unsichtbare Fesseln seine Kehle zuschnüren. Wagte nicht, seinem Freund ins geschundene Gesicht zu blicken, sondern betrachtete stattdessen seine zitternden Finger vor ihm auf dem Schoß. Minuten zuvor noch ein rasender Tiger, fühlte er sich nun hundeelend und mäuschenklein. »Geh nicht ... Bitte, ich ... hab das nicht ge...«

»Komm, lüg nicht«, entgegnete Kyu-Min kühl. »Ganz ehrlich? Mich wundert, dass ... so was nie vorher passiert ist. Immerhin, du hast Florian ... und ... Dennis geholfen, diesen Jungen ...«

»W ... Was?« Julian sprang vom Stuhl auf wie von einer Wespe gestochen. »Hey, so ... war das nicht! Nein, es ...«

»... gab gute Gründe – ja, ja, is' klar«, winkte Kyu ungerührt ab und schulterte seine Tasche. »Sicher, dein Bruder hat dich gezwungen ... aber hättest du dich geweigert, diesem Burschen Gras in den Mund zu stopfen – was wäre schon geschehen? *Dir*, seinem Dreikäsehoch, würde Dennis doch im Leben nichts antun! Und wie du Florian fertiggemacht hast ... welche Entschuldigung gibt's dafür?« Seine Augen verengten sich zu zwei schmerzhaft stechenden Schlitzen. »Weißt du, die Wahrheit ist: Dir gefällt so was ... richtig? Menschen wehzutun ... macht dir Spaß!«

Julian versagte halb der Atem. »Das ... stimmt nicht! Blödsinn! Wie kannst du ...?«

Kyu-Min musterte ihn, als ob er seine Gedanken zu lesen versuchte. Unendlich langsam verzogen seine Lippen sich zu einem sarkastischen Lächeln, bevor er sich umwandte und das Zimmer verließ. »Bis ... irgendwann vielleicht.«

»Kyu ... warte! Bitte!« Julian wollte ihm hinterherjagen, aber unsichtbare Steine schienen zentnerschwer in seinen Socken zu stecken. Schreckliche Sekunden verstrichen, während er hörte, wie sein Freund im Flur die Wohnungstür aufriss ... und kurz darauf mit unbarmherzigem Geräusch hinter sich ins Schloss fallen ließ.

Kapitel 19

Kyu-Min betrat das Restaurant seiner Eltern durch die gläserne Eingangstür. Sein Herz pochte. In den vergangenen Wochen hatte er mit Mama und Papa kaum mehr als zwei, drei Worte gewechselt. Wie sie wohl reagierten, wenn er jetzt zu ihnen kam … zurück ins heile Heim? Abweisend? Zornig? Ob er überhaupt die Chance erhielt, vernünftig mit ihnen zu reden? Im Grunde erschien Kyu die Lösung des Zwists sehr simpel: Er brauchte sich bloß zu entschuldigen und zu versprechen, sich künftig an ihre Regeln zu halten – dann würden seine Eltern ihn mit Sicherheit wieder in ihrem schönen, schützenden Zuhause aufnehmen … *um dich erneut in den goldenen Käfig zu sperren!* Geistiges Gebrüll durchbrach die reumütigen Gedanken. An den Gitterstäben seiner Seele rüttelte eine Bestie, die knurrend darauf beharrte, sich keine Schwächen zu erlauben, sondern mit Zähnen und Klauen ihren Stolz zu verteidigen!

Drinnen stieg ihm der Geruch scharfer Speisen in die Nase. Seit er zurückdenken konnte, überboten die Wände des Lokals sich gegenseitig an Kitsch: Eingerahmte Seidenmalereien zeigten Berge, Blumen und Bäche oder knallbunte Tiere wie Tiger, Paradiesvögel und asiatische Drachen. Kyus Blick streifte die Buddhastatue nahe beim Eingang – und urplötzlich durchströmte ihn der fremdartige Impuls, dem grinsenden Fettsack einen Tritt zu verpassen.

»Kyu-Min, Schatz …«, vernahm er im nächsten Moment die überraschte Stimme seiner Mutter und sah sie mit umgebundener Schürze aus der Küche kommen. Rasch brachte sie eine dampfende Schüssel zu einem der Tische, wünschte den Gästen guten Appetit und eilte zu ihm.

Nervös unternahm Kyu einen hilflosen Versuch, die Stimmung seiner Mutter an ihrem aufgeregten Gesichtsausdruck abzulesen. *Freut sich anscheinend, mich zu sehen*, schlussfolgerte er angespannt.

»Schön ... dass du hier bist, ähm ...« Leicht irritiert betrachtete sie ihn von Kopf bis Fuß. Sein radikal neuer Kleidungsstil wunderte seine Mutter offenkundig ebenso wie Julian. Als ihr Blick an der eingetrockneten Blutkruste unter seiner Nase hängen blieb, verfinsterte sich ihre Miene. »Herrje, was ...? Hat dich jemand geschlagen? Etwa ... Ju...?«

»Nein, nein, ich, äh ... in der Schule ... hat mir irgendwer aus Versehen die Tür vors Gesicht gestoßen«, log er grimmig und verzog beide Mundwinkel.

»Hm, hm.« Seine Mutter schien zu überlegen, ob sie ihm diese Erklärung abkaufen sollte. »Nun ... hast du vielleicht Hunger?«

Köstliche Düfte wehten durch die Gaststätte, sodass Kyu wie auf Kommando das Wasser im Munde zusammenlief. »Ja ... aber, ähm ... wo ist Papa?«

»In der Küche. Ich bitte ihn, dir was zu kochen, und danach ... reden wir. In Ordnung?«

»Klar, ähm ... klingt klasse«, antwortete Kyu-Min verunsichert und ließ sich von seiner Mutter widerwillig zu einem unbesetzten Gästetisch schieben.

»Wirklich ... gut, dass du da bist«, wiederholte sie mit unüberhörbarer Erleichterung. »Weißt du, wie viele Sorgen wir uns gemacht haben? Bleibst tagelang fort, gehst nicht an dein Handy ... Du bist ständig bei diesem Julian, nicht wahr? Ehrlich, ich wünschte ...«

Ein »Hallo, Entschuldigung!« vom Nebentisch unterbrach seine Mutter, worauf sie gebrauchtes Geschirr aufeinanderstapelte und den dort sitzenden Herrschaften anschließend die Rechnung reichte.

Unruhig spielten Kyu-Mins Finger mit den Essstäbchen neben seinem unbenutzten Teller und zupften an den Schleifchen des dekorativen Glücksbäumchens vor seiner Nase. Zwei Tische entfernt servierte eine der Aushilfen einem Pärchen zwei Schalen Suppe und winkte ihm zu. Kyu zwang sich ein Lächeln ab. Sein Kopf schmerzte. Etwas Uraltes, nie Gekanntes schien hinter seiner Stirn zu tosen – wild wie ein tödlicher Strudel.

Sein Vater kam aus der Küche und knallte ihm einen Topf *Bibimbap* auf den Tisch: Knuspriger Reis mit Gemüse, Chilipaste und krönendem Spiegelei, dazu eine Fleischbeilage. »Lässt sich der Herr also auch mal wieder sehen«, bemerkte er auf säuerlichstem Koreanisch.

»Kommst du nur an, weil du Hunger hast? Oder besteht Hoffnung, dass du vernünftig geworden bist?«

Wie der Blitz tauchte seine Mutter auf und legte schützend ihre Hand auf Kyus Schulter. »Er kann nichts dafür ... es liegt an diesem Julian«, verteidigte sie ihn mit fürsorglicher Verbissenheit. »Wir unterhalten uns nach Lokalschluss alle zusammen in Ruhe, ja?«

»Wenn er bis dahin nicht wieder abhaut! Wir können wohl Gott danken, dass wir unseren Sohn überhaupt mal zu Gesicht bekommen!«

Langsam hob Kyu-Min den Kopf, um seinem Vater geradewegs ins Antlitz zu schauen. Noch in derselben Sekunde brach das Biest in seiner Seele brutal aus dem Käfig hervor. Flüsse mentaler Kraft strömten durch Kyus Adern, ein Meer der Magie schwemmte über die Ufer. Bläuliches Licht flackerte vor seinem Sichtfeld auf. »Tja, *Appa* ... wo ich schon mal hier bin – wie wär's mit 'nem Schluck Soju?«

Stumm ertönte ein Donnerschlag und eine Welle unsichtbarer Energie brauste durch das Restaurant. In die Augen seines Vaters trat eine seltsame Leere, bevor er einem Zombie gleich stumm in Richtung Theke schlurfte.

Seine Mutter erstarrte ungläubig, während ihr perplexer Blick zwischen Ehemann und Sohn umhertanzte.

Kyu-Min warf ihr ein süffisantes Lächeln zu. »Hast du nichts zu tun?« Der Klang seiner Stimme ähnelte einem gespenstischen Befehl.

»Jawohl ...«, murmelte sie willenlos und torkelte zu einem jungen Mann am nahen Fensterplatz, der bereits seit einer gefühlten Ewigkeit seine Bestellung aufgeben wollte.

Grinsend griff Kyu nach den Essstäbchen und schob sich einen schmackhaften Happen in den Mund.

Sein Vater kehrte mit einem grünen Fläschchen und zwei Schnapsgläsern zurück.

»Einschenken!«, gebot Kyu-Min – und sein alter Herr gehorchte wie ein brav erzogener Hund. *Ob ich ihn auch zwingen kann, Männchen zu machen?*, dachte er belustigt, beflügelt von berauschender Macht, die aus seinem Inneren sprudelte.

Papa nahm ihm gegenüber Platz und trank einen Schluck Soju. »Sag mal ... was trägst du ... für entsetzliche Kleidung?«, stammelte er benommen wie jemand, der aus tiefer Trance erwacht. Augenscheinlich gewann sein Verstand wieder die Oberhand. »Ist das … der Einfluss von …?«

»Wir wollen jetzt nicht über Julian sprechen!«, schnitt Kyu ihm den Satz ab, wobei seine Worte als unheimliches Echo durch die Luft hallten. »Möchtest du nicht lieber fragen, wie es mir geht?«

»Natürlich, entschuldige. Wie geht es dir, Sohn?«

»Oh, bestens!«, antwortete Kyu-Min munter kauend. »Stell dir vor, ich hab beschlossen, bei uns zu Hause wird sich einiges ändern. Wir alle wollen ja gut miteinander auskommen, richtig? Dafür muss selbstverständlich jeder seinen Beitrag leisten …« Genüsslich nippte er am Soju und widmete seinem Vater einen vielsagenden Blick. »Dir und *Umma*, euch ist doch wichtig, dass ich mich wohlfühle, stimmt's?«

»Sicher, Sohn … dein Wunsch ist uns Befehl«, erwiderte sein Vater wie unter Hypnose.

»Hört sich super an!« Mit einem Grinsen, breit übers ganze Gesicht, pickte Kyu ein Fleischstückchen auf und ließ es sich genießerisch im Munde zergehen. »Also dann, *Appa* – wo wir grad dabei sind … wie wär's, wenn wir mal über ein eigenes Auto quatschen?«

†

Das Wochenende war ihm gründlich verdorben. Seit dem handfesten Streit mit Kyu-Min drückte düstere Stimmung auf Julians Gemüt. *Ich hab ihn geschlagen …!* – Worte, die wie ein dunkles Mantra ständig durch seinen Schädel spukten. Am Freitagabend hatte er Kyu-Min nach endlosem Zögern zweimal anzurufen versucht, doch niemand war ans Handy gegangen. Für einen dritten Versuch fehlte schlussendlich der Mut.

Als Ma von der Arbeit kam und sie sich zusammen Pizza bestellten, erzählte Julian ihr zwar von seinem Krach mit Kyu, verschwieg jedoch die schrecklichen Folgen. »Hättest ihn hören sollen! So gemein und verletzend … so kenn ich ihn gar nicht.«

»Na ja, es ist sicher nicht leicht für ihn«, meinte seine Mutter. »Dauernd steht er zwischen dir und seinen Eltern. Denk dran, wie sehr du mit deinen eigenen Gefühlen gekämpft hast – und Kyu hat außer dir niemanden, der ihm beisteht. Bestimmt fühlt er sich deshalb … na, wahrscheinlich etwas gereizt. Gib ihm Zeit, Schatz!«

»Mhm ... mach ich«, murmelte Julian und schob sich missmutig ein riesiges Stück Schinken-Käse in den Mund. *Trotzdem, da ist noch was anderes ... So als ob ...*

Den folgenden Samstag verkroch er sich größtenteils hinter den Seiten eines Buches und nahm sich vor, direkt Montagmorgen vor Unterrichtsbeginn mit Kyu zu sprechen und sich hoffentlich zu versöhnen. *Falls er überhaupt mit mir redet ...,* fügte er deprimiert hinzu.

So ging Julian am Sonntagabend mit bangem Herzen zu Bett ... und versank in einem verworrenen Traum:

Kühler Nachtwind umspielte seine Dämonenschwingen, während er hoch oben auf den Zinnen einer Burg stand. Ein Flüstern in Julians Bewusstsein verriet: Dieser ihm fremde Ort war Pandämonium, der Palast im Herzen der Hölle. Weit unten am Fuße des Berges funkelten die fernen Lichter der Hauptstadt Kurnugia. Dort in den Häusern saßen vermutlich Krieger mit ihren Frauen und Kindern, schmausten und erzählten sich Geschichten am wärmenden Feuer. Dämonen, zu denen er keinerlei Verbundenheit mehr spürte. Ein Volk, das ihn verkauft und verraten hatte.

»Noch bleibt Zeit, diesen Irrsinn zu beenden, Raziel«, erklang hinter ihm die Stimme einer Frau.

»Es führt kein Weg zurück. Mein Streben wird von meinem Wunsch nach Rache getrieben«, erwiderte er voller Bitterkeit.

»Hältst du es für weise, im Außen zu bekämpfen, womit du im Inneren haderst?«

»Gewiss, für meine Pein sollen sie büßen! Ich werde Luzifers Reich niederbrennen, Tod und Zerstörung säen!« Seine Faust fuhr auf die Brüstung nieder, sodass schwarzes Gestein herabbröckelte. »Der Hass meiner Vergeltung möge alle Welten von der Krone des Himmels bis zum tiefsten Höllenschlund erbeben lassen!«

Die Frau trat neben ihn. »Solch Fehde heilt deine Wunden nicht«, hielt sie ihm sanft entgegen. »Gleich, was du anderen antust – es nimmt dir nicht den Schmerz, Raziel.«

Mit Zornestränen auf den Wangen wandte er ihr sein Antlitz zu. Blickte sie an ... und sah das Gesicht, das sich unter der Kapuze ihrer strahlend weißen Robe verbarg: Nadjas Gesicht.

†

»Ihr habt die rechte Entscheidung getroffen, Herr von Schamajim.«

»Warum fühle ich mich dann, als hätte ich mein eigenes Todesurteil unterzeichnet?«, fragte Michael in einem Anflug von Galgenhumor.

Amitiels Lächeln spendete Zuversicht. »Ich verstehe Eure Sorgen vollauf. Doch seid gewiss, für Euren Wagemut werdet Ihr den goldenen Preis ernten!«

Die Burgmauer warf ihren Schatten auf Michaels Haupt. Der Erzengel hatte darauf bestanden, Amitiel abseits des südlichen Schlosstors zu treffen, wo die Wachen nur selten patrouillierten und wohin Bedienstete sich kaum jemals verirrten.

»Ich sprach zu den anderen kein Sterbenswort«, murmelte er. »Zadkiel ist meine treuste Kriegerin, Jophiel mein weisester Berater – sollte ich nicht wenigstens die beiden einweihen?«

»Fragt Euch selbst, würde dies den Abschied nicht bloß unnötig erschweren?«, entgegnete der Cherub.

Michael nickte schwermütig. »Damit mögt Ihr recht behalten. Nächtelang grübelte ich über geeignete Worte nach, um meinen Freunden Lebewohl zu sagen, doch …«

Leuchtender Glanz trat in die diamantenen Augen. »Grämt Euch nicht, Fürst! Sobald Ihr zum Seraph aufgestiegen seid, führe ich Euch mit einem ganzen Gefolge Hoher Engel hierher in Eure Heimat zurück. Eure Gefährten und Euer Volk werden Euch jubelnd begrüßen und als strahlenden Helden feiern!«

»Und ich werde mächtig genug sein, die … Rebellion mit einem Hieb zu zerschlagen?«

»Zum Ruhme des himmlischen Reiches, gewiss!« Verheißungsvoll hielt Amitiel ihm ihre Rechte entgegen. »Habt Vertrauen zu mir, Fürst! Begleitet mich nach Elysium, wagen wir es gemeinsam!«

Michael ergriff die dargebotene Hand, seine Augen blickten entschlossen in die der schönen Botin. »Wohlan, so stehe ich Euch denn zur Seite, werte Amitiel. Wenn es Euch recht ist, treffe ich sogleich sämtliche Vorbereitungen für unseren Aufbruch.«

»Nein, zaudert nicht länger! Lasst den Worten Taten folgen!«

»Aber … wir müssen Einhörner satteln, benötigen Reiter und Waffen zu unserem Schutz! Bis zum Königspalast ist es eine beschwerlich lange Reise. Der höchste Himmel bleibt für die Kraft der Jakobsleiter unerreichbar.«

»Für gewöhnlich ist das wahr. Doch schaut, was ich besitze …« Amitiel griff in die Tasche ihres schwanenfederbesetzten Mantels und holte ein funkelndes Schächtelchen daraus hervor, wenig größer als ein Apfel.

Verständnislos runzelte Michael die Stirn. »Was …?«

»Der Schlüssel nach Elysium, der uns geradewegs vor den königlichen Thron führt.« Amitiel öffnete das Kästchen und ein Blitz schoss heraus. Gleißend jagte er übers Gras der Wiese hinweg, hielt in Form einer Leuchtkugel mitten in der Luft inne und verwandelte sich in ein Portal aus weißem Licht, strahlend wie das wundervollste Heiligtum.

»Treten wir hindurch – nur Mut!«

Seite an Seite schritten sie auf das magische Tor zu, halb geblendet von seinem hell leuchtenden Schein.

Michaels Herz schlug ihm bis zum Hals. *Der siebente Himmel … Elysium, der Palast aus klarem Kristall … Wenn ich das Portal durchquert habe, dann …* »Werde ich womöglich … den Schöpfer sehen?«, fragte er ehrfürchtig.

Der Cherub wandte den Kopf – und sein Blick fuhr Michael eisig durchs Gebein. »Gewiss … sowie der Allmächtige Euch für Eure Sünden einst richten wird«, erwiderte er, ein verschlagenes Lächeln auf den Lippen. Finger, besitzergreifenden Krallen ähnlich, umklammerten den Arm des Feuerengels. »Endlich, nach all den Jahrhunderten … seid Ihr mein, lichter Fürst!«

Michaels Brauen schossen in die Höhe wie vom Donner geweckt. »*Du …!*«

Zu spät, Amitiels eiserner Griff war unentrinnbar! Mit übernatürlicher Kraft zwang der Hohe Engel ihn die restlichen Schritte Richtung Portal. Zog Michael gewaltsam durchs glanzwerfende Tor … und die Himmelspforte schloss sich, einer tödlichen Falle gleich.

Kapitel 20

Früh am Montagmorgen erwachte Julian einsam in seinem Bett. Allein ... zum ersten Mal seit Wochen. Traurig kuschelte er sich in seine Decke, um mit der Nase sanft Kyu-Mins Duft einzufangen, der noch immer daran haftete.

»Sprich gleich in der Schule mit ihm, Schatz! Ihr versöhnt euch sicher wieder«, versuchte seine Mutter ihn beim Frühstück zu ermutigen. »Streit kommt in den besten Freundschaften vor.«

»War kein einfacher Streit ... Ich ...« ... *hab ihn geschlagen!*

Fragend schaute Ma von ihrer Kaffeetasse auf. »Hm?«

»Ach ... nichts.«

Als Julian zur Schule kam, erspähte er Kyu wenige Meter vom Hauptgebäude entfernt auf dem Lehrerparkplatz: Lässig lehnte er an der schnittigen Motorhaube eines sportlichen Flitzers und zog an einer Zigarette. Er trug dieselbe Cap und Baggy wie am Freitag, dazu eine Winterjacke mit fellbesetztem Kapuzenrand. Neben ihm stand Patrick, ebenfalls mit einem Glimmstängel zwischen den Fingern.

Eiligen Schrittes näherte sich Frau Bärthel, scheinbar um beide wegen Rauchens zu ermahnen. Julian bemerkte einen bläulichen Schimmer in Kyu-Mins Augen – und Sekunden darauf zog die Lehrerin unverrichteter Dinge von dannen. *Was zum Teufel ...?*

»Morgen, Kyu! Wie, ähm ... geht's dir? Hab ... Freitag paarmal probiert, dich anzurufen ...«

Kyu blickte ihm mit ausdrucksloser Miene entgegen. »Hab's gesehen«, meinte er bloß und zerdrückte die Kippe unter seinem Schuh.

Julians Herzschläge glichen den Hieben eines Schmiedehammers. »Können wir ... bitte reden?«

Patrick kicherte hyänenartig, als hätte er sämtliche Schrauben locker. »Pass auf, Kyu-Min! Der will sich wieder an dich ranschmeißen!«

»Halt du dich da raus, du Vollpfosten!«, herrschte Julian ihn an.

Beleidigt verzog die Hyäne ihr gehässiges Gesicht. »Schwule Sau! Selber schuld, dass …«

»Is’ okay«, fuhr Kyu-Min dazwischen, einen befremdlichen Unterton in der Stimme. Sachte wandte er den Kopf und starrte Patrick mit Augen an, die blau zu leuchten begannen, zwei klaren Seen ähnlich. »Julian und ich haben Durst. Komm, mach dich nützlich – besorg uns Cola vom Schulkiosk, ja?«

Wie durch einen unheilvollen Zauberspruch verwandelte Pausenhof-Bully Patrick sich schlagartig in einen ergebenen Butler. »Natürlich, Kyu-Min. Gerne.«

»Bist ein Braver.«

Bauklötze staunend glotzte Julian dem verhexten Patrick hinterher, der einem folgsamen Hund gleich in Richtung Schulgebäude dackelte. »Äh, wie … hast du das denn geschafft? Deine Augen … was …?«

»Leviathans Kräfte, schätze ich.« Auf Kyus Lippen erschien ein Grinsen, das von einem Ohrläppchen zum nächsten reichte. »Scheint, als ob … na ja, ich … habe die Macht, anderen meinen Willen aufzuzwingen.«

Alarmiert runzelte Julian die Stirn. »Aber … ist das nicht … verdammt gefährlich?«

»*Ich* find’s eher praktisch«, lachte Kyu-Min und tätschelte bedeutungsvoll die silbern in der Wintersonne glänzende Motorhaube, auf der er halb mit seinem Hintern hockte.

Julian klappte buchstäblich die Kinnlade herab, beinah als würde ihm ein Phantom gegenüberstehen. »Wie? Ist das … *dein* Wagen?«

Kyus Brust schien vor Stolz regelrecht zu explodieren. »Kleines Geschenk für den heimkehrenden Sohn!«

»Das heißt, du … hast deine Eltern … *gezwungen*, dir den Schlitten zu kaufen? Dass die sich das leisten können! Überhaupt, darfst du eigentlich schon Auto fahren?«

»Dass du dich ausnahmsweise für mich freust, ist zu viel verlangt, was?«, ätzte Kyu-Min zurück.

»Worüber?! Dass du andere Menschen in Marionetten verwandelst? Mit Mächten rumspielst, von denen du keinen Schimmer hast? Ehrlich … du spinnst doch! Ich …«

»Wolltest du nur mit mir reden, um mir wieder einen Vortrag zu halten, Mister Moral?«

Kaum hatte Kyu ihm den Sprechfaden gekappt, senkte Julian beschämt die Lider. Wie auf Stichwort verrauchte seine Wut und wich den schweren Schuldgefühlen, die ihn seit ihrem schrecklichen Streit quälten. »Ich … Nein, ich … wollte mich entschuldigen. Tut mir wahnsinnig leid … die Dinge, die ich dir an den Kopf geworfen hab … und natürlich … dass …«

»Vergiss es.« Kyu-Mins Stimme schnitt ihn schmerzhafter als jedes Messer.

»Komm schon, bitte … verzeih mir!«, bettelte Julian und wagte sich reumütig einen Schritt näher, um seinen Freund zaghaft an der Schulter zu berühren. »Ich weiß, es war falsch … dich …«

»Mann, lass die Flennerei!« Kyu-Min schlug seine Hand erbarmungslos fort. »Und pack mich gefälligst nicht an! *Nie wieder*, klar?«

Erschrocken taumelte er zurück, glaubte seinen Ohren nicht zu trauen. »I-Ich … will doch bloß …«

»Tja … und *ich* will, dass du mich ab jetzt in Ruhe lässt. Kapiert?«

Julians Stimme schrumpfte zu einem verzweifelten Wimmern. »D-Das … ist nicht dein Ernst!«

»Mein voller Ernst!« Ungerührt zündete Kyu sich eine neue Zigarette an.

»Aber … wir sind doch beste Freunde! Wir lieben uns!«

»Wir *waren* beste Freunde«, entgegnete sein ehemaliger Kumpel kalt, zog an seiner Kippe und betrachtete ihn durch eine Wolke aus giftigem Qualm. »Verlieb dich in sonst wen – zwischen uns ist es aus!«

Kapitel 21

Als Michael matt aus der Ohnmacht erwachte, waren seine Arme und Beine an ein Fass gekettet. Dumpfer Schmerz pochte hinter seiner Stirn. Wie viele Stunden war er ohne Besinnung gewesen? Nachdem er das Portal aus Licht durchschritten hatte, war sein Bewusstsein in einem Sumpf geistiger Schwärze versickert.

Benommen warf der Erzengel einen Blick durch das Bullauge schräg neben ihm – und erschrak: Draußen erstreckte sich die unendliche Weite des Elfenbeinmeeres. Wellen, weiß wie Milch, so weit die Sicht reichte! Befand er sich auf einer Galeone der Heerscharen? Unter Deck eines jener Schiffe, das Kriegsgefangene transportierte? Nein ... offensichtlich war er in einer Art Frachtraum eingesperrt; ringsum stapelten sich vermoderte Kisten und Kästen. Vielleicht hatte irgendjemand eine ausrangierte Handelskogge aufgetrieben, um unauffällig in See stechen zu können ... Jemand, dessen Namen Michael nur allzu gut zu kennen glaubte.

Leises Geschwirr drang an sein Ohr. Eine Taube flatterte durch eine halb geöffnete Luke und landete gurrend zwischen den aufgestapelten Fässern und Holzkisten. Der Vogelleib wandelte sich zu einer Frauengestalt, die Federn wichen porzellanheller Haut und Haaren in der Farbe des Amethysts.

Der Feuerengel erzwang ein bitteres Lächeln. »Nach Metatrons Thronsaal sieht es mir hier nicht gerade aus.«

»Sei unbesorgt, du bekommst Seine Majestät bald zu Gesicht, haben wir erst den Hafen der königlichen Hauptstadt erreicht«, erwiderte Amitiel und zupfte sich eine verbliebene schneeweiße Feder aus dem Haar. »In Elysium wirst du als Rebell vor das Tribunal Gottes gestellt – angeklagt für die Verbrechen, die du gegen den Himmel begangen hast!«

Michael schnaubte. »So kamst du nur zurück, um mich den Hohen

Engeln auszuliefern? Früher mein Spielgefährte, heute Spitzel der Machthaber ...« Mit finsterer Miene musterte er seinen einstigen Kindheitskameraden, der ihm nun im kostbaren Seidenkleid gegenüberstand. »Wahrlich, die vergangenen Jahrhunderte haben dich in vielerlei Hinsicht verändert ... Ezechiel.«

Tief verschütteter Schmerz grub sich in Amitiels Züge. »Mag sein ... doch du hast keine Vorstellung, was für ein Leben ich führte, nachdem die Dämonen uns aus dem Schloss vertrieben hatten ... Geld, das ich erbetteln ... Essen, das ich stehlen musste ... die gierigen Hände abscheulicher Männer auf meiner Haut, um in Elysium aufgenommen und zum Cherub erhoben zu werden ...« Sie beugte sich zu Michael hinab und legte ihre Wange sanft auf seine, sodass er die Tränen spürte, die feucht auf seine Schulter fielen.

»Warum hast du nie versucht heimzukehren?«, flüsterte er seinem früheren Freund zu. »Ich hätte dich mit offenen Armen aufgenommen wie jeden anderen auch, der zuvor geflohen war.«

Amitiel wandte ihm das Gesicht zu. Augen, von Trauerflüssen gerötet, starrten ihn verzweifelt an. »Weil ich aller Entbehrungen zum Trotz die goldene Gelegenheit sah, aufzuerstehen gleich dem Phönix aus der Asche ... mir zu erfüllen, wovon mein Herz seit Ewigkeiten heimlich träumte, und mich aus dem Gefängnis dieses Männerleibes zu befreien. Nach der Flucht in fremde Lande, wo niemand meinen Namen kannte ... fortan ließ ich mein Haar wachsen und schmückte mich mit schönen Kleidern ... flößte mir verbotene Tränke ein, um meinen verhassten Körper in weibliche Anmut zu verwandeln ...«

Michael würgte einen Kloß hinunter, der ihm im Halse zu stecken schien. »Ich wette, es ist schwer, solch ein Geheimnis in Elysium zu wahren ... Ein Mann, der sich in Weibstracht hüllt, gleicht einem Schandfleck in den Augen der Hohen Engel. Weiß der König, wer du in Wahrheit bist? Erpresst er dich auf diesem Wege? Hat er aus diesem Grund gerade *dich* geschickt, um mich in den Tod zu locken?«

»Dich in den *Tod* ...? Sei nicht töricht! Du bist einer der sieben himmlischen Fürsten; der mächtigste Krieger des Lichts, so erzählt die Legende! Glaubst du wahrhaft, Seine Majestät würde dich hinrichten lassen und all deine Stärke vergeuden? Gewiss gibt es die Möglichkeit, dein Leben zu retten ...«

»Zu welchem Preis?«, fragte Michael düster.

»Das obliegt allein der Entscheidung des Gerichts. Allerdings …«, ein künstliches Lächeln umspielte Amitiels Lippen, »nun … sicher wäre es von Vorteil, wenn du in Erwägung ziehst … die Seiten zu wechseln.«

»Du meinst …?«

»Ja, entsage den Rebellen und bekämpfe sie künftig unter dem Banner des Himmels, wie es dir von Geburt an bestimmt ist!«

»Niemals! Vergiss es!« Michael zerrte an seinen Ketten, dass das Gerassel laut durch den Unterdeckraum lärmte.

Amitiels rosiger Mund zügelte ihn mit einem scheuen Kuss auf seine Stirn. »Bedenke es wohl, lichter Fürst: Nur ein Wort von dir – und du erhältst deine Ehre zurück!«

»Um gleichzeitig meine Ideale zu verraten? Mich deucht, du sprichst im Fieber!«, schrie er und hätte mit größtem Verlangen beide Hände gewaltsam um ihren Hals gelegt, wäre er nicht gefesselt gewesen.

Der Cherub erhob sich langsam wie im Traum versunken. »Nun, wenn dein eigenes Schicksal dir so wenig bedeutet – vielleicht gedenkst du deiner Gefährten und Untertanen: Jophiel, deinem getreuen Berater … oder Zadkiel, deiner liebreichen … *Sklavin* …«

Michael schnappte nach Atem. »Du … weißt von …?«

»Gewiss, ich kenne die sündigen Gelüste, denen ihr euch im Schutze der Dunkelheit hingebt!« Amitiels Stimme schnitt ihn klingenscharf. »Bereits als Kind damals ahnte ich von euren Banden; bemerkte die vollendete Verehrung, mit der diese Dirne dir mit Leib und Seele zu Diensten ist! Nächte bevor ich als Botin ans Tor deines Schlosses klopfte, kreiste ich in Gestalt der Taube über den Burgtürmen. Als ich heimlich durchs Fenster in dein Schlafgemach lugte … was ich sah, ist unaussprechlich!«

Der Herr des Feuers verbrannte den Hohen Engel mit hasserfüllten Blicken. »Wage es nicht, Zadkiel auch nur ein Haar zu krümmen!«

»Es ist nicht an mir, sie zu richten, Michael. Die Himmlischen Heerscharen werden jeden Rebellen jagen und zur Rechenschaft ziehen. Ausnahmslos, ohne Erbarmen! Jedoch, wie gesagt: Entscheidest du dich, auf den rechten Pfad heimzukehren, rettest du nicht bloß dich selbst … sondern auch dein gesamtes Reich und all jene, die dir nahestehen! Glaube mir, man wird dich als General an die Spitze der königlichen Armee befördern – dich, die lebende Legende! Macht und unermesslicher Ruhm winken, ganz wie ich es dir prophezeite.«

Der Erzengel antwortete mit abfälligem Schnauben.

Amitiels Miene versteinerte. »In drei Tagen erreicht die Kogge den Hafen. Bis dahin – übe dich besser in Einsicht!«, mahnte sie streng.

Grollend wandte Michael sich ab, um in sturem Schweigen zu verharren; die Lippen eisern versiegelt. Er vernahm einen leisen Seufzer, dann ein Flattern … und sah im nächsten Moment eine Taube zur Schiffsluke hinausfliegen.

Kapitel 22

Julian spürte einen unsichtbaren Schlag in die Magengrube. Er schnappte nach Luft, seine Lippen bebten, Übelkeit stieg auf.

Kommentarlos ließ Kyu-Min ihn im Schneeschauer stehen und marschierte vom Parkplatz schnurstracks in Richtung Schulgebäude, ohne sich auch nur einmal noch nach ihm umzublicken.

Wie versteinert starrte Julian auf die Stelle, wo Kyu gestanden hatte – dann auf den Sportwagen, den sein Kumpel seit dem Wochenende offenbar sein Eigentum nannte. Der silberne Lack glänzte kalt im matten Tageslicht.

Zwischen uns ist es aus! ... Kyu-Mins letzte Worte hallten durch Julians Kopf gleich Fetzen aus einem absurden Film, dessen Handlung fern jeder Realität angesiedelt war. Das konnte schlichtweg nicht wahr sein! Nie im Leben meinte Kyu das ernst! Oder ...?

Fassungslos, förmlich unter Schock schlurfte Julian zum Klassenraum. *Verlieb dich in sonst wen ... Und pack mich gefälligst nicht an! Nie wieder, klar?* Sein Verstand weigerte sich zu glauben, was vor wenigen Minuten erst geschehen war. Innerlich klammerte er sich an die Aussicht, in der Mittagspause einen zweiten Versöhnungsversuch unternehmen zu können, der von hoffentlich größerem Erfolg gekrönt sein würde. *Wir kennen uns, seit wir Kinder waren ... haben etliches zusammen erlebt, so viel gemeinsam durchgestanden ... Bitte, du kannst doch nicht ...!*

Allerdings: Als Julians Augen einige Schulstunden später die von Schülern überlaufene Kantine absuchten, war Kyu-Min nirgends aufzufinden. *Vielleicht zum Essen in die Stadt gegangen ... mit seinem neuen, sauberen Kumpel, dieser Kackwurst Patrick?*

Quasi auf Kommando rempelte genau dieser Dreckskerl ihn grob von der Seite an, während Julian nach appetitlos heruntergeschlungenem Mittagessen mit trüber Miene über den Schulflur trottete.

»Na, Liebeskummer?« Patrick grinste gleichermaßen dümmlich

wie höhnisch.

Eine Sekunde überlegte Julian, ob er ihm eine scharfe Antwort vor den Latz pfeffern oder direkt eine kommentarlose Ohrfeige verpassen sollte – begnügte sich aber damit, seinem blöd grinsenden Gegenüber den ausgestreckten Mittelfinger zu zeigen und lief mit pochendem Herzen weiter zum Physikunterricht; dem Kurs, den er zusammen mit Kyu-Min besuchte.

Als er jedoch, einen mächtigen Kloß im Hals, die Klasse betrat, saß auf dem Stuhl neben seinem Platz unerwartet jemand anders: Florian.

»Sorry, Julian … Also, Kyu hat gefragt, ob ich mit ihm die Plätze tausche. Meinte, ihr … hättet wohl Zoff.«

Julian fuhr herum und fand seinen Freund mit steinernem Gesicht in der hintersten Sitzreihe rechts, wo Flo normalerweise saß. Kyus Physikbuch stand hochkant vor ihm auf dem Tisch, als ob er sich dahinter verstecken wollte. Ihre Augen trafen sich – einen flüchtigen Moment lang bloß, dann senkte Kyu-Min hastig den Blick … und Julians Herz wurde schwer wie Stein. *Das war's wohl* … Plötzliche Tränen stiegen hoch; mühsam rang er den Impuls nieder, zur Toilette zu rennen und aus Leibeskräften loszuheulen.

»Was … ist eigentlich passiert?«, erkundigte sich Florian vorsichtig. »Äh, ihr vertragt euch doch wieder, oder?«

Julian gab bloß ein hoffnungsloses Schulterzucken zur Antwort; in derselben Minute kam die Lehrerin herein und eröffnete den Unterricht.

Mit gebeugtem Rücken vertiefte Julian sich in seine Physikmappe, wobei er während der gesamten Schulstunde Kyus Blicke nadelstichartig im Nacken zu spüren glaubte. *Bin ja selber schuld … Was hab ich auch erwartet …?* Er kannte seinen besten Kumpel als versöhnlich und harmoniebedürftig; ihn ernsthaft zu verärgern, dauerte eine Ewigkeit. Allerdings wusste er aus leidvoller Erfahrung: Hatte man es sich erst einmal richtig verscherzt, konnte Kyu-Min durchaus kalt wie ein Eisblock sein.

Vor Jahren in der Grundschule war Kyu verdammt stolz auf sein neues, cooles Skateboard gewesen. Julian hatte es sich sogleich ausgeliehen, um übermütig über die Straßen zu sausen und waghalsige Tricks zu probieren, bis das nagelneue Board im Eifer des wilden Gefechts entzweigebrochen war. Kyu-Min hatte ihn daraufhin wie Luft behandelt – weder in der Schule mit ihm gesprochen noch auf Anrufe reagiert – und Julian sich fast zwei Wochen lang durch Granit beißen müssen, bis sein Freund bereit gewesen war, ihm zu verzeihen.

Es tut mir unendlich leid! Ich weiß, ich … hätte dich niemals …

Die Schulglocke beendete die Stunde. Während im Klassenraum Tumult ausbrach, rätselte Julian unschlüssig, ob er die Gelegenheit nutzen und sich erneut bei Kyu-Min entschuldigen sollte – jedoch, er überlegte einen Moment zu lang: Kyu war bereits auf dem Gang verschwunden.

Seufzend packte Julian seine Mappe in den Rucksack und servierte Florian mit fadenscheinigem »Muss dringend aufs Klo!« ab, um aus der Klasse zu stürmen und die Pause anschließend allein in einer einsamen Ecke des Schulhofs zu verbringen.

Draußen hingen weiße Girlanden an den kahlen Wipfeln. Unter Julians Schuhen knirschte der Schnee, winterlich kalt pfiff ihm der Wind ins Gesicht.

Julian! Eine Stimme drang urplötzlich an sein Ohr; lieblich und verführerisch raunte sie aus den Tiefen der Erde gleich elfenhaftem Gesang: *Höre, Julian! Folge meinem Ruf!*

Wie unter Hypnose setzte er sich schwerfällig in Bewegung, langsam Schritt für Schritt.

Komm zu mir … Komm!

»Ja …«, murmelte Julian betört, durchquerte das Schuleingangstor und torkelte in Trance die Straße hinunter. Äste sangen seinen Namen, Tannenzweige flüsterten ihm zu; die Natur wies den Weg. In allen Vorgärten wisperten schneebedeckte Wiesen, jedes Grashälmchen besaß sein eigenes helles Stimmchen. Passanten wichen wütend zur Seite, während Julian willenlos in die Richtung weiterlief, die Gestrüpp, Gräser und Geäst geboten.

Ich erwarte dich!

Bald lagen die Häuser des Städtchens weit hinter ihm. Julian wanderte über einen Feldweg, während ihn die Stimmen weiß behangener Sträucher zum Ziel lotsten: Der Botanische Garten nahe der Stadtgrenze, dessen riesiges Gittertor sich wie von Gespensterhand öffnete.

Düfte von Flieder, Lavendel und wilden Kräutern wehten ihm entgegen, als Julian am leeren Kassenhäuschen vorübertaumelte und einen gewundenen Pfad aus Kies einschlug. Zu seiner Verblüffung herrschte hier trotz des Winters herrlichster Frühling. Volle Blätterkronen schmückten die Bäume und sämtliches Buschwerk war grün gekleidet. Am Wegesrand sprossen Krokusse aus dem Schnee, während zwischen Kakteen- und Orchideenhaus ein kunterbunter Blütenteppich ausgerollt lag.

Julian lief an gelb strahlenden Sonnenblumen, zarten Veilchen und königlichem Bambus vorbei, folgte weiter den Stimmen der Naturgeister und erreichte schlussendlich einen See im Zentrum der botanischen Anlage. Ein Steg führte ihn vom Ufer aus zu einem Pavillon in der Mitte des gefrorenen Gewässers. Eine Hecke aus Rosen umgab die komplette Laube.

Behutsam glitt Julian durch den einzigen breiten Spalt im Dornengesträuch, ähnlich einer Tür. Im Inneren erwartete ihn wohlige Wärme wie in einer Erdhöhle.

»Sei willkommen!« Belial hockte im Schneidersitz auf einem Kissen aus weichem Moos.

»Hast ... *du* mich gerufen?«

»Gewiss. Die Klänge der Natur führten dich zu mir.«

»Ungewöhnlicher Ort für ein Wiedersehen.« Einer Geste des Erddämons folgend nahm Julian ihm gegenüber auf der Rundbank des Pavillons Platz. Seine Blicke glitten über die ringsum blühende Rosenhecke. »Krass ... Warst du's, der das alles zum Wachsen gebracht hat? Mitten im Winter?«

»Ja, meine Magie nährt diesen Landstrich trotz Kälte und Schneewehen. Möge dieser Garten ein lichter Funke in dunkler Jahreszeit sein ... grünender Glanz, der deiner würdig ist.«

Anerkennend streckte Julian den rechten Daumen in die Höhe. »Coole Sache! Gefällt mir.«

»Und dennoch ... du wirkst betrübt.«

Zwischen uns ist es aus! Wie auf Stichwort sank seine Stimmung schlagartig zurück in den Keller.

Belials linke Braue hob sich in Erwartung einer Antwort.

»Ich ... hab Kyu-Min ... geschlagen«, flüsterte er stockend und spürte grausigen Schmerz sein Herz quälen. »Jetzt ... will er nichts mehr von mir wissen … Soll ihn in Ruhe lassen …«

Der Urdämon musterte ihn ausdruckslos, während Julian mit brüchiger Stimme schilderte, was zwischen Kyu und ihm vorgefallen war.

»Nun, angesichts seiner rüden Reden … hat Kyu-Min Choi es nicht verdient, von dir gezüchtigt zu werden?«

»Ge…? W-Wie bitte?!« Für einen entgeisterten Moment rätselte Julian, ob die ungebührliche Bemerkung ihn verärgern oder schlicht schockieren sollte. »Was laberst du? Ich … würde Kyu niemals …«

»Du *hast* bereits!«

Und drittens, das Allerwichtigste: Widersprich mir gefälligst nie wieder! Julians Antwort gefror ihm auf der Zunge.

»Offen gesprochen: Mich wundert, dass dein Geliebter nicht längst in deinem Feuer verbrannt ist«, fuhr Belial in seltsam eindringlichen Tönen fort. »Innerhalb eurer Verbindung verkörperst du ohne Zweifel das herrschende Element. Kyu-Min Choi hat sich auf ein gefährliches Wagnis eingelassen: Eine Liaison mit dem ruhmreichsten Mörder der Hölle.«

»Mör…? Ähm, nennen wir's *Rebellenführer*, okay? Mörder … also, das klingt doch etwas zu …«

»… ehrlich?« Belials sichtbares Auge, das nicht von Haarsträhnen bedeckt war, betrachtete ihn beschwörend. »Sag, hast du dir nie heimlich gewünscht … deinen Gefährten zu unterwerfen? In Träumen oder stillen Gedanken?«

»Blödsinn, natürlich nicht!«, protestierte Julian energisch. »Nein, ich …«

»Ja?«

Beschämt wich er Belials Blicken aus. »Einmal … ich … hab geträumt …« *In derselben Nacht, nachdem wir bei Nadja zu Hause diesen Zauber vermurkst haben … ja, ich erinnere mich …* »Ich … kleidete Kyu in Lumpen und legte ihm Ketten an … Eingesperrt hab ich ihn, um Wasser und Brot musste er mich kniend bitten …« Julian wandte seine Aufmerksamkeit von den Blättern der Rosen ab — und sah das verzückte Lächeln auf Belials Lippen.

»Glaube mir, deine schlummernden Begierden verstehe ich wohl. Im Geiste gab ich mich selbst oft solchen Wünschen hin … Damals in der Totenwelt … im Schatten eines Baumes saßest du; stolz und stark, so voller Kraft ... Meine Augen verschlangen verstohlen jeden Muskel deines Leibes, während ich sinnierte, wie ein gefügsamer Hund vor dir zu kriechen und den Schmutz von deinen Stiefeln zu lecken ... geknechtet, gedemütigt, vergehend vor flammender Wollust ...« Ein feuriges Leuchten belebte mit einem Mal das sonst sehr verletzlich dreinschauende Gesicht. Langsam, beinah in Zeitlupe erhob Belial sich von seinem Mooskissen – und sank ehrfürchtig zitternd auf die Knie. Beherzte Worte wagten sich über seine bebenden Lippen: »Ich ... liebe dich, Julian ... seit dem ersten Augenblick. Jahrhundertelang habe ich mich nach jemandem wie dir gesehnt ... einer Seele, deren dunkle Seite sich mit der meinen misst. Einem Dämon, der meine Lust am Leiden teilt ...«

»Ich ... bin ein *Mensch*, Belial.«

»Mag sein. Dennoch bedienst du dich Kräften, die der Finsternis entspringen. Nach Belieben gebrauchst du Raziels Macht, doch wie lange noch willst du dich weigern, das Karma anzunehmen, das du dir aufgeladen hast? Glaubst du wahrhaftig, das eine lässt sich vom anderen trennen?«

»Tja, sorry, aber ... muss dich enttäuschen. Deine Lust am Leiden ... teile ich nicht ... Ganz bestimmt nicht!«

»Oh, gewiss tust du das! Du und ich, wir gleichen uns. Ich liebe das Erdulden von Pein ebenso wie es dir Freude bereitet, Schmerz zuzufügen. Es ist jener Teil in dir, den Kyu-Min Choi ablehnt, den ich jedoch brennend begehre.«

Julians Puls schlug schneller. *Führe mich mit fester Hand und sei gewiss, ich zolle dir Respekt und leiste jedem deiner Worte Gehorsam ...* Erinnerungsfunken an den gemeinsamen Abstecher ins Café sprühten durch sein Hirn. Stumm beugte er sich zu Belial herab und schob sanft die grünen Haarsträhnen vor dessen rechter Gesichtshälfte beiseite, um ihm fest in beide Augen zu sehen. Ihre Lippen kamen einander derart nahe, dass er den hitzigen Atem des Dämons auf seinen Wangen spürte. »*Darum* geht es dir? Du wolltest mich wiedersehen ... damit ...?«

Belial, vor ihm auf den Knien, nickte zaghaft, aber entschlossen. »Ich will mich hier zu deinem Dienst verbinden, auf deinen Wink nicht rasten und nicht ruhn ...«

Verführerische Worte, die Julian mit unerwarteten Wogen der Wonne überfluteten. Abermals beflügelten ungezähmte Regungen seine Sinne ... dasselbe wilde Feuer, das seine Faust gewaltsam in Kyu-Mins Gesicht getrieben hatte. Freies Auflodern verbotenen Vergnügens – diesmal jedoch nicht hinter heißem Zorn verborgen, sondern dem kalten Genuss einer Katze beim grausamen Spiel mit ihrer Beute ähnlich. »Du ... willst also wirklich, dass ich ...?«

Die erdbraunen Augen des Urdämons flackerten. »Sei mein Herr, ich bitte dich ...«

Tausend wohlige Schauer brachten Julians Körper zum Beben. Sämtliche Härchen auf seiner Haut entzündeten sich zu einem unsichtbaren Flammenmeer, während sein ausgestreckter Zeigefinger hinab zu seinem rechten Schuh deutete; auf dem Gesicht ein forsches Grinsen gleich einem lautlosen Befehl.

Belials Wangen begannen zu glühen. Wimpernschläge lang verzerrte ein Gefecht zwischen Inbrunst und Scham seine Züge, bevor er noch tiefer zu Boden sank, demütig das Haupt neigte ... und leidenschaftlich übers Leder von Julians Sneaker leckte.

Kapitel 23

In den Schultagen vor Weihnachten bekamen Julian und Kyu-Min einander kaum zu Gesicht. Kyu schwänzte die meisten der Kurse, die sie gemeinsam belegten. Kreuzte der Zufall ihre Wege, flohen beide Augenpaare rasch in eine jeweils andere Blickrichtung. Während der Pausen erspähte Julian ihn entweder heimlich rauchend in irgendeiner stillen Schulhofecke oder an den hintersten Tischen der Kantine, wohin Kyu sich beim Mittagessen verkrümelte, meist mit Patrick im Schlepptau.

Kyu-Min ignorierte ihn mit eiserner Konsequenz – und Julian versuchte sich einzureden, dass es ihm gleichgültig wäre. Seine Enttäuschung und Wut waren innerer Leere gewichen. Gefühllose Kälte verwandelte auch die restlichen schüchternen Regungen, seinen Ex-Freund erneut um eine Aussprache zu bitten, in Eisklumpen. *Mir doch egal! Als ob ich dich brauchen würde! Warst eh nur ein Klotz am Bein – große Klappe, nichts dahinter!*, grollte Julian, wenn er Kyu von Weitem auf dem Schulhof sah oder sie sich zufällig auf den Gängen begegneten ... um daraufhin zur Toilette zu flüchten und bittere Tränen zu vergießen.

In Religion, der letzten Stunde vor Ferienbeginn, hockte sich Angelina ungefragt auf Julians leeren Nebenplatz, wo sonst Kyu für gewöhnlich saß.

»Hey! Du, äh ... stimmt das? Also, dass du Kyu-Min angebaggert und nach 'ner Abfuhr einfach behauptet hast, er wäre scharf auf dich? Hab ich von Patrick gehört. Dann, ähm ... hattet ihr gar nichts miteinander? Du ... warst nur ...«

»Sag mal ... was laberst du eigentlich?«, unterbrach Julian gereizt und musterte seine Mitschülerin im schweinchenrosa Pulli mit rabenschwarzer Miene.

»Sorry!«, beeilte Angelina sich mit einer Entschuldigung und senkte betreten den Blick. »Ich, äh ... find das gar nicht so schlimm, ehrlich!

Falls du jemanden zum Reden brauchst … ich hör gern zu. Vielleicht … tut's dir gut … also, mal was mit einem Mädchen zu unternehmen.« Ihr gesamter Kopf begann förmlich zu glühen wie eine knallrote Alarmglocke. »Weißt du … ich, äh … du bist echt 'n hammercooler Typ, Julian … und … da gehört doch auch 'ne nette Freundin dazu, nech? Ähm … wenn du Zeit und Lust hast … du und ich, wir könnten ja mal zusammen …«

Angelinas Redeschwall plätscherte noch eine Weile weiter, während Julian auf Durchzug schaltete und betete, die Lehrerin möge rasch mit dem Unterricht beginnen.

Auf dem Heimweg nach der Schule beschlich Julian zum ersten Mal der eigenartige Verdacht, dass ihn jemand verfolgte. Irgendjemand … oder … *irgendetwas*. Ein … Geist, der an seinen Fersen klebte. Namenlos, ohne Gesicht … und dennoch spürbar präsent; dem berühmten Damoklesschwert ähnlich, das unsichtbar über seinem Haupt zu schweben schien.

Im Schaufenster eines Juweliers bestaunte Julian gerade eine Reihe stylischer Armbanduhren und schmiedete dabei den Plan, sich nach den Festtagen von seinem Weihnachtsgeld ein nettes Extrageschenk zu gönnen – da sah er ihn: einen Schatten im Spiegelglanz der Scheibe! Unmittelbar hinter ihm schwebte ein gespenstischer Schemen, der stumme Worte flüsterte. Eine Gestalt, düster und bedrohlich, die ihm jedoch auf unnennbare Art erschreckend vertraut vorkam …

Blitzartig fuhr Julian herum und erblickte … niemanden. Keiner hinter ihm, weder Phantom noch Monster – bloß ein Junge mit kunterbunter Pudelmütze an der Hand seiner Mutter.

Misstrauisch wie ein gejagtes Tier schaute Julian sich um, als er eilig weiterlief. Unter seinen schnellen Schritten knirschte der Schnee, während an seiner Magengrube beklemmendes Unbehagen nagte.

†

Am Abend vor den Schulferien besuchten Kyu-Min und Patrick das diesjährige *Free Spirit Battle* – ein Urban Dance Event, das drei Tage vor Weihnachten stattfand.

Während sie Schlange standen und auf Einlass warteten, kramte Patrick zwei grüne Pillen aus seiner Jackentasche und drückte Kyu-Min eine davon in die Hand. »Hier – hebt die Laune!«

Schulterzuckend schluckte Kyu sie ohne kritische Einwände hinunter.

Drinnen dröhnte der Bass aus sämtlichen Boxen. Die Tanzfläche brannte ebenso heiß wie die stickige Luft. Kontrahierende Breakdancer trachteten danach, sich mit kreativ-akrobatischen Darbietungen gegenseitig zu übertrumpfen: drehten sich wilden Kreiseln gleich, streckten im Handstand Beine und Rumpf in die Höhe und trotzten ständig der Schwerkraft.

Unwillkürlich stach Kyu-Min eine junge Frau ins Auge, die schnell wie der Wind unter den Tänzern umherwirbelte. Stürmisch vollführte sie eine atemberaubende Aneinanderreihung von *Flips*, *Airfreezes* und *Kneedrops* und zog die Aufmerksamkeit des halben Clubs auf sich – insbesondere alle männlichen Blicke ringsum. Als sie für einen kurzen Moment lang ihre Cap vom Kopf nahm, flossen Haare wie feiner Honig über ihre Schultern.

Kyu griff auf seinen Leuchtend-Blaue-Augen-Move zurück und zwang Patrick, ihm einen Wodka Red Bull zu spendieren. Beide einen Drink in Händen mischten sie sich daraufhin unters Publikum und versuchten, sich selbst ein wenig im Rhythmus des hämmernden Basses zu bewegen. Unbeholfen rempelte Kyu-Min dabei ein Mädchen an. Sie wandte sich um – und er stand Isabel gegenüber.

»Oh – Hiii, Kyu-Min!« Die Miene seiner Mitschülerin strahlte schlagartig.

»Isa, was geht?!«, schrie Kyu gegen die stampfende Musik an.

Wie selbstverständlich hakte sie sich bei ihm ein und zog ihn sanft zu den Stehtischen in der hinteren Ecke des Saals, wo es eine Spur ruhiger war.

Patrick folgte mit Hamza im Schlepptau, der soeben am Battle teilgenommen hatte und dessen knielanges Schlabbershirt schweißgetränkt war. »Hey, du auch da, Kyu? Trittst du etwa an?«

»Ne, schau nur zu. Cooler Auftritt!« Er hielt Hamza den ausgestreckten Daumen entgegen. Sein nagelneuestes Accessoire, ein gestern erworbener Edelstahlring, blitzte dabei im Scheinwerferlicht.

»Danke, Mann! Ist, äh ... der Sanders auch hier?«

»Nein ... wir, ähm ... haben Stress.«

»Ach?« Grinsend kratzte Hamza sich an seinem Dreitagebart. »Dachte, wär die ganz große Liebe zwischen euch.«

»Schwachsinn!«, fuhr Patrick wie auf Knopfdruck dazwischen, bevor Kyu-Min überhaupt Gelegenheit zu einer Antwort erhielt. »Das war alles Julian, dieses Opfer! Der hat wie immer nur Scheiße gelabert! Ey, ihr glaubt doch nicht, dass Kyu-Min ernsthaft 'ne Schwuchtel ist, oder?«

»Nein, nein, aber ... na ja ... das Poster am Schwarzen Brett, das Gerede in der Schule ... Also – mal ehrlich, was läuft denn da jetzt eigentlich genau?«, traute Isabel sich behutsam zu fragen.

»Tja ... Julian meinte irgendwann ... dass er ... öhm, auf mich steht. Und als ich gesagt hab, dass ich natürlich nichts von ihm will ... war er angepisst ... und ja, dann hat er einfach behauptet, ich wäre auch scharf auf ihn.« Unruhig sprangen Kyu-Mins Blicke zwischen den Gesichtern seiner Mitschüler umher, um schlussendlich Richtung Boden zu sinken. Auf seinen Schultern glaubte er eine unsichtbare Last zu spüren, die mit jeder Lüge aus seinem Mund an Gewicht gewann. »Na, und die Deppen in der Schule ... die haben das halt in den falschen Hals gekriegt und mussten gleich irgendwelchen Müll über mich erzählen.«

»Man sollte Julian mal einen aufs Maul geben! Schwätzer, echt!«, ergänzte Patrick, als ob er Kyus Story damit einen Stempel der Glaubwürdigkeit aufdrücken wollte.

»Weiß nicht ... Klingt alles bisschen strange, oder?« Hamza runzelte skeptisch die Stirn.

Forsch hielt Kyu-Min seinem Blick stand, bis er ein schwaches Lächeln erbeutete.

»Na ja, aber ... eigentlich ... ist auch egal.« Wie beiläufig glitten Hamzas Augen von Kyus Cap bis zu den Boots hinab. »Cooles neues Outfit übrigens!«

»Hm ... trotzdem traurig um eure Freundschaft, finde ich«, murmelte Isabel, die noch immer an Kyu-Mins Arm klebte. »Bisschen leidtun kann Julian einem ja schon ...«

Patrick schnaubte abfällig. »Ey, Isa, überleg mal, was der sich geleistet hat! Einfach Kacke rumzuerzählen! Echt, Kyu, an deiner Stelle würde ich den glatt vermöbeln!«

Ja, ja ... als ob du Waschlappen 'ne Chance gegen ihn hättest! »Ach, lass mal. Ich meine ... der ist doch bestraft genug«, entgegnete Kyu-Min bemüht lässig, wobei er sich in Wahrheit unbeschreiblich jämmerlich vorkam.

Die Musik verstummte und die Jury, vorn nahe der Tanzfläche, verkündete eine kurze Pause des Battles.

Als Kyus Blicke ziellos durch den Club irrten, erspähte er neben einer bunten Neonröhre zufällig eine bekannte Gestalt; eine Bohnenstange in hautengen Klamotten, mit auffällig gestyltem Haar und Ohrring rechts: Markus, der Schul-Schwuli!

»Isa ... magst du uns zwei Hübschen nicht was zu trinken klarmachen?«, bat er engelssüß, während ihm urplötzlich eine teuflische Idee durchs Hirn spukte. Ein perfider Plan, sich bei Hamza und Patrick Respekt zu verschaffen und zugleich jedweden unerwünschten Verdacht künftig von sich zu lenken.

»Öhm, sicher. Noch 'nen Wodka Red Bull?«

»Gern.« Kyu-Min setzte sein charmantestes Lächeln auf und drückte Isabel einen Zehner in die Hand. »Und für dich – was immer du möchtest.«

Leicht verwirrt lächelte sie zurück, löste sich von seinem Arm und verschwand in Richtung Bar, von der Patrick gerade mit einer Flasche Bier in der Hand zurückkam.

Kyu-Min feixte bis über beide Ohren. »Jungs, wo wir grad davon sprachen ... Ratet mal, wer hier ist? Unsere Stufen-Schwuchtel!«

Hamza hob beide Brauen, als wäre ein Stichwort gefallen. »Wer? Markus?«

»Genau! Kommt, sagen wir ihm Hallo!« Fies grinsend bahnte Kyu sich einen Weg durchs Gedränge; Patrick und Hamza folgten wenige Schritte hinter ihm auf dem Fuß.

»Hey, was geht?«

Überrumpelt wandte Markus sich um. »Oh, äh, Kyu-Min ... Hi!«

»Na, alles fresh? Ganz allein hier?«, fragte Kyu mit seidig samtener Stimme.

»Ich ... nein. Mit einem Freund. Zum Anfeuern.« Er deutete auf einen Jungen, der auf der anderen Seite der Tanzfläche wartete; offenkundig bereit, sich nach der Pause in die akrobatische Schlacht zu stürzen.

Das hämische Grinsen kehrte auf Kyu-Mins Gesicht zurück. »Dein Lover?«

»Kumpel bloß …«, antwortete Markus knapp und blickte sichtlich verunsichert zu Patrick und Hamza, die sich mit höhnischen Mienen neben Kyu-Min positionierten.

»Stört dich doch nicht, wenn wir 'n bisschen bei dir bleiben, oder?« Ein dreckiges Lachen drang aus Kyus Kehle. »Ich meine, so 'ne heiße Schnitte wie du hier unter den ganzen Jungs … da passen wir wohl besser 'n bisschen auf dich auf, was?«

Hamza und Patrick prusteten wie aus einem Munde.

Markus' Augen verwandelten sich ängstlich in zwei runde Tennisbälle, als Kyu-Min den Arm um seine Hüfte legte und ihm mit geschauspielertem Gestöhn ins Ohr flüsterte: »Sag mal, Süßer, so unter uns … findest du mich heiß?«

Hamza kicherte. »Logo! In Englisch starrt der ständig zu dir rüber, noch nicht gemerkt?«

Markus wurde puterrot und nuschelte ein, zwei unverständliche Worte.

»Na komm, nicht schüchtern sein!« Kyu umklammerte ihn noch enger und spitzte spöttisch die Lippen, als ob er Markus ein Küsschen geben wollte. »Wie wär's? Tanzt du später für mich, Schnuckelchen?«

Patrick johlte, dass er um ein Haar sein Bier verschüttete. »Ey, heut ist Breakdance – nicht Ballett!«

»Schade, sonst hätt' ich meinem Schatzi hier noch 'n schickes Röckchen besorgt!« Kyu-Min stieß ein boshaftes Lachen aus, in das seine beiden Kumpels schallend mit einfielen.

»Was geht denn hier ab?!«, durchhieb Isabels Stimme das Gelächter wie eine scharfe Axt. In den Händen hielt sie zwei gefüllte Gläser. Flackernd tanzte ihr Blick zwischen Kyu und den anderen Jungs umher, wobei ihr Gesichtsausdruck von Fassungslosigkeit zu blanker Wut wechselte.

Kyu-Min kommentierte ihr Auftreten schief lächelnd: »Babe, was zickst du rum? Wir quatschen bloß ein wenig mit Markus.«

»*Babe*?! Gleich klatscht's, Freund!«

»Mensch, reg' dich ab, Isa! Is' nur Spaß, wir …«

»Klappe, Hamza!«, fauchte sie und wirkte einer gereizten Katze gleich, die ihm jeden Moment die Augen auszukratzen drohte. Zornig überreichte sie Kyu die beiden Getränke, sodass es über den Gläserrand schwappte. »Für dich! Schönen Abend noch!«

Markus entfernte sich ruckartig aus Kyu-Mins Nähe; kurzentschlossen schnappte Isabel sich ihren drangsalierten Schulkameraden und zog ihn mit sich über die Tanzfläche fort.

Hamza starrte beiden verächtlich hinterher. »Wohl im Hilfsverein für Schwule, die Olle!«

»Die Schwulette, ey! Total geile Aktion, Mann!«, lallte Patrick und hob amüsiert die rechte Hand, um Kyu-Min ein High Five zu geben.

Kyu-Min reagierte nicht auf die Geste. Er hörte, wie Isabel Markus im Weggehen fragte »Alles okay bei dir?« und bemerkte den Blick, den sie dabei über die Schulter hinweg auf ihn abfeuerte. Entrüstung spiegelte sich in ihren Augen – gepaart mit einem traurigen Schimmer, der Kyu-Min deutlich signalisierte, dass sie abgrundtief enttäuscht von ihm war.

Plötzlich fühlte er sich hundeelend. Die eiskalten Getränkegläser in seinen Händen ließen seine Finger gefrieren. »Bin mal eben raus … eine rauchen«, murmelte er deprimiert, gab die Drinks an Patrick und Hamza weiter und ließ beide Jungs leicht verdattert stehen.

Als Kyu-Min sich durchs Gewusel quetschte, erspähte er nahe beim Ausgang unverhofft jene Tänzerin, die ihm bereits beim Battle aufgefallen war. Über Sportshirt und Jogginghose hatte sie einen schwarzen Mantel geworfen, komplett mit Rabenfedern bestickt. Sekunden bevor sie den Club verließ, wandte sie den Kopf – und warf Kyu einen gezielten Blick zu. *Ihre Augen …!* Der magische Schimmer darin schien ihn auf hypnotische Weise aufzufordern: *Folge mir!*

An der Garderobe ließ Kyu-Min sich rasch seine Jacke geben und flüchtete aus dem stickigen Saal. Der Parkplatz draußen vor dem Club war menschenverlassen. Keine Spur von der bezaubernden Breakdancerin oder irgendeiner Seele sonst. Unterdessen wurde die Pause offenbar für beendet erklärt; drinnen setzte erneut stampfende Musik ein.

Gedämpft drang der dröhnende Bass an Kyu-Mins Ohr, während er sich niedergeschlagen gegen die Wand neben dem Eingangsbereich lehnte und nach seinen Zigaretten kramte. Missmutig stieß er eine Rauchwolke in die frostige Luft – und ertappte sich ungewollt bei dem Wunsch, sich jetzt an Julians Schulter zu lehnen … in seiner Umarmung Trost und Wärme zu finden …

Dämonenkräfte hin oder her – du bist und bleibst ein Weichei, das an Muttis Rockzipfel hängt!

Eine heiße Träne rann Kyus Wange hinab. *Nein! Ich tanz nicht länger nach Julians Pfeife, lass mich nicht mehr von Mama und Papa unterbuttern – das ist vorbei, niemand macht mir Vorschriften! Verdammt, ich bin ein Urdämon, ein finsterer Krieger der Hölle! Kein Anhängsel zum Rumkommandieren, kein Außenseiter zum Mobben!* Frust durchzog jede Faser seiner Haut, als düstere Erinnerungen an die Schikanen in der Schule durch Kyu-Mins Hirn spukten: Das obszöne Poster am Schwarzen Brett. Mitschüler, die ihnen Beleidigungen hinterhergerufen hatten … *Markus … jedem bindet er auf die Nase, schwul zu sein. Kein Wunder, dass ihn alle verarschen! Selber schuld, echt! Aber … ich bin nicht so … nie im Leben! Mich macht man nicht zum Opfer, ich gehör jetzt wieder zu den coolen Jungs – seht's endlich alle ein!*

Während trübe Gedanken Kyu-Mins Geist verdüsterten, setzte starker Wind ein, der schnell zu einem wahren Sturm heranwuchs und den Schnee auf dem Parkplatz aufwirbelte. Knarrend bogen sich die kahlen Wipfel der umstehenden Bäume. Stürmische Böen rissen Kyu die brennende Zigarette aus den Fingern und die Cap vom Kopf. Aus den Augenwinkeln glaubte er irgendetwas … *irgendjemanden?* … pfeilschnell durch die Lüfte zu fegen sehen. Für einen Moment – flüchtige Sekunden bloß – erspähte er über sich die Silhouette einer Person; einen schwebenden Schatten, den der heulende Wind sogleich verwehte.

Alarmiert ließ Kyu-Min kraft seiner Gedanken die Schneefläche zu seinen Füßen schmelzen und formte das gewonnene Wasser zu einem angriffsbereiten Geschoss zwischen seinen Händen. »Wer ist da? Zeig dich!«

»Du bist es wahrhaftig!«, rauschte eine Stimme im Wind. »Dein Gesicht, dein Äußeres ist anders – und doch, ich erkenne dich!«

Ringsum tobte ein Orkan. Äste brachen, Papierkörbe stürzten nieder, der elektronisch leuchtende Namensschriftzug über dem Clubeingang begann gefährlich zu rütteln. Auf der nahen Straße ertönte Geschrei, als Passanten Hüte und Mützen verloren. Sausender Sturmwind schnitt Kyu-Min ins Gesicht, erfasste seinen Körper und schleuderte ihn mit dem Rücken gegen die Wand des Clubgebäudes. Das kugelförmige Wassergeschoss zerplatzte und hinterließ einen riesigen Feuchtfleck auf seiner Jacke.

»Leviathan …«

Ächzend rappelte Kyu sich hoch – und schrie vor Schreck, als ein leibhaftiger Tornado auf ihn zujagte. Taifunartig pfiff es durch seine Ohren, die Frisur zerstob ihm wild, Steine und Kies flogen bedrohlich durch die Luft … im nächsten Moment trat eine Frau aus dem wütenden Wirbel. Flatterndes Haar, fließendem Honig gleich. Zwei grau glänzende Augen erinnerten an Wolken am weiten Horizont. Kyu-Min erkannte die Tänzerin vom Battle. Ein Lächeln huschte über ihr hübsches Gesicht – und wie auf Befehl legten die tosenden Winde sich schlafen.

»Geliebter! Endlich, nach all den einsamen Jahrhunderten …«, raunte ihre Stimme: ein Klang, der die Sinne benebelte.

»Du … bist eine Dämonin. Kenne ich dich …?«

»Ich bin die Herrscherin der Lüfte, die auf den Schwingen des Sturmes reitet: Eurynome, die Urdämonin des Windes.« Verlockend streckte sie Kyu ihre Hand entgegen. Auf stille Weise wirkte die Geste wie das unausgesprochene Angebot, intime Geheimnisse mit ihm zu teilen.

Gebannt fühlte Kyu-Min sich außer Lage, die Augen von Eurynomes reizender Anmut abzuwenden. »Suchen wir uns einen warmen Ort …«, murmelte er betört, beinah willenlos, als ob eine fremde Macht ihm die Worte einflüsterte.

»Gewiss, Geliebter.« Auf dem Rücken der Dämonin erschienen Flügel, ähnlich denen eines Drachen. »Lass uns gemeinsam fliegen! Wie sehne ich mich danach, wieder mit dir durch die Dunkelheit zu gleiten!«

Wie in Trance ergriff er ihre Hand. Fünf feingliedrige Finger mit kunstvoll lackierten Nägeln und funkelnden Ringen umschlossen zärtlich die seinen.

»Lege deine schwarzen Schwingen an! Auf zum freien Flug durch die Schönheit der Nacht!«

Kyu-Mins Geist rief nach Leviathans Kräften, sodass ihm ebenfalls zwei dunkle Drachenflügel wuchsen. Der Parkplatz schrumpfte unter seinen Füßen, während sie beide sich zusammen zum sternenklaren Himmel erhoben.

Drei junge Männer kamen aus dem Clubeingang und blickten verwundert hinauf. Ungläubig rieben sie sich die Augen, als Kyu-Min mit Eurynome, seine Hand in ihrer, im nächtlichen Dunkel verschwand.

Kapitel 24

Gamigin hockte auf dem Gebäude des Obersten Gerichts und ließ seinen Blick raubvogelgleich übers Jahrmarktstreiben schweifen: Dämonen feilschten unten an den Ständen. Vornehme Herren und Damen stolzierten in edlen Gewändern durch die Straßen. Gaukler unterhielten mit Flöte, Tanz und Possenspiel die applaudierende Menge. *Ob der Hochfürst sich wahrhaftig in seiner Kutsche durch die Gassen zwängt? Oder fliegt er womöglich auf dem Rücken eines Drachen, bewacht von einer Eskorte?*
Die kühle Abendbrise oben auf dem Dach versetzte Gamigin einen Wimpernschlag lang zurück in ferne Kindertage ... erinnerte ihn an den Wind, der durch die Weiden wehte, damals auf dem Hof der Hoffnung ... das duftende Heu beim Schlafen in der Scheune ... Kobolde, Alben und Irrlichter, die in der Dämmerung auf den weiten Feldern spielten ... Raziel, der am Lagerfeuer saß und Geschichten erzählte ... *Bitte, Raziel, wir wollen ein Märchen hören!*
Der Hof der Hoffnung war ein verlassenes Gehöft gewesen, verborgen zwischen den Wilden Wäldern und dem Moor der Trostlosigkeit. Ein Heim für verlorene Kinder, die Raziel in die Reihen seiner Rebellen aufgenommen hatte – meist Waisen, deren Väter und Mütter im Großen Krieg gefallen waren, oder Söhne und Töchter von Verfolgten und Ausgestoßenen. Eine winzige Herde Ziegen hatte den Kindern Milch geschenkt; sie hatten Früchte von den Feldern gegessen, Hasen gejagt und Kleider aus den Blättern der Verwunschenen Bäume geflochten. Gamigin erinnerte sich, wie er in den Sonnenmonaten mit anderen Knaben auf den Wiesen getollt, Schmetterlinge gefangen oder im kühlen Fluss hinterm Ackerland nach Fischen geangelt hatte ... Sommer voller Farben und endloser Träume. Hielt der Winter Einzug und bedeckte die Erde mit Schnee, saßen sie in der warmen Getreidekammer, schlürften heiße Suppe und sangen gemeinsam Lieder, wäh-

rend sie sehnsüchtig auf die Knospen des neuen Frühlings warteten. Ohne Eltern aufgewachsen hatte Gamigin dennoch eine wundervolle Kindheit verbracht – damals auf dem Hof der Hoffnung …

Hufschläge drangen dumpf an sein Ohr. Fürst Mephistopheles' nachtdunkle Kutsche drängte sich durch die Masse auf dem belebten Platz, gezogen von vier kohlrabenschwarzen Rössern und bewacht von drei bewaffneten Drachenreitern. Marktschreier, Flötenspieler und Feuerspucker stoben beiseite.

Gamigins Hand schnellte nach dem Griff der gewundenen Klinge am Gürtel. Seine Finger zitterten. Sein Plan glich blankem Irrsinn, dessen war er sich im Klaren. Doch dank Hekate wusste er, der heutige Abend zählte zu jenen seltenen Anlässen, bei denen der Hochfürst die schützenden Mauern von Pandämonium verließ. Es galt daher, die Gelegenheit beim Schopf zu packen! Angestrengt schloss Gamigin die Augen, murmelte magische Worte … und wurde eins mit seinem Schatten, den das silbrige Mondlicht gegens Gestein des Wasserspeiers neben ihm auf dem Dach warf; verschmolz mit seinem Schemen wie ein Tropfen Wasser mit dem anderen.

Als Schattengestalt glitt er vom Gerichtsgebäude herab, während die dunkle Kutsche den Jahrmarktsplatz verließ und die Straße Richtung westliches Stadttor einschlug. Gleich einem Gespenst huschte Gamigin die Fassaden der Häuser entlang, um dem Fuhrwerk ungesehen hinterherzujagen.

Der Dämon auf dem Kutschbock, den Schlapphut tief im Gesicht, spornte die Rösser zum Galopp an, als die Kutsche die Stadtgrenze erreichte und ins finstere Ödland hinausdonnerte. Gamigin schloss auf und kroch als Schemen getarnt die Außenwand des Gefährts entlang; wehte wie ein Windhauch durchs Kutschenfenster und verbarg sich oben im dunkelsten Winkel des Verdecks. Schräg unter ihm, in dicke Polster versunken, saß Höllenfürst Mephistopheles im schwachen Schein der Lampe, die einsam über dem Fenster baumelte. Seine maskengleiche Miene verriet keinerlei Regung.

Gamigin, im Schutze seines eigenen Schattens, zückte vorsichtig den Dolch. Angespannt hielt er den Atem an – aus Angst, der Hochfürst könnte ihn trotz donnernder Hufe und lautstarkem Holpern der Räder hören. Nie zuvor hatte er den Obersten der Neun leibhaftig gesehen.

War dieser unscheinbare Mann – diese hagere Gestalt, die bloß drei Armlängen entfernt auf der Kutschbank hockte – wahrhaftig der Tyrann, der das Volk der Hölle knechtete? Der unzählige Unschuldige im Kerker verschmachten ließ? Die Rebellen erbarmungslos jagte und für den Tod vieler von Gamigins Kameraden verantwortlich war?

Urplötzlich hob Mephisto den Kopf. Seine Augen huschten die Decke entlang, als ob sie ein umherschwirrendes Ungeziefer verfolgten. Schmerzhaft biss Gamigin sich auf die Unterlippe und unterdrückte jeden Mucks; glaubte, sein Herz würde unter den eisigen Blicken des Fürsten gefrieren.

Langsam wandte Mephistopheles sich ab und starrte wieder in die draußen vorüberziehende Schwärze hinaus – ein Moment, den Gamigin zu nutzen wusste. In einer einzigen entschlossenen Sekunde stürmte er aus dem Schatten hervor und vollführte einen schwungvollen Hieb mit der Waffe.

Der Höllenfürst sprang auf und prallte gegen die Kutschenwand, seine Rechte an die Brust gepresst. Sein Mantel war zerrissen, einzelne Blutstropfen quollen zwischen den Fingern hervor. Die Wunde konnte nicht sonderlich tief sein, Gamigins Klinge hatte ihn lediglich gestreift. Keine Spur eines Gefühls schimmerte in den kalten Augen. Weder Schmerz noch Furcht, nicht einmal ein Hauch ungläubigen Schreckens.

Gamigin zauderte nur einen Pulsschlag lang, dann setzte er erneut zum Angriff an. In derselben Minute hob Mephisto die Hand … und was der junge Rebell unter dem zerfetzten Gewand des Fürsten erspähte, raubte ihm beinah den Verstand. »Bei den Flammen der Verdammnis! I-Ihr …!« Fassungslos entglitt Gamigin die Waffe – bevor er einen schmerzhaften Stich am Hals verspürte.

Mephistopheles' Mundwinkel zuckten, die Lippen verzogen sich wie zum Ansatz eines höhnischen Lächelns. Von den eisernen Krallen, die statt Nägel mit einem Mal aus seinen Fingern ragten, tropfte es rot.

Gamigin taumelte zurück. Blutig träufelte es vom Hals auf seine Weste herab. Ein Schrei steckte in seiner Kehle, aber der Anblick von Mephistos Körper unter den zerschnittenen Kleidern ließ ihm den Atem stocken. »I-Ihr … seid nicht … der Hochfürst, die rechte Hand des Königs«, stammelte er, ähnlich einem verängstigten Kind.

»Oh doch, ich bin der Oberste der Neun. Niemand verdient diesen Rang mehr als ich.« Ein bedrohlicher Ton mischte sich in Mephistopheles' schnarrende Stimme. »Und sei gewiss, niemals dulde ich, dass Lumpengesindel wie du ihn gefährden!«

Die Eisenkrallen erhoben sich zum tödlichen Schlag – mit einem Satz rückwärts flüchtete Gamigin zurück in seinen Schatten, während er mit gleichzeitig vorgehaltener Hand verzweifelt seine Blutung zu stillen versuchte. Feucht perlte es zwischen den Fingern hindurch.

Mephisto holte zu einem weiteren Hieb aus, doch das Holpern der Kutsche brachte ihn für wenige Sekunden ins Schwanken.

Gamigin ergriff seine Chance! Einem Blitz gleich fuhr er als Silhouette zum Fenster hinaus, floh vor den todbringenden Klauen und diesen grausig gefühlstoten Augen: ein davonschwebender Schatten, der eine unheilvolle Spur rubinroter Tropfen nach sich zog.

†

Gläserklirren und leutseliges Geplauder erfüllte den *Alten Ratskeller*. Wo einst Könige gekrönt und Würdenträger gewählt worden waren, tummelten sich nun Gäste auf rustikalen Bänken und becherten Bier aus randgefüllten Humpen. Mittelalterlich nachempfundene Musik dudelte leise aus versteckten Boxen.

Kyu-Mins Blick wanderte über die hölzernen Vertäfelungen und stimmungsvollen Wandmalereien. »Nettes Plätzchen hast du ausgesucht.«

»Solche heimeligen Orte liebtest du damals schon.« Der Schein der Kerze, die zwischen ihnen auf dem Tisch brannte, flackerte sanft auf Eurynomes Gesicht.

»Bin ich früher oft zusammen mit dir durch die Nächte geglitten? Also ... als Dämon?« Kyu-Min glaubte, noch immer den kalten Abendwind zu spüren, der ihm wild durchs Haar geweht war. Hoch am Horizont, losgelöst von irdischen Fesseln ... ein nie gekanntes Gefühl unbändiger Freiheit!

»Gewiss, Geliebter.«

Eine Frau in historisch anmutendem Gewand brachte edle Cordon Gläser voll grünlich schimmerndem Schnaps. Über jedem Glas lag quer ein Löffel mit je einem Stück Zucker. Die Kellnerin zückte ein Feuerzeug und entzündete die beiden Zuckerwürfel, worauf blaue Flämmchen aufloderten. Sie reichte Eurynome ein Fläschchen Wasser dazu und verschwand mit pathetischem »Genießet wohl!«, um zwei Grillteller am Nachbartisch zu servieren.

Neugierig betrachtete Kyu-Min den brennenden Zucker, der winzige Blasen warf. »Was haste uns denn da bestellt, Eurynome?«

»Absinth – das Aphrodisiakum alter Tage. Es heißt: Die *Grüne Fee*, wie sich dieser Trunk auch nennt, weckt stille Sehnsüchte und verborgenes Verlangen.« Behutsam tauchte die Dämonin den karamellisierten Würfelzucker in den Alkohol und träufelte Wasser hinzu.

Kyu-Min probierte einen Schluck. Der bittere Geschmack berauschender Kräuter verbreitete sich auf seiner Zunge – und zauberte ein betörtes Lächeln auf seine Lippen. »Erzähl mir, Eurynome ... damals ... wer war ich?«

»Leviathan, der Urdämon der Meere und Herrscher über alle Gewässer – ein rätselhafter, geheimnisumwitterter Mann, möchte ich behaupten. Gemeinsam kämpften wir einst im Gefolge des strahlenden Luzifers, als er gegen die himmlische Ordnung aufbegehrte, und fielen mit dem Morgenstern hinab in die Tiefen der Unterwelt: stolz und unnachgiebig; besiegt, doch niemals gebrochen.«

»Klingt aufregend«, schwärmte Kyu. »Anders als heute ...«

Eurynome verrührte den Zucker in ihrem Glas und kostete. Grüne Tropfen perlten am Rand. »Das Dasein als Mensch hat dich zweifellos verändert. Sag, was für ein Leben führst du auf Erden?«

»Ganz ehrlich? Ein ätzendes!« Er seufzte. »Jeder will mir vorschreiben, was ich zu tun oder zu lassen hab. Ein braver, angepasster Junge soll ich sein! Mama und Papa ... ich glaube, am liebsten würden sie mich zu Hause einsperren – schön weit weg von der bösen Welt da draußen.«

»Ich verstehe. Ähnliches musste ich selbst einst am eigenen Leib erfahren«, erwiderte die Dämonin. Ihre feinen Finger streichelten zärtlich über Kyu-Mins Handgelenk. »Meine Eltern, Engel von hohem Rang, zogen mich auf wie einen Vogel im goldenen Käfig. Bereits als blutjunges Mädchen wurde ich auf ihren Wunsch hin verheiratet. Glaube mir, die Gabe des Windes erhalten zu haben war Geschenk und Befreiung zugleich. Von dieser neuen Macht beseelt schwor ich damals, fortan den Freuden des Lebens zu frönen; mich allen Genüssen hinzugeben, nach denen mein Herz verlangt.« Ihre wolkenverhangenen Augen zogen die seinen magisch an. »Ich fühle, Leviathans schlafende Kräfte sind seit Längerem schon erwacht. Du ahnst nicht, welche Stärke in dir ruht! Sprenge die Ketten, die dich binden! Ungekannte Freiheit ruft nach dir!«

»Du hast leicht reden«, entgegnete Kyu-Min zähneknirschend. »Da gibt's jemanden … wenn er könnte, würde er mir glatt verbieten, Leviathan zu sein!«

»Julian Sanders, die Wiedergeburt von Raziel?«

»Du, äh … weißt davon?«

»Die Hölle hat ihre Ohren allerorts. Man munkelt, du wärst sein Gefährte.«

»*Ex*-Gefährte!« Die Hand auf Kyu-Mins Schoß verkrampfte sich schmerzhaft zur Faust. »Er … hat mich geschlagen. Ins Gesicht! Konnte nicht ertragen, dass ich ihm die Meinung gegeigt hab. Meinte, ich soll ihm gefälligst nicht widersprechen …«

Eurynome betrachtete ihn schweigend durch die Flamme der Kerze auf dem Tisch. »Verständlich, dein Zorn«, antwortete sie nach einer Weile. »Doch ich spüre, dich bedrückt mehr … Dein Gesicht wirkt unversehrt – dies kann nicht der einzige Grund für euer Zerwürfnis sein.«

»Du hast keine Ahnung, wie er mich behandelt!«, platzte es wütend aus Kyu-Min heraus. »Wie ein Kind, das er bevormunden kann! Traut mir echt überhaupt nichts zu; glaubt, ständig auf mich aufpassen zu müssen. Und die Härte ist, dabei spielt er sich als Boss auf! Kauf ich mir Kippen, reißt der mir glatt die Schachtel aus der Hand – von wegen: ungesund, ist verboten! Krass, ne? Bin ich sein Sklave, oder was?«

»Hm … ist er seit Anbeginn eurer Freundschaft so?«

»Im Grunde schon. Auch wenn … na ja …« Der Anflug eines Lächelns stahl sich auf Kyus grimmiges Gesicht. »Also … Julian war immer stärker als ich – und ja, tatsächlich hat er mich vor vielem beschützt. Brauchte ich Hilfe, konnte ich auf ihn zählen. Ich geb's zu … oft hab ich mich nur allzu gern auf ihn verlassen. Als Kind kam ich mit meinen Eltern nach Deutschland; war fremd, kannte niemanden …

aber … am ersten Tag an der neuen Schule … Julian hat sich um mich gekümmert. So wurde er mein bester Freund …« Ein Windhauch voller Sehnsucht kühlte den dampfenden Zorneskessel in seinem Inneren. »Wenn ich ehrlich bin … ich habe ihm nie für alles gedankt, was er für mich getan hat …«

»Vielleicht sind Worte hier nicht nötig? Was du erzählst, klingt wundervoll.«

»Mag sein, doch … inzwischen ist alles anders.« Kyu-Mins Mundwinkel verhärteten sich. »Er ist … herrschsüchtig geworden. Legt einen Ton an den Tag wie ein General! Das ist nicht der Julian, den ich kenne; nicht der Junge, in den ich mich verliebt hab. Seine Rolle als Anführer … in letzter Zeit … scheint sie ihn komplett zu verschlingen …«

»So ist Raziel stets gewesen, Geliebter. Größer als seine hehren Ideale war seine Grausamkeit. Offen gesprochen, dieses starke Band zwischen euch … wundert mich … Letztendlich … Raziel war es doch, der …« Sie stockte.

Kyu-Min blickte von seinem Glas auf. »Ja?«

»Damals in der Hölle, als ihr beide noch Abkömmlinge der Finsternis wart … Raziel, er …«

»… hat mich bestimmt genauso zu unterbuttern versucht wie Julian heute, was?«, fiel er Eurynome unwirsch ins Wort. »Aber das soll er sich jetzt mal besser abschminken! So kann er nicht mit mir umspringen! Immerhin, ich … bin einer der beliebtesten Jungs bei uns auf der Schule – so sieht's aus, ich bin klar der coolere von uns beiden!«

Ein verführerischer Ausdruck schlich auf Eurynomes Gesicht, erleuchtet vom warmen Kerzenschein. »Oh ja, von der heutigen Nacht an ändert sich dein Leben, Geliebter. Das Schicksal hat mich erneut zu dir geführt. Wenn du es erlaubst, bin ich an deiner Seite.«

Kyu-Min trank von seinem Absinth. »Du nennst mich dauernd Geliebter. Leviathan und du … waren wir …? Nein, ich …« Der Wermut griff nach seinem Geist; Erinnerungen stiegen auf wie Nebelschwaden, verschwommenen Bildern aus tiefen Träumen gleich. »Ich … habe dich abgewiesen … nicht wahr …?«

»Du ließest mich im Ungewissen.« Die Klangfarbe ihrer Stimme gewann einen Stich Traurigkeit. »Dein Wesen schwankte wie die Wogen der See und gab fortwährend neue Rätsel auf. Mir gelang weder jemals in deine Seele zu schauen noch deinen Leib zu berühren.«

»Merkwürdig, denn ... ich erinnere mich ... in der Kunst der Betörung beherrschst du sämtliche Kniffe ...«

Eurynome schenkte ihm ein anzügliches Lächeln. »Wohl wahr! Obgleich mein Herz allein dir gehört, liebte ich Tausende Männer. Mir sind Freuden bekannt, welche die verdorbensten Frevler sich in ihren unzüchtigsten Fantasien nicht ausmalen. Auf deinen Wunsch bin ich dir gestrenge Herrin oder gefügige Sklavin, lasterhafte Dirne oder bezaubernde Unschuld, verehrenswerte Königin oder mütterlich umsorgende Maid ...« Ihre Hand umschloss seine. »Stoße mich nicht noch einmal fort, Geliebter! Ich helfe dir bei der Suche nach deinem vergangenen Selbst; lehre dich, deine dämonischen Kräfte zu gebrauchen ... und vermag dir darüber hinaus manches Vergnügen zu verschaffen.«

Kyu-Min antwortete mit herausforderndem Grinsen, während die Verheißungen der Dämonin hitzige Gedanken hinter seiner Stirn entzündeten. »Klingt gut ...«

»Hab Dank für dein Vertrauen.« Eurynomes Zungenspitze fuhr feucht über ihre Lippen, als sie ihm anmutig zuprostete. »Siehe, noch mag ich dir als Fremde erscheinen, doch gewiss sind wir bald wieder Gefährten wie damals.«

»Ja ... sicher, klar!« Lächelnd hob Kyu ebenfalls sein Glas und stieß mit ihr an. »Ehrlich, ich hab das Gefühl ... du und ich, wir werden uns schnell näherkommen ...«

Kapitel 25

Sein Glaube war Florian wichtig. Das Vertrauen zu Gott schenkte ihm Kraft, vor allem in schweren Zeiten: Wenn er sich einsam fühlte, weil seine Eltern sich Tag und Nacht im Büro verkrochen und er sie selten zu Gesicht bekam. Nach dem Tod seiner Freundin Miriam, seiner ersten großen Liebe ... In solchen tristen Momenten tröstete ihn die Zuversicht, dass Gott liebevoll seine schützende Hand über ihn hielt.

Vom Teufel hingegen besaß Flo keine konkrete Vorstellung. Als Kind hatte er schlichtweg geglaubt, der Gehörnte würde über ein Reich aus stinkendem Schwefel und ewigen Flammen herrschen. Oder unerkannt über die Erde ziehen, um Zwietracht und Laster in den menschlichen Herzen zu säen. Woher hätte er ahnen sollen, wie verzwickt die Dinge wirklich lagen? Eine Revolte gegen Himmel und Hölle, Unsterblichkeit und Wiedergeburt, Schulkameraden mit dämonischen Seelen ... Die Wahrheit kleidet sich nur selten in schlichte Gewänder.

Mit Julian und Kyu-Min hatte er in den vergangenen Wochen nur wenige Worte gewechselt. Florian benötigte Zeit für sich allein. Zeit, um zu verdauen, was ihm Unglaubliches anvertraut worden war: Die langersehnte und insgeheim gefürchtete Erklärung über all jene mysteriösen Geschehnisse, bei denen er selbst eine ungewollte Hauptrolle gespielt hatte. *Das Wandelnde Nichts, Despariel ... War ich tatsächlich das Werkzeug eines Dämons? Hätten meine Trauer und mein Hass um ein Haar die Erde verschlungen ...?*

Am Abend vor der Heiligen Nacht zog Florian sich in sein Zimmer zurück. Durch die nur spaltbreit geöffnete Tür hörte er seine Mutter unten in der Küche die Töpfe vom Abendessen spülen. Flo stellte ein brennendes Teelicht ins Fenster und sah zu, wie das flackernde Flämmchen gedämpften Schummerschein an die Zimmerwände warf. Dachte an Miriam. An seine Freunde ...

Gestern hatte Florian den kleinen Retro-Laden in der Innenstadt aufgesucht. Vielleicht könnte er seinem Vater zu Weihnachten eine dieser alten Schallplatten schenken, die dieser auf nostalgische Art heiß und innig liebte?

Zwischen den Regalen – bewohnt von Schmuckstücken wie Videokassetten aus den Achtzigern oder Computerspielen, die lange vor Flos Geburt der letzte Schrei gewesen sein mussten – stach ihm unerwartet eine vertraute Cap ins Auge: Kyu-Min stöberte in einer CD-Auslage mit DDR-Hits. *Klack, klack* ließ sein durchforstender Zeigefinger die einzelnen Plattenhüllen gegeneinanderstoßen.

»Na, auch noch auf der Suche nach 'nem letzten Geschenk?«

»Oh – hey, Flo! Ne, ne, ich schau bloß 'n bisschen für mich. Meine Alten und ich haben beschlossen, uns das Schenken dieses Jahr … na ja, zu schenken. Ehrlich, dieses ewige Theater rund um Weihnachten ist doch spießig.«

»Tja … wenn du meinst.« Florian lächelte matt. »Ähm, bist du mit Julian hier?«

»Wieso? Brauch ich zum Shoppen seine Erlaubnis?«, gab Kyu in derart gereiztem Ton zurück, als ob Flo ihm auf den Fuß getrampelt hätte.

»Erlau…? Quatsch, nein! Nur … also, wegen eurem Streit …«

Kyu-Min musterte ihn stechend. »*Was* hat er dir erzählt, hä?«

»Wer, Julian? Nichts, aber … äh, als du in Physik mit mir die Plätze tauschen wolltest … du hast doch gesagt, ihr hättet euch verkracht.« Plötzlich fühlte Florian sich in seiner Haut unwohl wie ein Gauner auf der Anklagebank. Dieses Thema bloß anzusprechen stellte in Kyus Augen offenbar bereits ein Kapitalverbrechen dar.

»Julian … hat mir eine reingehauen … mit der Faust ins Gesicht.« Kyu-Min wich seinem Blick aus und widmete sich erneut den CDs. *Klack, klack.* »Meine Nase war total blutig …« *Klack.*

»E-Echt? Auweia … Übel …« Flo biss sich auf die Unterlippe. »Und … nun? Also …?«

»Gar nichts. Zwischen uns ist es aus.« *Klack, klack, klack.*

Erschrocken schnellten Florians Augenbrauen in die Höhe. Kyus kalte Antwort traf ihn gleich einem Hammerschlag. »D-Das … meinst du nicht ernst, oder? Hey … Julian ist dein bester Freund … du *liebst* ihn! Klar, er hat Scheiße gebaut … du bist sauer, versteh ich, aber …«

»Ach ja? Komisch ...« Kyu-Min stieß einen Seufzer aus. »Eigentlich ... du solltest am besten wissen, dass ... Julian nicht der liebevolle Freund oder coole Kumpel ist, für den ihn alle halten ...«

Verschwörerisch senkte Flo die Stimme. »Weil ... er ein Dämon ist?«

»Das meine ich nicht ... Ich rede von ... damals ... er hat mir erzählt, dass er nach dem Sportunterricht ... deinen Kopf ins Klo ...«

Ein schwerer Stein glitt Florians trockene Kehle hinab. »Na ja, ähm ... sorry, wenn ich das sage, aber ... *du* benimmst dich selber ziemlich daneben in letzter Zeit. Auf einmal hängst du dauernd mit Patrick und Hamza ab. Und beim Breakdance ... was war das für 'ne Nummer mit Markus?«

»Was soll sein? Hab ihn eben beim Battle getroffen«, murmelte Kyu-Min und nahm desinteressiert zwei CDs aus der Auslage, nur um Flos Blick nicht erwidern zu müssen.

»Ach so? Hab heut Morgen mit Isabel getextet, die hat mir was ganz anderes erzählt ...«

»Hab die kleine Schwuchtel 'n bisschen geärgert – na und?« Jede Silbe glich einem scharfen Schwerthieb. »Engagierst du dich neuerdings für solche Loser, oder was?«

»Also, eigentlich ... bist *du* der Engagierte von uns. Warst immer hilfsbereit, hast dich für andere eingesetzt ...«

»Tja – Pech! Ich bin nicht so, wie ihr mich gern haben wollt! Nein, ich zieh jetzt mein eigenes Ding durch!« Achtlos stopfte Kyu die Scheiben zurück ins Musikregal. »Denk bloß nicht, du kannst mir Vorschriften machen wie Julian!«

»Blödsinn, Mann, will ich gar nicht«, beschwichtigte Flo und trat einen behutsamen Schritt näher. »Möchte halt wissen ... wieso bist du so seltsam drauf? Was ist los mit dir?« Lächelnd legte er seinem Kumpel den Arm um die Schultern. »Wir sind Freunde, oder? Komm, sag schon, was dich bedrückt! Da ... ist doch mehr als nur der Krach mit Julian ...«

Kyu-Min sah ihn an – mit Augen von jemandem, der sich im Dunkeln verirrt hatte und verzweifelt nach dem Heimweg suchte. »Weiß nicht, ich ... wünschte, ich könnte aus meiner Haut kriechen ... Julian, mein Vater ... niemand wird mir mehr sagen, was ich zu tun hab ... oder mich schlagen, wenn ich nicht gehorche ...«

Sein Vater ...?

»Der soziale, ewig nette Kyu – ein Gefängnis, in das ich mich selbst gesperrt hab! Mein Leben ist mir zu eng, Flo ... wie im Würgegriff einer Schlange ...«

»Nun, wahrscheinlich ... liegt das an, äh ... Leviathans Kräften«, murmelte Florian, die Stirn in Falten. »Ich meine ... Macht zu besitzen verändert einen Menschen ...«

»Allerdings!« Ein Leuchten glomm in den schwarzen Mandelaugen. Der Verirrte betrat hoffnungsvoll neue Pfade. »Die Gewässer der Erde strömen durch meinen Geist ... Diese Magie zu beherrschen – das Gefühl ist unbeschreiblich!«

Instinktiv rutschte Florians Arm von Kyus Schulter herab. »Okay, okay, nur bitte ... pass auf damit. Mit solchen Sachen spielt man nicht ... Weiß ich aus Erfahrung.« Zögerlich wagte er ein Lächeln. »Aber das Wichtigste: Versöhn dich mit Julian, ja? Streit gibt's in den besten Freundschaften. Doch egal, was vorgefallen ist – ich denke, irgendwann sollte man aufeinander zugehen und das Kriegsbeil begraben. Sei ehrlich, du willst doch nicht ernsthaft, dass eure Liebe zerbricht!«

Für ein, zwei Sekunden starrte Kyu-Min ihn mit ausdrucksloser Miene an – um ihm daraufhin den nächsten Schock zu versetzen: »Ich ... habe jemand anders kennengelernt.«

Flo klappte um ein Haar die Kinnlade herab. »Du meinst ...? Äh, wen?«

»Jemanden wie mich. Sie hat mich schon geliebt, bevor mein jetziges Leben begann ...«

»Ja ... a-aber ...«

»Ich muss los!«, schnitt Kyu ihm das Wort ab und flüchtete förmlich Richtung Ladenausgang.

»Okay, dann, äh ... Frohe Weihnachten!«, rief Florian ihm hinterher.

Beim Hinausgehen bemerkte Kyu-Min die ältere Dame bei den Regalen schräg gegenüber, die sie beide eine Weile lang schon mit irritierten Blicken bedacht hatte. »Glotz nicht!« Florian sah einen meeresblauen Lichtblitz in Kyus Augen – und beobachtete ungläubig, wie die Frau ihre Aufmerksamkeit schlagartig einer Auswahl gut erhaltener Kaffeemühlen zuwandte und ein knappes »Verzeihung« stammelte.

Flo erstarrte regelrecht zur Salzsäule. *Guter Gott ...!*

Kyu-Min warf ihm ein schelmisches Grinsen über die Schulter zu, rempelte einen Kunden beiseite und eilte aus dem Retro-Shop.

Guter Gott, dachte Florian nun, als er andächtig auf seinem Bett saß, *gib auf Miriam acht, wo auch immer sie jetzt ist ... und bitte beschütze meine Freunde, die hier bei mir sind!*

Unten aus dem Wohnzimmer rief ihn sein Vater.

Halte deine Hand über sie! Flo ging zum Fenster und blies behutsam die Teelichtflamme aus. *Ich habe nicht die leiseste Ahnung, was vor sich geht, lieber Gott ... doch ich bin sicher: Julian und Kyu brauchen dich jetzt sehr!*

Kapitel 26

Am Abend vor der Heiligen Nacht saß Julian wartend in seinem Zimmer. Außer ihm war niemand zu Haus. Heute, an ihrem letzten Arbeitstag vor Weihnachten, wollte seine Ma nach der Schicht im Supermarkt noch mit einer Freundin durch die Kneipen ziehen. Erfahrungsgemäß schätzte Julian, sie würde wahrscheinlich erst in den frühen Dämmerstunden heimkommen.

Ein Klopfen drang an sein Ohr. Draußen hockte ein Rabe auf dem Sims und pochte mit dem Schnabel sachte gegen die Scheibe. Julian öffnete das Fenster, worauf der Vogel ins Zimmer flatterte und krächzend eine Kurve flog.

»Bist pünktlich, Belial!«

Blättergrünes Haar wuchs aus dem schwarzen Gefieder, Federn und Klauen verwandelten sich in einen mageren Burschen mit blassem Gesicht und erdig braunen Augen. »Ich erscheine zur rechten Zeit, ganz wie du angeordnet hast.«

»Bestens.« Julian ließ sich zurück auf seinen Schreibtischstuhl fallen und musterte ihn erwartungsvoll. »Sicher, dass du …?«

Der Urdämon senkte ergeben die Lider. »Ich bin gewiss, du kennst die Antwort.«

»Schön, dann …« Ein schiefes Lächeln schlich auf Julians Lippen, während sein Zeigefinger gebieterisch zu Boden deutete.

Gehorsam sank Belial auf die Knie, hob zögernd den Kopf und blickte ehrfürchtig zu ihm auf. Ein eigentümliches Flackern dominierte das Dunkel seiner Augen. »Weißt du, weshalb du nicht widerstehen kannst?«

»Tja, öhm … weil du halt 'n typisches Opfer bist, das coole Jungs wie ich vermöbeln und abziehen?«

»Nein, weil du selbst es innerlich zutiefst begehrst. Sieh mich an: Genießt du nicht den Anblick, wie ich dir als dein gefügiger Hund zu Füßen krieche?« Bedeutungsschwangere Unterklänge beherrschten Belials Stimme. »Dies ist dein wahres Wesen, Julian – stark und grausam; machtvoll, ohne jedes Mitleid.«

Unmerklich griff Julian nach dem Gegenstand, der auf seinem Schreibtisch unter einem Stapel Schulhefte verborgen lag: der mysteriöse Stahlreif, den Astaroth im Kampf verloren hatte. Kühl lächelnd beugte er sich zu Belial herab, der demütig vor ihm kniete. »Soll ich mal *wirklich* grausam sein … und das Spielchen 'n bisschen spannender für dich machen?«, raunte er dem Dämon voll frostiger Zärtlichkeit ins Ohr – und legte ihm den eisernen Ring noch im selben Moment fest um den Hals.

»Bei Beelzebubs Dreizack!« Entsetzt zerrte Belial an dem stählernen Reif und sackte noch tiefer zu Boden, während jegliche Kraft sichtlich aus seinem Körper wich. Von einer Minute zur nächsten wirkte der Glanz des grünen Haars welk wie verdorrtes Laub. »W-W-Was … ist das …?«

»Ein Magischer Bezwinger. Hab ich einem Dämon abgeluchst. Nie von gehört? Soviel ich weiß, blockiert er deine Kräfte und kann ohne meinen Willen nicht abgenommen werden. Keinen einzigen Zauber kannst du mehr anwenden.« Julians kaltes Lächeln gefror zum eisigen Grinsen. »Heißt, ich hab dich *komplett* in der Hand, Kleiner!«

Belials leidverliebter Wagemut starb verzagt an unverhohlener Angst. Sein Gesicht spiegelte hilflose Gefühle des Ausgeliefertseins, einem Kaninchen in der Schlinge des Jägers ähnlich. Schmerzerfüllt biss er die Zähne zusammen, als Julian seine Haare packte und ihn genussvoll daran hoch auf die Füße zog.

»Also, zuhören! Morgen kommt mein Bruder über Weihnachten nach Hause und Ma hat mich gebeten, die Wohnung auf Vordermann zu bringen. Ein Glück, für solche Aufgaben hab ich ja dich!« Julians Finger streichelten neckisch über Belials Wange, während seine andere Hand ihn unnachgiebig am Schopf gefasst hielt. »Zuerst lädst du meine Wäsche in die Waschmaschine, dann sorgst du hier bei mir für Ordnung und räumst danach das Wohnzimmer auf. In der Küche warten die Töpfe von gestern Abend zum Spülen auf dich. Im Bad putzt du Wanne, Waschbecken und Toilette; anschließend wischst du Staub und saugst einmal in der ganzen Bude durch. Kapiert so weit – *Sklave?*«

»N-N-Natürlich … was immer du sagst, Julian …«

»*Master* Julian!«, korrigierte er scharf. »Ab jetzt nennst du mich *Master*, verstanden?«

»Ja … Master!«, erwiderte sein Diener folgsam.

»Brav! Und … Belial?« Unbarmherzig zog Julian an den verwelkten Haaren, die er zwischen den Fingern gefangen hielt, und entlockte seinem Sklaven gepeinigte Laute. »Wenn hier später nicht alles sauber blitzt und blinkt, bekomm ich verdammt schlechte Laune! Hast du das geschnallt, Bürschchen?«

»V-V-Verstanden …«, keuchte Belial, wobei er verzweifelt Julians muskelstrotzenden Arm umklammerte und seinen Schopf vergeblich aus dem gnadenlosen Griff zu befreien versuchte. »I-I-Ich … b-bin ehrlich bemüht … dich nicht zu enttäuschen …«

»Ich hoff's für dich«, entgegnete Julian trocken und ließ gnädig los.

Mit bettelndem Blick deutete der Urdämon auf den Magischen Bezwinger um seinen Hals. »Bitte, Herr … nimmst du mir das wieder ab … später, meine ich?«

»Mal schauen. Wenn du gleich fleißig arbeitest und ich zufrieden mit dir bin, denke ich vielleicht drüber nach. Falls nicht …«, ungerührt zuckte Julian mit den Schultern, »tja … dann werden deine Blümchen lange Zeit ohne deine Kräfte blühen müssen.«

Erschrocken schnappte Belial nach Luft, wagte jedoch offensichtlich keinerlei Widerspruch. Die still glimmende Furcht in den erdbraunen Augen, die Schamesröte auf den blassen Wangen, das sehnsüchtige Verlangen auf den Lippen jagten wohlige Schauer über Julians Rücken.

Sanft umschloss er Belials Kinn und zog sein Gesicht dicht ans eigene heran, bis er den schweren Atem des Dämons auf seinen Wangen spürte. »Hm, Bubi? Wir zwei werden noch richtig Spaß zusammen haben, was?«, flüsterte er frostklirrend. »Na ja … zumindest ich *mit* dir.«

Der steil erhobene Berg vorn zwischen Belials Hosenbeinen belohnte Julians Hohn mit glückseligen Zuckungen. »Ich bin dein, wie ich es so lang heiß ersehnte … Befiehl und ich gehorche«, hauchte der Erdendämon ihm lustverhangene Worte zu, die ihn mit prickelnder Gänsehaut überzogen.

Besitzergreifend umschlang Julian den schmächtigen Leib; sperrte seinen Sklaven zwischen seinen gestählten Armen ein, als würde er ihn in Ketten legen. Nahe beisammen konnte er Belials Körper begehrlich bebend unter seinen Händen spüren, den wilden Herzschlag fühlen – bevor ihre Lippen flammend aufeinander zurasten, um in einem Gewitter feuriger Küsse zu verbrennen.

†

Draußen bedeckte eine dünne Eisschicht den Hof, als Dennis sich in der Mittagspause auf einen Klappstuhl vor der Werkstatt setzte. Die Beine seines Blaumanns waren Motorölflecken zum Opfer gefallen. Mit mächtigem Appetit biss er in ein belegtes Baguette und goss sich warmen Tee aus seiner Thermoskanne ein. Aus nicht allzu weiter Ferne vernahm er das Kreischen einer Möwe. Salzige Seeluft wehte vom nahen Hafen hinüber.

Dennis liebte die Stadt Hamburg und seine Arbeit; war von Anfang an stolz gewesen, einen Ausbildungsplatz in einer der großen, interessanten Metropolen Deutschlands ergattert zu haben. Nichtsdestotrotz fehlten ihm Ma und sein Bruder häufig. Dementsprechend freute er sich auf Weihnachten und den bevorstehenden Besuch bei seiner Familie – vor allem, nachdem Julian in seiner gestrigen Mail von frisch gebackenen Plätzchen geschwärmt hatte! Das Bahnticket für morgen lag schon einsatzbereit in Dennis' Wohnung auf dem Wohnzimmertisch.

Sein Kollege Björn trat neben ihm aus der Werkstatt ins Freie. »Mann, arschkalt!«, bemerkte er und verschränkte fröstelnd beide Arme.

Dennis nickte und fühlte sich an manchen Winter erinnert, den er als Kind mit seinem Bruderherz verbracht hatte: Schneemänner und Schneeballschlachten ... lachende Gesichter und leuchtende Augen an Heiligabend ... und natürlich: Mas leckere Plätzchen ...

»Okay, muss zur Arbeit! Pass auf deinen Bruder auf, ja?« Diese Worte seiner Mutter waren eines Morgens in den Weihnachtsferien durch die Küche geweht.

»Wieso? Ich brauch keinen Aufpasser!«, hatte Julian protestiert und beinah seinen Kakao verschüttet.

»Ruhe, Dreikäsehoch!«, befahl Dennis und warf Ma daraufhin ein knappes Lächeln zu. »Keine Sorge, ich kümmere mich.«

Seine Mutter verwies auf den restlichen Berg Makkaroni im Kühlschrank – »Falls ihr mittags Hunger habt« – und durchwühlte vor Aufbruch kurz ihre Handtasche. Wie erhofft bemerkte Ma dabei nicht die zwei fehlenden Zigaretten, die Dennis ihr aus der Schachtel gemopst hatte, während sie im Bad gewesen war.

Der Winter damals war milder gewesen als in diesem Jahr. Kein Schnee, nur eisiger Wind pfiff. Nach dem Frühstück hatten Dennis und Julian sich gefütterte Jacken angezogen und waren mit ihren BMX-Bikes ins Freie gestürmt. Nassrutschige Straßen oder Fahrradwege hatten sie nicht aufhalten können. »Für uns kein Hindernis!«, hatte Dennis seinen Bruder ermutigt.

Mit Vollgas war er über den Bürgersteig gebraust, Julian hinter ihm her: noch etwas wackelig auf seinem Bike, vorsichtig und deutlich langsamer.

Dennis warf ihm einen kecken Blick über die Schulter zu und trat kräftig in die Pedale. »Los, lahme Schnecke! Wer zuerst an der Rösterei ist!«

Julian jagte ihm nach; sichtlich bemüht, sein Gleichgewicht zu bewahren und bei der rasanten Geschwindigkeit trotzdem mitzuhalten. Aus den Augenwinkeln bemerkte Dennis, wie sein Brüderchen ein junges Pärchen halb über den Haufen bretterte und beinah selbst ins Schleudern geriet. »Verdammt! Waaarte, Dennis!«

Lachend drosselte er sein Tempo. »Jetzt komm endlich, Hosenscheißer!«

Auf ihren BMX-Rädern bogen sie in eine Seitengasse und erreichten bald den Platz vor der Rösterei: ein schicker Fachwerkbau, dessen Schaufenster potenzielle Kunden mit einer erlesenen Auswahl an Kaffeespezialitäten lockte. Aus dem Eingang wehte der köstliche Duft gerösteter Bohnen.

Dennis lehnte sein Bike an eine Bank und zündete sich betont lässig eine der geklauten Zigaretten an.

Julian spielte mit seinem Lenkrad und sah bewundernd zu, wie er den

Rauch in die kühle Luft blies. »Darf ... ich auch eine?«

»Du?« Dennis mimte Erstaunen. »Dafür bist du zu klein, davon musst du kotzen!«

»Gar nicht wahr!«, widersprach der Dreikäsehoch wütend. »Gib mir eine! Ich weiß genau, dass du *zwei* von Ma genommen hast!«

Schief lächelnd kramte er die zweite Kippe aus seiner Jackentasche und zückte sein Feuerzeug, während Julian den Glimmstängel wagemutig zwischen die Lippen steckte. »Dran ziehen und rasch rauspusten, klar?«

Viel zu hastig nahm sein Brüderchen einen viel zu tiefen Zug, verzog angewidert das Gesicht und hustete wie bei einem Asthmaanfall.

»Na? Doch nichts für dich, was?«, neckte Dennis ihn und aschte ab.

Julian zog ein weiteres Mal an der Zigarette, die er ungeschickt zwischen Daumen und Zeigefinger hielt, und bemühte sich sichtlich um eine unerschütterliche Miene. Der offenkundige Versuch, ihm gegenüber den starken Kerl zu markieren, wärmte Dennis' Brust mit liebevoller Zuneigung.

Sanft strich er seinem Bruder über den Schopf. »Wirst immer besser auf dem Bike, Dreikäsehoch!«

Julian erwiderte sein Lächeln. Meeresblaue Augen blickten treu zu ihm auf.

Dennis sorgte für seinen kleinen Bruder, solange er zurückdenken konnte. Dass er Julian als Kind dabei oft grob behandelt hatte, darüber war er sich durchaus im Klaren. Jedoch, das hatte nur zu seinem Besten gedient! Im Leben galt es, hart zu sein; sich durchzuschlagen, ohne Schwäche zu zeigen. Verlassen durfte man sich auf niemanden, nicht einmal auf den eigenen Vater! Der alte Schlappschwanz hatte Ma kurz vor Julians Geburt hängen lassen, so musste sie bis heute allein den Lebensunterhalt bestreiten. Dennis waren nur dunkle Erinnerungen an seinen Erzeuger geblieben – doch was er noch wusste, gefiel ihm wenig: Lautstarke Streitigkeiten, die Tränen seiner Mutter ... Dennis sprach nie über seinen Vater. Als Julian sich wenige Male nach ihm erkundigen wollte, hatte er seinem Bruder schlicht zur Antwort gegeben: »Sei froh, dass wir den Schlaffi los sind!«

Dennis hatte die Vaterrolle einzunehmen versucht und sich damals schnell als Mann im Haus gefühlt – obwohl selbst noch halb in den

Kinderschuhen. Als Baby hatte er oft Julians Windeln gewechselt, ihm später bei den Schulaufgaben geholfen, Fahrradfahren und das Kämpfen mit blanken Fäusten beigebracht. Wenn sein Dreikäsehoch ihn brauchte, war Dennis zur Stelle. Im Gegenzug hatte er niemals das Geringste verlangt; nicht einmal Dankbarkeit, allenfalls Respekt. Für sein Bruderherz legte Dennis Leib und Seele ins Feuer – dafür hatte Julian lediglich zu spuren und zu zeigen, dass er aus demselben knallharten Holz geschnitzt war. Dennis duldete kein weinerliches Gejammer. Aus seinem Kleinen würde er bei Gott einen ganzen Kerl machen! Einen zähen Burschen, der sich zu behaupten wusste und von niemandem unterkriegen ließ. Kein winselndes Weichei, das vor Schwierigkeiten davonlief, oh nein! Dieses Versprechen, gleich einem heiligen Schwur, hatte Dennis sich vor Jahren selbst gegeben. Der bloße Gedanke, seinen Bruder als Schlappschwanz zu sehen … Er liebte Julian mehr als sonst wen auf der Welt, doch zum Teufel: Eher würde Dennis ihn grün und blau prügeln, bevor er erlaubte, dass aus seinem Dreikäsehoch ein erbärmlicher Schwächling wurde!

Sein Brüderchen zog ein letztes Mal an der Zigarette, hustete und zertrat sie, nur zur Hälfte abgebrannt, auf dem Bordstein.

Eine säuerlich dreinschauende Dame im grauen Anorak murmelte im Vorbeigehen ein missfälliges »Schon am Qualmen … Die Blagen heutzutage!«

Dennis' Mund formte demonstrative Ringe aus Rauch.

Julian grinste anerkennend … und schenkte ihm unverhofft eine flüchtige Umarmung.

Eine Sekunde lang wollte Dennis ihn zusammenstauchen, nicht so verdammt anhänglich zu sein – harsche Worte, die er nicht übers Herz brachte. Der Anblick seines kleinen Bruders, der für einen kurzen Moment den Kopf an seine Schulter schmiegte, weckte jene vertraute Traurigkeit … stillen Kummer, der Dennis in einsamen Stunden befiel: Das gramvolle Gefühl, stets der Starke sein zu müssen, ohne dass ihm jemals irgendwer zur Seite stand. Eine alte innere Wunde, nur vernarbt und nie verheilt. Dennis machte Julian keinerlei Vorwürfe, war weder neidisch noch missgünstig. Gleichwohl geisterte ihm gelegentlich die Frage durch den Kopf: Was, wenn Dennis der jüngere Bruder wäre? Selbst jemanden hätte, der sich um ihn sorgte, auf den er zählen konnte? Jemanden, in dessen schützenden Armen er sich ausweinen durfte, statt seinen Schmerz hinter einer Maske aus Härte zu verbergen? Was wäre, wenn …?

»Wir sollten abdüsen«, grummelte Dennis gedankenverloren, als winzige Tropfen auf seinen Handrücken fielen.

Kalter Nieselregen setzte ein.

Julian nickte und stieg auf sein Fahrrad, während Dennis seine Kippe unterm Turnschuh zerdrückte.

Am Himmel zogen dichte Wolken auf und weiße Flocken tanzten herab. Dennis schob sich den Rest seines Baguettes in den Mund, bevor er in einem Zug den Teebecher leerte; nahm dann sein Smartphone zur Hand, um ein weiteres Mal Julians gestrige Mail zu lesen. Die getippten Smileys zwischen den Sätzen zauberten ihm ein Lächeln aufs Gesicht. In seiner Brust paarten sich die Vorfreude auf die Weihnachtstage und jenes stille, sehnsüchtige Gefühl …

Björn, sein Kollege, warf ihm einen Blick von der Seite zu. »Du, Pause ist bald rum.«

Als Dennis stumm zurück in die Werkstatt schlenderte, tauchte hinter einem Vorhang seines Bewusstseins die altvertraute, traurige Frage auf, die ihn bis heute in einsamen Momenten überfiel: *Was wäre, wenn …?*

†

Lässig schob Julian sich einen Kaugummi zwischen die Lippen, lehnte sich im Schreibtischstuhl zurück und sah – die Arme hinterm Nacken verschränkt, ein kühles Lächeln in den Mundwinkeln – Belial dabei zu, wie er die frisch gewaschenen Klamotten aus dem Trockner in den Kleiderschrank einräumte. »Meine T-Shirts erst ordentlich falten, hast du verstanden?«

»Sofort, verzeih bitte!«, entschuldigte der Dämon sich ergeben und folgte aufs Wort.

Julian quittierte die scheuen Blicke seines Sklaven mit frechem Grinsen. »Wieso hab ich mir nicht schon früher einen wie dich angeschafft? Eigentlich echt geil!«

»Ist mir eine Ehre, Herr … Ich hoffe, lang in deinen Diensten stehen zu dürfen.«

»Null Problemo! Dich lass ich so schnell garantiert nicht von der Kette«, erwiderte Julian gelassen und schnalzte mit seinem Kaugummi.

Nachdem Belial den Wäschekorb geleert hatte, bat er um Erlaubnis, nun mit den übrigen Aufgaben in Wohnzimmer, Küche und Bad beginnen zu dürfen.

»Sicher, beweg dich! Sobald du fertig bist, erwarte ich Meldung!«

»Jawohl, Master!«

Während sein neu erworbener Butler gehorsam an die Arbeit ging, machte Julian es sich mit einem Videogame vor dem Computerbildschirm bequem und pfiff ihn ein, zwei Male zu sich, weil ihm der Sinn nach einem Glas Cola stand.

Aus der Küche drang leises Geschirrscheppern an sein Ohr, als Belial wie befohlen die Töpfe vom gestrigen Abendessen spülte … und plötzlich, ganz unwillkürlich … durch den Nebel dunkler Erinnerungen brachen Bilder seines Bruders …

Damals beim gemeinsamen Hausputz … Dennis hatte ihn zur Küchenreinigung abkommandiert. Es war ein heißer Sommertag gewesen; Julian maulte und wollte lieber mit Kyu-Min zum Schwimmen, statt mit Schwamm und Scheuermilch zu jonglieren. So hatte er in Windeseile über die Fliesen gewischt und die Kalkränder an den Armaturen dabei geflissentlich ignoriert, um sich anschließend rasch seine Badehose zu schnappen und aus der Wohnung zu stürmen – voller guter Hoffnung, Dennis würde die winzige Nachlässigkeit sicher nicht bemerken. Böser Irrtum! Kaum war Julian aus dem Freibad zurück gewesen, hatte sein Bruder ihn wegen der *Äh, Kalkstellen? Hab ich wohl übersehen, sorry* gehörig zur Schnecke gemacht:

Übersehen, ja? Weißt du, was? Du putzt die Küche komplett noch mal von vorn, dann übersiehst du bestimmt nichts mehr! Also, schnapp dir 'nen Lappen – los geht's!

Mit Tränen in den Augen und bangem Klopfen in der Brust hatte Julian geschrubbt wie ein Geisteskranker, um Dennis bloß kein zweites Mal zu verärgern; Fliesen, Spüle und Herdplatten poliert, bis abends seine Mutter von der Arbeit gekommen war … Bilder, jahrealt, doch unauslöschlich ins Gedächtnis eingebrannt …

Zwei Stunden verstrichen – Julian hörte zwischenzeitlich den Staubsauger oder das Klappern von Schranktüren – bis Belial schüchtern mitteilte, sämtliche Befehle erfüllt zu haben.

»Alles blitzeblank, wie ich's gesagt hab?«, fragte Julian scharf.

»Selbstredend, Master! Ich gab mir größte Mühe.«

»Wäre besser für dich, Bürschchen. Wenn nicht, werd ich ungemütlich.«

Mit hartem Griff packte Julian seinen Sklaven am Oberarm – gleich einem Wärter, der einen Strafgefangenen abführt – und begann einen gemeinsamen Kontrollgang durch die Wohnung. Prüfend inspizierte er jeden Winkel, jedes Möbelstück und ließ sich von Belial stolz die Stellen zeigen, die er nach eigener Ansicht besonders sorgfältig gesäubert hatte.

»Brave, kleine Putzfee! Beim nächsten Mal besorg ich dir noch 'n schickes Schürzchen«, lobte Julian ihn spotttriefend – Minuten, bevor sie das Badezimmer betraten und sein strenger Blick auf einen dunklen Schmierfleck am Waschbeckenrand fiel. Betont langsam strich er über den Schmutz, hielt Belial den leicht dreckigen Finger direkt vor die Nase und wischte ihn an den verwelkten Haaren wie an einem Handtuch ab. »Nennst du *das* sauber?«

Sein Sklave vermochte kaum eine Antwort zu stottern, als Julian ihm bereits eine schallende Ohrfeige verpasste.

»Also, ich frag noch mal: Ist das sauber – ja oder nein?«

»N-N-Nein, Herr …«, stammelte Belial und hielt sich wimmernd die Wange.

»Mhm, seh' ich genauso.«

Ein scheues Nicken. »Ich … bringe das sogleich in Ordnung … Verzeih … habe den Fleck wohl übersehen …«

»Übersehen, ja?«, erwiderte Julian mitleidlos. »Weißt du, was? Du putzt das Bad komplett noch mal von vorn, dann übersiehst du bestimmt nichts mehr!«

Zwei tellergroße Augen stierten ängstlich in seine. »A… Alles?«

»Alles! Und zwar *gründlich*, sonst lernst du mich kennen!«

Belial begann von Kopf bis Fuß zu zittern. Schweiß trat ihm auf die Stirn. »A-aber … es tut mir leid … bitte, ich … w-warum …?«

»Weil ich es sage!«, schnitt Julian ihm strikt das Wort ab und brachte sein Gebettel mit einer weiteren Schelle zum Schweigen. »Also, schnapp dir 'nen Lappen – los geht's!«

Kapitel 27

Blut! Ungläubig starrte Hekate auf die dunkelroten Flecke auf dem Dielenboden, kaum dass sie ihr Zuhause betreten hatte. Stilles Entsetzen beschlich ihre Seele. Hekates erste Befürchtung war, ihrem Ziehsohn könnte womöglich etwas zugestoßen sein – Sekunden darauf fiel ihr ein, Pazuzu war überhaupt nicht daheim, sondern für Einkäufe auf den Markt gegangen. »Ist … hier jemand …?«

Keine Antwort.

Leise ließ Hekate die Haustür ins Schloss fallen. Das Geräusch hallte gespenstisch an den Wänden wider. In der nächsten Minute bemerkte sie: Das Dielenfenster stand offen! Sie musste vergessen haben, es zu schließen, bevor sie am Morgen zum königlichen Palast aufgebrochen war. Ohne sich auch nur die Stiefel von den Füßen zu streifen, folgte Hekate mit bangem Herzen der blutigen Spur, die sich durch den Flur bis in die Wohnstube schlängelte.

Im Zimmer schien nichts zu fehlen. Der flache Tisch, die zwei gepolsterten Ohrensessel; das alte Spinnrad, an dem Hekates Mutter in vergangenen Zeiten oft bei prasselndem Kaminfeuer gesessen und ihrer Tochter Geschichten erzählt hatte … alles stand noch am rechten Platz. Kein Anzeichen von Dieben oder Eindringlingen.

Und dann – sah Hekate den Schatten! Der Anblick traf sie unvermittelt wie ein Schwerthieb. Neben dem Kamin war deutlich ein geisterhafter Schemen zu erkennen. Eine Silhouette … als hätte jemand mit einem Stück Kohle versucht, die Umrisse eines Mannes an die Wand zu zeichnen. Rubinfarbene Tropfen perlten aus dem finsteren Abbild hervor und hinterließen eine rote Pfütze auf dem Boden; haargenau an der Stelle, wo die geheimnisvolle Blutspur ihr Ende fand. Inmitten der Wand schien auf groteske Weise eine Wunde zu klaffen.

Hekate näherte sich mit stockendem Atem. Zitternd schickten ihre Fingerspitzen sich an, den phantomartigen Umriss vorsichtig zu betasten – da ragte im selben Moment eine fleischliche Hand aus dem Schemen hervor.

»Gamigin!« Ihre Stimme starb in einem schrillen Schrei. Der einst tapfere Rebell glich wahrlich nur noch einem Schatten seiner selbst. Sein Hals zeigte einen offenen Schnitt wie von einer scharfen Klinge, aus dem ein tödlicher Bach quoll. »Pech und Schwefel, was ist geschehen?!« Mit Gamigin im Arm sackte Hekate nieder.

»Das Attentat … I-Ich … habe den Hochfürsten … in seiner wahren Gestalt gesehen …«

Zart strich sie ihm das Haar aus dem Gesicht. Kalter Schweiß tränkte seine Stirn. »Wovon … sprichst du?«

»Mephistopheles … er … ist nicht, was er zu sein scheint …«, keuchte Gamigin, während in seinen Augen blankes Grauen geschrieben stand. »In Wahrheit … ist er nicht der Oberste der Neun … Er ist … nicht einmal …«

Was …? Hekates Schneidezähne verbissen sich schmerzhaft in ihrer Unterlippe.

Hustend würgte Gamigin einen blutdurchsetzten Schleimklumpen hoch. Kraftlos sank sein Kopf herab, der rot aus der Schnittwunde rinnende Fluss trug sein Leben mit sich fort.

Gamigin! Sachte glitt Hekates Hand über seine Brust. Der Herzschlag verstummte. Gamigins Miene wirkte erschöpft, schrecklich müde … und dennoch: seltsam friedlich.

Behutsam ließ sie den Sterbenden auf den Teppich sinken. Saß bei ihm und hielt seine Hand – lange noch, nachdem ihr Freund und Gefährte entschlafen war. Stumm nahm sie Abschied, küsste Gamigins Stirn und schloss sanft beide Lider.

†

Wie viele andere Kinder auch hatte Kyu-Min sich früher vor dem Bösen gefürchtet, das sprichwörtlich unterm Bett lauert. Vor einer Schattengestalt ohne Gesicht … einem namenlosen Schrecken, der ihn des Nachts mit Grausen erfüllt und ihm den Schlaf geraubt hatte. Dem Schwarzen Mann, der einen in finsteren Albträumen heimsucht, sobald man die Augen schließt …

Oben an der Zimmerdecke befand sich ein Fleck, den Kyu seit geschlagenen zwei Stunden ruhelos anstarrte. Das federweiche Kissen unter seinem Kopf erschien ihm hart wie ein Brett. Unter der Matratze, am Boden kauernd, wartete das Monster. Harrte auf seinen Moment ...

Kyu-Min hörte seinen Vater im Wohnzimmer den Fernseher ausschalten und *Umma* in der Küche beim Geschirrspülen. Sachte strich er sich mit der Hand über den Bauch; der getrocknete Tintenfisch und die Maronen vom Abendessen lagen ihm schwer im Magen. Kyus Blick glitt zum Fenster. Der Frost malte Eisblumen an die Scheibe, Schnee häufte sich auf dem Sims.

Kalt war auch jener Herbstabend gewesen ... In der siebten Klasse hatte Kyu-Min zum ersten Mal auf eine ausgelassene Geburtstagsparty gehen wollen, die schätzungsweise bis in die frühen Morgenstunden andauern würde. Wie seinen Eltern bloß die Erlaubnis abringen? Dieses Problem hatte Kyu wochenlang fieberhaft beschäftigt. Schließlich ahnte er voraus, dass er einem quälenden Fragenkatalog würde standhalten müssen − angefangen bei *Wird dort Alkohol getrunken?* über *Wann bist du wieder zu Hause?*, gekrönt vom wichtigsten Punkt überhaupt: *Kommt dieser Julian etwa auch?*

Am Morgen vor der großen Feier hatten Mama und Papa am Frühstückstisch mitgeteilt, sie würden bis spätabends im Restaurant arbeiten. Kyu hatte ein Weilchen mit sich gerungen − und war schlussendlich schlichtweg zur Party gegangen, ohne seinen Eltern ein Sterbenswörtchen zu verraten.

Draußen dämmerte es bereits, als er nach Hause gekommen war. Vorsichtig schloss Kyu-Min die Tür auf − da hagelte ein Donnerwetter aus Vorwürfen auf ihn nieder. Sichtlich übernächtigt warteten seine Eltern im Flur. *Ummas* Augen waren tränengerötet.

»Kannst du dir vorstellen, was für Sorgen wir uns gemacht haben?! Beinah hätten wir die Polizei gerufen!« Sein Vater hatte sich in Rage geredet, noch bevor Kyu-Min eine Chance erhielt, sein nächtliches Fernbleiben zu erklären. »Wie kommst du dazu, die halbe Nacht ohne ein Wort zu verschwinden? Es gibt Regeln im Leben!«

Die Predigt setzte sich fort, doch Kyu schnappte nur wenige Silben auf. Angetrunken und todmüde sehnte er sich nach seinem Bett − so platzte sie ungewollt heraus: Eine derbe Antwort darauf, was Kyu-Min von *Appas* hochheiligen Regeln hielt.

Bei diesem Streit im Morgengrauen hatte sein Vater vollends die Beherrschung verloren. »Weißt du eigentlich, was du angerichtet hast? Deine Mutter war fast wahnsinnig vor Angst!«, brüllte er besinnungslos … bevor er mit blanker Faust brutal in Kyus Gesicht schlug.

Stöhnend vor Schmerz presste er sich die Hand vor die Nase. Rot quoll es zwischen den Fingern hindurch und tropfte auf seine Schuhe.

Appas Zorn verflog förmlich auf Stichwort. Zu Tode erschrocken starrte er auf seine geballte Rechte. Kyus Mutter schrie entsetzt auf.

Seine Eltern sprachen niemals wieder über den Vorfall, Kyu-Min erinnerte sich jedoch, wie er noch viele Nächte darauf im Bett gelegen und die Zimmerdecke angestiert hatte – mit flauem Gefühl im Bauch und düsteren Gedanken hinter der Stirn, ohne Schlaf zu finden …

Kyu-Min blickte erneut zum Fenster. Pechschwarze Wolken erstickten das Mondlicht, Finsternis fraß die Sterne. Er spürte … dort im Dunkeln verbargen sich geheimnisvolle Schatten. Etwas Schauderhaftes wehte unsichtbar durch die eisige Winternacht. Ein fluchbeladener Geist, der nach Ritzen in den Häuserwänden suchte, um in die Stuben der Menschen zu gelangen … in die Träume der Schlafenden einzudringen und sich ihres Verstandes zu bemächtigen …

Kyu hörte den Wasserhahn im Bad. Seine Eltern machten sich offenbar bettfertig. Er fuhr sich übers Gesicht; sein Finger berührte die Stelle unterhalb seiner Nase, wo sein Vater … Julian ihn geschlagen hatte. *Es gibt Regeln im Leben! … Du möchtest bei der coolen Rebellen-Gang dabei sein? Dann akzeptierst du erstens, ich bin der Boss – und zweitens: Du tust, was ich sage, verstanden?*

Unter der Matratze erwachte das Böse zum Leben.

Mit einem Ruck richtete Kyu sich kerzengrade auf. Das unwohle Gefühl in der Magengrube schwoll zu stechendem Schmerz an.

Der Schwarze Mann kroch unter dem Bett hervor. Grauenerregend glühende Augen starrten in Kyu-Mins.

Klirrend zerbrach die Fensterscheibe. Lichtlose Dunkelheit drang von draußen hinein. Ein Meer unendlicher Düsternis überschwemmte das Zimmer.

Kyu-Min schrie – und der Schatten verschlang ihn.

156

Kapitel 28

Seit Tagen fühlte Chamuel ein Loch in ihrem Inneren klaffen. Fast als ... würde plötzlich irgendetwas Bedeutsames in ihrem Leben fehlen. Etwas ... oder jemand, der ihr am Herzen lag. Tag und Nacht schmerzte ihr Flügel wie von Tausenden Klingen gepeinigt – als ob ein scharfer Dolch ihre Schwinge zerschnitt. Chamuels Unwohlsein begann, wenige Zeit nachdem sie ihren Bruder zum letzten Mal zu Gesicht bekommen hatte. Wo mochte er bloß stecken? Ohne ein Wort zu verschwinden entsprach nicht Jophiels Art.

Chamuel vermochte nicht zu sagen, ob Intuition oder purer Zufall sie hergeführt hatte, doch: Als sie auf dem Weg in die Schlossküche an der alten Rüstung vorüberkam, bemerkte sie eine Reihe öliger Fingerabdrücke auf dem glänzenden Metall. Möglicherweise Spuren von Politur, wie ihr Bruder sie für seine Waffen gebrauchte. Chamuel wusste um das Geheimnis, das die Rüstung hütete. War jemand die verborgene Treppe hinabgestiegen und befand sich unten in der Kammer? Irgendwer, der vergessen hatte, wie sich das Versteck von der Innenseite öffnen ließ – und nun in der Falle hockte? Vielleicht verletzt und auf Hilfe hoffend? *Jophiel ...?*

Ihre zitternde Hand betätigte den geheimen Mechanismus. Mit jeder Stufe, die Chamuel in die Tiefe stieg, wuchs ein beklemmendes Gefühl ... eine düstere Vorahnung, die sich schnell zur grausigen Gewissheit wandelte: Schlagartig schwanden ihre Schmerzen und die astrale Energie in ihren Flügelfedern begann wieder in starken Strömen zu fließen. Ihr Bruder – sein Flügel, das Geschwisterkind ihrer eigenen Schwinge – musste nahe sein! »Jophiel ...?«

Sie erreichte die Kammer am Fuße der Treppe. In den Öllampen an den Wänden flackerten schwache Flämmchen. Mitten im Raum, umringt von vermoderten Habseligkeiten ... stand eine Statue! Das bärtige Gesicht, zu einem Zopf gebundenes Haar, der vornehme Jagdrock

– ein steinernes Ebenbild ihres Bruders; die Hände zu einer grotesken Umarmung erhoben, auf den stummen Lippen ein endloser Schrei.

Chamuel verschlug es den Atem. *Geliebter Jophiel, was ist geschehen? Welch böser Zauber liegt auf dir?* Bekümmert fiel sie ihrem verwunschenen Bruder um den Hals; schloss den Versteinerten in die Arme wie einen Reisenden, dem sie nach Jahrhunderten der Abwesenheit endlich wiederbegegnete.

Kalt tropfte es auf ihre Hand. Chamuel hob den Blick – und sah zwei Rinnsale aus feucht schimmernden Perlen über die aschgrauen Wangen fließen. Flüsse aus Trauer, die der in Stein verwandelte Engel weinte. Letzte Lebensfunken glommen in den tränenverschleierten Augen. Ein Hauch Hoffnung, dass ihr Bruder womöglich noch zu retten war.

†

Eine monumentale Engelsstatue hielt die silberne Hand zum Gruß erhoben, um ankommende Seefahrer willkommen zu heißen. Möwen umkreisten die Masten der vor Anker liegenden Schiffe. Meerjungfrauen sprangen übermütig aus den kornblumenblauen Wellen vor den Docks. Wassermänner hockten auf den Stegen und zupften sich die algengrünen Bärte.

Eine Eskorte aus vier himmlischen Kriegern führte Michael von Bord, nachdem die Kogge im Hafen angelegt hatte. Seine Arme waren vorn über Kreuz aneinandergekettet. Steife Brisen wehten, die kühle Seeluft schmeckte salzig auf der Zunge. Die vergangenen drei Tage hatte Michael eingesperrt im düsteren Frachtraum verbracht, sodass ihm die Sonne in den Augen schmerzte, während er teilnahmslos das turbulente Treiben ringsum wahrnahm: Mägde, Händler und Kaufleute schwirrten emsigen Bienen gleich zwischen dem angrenzenden Marktplatz und dem nahen Kontor umher. Das prachtvolle Gebäude nannte edelhölzerne Fachwerkbalken sein Eigen, jedes Fenster war von glänzendem Gold umrahmt, steinerne Falken zierten die zinnoberroten Zinnen. Ein grauhaariger Greis und ein Kraftprotz von einem Engel – eindeutig Vater und Sohn – beluden ihren Pferdewagen mit Fisch, Schalentieren und Meeresfrüchten. Ihre bestürzten Blicke blieben an Michael haften, als die Wachen ihn zum Kutschenplatz zerrten.

Neben dem Erzengel erstrahlte hell scheinender Glanz. »Wie ist dein Befinden, lichter Fürst?«

»Was glaubst du, wie ich mich fühle? Verraten und verkauft natürlich!«, knurrte er grob, ohne Amitiel anzusehen. Der Cherub war ihm das letzte Mal begegnet, als er ihn unter Deck aufgesucht hatte.

»Wie gesagt, du hältst dein Schicksal in eigenen Händen, Michael. Hast du deinen stolzen Standpunkt überdacht? Bist du bereit, mit den Machthabern zu verhandeln? Nur ein winziges Zeichen des Entgegenkommens – so rettest du dein Leben und erhältst den hohen Rang eines Seraphs!«

»Und meine Gefährten ans Messer liefern? Vergiss es! Ich bin kein Verräter wie du!« Schmerzhaft spürte Michael, wie der Wachsoldat zu seiner Linken ihm den Gewehrlauf in die Seite stieß.

»Welche Wahl hatte ich denn, alter Freund …?« Die Verzweiflung in Amitiels Stimme verschlug ihm den Atem. »Auf das Angebot des Königs einzugehen und dich in die Falle zu locken … war für mich der einzige Weg, um frei zu werden … Ich selbst zu sein, ohne Galgen oder Scheiterhaufen fürchten zu müssen …«

Der Feuerengel wandte den Kopf und sah die Tränen in den diamantklaren Augen. »Du irrst dich«, erwiderte er bitter. »Niemals wirst du Freiheit erringen, solange du dich vor Metatrons Viehkarren spannen lässt.«

Feucht rann es über Amitiels Wangen. Sachte bewegte sie ihr Haupt; ungewiss, ob sie Michael ein zaghaftes Nicken schenken oder ihr Antlitz von ihm abkehren wollte.

Unter lauten Hufschlägen näherte sich eine elfenbeinfarbene Kutsche, gezogen von sechs schneeweißen Einhörnern. Goldene Speichen strahlten blendend im Sonnenschein. Oben auf dem Dach wehte die Fahne mit dem königlichen Wappen. Zielstrebig lenkte der Kutscher das prunkvolle Fuhrwerk durch die Menge, die ihre Handwägen rasch beiseite rollte.

Der Wachposten rechts neben Michael ließ ein aufforderndes Räuspern vernehmen, die Hand unverhohlen auf dem Griff seines Schwertes ruhend.

Als der Erzengel in die Kutsche stieg, hörte er den leisen Seufzer, der Amitiels Lippen entfloh. Kummervoll, dem einsamen Klagen eines

Geistes gleich – ein stilles Schluchzen, flugs verweht vom Wind der nahen See.

†

In trübe Gedanken versunken stand Zadkiel am Turmfenster und betrachtete die grauen Wolken über Schamajim. *Herr, wo bist du bloß …?*
Sie hatte das Schloss bis in die verborgensten Winkel abgesucht, alle Rebellen gefragt und mit sämtlichen Dienstboten gesprochen – vergebens, kein Lebenszeichen von Michael. Seit Tagen war ihr Master wie vom Erdboden verschluckt. Damit nicht genug, quälte Zadkiel zudem die Frage, was dort unten in der verborgenen Kammer Furchtbares mit Jophiel geschehen sein mochte. Gemeinsam mit Chamuel hatte sie seitenweise Formeln ausprobiert, um Chamuels Bruder von seiner Versteinerung zu erlösen, doch jede einzelne war als leere Worthülse erfolglos verpufft. Welcher Fluch war so mächtig, dass sein Bann sich nicht brechen ließ? Wer beherrschte derart finstere Zauber?

Zadkiel war nicht entgangen: Seit Michaels Verschwinden und Jophiels schrecklicher Verwünschung fehlte auch jede Spur von Amitiel. Sollte ihr Herr am Ende gar das wahnwitzige Angebot des Cherubs angenommen haben? In den höchsten Himmel aufgebrochen sein … ohne Abschied, ohne ein Sterbenswort? *Ihr werdet unbesiegbar sein und Kräften gebieten, die jeden Feind wie Geschmeiß zerschmettern …* In Zadkiels Ohren hatte dieser Satz nach blankem Irrsinn geklungen. Zu unglaublich, um wahr zu sein – sogar aus dem Munde einer Botin Elysiums, deren Worte als unanfechtbar galten. Falls Michael wahrhaftig solche Kräfte erlangen konnte … was, wenn sie sein Wesen von Grund auf verändern würden? Zadkiel war weise genug, um zu wissen: Machtvolle Magie forderte meist einen hohen Preis.

Wind wehte zum Turmfenster herein. Zadkiel fuhr sich sanft mit den Fingern durchs Haar, wie es ihr Master in Momenten der Zärtlichkeit gern tat. Sie vermisste Michaels Liebe, seine Strenge und Fürsorge. Mit geschlossenen Lidern kehrte sie wenige Sekunden lang zu jenem Augenblick zurück, als sie sich vor Jahrhunderten das erste Mal begegnet waren: als Zadkiel im Wald mit einem Korb voller Beeren unter einem Baum gesessen und Michael sie vom Rücken eines Einhorns aus erspäht hatte. Ein Jüngling und ein Mädchen, die damals nicht wussten, aber sehr wohl fühlten, dass sie füreinander bestimmt waren. Als Mann und Frau, Freund und Geliebte, Herr und Sklavin. Michael war derjenige, an dessen Seite sie Unzähliges durchlebt und durchlitten hatte: Die heimlichen Nächte, allen Verboten zum Trotz. Das Massaker in der Gläsernen Wüste und die Plünderung des Palastes. Schlussendlich, die lange Suche nach Raziels wiedergeborener Seele, die Michael Schweiß und viele Tränen gekostet hatte.

Zadkiel öffnete die Lider und schickte einen sehnsüchtigen, sorgenschweren Seufzer hinaus in die Böen ... als der wolkenverhangene Horizont plötzlich vor ihrer Nase verschwand. Die Aussicht wich lichtloser Finsternis, als ob jemand einen dunklen Vorhang vors Fenster gezogen hätte. Erschrocken wich Zadkiel zurück, während das gesamte Turmzimmer um sie herum im Schatten versank. Tiefe Schwärze umschloss das Bett, die Kommode und das Tischchen mit dem Stühlchen. Binnen Sekunden erkannte sie die Hand vor Augen nicht mehr.

»Asmodeus ...?«, murmelte sie, einer Ahnung folgend.

Ein Gesicht, weiß wie Marmor, schälte sich aus der Dunkelheit. Zadkiel erstarrte, während die vertraute unheimliche Gestalt in der wallenden Robe sich im Düsteren näherte.

»Engel der Barmherzigkeit«, raunte Asmodeus' Stimme, fremd wie aus einer Traumwelt, »dein Geliebter schwebt in unsagbarer Gefahr ...«

Kapitel 29

Der erste Morgen nach den Weihnachtstagen. Julian beugte sich im Bad übers Waschbecken, wusch sich … und sah vor sich im Spiegel – den Schatten! Statt seines eigenen Abbilds blickte ihm eine grausige Fratze entgegen. Zwei Augen, rot leuchtend und nicht von dieser Welt, starrten geradewegs in seine.

Dieses Gesicht …! Julian stieß einen schrillen Schrei aus, ließ vor Schreck die Seife fallen und taumelte. Schwärze schob sich vor sein Sichtfeld, dumpfer Schmerz folgte.

Ein Klopfen drang an sein Ohr.

Als Julian Sekunden später zu sich kam, fand er sich seitlings auf dem Boden wieder. Ächzend rappelte er sich hoch und rieb sich den schmerzenden Hinterkopf; er musste gestürzt und gegen den Badewannenrand gestoßen sein.

Es klopfte noch einmal. Benommen tastete Julian nach der Klinke.

»Alles gut, Großer?« Dennis stand vor der Tür und schaute ihn besorgt aus kreisrunden Augen an.

Julian wagte einen zögernden Blick über die Schulter. Das Phantom im Spiegel war verschwunden. »Glaub schon …«

»Du schreist so. War was hier drinnen?«

»J… nein.« Er zwang sich zu einem Lächeln. »Alles okay. Hast du dich schon gewaschen?«

Dennis schüttelte den Kopf.

»Dann aber fix!«, antwortete Julian, schob seinen Bruder ins Bad und verschwand in seinem Zimmer, wo er Dennis' Luftmatratze und Schlafsack auf dem Boden beiseiteräumte.

Während der Feiertage war sein Bruderherz in Julians Bude einquartiert. Nachdem Dennis vor ein paar Jahren mithilfe seines Betreuers die kleine Wohnung in Hamburg ergattert hatte, war Ma in Dennis' ehemaliges Zimmer gezogen, um es in ihr privates Schlafgemach zu verwandeln. Zuvor hatte sie sich mit einem Klappsofa in der Wohnstube begnügt.

»Darf ich Musik anmachen, Juli?« Sein Bruder lehnte im Türrahmen, das Haar feucht und frisch gekämmt.

Julian nickte knapp und wandte sich wieder dem Computermonitor zu. Weihnachtsgrüße bevölkerten haufenweise sein Mail-Postfach; darunter zwei von offenkundigen Verehrerinnen aus der Schule, deren Namen er kein Gesicht zuzuordnen vermochte. Aus den Augenwinkeln sah er Dennis eine CD aus der Hülle fummeln und umständlich an der Stereoanlage herumfingern. »Der große Knopf rechts oben.«

»Ah ja! Stimmt ja! Stimmt ja! Stimmt! Stimmt!«

Einen Moment später hallte rockige Musik durchs Zimmer.

Julian schaltete den PC aus, lehnte sich im Schreibtischstuhl zurück und beobachtete Dennis, der im Schneidersitz vor den Boxen saß und mit dem Oberkörper sachte im Takt wippte. Obwohl Julian der jüngere von ihnen beiden war, übernahm er die Rolle des großen Bruders. Zwar einige Jährchen älter, blieb Dennis im Geiste dennoch ein Kind.

Am Morgen vor den Festtagen waren Julian und seine Mutter mit dem Auto losgefahren, um ihn aus Hamburg abzuholen. Wieder zu Hause hatte Ma nachmittags Kaffee gekocht – ein billiges Ersatzmittel aus künstlich erzeugten Bohnen – und Dennis sich auf die einen Abend zuvor gebackenen Plätzchen gestürzt. »Lecker, Ma! Lecker! Lecker!«, johlte er fröhlich und biss einem Nikolaus aus Butterteig den Kopf ab. »Juli, weißt du schon? Die Frau, die neben mir wohnt – diese Omi da, ne? – die hat gesagt, ich kann an den Wochenenden mal auf ihre Katze aufpassen. Die is' so niedlich! Da krieg ich auch bisschen Geld für.« Wenn Dennis sich freute, sprudelte er wie ein Wasserfall.

Heiligabend hatte Julian morgens den Tannenbaum aus dem Keller hoch in die Wohnung geschleppt und sich von seinem Bruder beim Schmücken helfen lassen. Gemeinsam hingen sie Kugeln, Strohsterne und winzige Holzfigürchen in die Zweige. Auf die Lichterkette verzichteten sie bereits seit mehreren Jahren; an Feiertagen fiel im gesamten Städtchen häufig der Strom aus.

Nachmittags hatte Ma sich in der Küche verbarrikadiert und mit einem dem Anlass entsprechenden Kochbuch experimentiert, um ein abendliches Menü aus Klößen, Rotkohl und Wildgulasch zu servieren.

Anschließend entzündete sie im Wohnzimmer alle vier Kerzen am Adventskranz, goss Julian und seinem Bruder je ein randvolles Glas Wein ein und machte es sich mit der restlichen Flasche auf der Couch gemütlich. Währenddessen starrte Dennis bereits mit leuchtenden Augen auf die bunten Päckchen unterm Baum und wartete ungeduldig auf den Startschuss zur Bescherung. Julian hatte für ihn einen Ferrari zum Zusammenbauen besorgt. »Coool! Danke, Juli!« Sein Bruder liebte Modellautos, an denen er nach Herzenslust herumbasteln konnte; auf dem Regal über seinem Bett in Hamburg standen schon ein Mercedes, zwei BMWs, ein Lamborghini und sogar ein Monstertruck. Ma hatte glücklich gelächelt, als ihre Söhne ihr gemeinsam ein Päckchen mit teurem Parfum und einer edlen Kette darin überreichten. Julian bekam von seinem Bruder ein Buch – ein Horror-Roman mit blutbeschmiertem Covermotiv – und seine Mutter überraschte ihn haargenau mit einer der Armbanduhren, die er Tage zuvor im Schaufenster bewundert hatte. *Beim Juwelier ... dort, wo dieser seltsame Schatten zum ersten Mal ...!*

»Im Bad so weit fertig? Ich hab Ma versprochen: Wenn sie von der Arbeit kommt, haben wir das Mittagessen vorbereitet.«

»Äh-äh!« Dennis schüttelte heftig den Kopf. »Will noch Musik hören!«

Ungerührt schaltete Julian die Stereoanlage aus. »Wer ist hier der Boss im Hause?«, fragte er streng und bedachte seinen Bruder mit einem Blick, der ihn sichtlich im Boden versinken ließ.

»Du, Juli ...«

»Na also! Abmarsch, Dreikäsehoch!«

In der Küche zündete Julian Kerzen an, um Stromreserven zu sparen. Flackerndes Licht durchbrach die Finsternis, die von draußen unaufhörlich durchs Fenster kroch. Seit sich vor vielen Jahren ewige Nacht über die Welt gesenkt hatte, herrschte auf Erden endlose Dunkelheit. An hellen Sonnenschein vermochte Julian sich nur noch vage aus seiner Kindheit zu erinnern. Ob Sommer oder Winter, früher Morgen oder später Abend – stets verhüllte undurchdringliche Schwärze den Horizont.

Dennis strich mit dem Finger über die Herdplatten. »Wow! Blitze-Blitze-Blanki! Als ich das letzte Mal da war – viel dreckiger!«

»Tja … hier wurde letzte Woche ordentlich geschrubbt, weißt du?«
Mühsam verkniff Julian sich ein Grinsen. Ja, der kleine Grünschopf
mit seinen devoten Anwandlungen hatte wortwörtlich saubere Arbeit
geleistet!

Sein Bruder angelte sich Messer und Unterlage aus dem Küchen-
schrank, bevor er – langsam, aber behändig – Karotten zu zerkleinern
begann.

Das Radio neben der Spüle verkündete die Meldung, dass die Ameri-
kaner im neuen Jahr mit dem Wiederaufbau des New Yorker Stadt-
kerns beginnen würden, der vier Winter zuvor bei einem Dämonenangriff zerstört worden war.

Kartoffelschälend warf Julian seinem Brüderchen einen Seitenblick
zu. »Schneide dich nicht, okay? Machst du prima, Kleiner!«

Dennis schenkte ihm ein kindliches Lächeln. »Hab dich lieb, Juli!«

»Ich dich auch, Dreikäsehoch!«, erwiderte er und strich seinem Bruderherz sanft übers kurz geschorene Haar: blond, wenngleich eine Spur
dunkler als sein eigenes, mit einem Stich ins Hellbraune.

Vom Vater im Stich gelassen und mit einer Mutter, die tagsüber ar-
beitete und abends trank, hatte Julian seinen Bruder praktisch aufgezogen – während Dennis erst älter, dann eine Weile lang gleichaltrig und
schlussendlich jünger als er selbst gewesen war. Die Jahre des brüderlichen Zusammenseins wussten durchaus von kritischen Momenten zu
berichten: Dennis, der sich früher manchmal eingenässt und sich nur
mit Julians widerwilliger Hilfe hatte säubern können. Julian, dem der
Geduldsfaden riss, weil er seinem Bruder die Spielregeln von *Monopoly*
zum gefühlten hundertsten Male erklären musste. Dennoch, die Zeit
vermochte von ebenso vielen schönen Augenblicken zu erzählen:
Wenn Dennis wochenends bei Julian im Zimmer übernachtet, sie sich
heimlich Horrorfilme angesehen und zusammen gejubelt hatten, sobald irgendeine Blondine abgeschlachtet worden war. Als Julian die
Grippe geplagt und sein Bruder neben ihm am Bett gesessen hatte, um
ihm stockend in liebster Absicht aus seinem Märchenbuch vorzulesen.
Dennis, der einmal heulend nach Hause gekommen war, weil ein Junge
ihn auf dem Heimweg nach der Schule als ›Hohle Matschbirne!‹ verspottet – und derselbe Bursche, der Julian am nächsten Tag mit frischem Veilchen im Gesicht um Gnade angebettelt hatte. *Bist der Aller-*

stärkste, Bro! Die Stimme seines Brüderchens, trunken vor Bewunderung, hallte durch Julians Gedächtnis …

»Klasse! Danke, Schatz!«, lobte ihn nun auch seine Mutter, als sie von ihrer Schicht im Supermarkt zurückkehrte und den Auflauf fürs Mittagessen nur noch in den Ofen schieben musste.

»Dennis hat fleißig mitgeholfen!« Anerkennend klopfte Julian seinem Bruder auf die Schulter.

Fröhlich klatschte sein Bruderherz in die Hände. »Ja, Applaus für mich! Applaus, ja!« Aufgeregt zupfte er an Julians Ärmel. »Du, Juli? Hilfst du mir, den Ferrari zusammenbauen?«

»Nach dem Essen, okay? Dauert noch was. Kannst ja schon mal anfangen.«

Wie auf Kommando raste Dennis ins Wohnzimmer, wo das Modellauto zwischen den anderen Geschenken unterm Weihnachtsbaum auf ihn wartete.

»Danke …«, wiederholte Ma, während sie den Tisch mit Tellern, Gläsern und Besteck deckte. Das Schummerlicht der brennenden Kerzen enthüllte einen Ausdruck von Hilflosigkeit auf ihrer Miene. »Ohne dich … ehrlich, ich glaub, ich würd's nicht schaffen mit ihm …«

»Kein Thema, Ma«, erwiderte Julian lässig.

Seine Mutter widmete ihm ein Lächeln, das unklar ließ, ob es Stolz ausdrücken oder um Entschuldigung bitten sollte. »Ich weiß, er … kann anstrengend sein.«

»Manchmal.« Er lächelte zurück. »Aber keine Sorge, regle ich alles!«

Julian ging zum Kühlschrank und goss sich ein Glas Wasser ein. Trank … und fühlte sich einen Moment an sonnenhelle Kindertage erinnert … den Geschmack von Cola … süßer Limonade, die längst nirgendwo mehr erhältlich war.

Der Ofen piepste. Seine Mutter rief seinen Bruder zum Essen.

»Nich' jetzt! Gleeeiiich!«, tönte Dennis' Stimme aus dem Wohnzimmer, begleitet vom Geraschel der Plastikbauteilchen.

»Dennis, hierher – sofort!«, legte Julian scharf nach, worauf sein Brüderchen Sekunden später mit leicht betretenem Blick in die Küche getrottet kam.

»Ja, ja, ich seh' schon … du hast echt alles im Griff«, bemerkte Ma seufzend und stellte die dampfende Auflaufschüssel auf den Tisch.

»Klar. Wie immer halt.« Gelassen packte Julian sich eine Portion mit besonders viel Käse auf den Teller.

Unruhig klapperte Dennis mit seinem Geschirr – Julians harscher Blick gebot ihm aufzuhören.

Du hast echt alles im Griff ... Ja, Julian war der ›Boss im Hause‹, übernahm Verantwortung und half seiner Familie nach Leibeskräften. Dafür zollte sein Bruder ihm Respekt und seine Mutter zeigte ihre Dankbarkeit. Alles im Griff. Wie immer halt. War es je anders gewesen ...?

Kapitel 30

Julian freute sich auf den ersten Schultag. Endlich traf er Nadja wieder! Er hatte die Festtage mit seiner Familie verbringen und sich die übrigen Weihnachtsferien um seinen Bruder kümmern wollen; seit Dennis' Auszug von zu Hause sah Julian ihn sonst nur selten. Für Dates mit seiner Freundin war ihm während der vergangenen zwei Wochen daher praktisch keine Zeit geblieben.

Es war Montagmorgen, der 5. Januar – zumindest laut Kalender. Seit Beginn der fortwährenden Finsternis ließen sich Tage und Monate nur noch vage bestimmen. Nach Raziels Wiedererwachen war die irdische Sphäre zum offenen Schlachtfeld verkommen, auf dem Rebellen sich mit Dämonen und Engeln gnadenlos bekriegten. In einem Akt der Verzweiflung hatte die Hölle sich schlussendlich uralter, verbotener Magie bedient, um den Horizont zu verdunkeln und die Menschen des Leben spendenden Sonnenlichts zu berauben. Die Menschheit bezeichnete den unentwegt schwarzen Himmel seither als *Ewige Nacht*. Mit Anbruch dieser endlos dunklen Zeit hatten sich die Verhältnisse auf dem Planeten grundlegend gewandelt: Allabendliche Sperrstunden, während dämonische Ungeheuer die nächtlichen Straßen heimsuchten. Künstliche Nahrung, weil aufgrund der fehlenden Sonne nur noch wenig Grünes gedieh. Mutter Erde, die einst blühende Welt, war nun finster und kalt.

Eingepackt im warmen Wintermantel, mit dickem Schal und Wollmütze auf dem Kopf wartete Nadja vor dem Schultor. Ihre von Kälte leicht geröteten Wangen verliehen ihrem sanften Gesicht einen schutzbedürftigen Zug.

»Hey, Maus! Na, wie waren deine Ferien?«

»Einsam ohne dich!« Lächelnd schenkte Nadja ihm einen Kuss.

Julians Nase witterte den aufdringlichen Gestank von Zigarettenrauch. »Hast wieder gequalmt, stimmt's?«, fragte er und strafte seine

Freundin mit tadelndem Blick. Hatte sie ihm nicht vor Wochen hoch und heilig versprochen, keinen Giftstängel mehr anzurühren?

»Also … hab heut Morgen 'ne Kippe von 'ner Freundin geschnorrt, ja«, beichtete Nadja – und ergänzte hastig ein entschuldigendes »Bloß aus Langeweile … weil der Bus zu spät kam, ehrlich!«.

»Deine letzte, hoffe ich«, erwiderte Julian und nahm sie bei der Hand.

»Sicher, ich schwör's dir!« Anschmiegsam legte Nadja den Kopf auf seine Schulter, um ihn durch einen Hauch ihrer Nähe zu besänftigen, während sie gemeinsam die Stufen vorm Haupteingang emporstiegen.

Als sie sich auf den von Neonleuchten erhellten Schulgängen durchs Gemenge zwängten, tippte jemand zaghaft von hinten auf Julians Schulter. Er wandte sich um und blickte in Florians treues Hundelächeln.

»Hab die Flyer fürs Winterkonzert fertig«, verkündete Flo mit fast kindlichem Stolz. »Diese Grafik mit dem gitarrespielenden Schneemann ist natürlich auch drauf – wie du's wolltest, Julian!«

»Gut, zeigst du mir in der Freistunde. Wir treffen uns im Aufenthaltsraum.«

»Klaro, äh, und … hab übrigens Kathie mit 'n paar ihrer Freundinnen aus der Tanzgruppe für 'nen Auftritt anheuern können.«

»Cool. Bring die Mädels übermorgen zur Besprechung mit.« Julians Stimme gewann an Schärfe. »Und du kommst rechtzeitig, verstanden?«

»'Türlich …«, stammelte Florian mit betretener Miene. »Wegen letztes Mal … sorry, dass ich krass zu spät war … Erst sollte ich meiner Mutter beim Wäscheaufhängen helfen, dann …«

»Wie gesagt, Mittwoch bist du pünktlich«, schnitt Julian ihm ungerührt das Wort ab und beugte sich nahe an sein Ohr heran. »Und … denk an die Kohle, klar?«

Flo schlug die Augen nieder, als wäre ein geheimes Stichwort gefallen. Seine Lippen begannen sachte zu beben. »Selbstverständlich …«

»Bestens. Also, Nadja und ich müssen los zu Deutsch. Ich seh' dich später.« Ohne Umschweife verschwand Julian mit seiner Freundin zwischen den anderen Schülern im Gewimmel und ließ Florian stehen wie einen ungeliebten Diener.

»Schon wieder ein Treffen fürs Konzert?«, fragte Nadja, während sie zu zweit zum Klassenraum schlenderten. Ihr Tonfall klang enttäuscht. »Haben uns die ganzen Ferien lang nicht gesehen, da dachte ich … na, wir hätten die kommenden Tage vielleicht ein bisschen Zeit für uns. Kannst du's nicht ausnahmsweise schwänzen?«

»Wie stellst du dir das vor? Ich leite das Projekt!«

»Logisch, nur … na ja … du bist Schulsprecher, Vertrauensschüler, Mannschaftskapitän bei dir im Eishockey-Verein, organisierst unser Winterfest … Echt, alle haben mehr von dir als ich, deine dich anbetende Liebste«, beklagte sie sich und versuchte mit traurigen Kulleraugen, eine Spur Zärtlichkeit zu ködern.

»Übertreib nicht, Schatz«, meinte Julian bloß, legte den Arm um Nadja und zog sie sanft mit sich ins Klassenzimmer.

Die Deutschstunde verstrich im gemächlichen Tempo. Der Lehrer besprach ein Kapitel aus der aktuellen Unterrichtslektüre und ließ die Schüler anschließend eine Interpretation zum Text schreiben. Angelina, in der Sitzreihe vorn rechts, schaute gelegentlich von ihrem Heft auf und wandte verstohlen den Kopf, um Julian schmachtende Blicke zuzuwerfen – welche Nadjas Augen mit unsichtbaren Pfeilen purer Eifersucht beantworteten. Die subtilen Attacken beeindruckten Angelina allerdings wenig. Im Gegenteil: Kaum läutete die Schulglocke zum Beginn der Pause, kam sie direkt zu Julian gedackelt.

»Du, ähm … was hatten wir noch gleich in Mathe auf?« Die Frage wirkte frisch aus den Fingern gesogen, nur um einen Grund für ein Gespräch zu liefern.

»Bloß die beiden Textaufgaben.« Julian spürte, wie Nadja besitzergreifend seine Hand umklammerte.

»Äh, okay … danke. Werd ich wohl in der Mittagspause schnell erledigen.« Ein breites Grinsen blitzte in Angelinas Gesicht auf. »Und, wo müsst ihr zwei Hübschen jetzt hin?«

»Zu Erdkunde. Sorry, haben's eilig!«, fuhr Nadja frostig dazwischen.

Angelina schien ihren Einwand schlicht zu überhören. »Ach, Julian, sag mal, bist du eigentlich noch in der Basketball-AG? Dachte, ich melde mich vielleicht auch an …«

»Ne, schon seit dem Sommer nicht mehr. Mein Eishockey-Training nimmt mich voll in Beschlag.«

»Echt? Oh …« Angelina verzog den Mund in sichtlicher Trauer um die soeben zerbrochene Hoffnung, Julian während der Basketballstunden ungestört anbaggern zu können. »Schade … Ich meine … du warst doch ein Top-Spieler, hab ich gehört …«

Nadja verdrehte die Augen. »Wir müssen jetzt wirklich los! Kommst du bitte, *Schatz*?«

»Tja, also – bis später in Mathe!« Julian gelang es gerade noch, Angelina zum Abschied zu winken, bevor seine Freundin ihn mit regelrechter Gewalt aus dem Klassenraum schleifte.

Der Aufenthaltsraum war in freundlichen Pastellfarben gestrichen und mit Wasserfarbbildern der Fünftklässler behangen: Fröhliche Familien bei Sonne am Strand … Motive aus alten, fast vergessenen Zeiten. Schäbige Kritzeleien verunstalteten einen der älteren Tische, an dem drei Mädchen über ihren Hausaufgaben brüteten.

Julian und Nadja entdeckten Markus, der auf einem Stuhl in der hinteren Ecke kauerte und an ein scheues Karnickel erinnerte. Haare und Sweatshirt waren feucht, als wäre ein Eimer voll Wasser über ihm ausgekippt … oder sein Kopf mit Gewalt in eine Schulkloschüssel getaucht worden.

»Hey … alles okay?« Julian bemerkte, dass Markus' Wange gerötet war wie von einer brutalen Ohrfeige.

»Wieder Kyu-Min?« Mitfühlend legte Nadja ihrem Mitschüler die Hand auf die Schulter. »Mensch, du musst dich wehren, Markus! Lass dich von diesem Mistkerl nicht ständig schikanieren!«

Quasi auf Stichwort schob sich im selben Moment eine Cap durch die Tür, unter der schwarzes Haar hervorragte. »Hat jemand mein Schnuckelchen gesehen?«

Verängstigt zuckte Markus zusammen.

Mit fiesem Grinsen im Gesicht kam Kyu-Min auf ihn zu. »Ach, hier steckst du, Süßer! Sorry, Schwuchtel – der Aufenthaltsraum ist Aidsfreie Zone!«

»Merkst du eigentlich, dass du nervst, Kyu-Min?«, stellte Julian sich ihm in den Weg.

Zwei dunkle Mandelaugen musterten ihn geringschätzig. »Ui, der King spricht! Was geht ab, Julian? Bisschen Sympathiepunkte sammeln, damit wir dich wieder zum Schulsprecher wählen? Kleines Hilfsprojekt für den Schwuli hier?« Er verpasste Markus einen heftigen Nackenklatscher, sodass dieser schmerzerfüllt aufstöhnte.

Die drei Mädchen tauschten entsetzte Blicke miteinander und packten rasch ihre Hefte zusammen, um buchstäblich aus dem Raum zu fliehen.

»Echt jetzt … lass Markus in Ruhe, verdammt!«, zischte Nadja zornig.

»Ey, ruhig Blut, Püppchen! Ich ärger ihn doch bloß 'n bisschen«, beschwichtigte Kyu-Min schauspielerisch und legte in kumpelhaft anmutender Geste den Arm um Markus' Schultern. »Stimmt's, Schatzi? Du weißt, ich mach nur Spaß, oder? Wir zwei sind beste Freunde, richtig?«

»Gott, wer will schon *dein* bester Freund sein?«, kommentierte Julian trocken.

Florian stolperte herein und brachte wie befohlen die von ihm entworfenen Flyer mit.

Rasch sprang Markus vom Stuhl auf und angelte sich eines der Flugblätter; wahrscheinlich weniger aus Neugier, sondern vielmehr um aus Kyu-Mins Radius zu entfliehen. »Sehen schön aus«, bemerkte er zag.

»Ja, sind okay«, bestätigte Julian, der ebenfalls einen der Flyer begutachtete. »Lass ich durchgehen, Flo.«

Sein Lob kam einer Rakete gleich, die Florian vor Stolz regelrecht abheben ließ.

»Was is'n das für 'n Scheiß? Zeig mal!« Kyu-Min grapschte sich eines der Blätter, sodass er Flo fast den Stapel aus der Hand riss.

»Werbung für unser Winterkonzert. Der Erlös aus dem Eintritt kommt übrigens krebskranken Kindern zugute.« Julian bedachte ihn mit sarkastischem Lächeln. »Du hast nicht zufällig deine soziale Ader entdeckt und möchtest den guten Zweck unterstützen?«

»Öhm, kommt drauf an … Gibt's da Freibier?«

Der Ernst kehrte auf Julians Miene zurück. »Komm … wir wissen beide, du bist hilfsbereiter, als du's wahrhaben willst. Hast du … nachgedacht … wegen …?«

Schlagartig flackerte Unsicherheit in den dunklen Mandelaugen. »Bild dir nichts ein! Nur weil ich dir ein einziges Mal den Arsch ge…«

»Ey, Kyu-Min, was is'?« Patrick steckte den Kopf zur Tür hinein.

»Wir wollen los in die Stadt!«

»Ach, schwänzt ihr wieder?«, fragte Nadja vorwurfsvoll.

»Schreibst mir doch 'ne Entschuldigung, oder, Babe?«, entgegnete Kyu-Min grinsend, machte auf dem Absatz kehrt – sichtlich erleichtert, sich Julian fluchtartig entziehen zu können – und tippte mit dem Zeigefinger gekonnt cool gegen den Schirm seiner Cap. »Also, wir sehen uns, ihr Versager!« Im Vorbeigehen versetzte er Markus einen Stoß mit dem Ellenbogen. »Vor allem *wir* beide – verlass dich drauf!«

Nadja stieß einen entnervten Seufzer aus, kaum dass Kyu-Min verschwunden war. »Meine Güte, ist der Typ ätzend!«

Na ja ... trotzdem, er ... hat mich gerettet, als ...

Das Gerücht kannte jeder im Städtchen: Hörensagen über eine geheimnisvolle Gestalt, die im Bahnhofsviertel ihr Unwesen trieb. Einen dunklen Beschützer, der über die Gefallenen und Ausgestoßenen wachte; die Obdachlosen und Süchtigen, Gauner und Prostituierten. Ein Dämon, munkelte man, der angeblich Regen und Unwetter heraufzubeschwören vermochte.

Julian war dem mysteriösen Wächter an jenem Abend begegnet, als Astaroth angegriffen hatte. Nach Sperrstunde war er durch die verlassenen Straßen gestreift, um Jagd auf mögliche Schergen der Schwarzen Garde zu machen, die sich zum Plündern in der irdischen Sphäre aufhielten. In einer finsteren Gasse nahe dem Bahnhof hatte er stattdessen Kyu-Min aufgegabelt, der einem zerlumpten Gesellen gerade ein Tütchen weißes Pulver zustecken und dafür zwei Geldscheine annehmen wollte. Minuten darauf brachen ringsum die Flammen der Hölle aus. *Raziel, Erster der Rebellen, siehe deinem brennenden Tod entgegen!* Astaroth, bereits dem Sieg nahe, hatte Julian in einen lodernden Feuerring gesperrt – bevor sein unliebsamer Mitschüler ihm überraschend zu Hilfe geeilt war. *Hat geschüttet wie aus Eimern, unter der Straße sind die Wasserleitungen explodiert ... Kyu-Mins Kräfte sind gewaltig! Wenn er für uns Rebellen kämpfen würde ...*

»Ähm, die Freistunde ist gleich rum.« Florian räusperte sich. »Vielleicht sehen wir lieber zu, dass wir in unsere Klassen kommen?«

»Du ... denkst immer noch daran, Kyu-Min für unsere Sache zu gewinnen, stimmt's?«, raunte Nadja beim Rausgehen, nachdem Flo und Markus außer Hörweite waren.

»Ich … hab ihn gebeten, es sich zu überlegen, ja …«, murmelte Julian.

Eine skeptische Falte grub sich in ihre Stirn. »Ausgerechnet Kyu-Min! Der ist unberechenbar – und ein Dreckskerl!«

Schon, aber … irgendwie … Julian schwieg, während er und seine Freundin zur nächsten Schulstunde aufbrachen. Ein beunruhigendes Gefühl nagte an seinem Inneren. Die merkwürdige Gewissheit, dass Dämonenkraft nicht das Einzige war, was ihn mit Kyu-Min vereinte – sondern sie beide, still und unausgesprochen, noch mehr verbinden musste.

Kapitel 31

Der Winter hatte das Städtchen unter einer weißen Decke begraben, als Julian in den späten Stunden durch die Straßen patrouillierte. Aufgrund der allabendlichen Ausgangssperre war außer ihm keine Menschenseele unterwegs. Als er sich dem Bahnhofsviertel näherte, übermannte ihn die unbequeme Frage: Was mochte seine Schritte ausgerechnet in diesen verkommenen Stadtteil lenken? Die Hatz nach den Kreaturen der Hölle ... oder die leise Hoffnung, möglicherweise Kyu-Min zu begegnen?

Die Erstgenannten ließen nicht lang auf sich warten: Julian streifte gerade an einer Frittenbude vorüber, aus der es wie der Teufel nach ranzigem Fett müffelte – da spürte er den Energiestrom dunkler Magie, der die frostige Winterluft durchzog! Zwei dämonische Ungeheuer, metergroßen Eidechsen ähnlich, schossen aus der anliegenden Seitenstraße hervor ... und wurden kurz darauf im hohen Bogen gegen eine der verfallenen Häuserfassaden geschleudert.

Kyu-Min trat aus den Schatten der Gasse. Seine Augen leuchteten blau und bedrohlich, zwei endlos tiefen, alles verschlingenden Ozeanen gleich. »Merkt euch eins, ihr Viecher: Die Erde ist kein Ort zum Räubern! Haltet euch fern von unserer Welt, verstanden?«

Wild fauchend rappelten sich die reptilartigen Wesen zurück auf die Beine – um sich im nächsten Moment von einem plötzlichen Wasserwall umringt zu sehen, der sogleich gefror und beide Monster in ein eisiges Gefängnis sperrte.

Julian lächelte schief. »Wenn du so weitermachst, bin ich bald arbeitslos.«

Überrascht wandte Kyu-Min den Kopf. »Was ... hast *du* hier verloren?«

»Ich ...«, *wollte dich sehen ...*, »bin auch auf Dämonenjagd.«

»Nicht nötig, hab alles im Griff.«

»Ja, ja, ich seh' schon!« Beeindruckt klopfte Julian gegen den riesigen Eisklumpen, in dem Kyu-Min die schuppigen Ungeheuer eingefroren hatte. »Sind sie … tot?«

»Nein, das Eis schmilzt in einer halben Stunde. Aber: Erwisch ich die Biester dann immer noch hier, geht's ihnen richtig an den Kragen! Werden in letzter Zeit immer dreister, diese Kreaturen!«

Julian nickte ernst. »Ja, Himmel und Hölle verlagern ihre Gefechte zunehmend auf die Erde. Das plündernde Fußvolk überschreitet deshalb ständig die Grenze …«

»Mhm, ist mir aufgefallen!«

Zögerlich wagte er sich einen Schritt näher auf Kyu-Min zu. »Können wir reden …?«

Sein missratener Mitschüler musterte ihn mit abwehrender Miene. »Du lässt nicht locker, was?«

»Tja … bin's gewohnt, zu bekommen, was ich will«, erwiderte Julian eine hastige Spur zu forsch.

Kyu-Mins Mundwinkel zuckten. »Gut, schön … aber suchen wir uns ein Örtchen, wo wir ungestört sind.«

»In Ordnung.«

Angespannt folgte Julian ihm durch die Dunkelheit der Gassen. Achtlos weggeworfener Abfall verteilte sich ringsum auf dem Gehweg.

»Ehrlich, hast Nerven, dich hierherzutrauen«, murmelte Kyu-Min und kickte eine leere Bierdose fort.

Bemüht lässig zuckte Julian mit den Schultern. »Na, ich klopp mich mit Dämonen, da macht mir irgendwelches Gesocks keine Angst.«

Wie auf Stichwort näherte sich ein rüdes Pärchen. Im Bahnhofsviertel scherte sich offenbar kein Mensch um die abendlichen Sperrstunden. Er, ein bulliger Bursche, trug trotz Winterkälte eine ärmellose Weste, aus der zwei vollständig tätowierte Arme ragten. Der Schnepfe neben ihm stand der pure Lebensfrust ins Gesicht geschrieben; ein Eindruck, den die knallbunt gefärbten Haare noch verschlimmerten. Ihre müden, leeren Augen glotzten Julian an, als ob er ein fremdartiges Phantom wäre.

»Ey … has' doch gestern gesacht, du has' was für uns, oda …?«, wandte der bullige Typ sich an Kyu-Min.

»Klar – wenn die Kohle stimmt.«

176

»Ja, weißte … ham kaum noch Knete diesen Monat, müssen's echt zusammenkratzen«, erwiderte seine Begleiterin missmutig und mitleidserregend.

»Hey, gutes Zeug hat halt seinen Preis!«, entgegnete Kyu-Min mit knappem Lächeln. »Aber okay, weil ihr's seid, überlass ich's euch diesmal für die Hälfte, wie wär's?«

»'Kay«, stammelte der Bullige und kramte eilig nach einem Bündel Scheine, offenbar in Sorge, sein Gegenüber könnte es sich womöglich anders überlegen.

Ungerührt griff Kyu-Min in die Jackentasche und holte ein Pulverpäckchen hervor. Bargeld und frische Ladungen für die Spritze tauschten ihre Besitzer.

»Verstehe, so finanzierst du dir deine Sportkarre«, murmelte Julian und sah den beiden Junkies hinterher, die in einem graffitibeschmierten Hauseingang verschwanden.

»Du übertreibst! Glaub mir, die kriegen den Stoff praktisch von mir geschenkt. Marco, ihr alter Dealer – der hat sie echt ausgequetscht! Gab sogar Prügel, wenn die armen Schweine knapp bei Kasse waren und ihn trotzdem um Zeug angebettelt haben! Na, hab ihm 'ne wasserfeste Lektion erteilt, seitdem lässt er sich hier in der Gegend nicht mehr blicken.« Beiläufig deutete Kyu-Min auf einen Hofeingang hinter einer Spelunke, aus der es bis auf die Straße hinaus nach billigem Alkohol stank. »Übrigens, wir sind da. Gleich kannste mir ein Ohr abkauen.«

Zusammen überquerten sie den Hinterhof bis zu einem baufälligen Schuppen. Eine Kette mit Vorhängeschloss baumelte vor der Tür.

»Dein kleines Banditenversteck?«

»Eines von vielen.« Kyu-Min zückte einen Schlüsselbund und öffnete.

Modriger Geruch schlug ihnen entgegen. Kyu-Min drückte den Lichtschalter, worauf oben an der Decke eine nackte Glühbirne aufflackerte. In sämtlichen Ecken stapelten sich Kisten und Kartons. Aus einer halb geöffneten Plastikbox lugte ein abmontiertes Autoradio hervor. *Wahrscheinlich Diebesgut!*

Kyu-Min fläzte sich auf ein uraltes Sofa, dessen Form einem *U* glich, zündete sich eine Zigarette an und hielt Julian die Schachtel hin.

Erst wollte er wie selbstverständlich ablehnen ... doch eine seltsame Regung rang den überzeugten Nichtraucher in ihm urplötzlich nieder. Mit verwirrenden Gefühlen in der Magengrube angelte Julian sich eine Kippe und setzte sich auf einen der beiden staubigen Sessel.

»Lass das bloß nicht Nadja sehen«, spottete Kyu-Min und warf ihm sein Feuerzeug zu. »Hab gehört, deiner Flamme haste das Qualmen glatt verboten.« Gekonnt ließen seine Lippen Ringe aus Rauch in die Luft steigen. »Julian Sanders, beliebtester Schüler unseres Lehrstalls, Idol aller Jungs, Schwarm sämtlicher Mädchen – ist in Wahrheit Raziel, der die Rebellion gegen Himmel und Hölle führt ... Starke Nummer, echt!«

»Geht so ... wenn man bedenkt, dass du verkorkster Ghetto-Gangster Leviathan, der Herrscher der Meere bist«, konterte Julian.

»Pass auf, was du sagst, Kollege! Ausgesucht hab ich's mir sicher nicht!«

Julians Blick fiel auf die vergilbten Poster an den Wänden. Einige zeigten pornografische Abbildungen von vollbusigen Frauen, andere mit Basecaps und schweren Goldketten bestückte Rapper. »Seit wann ... weißt du, dass du die Seele eines Urdämons in dir trägst?«, fragte er, ohne Kyu-Min anzusehen.

»Keine Ahnung ... immer schon. Diese Kräfte ... sind Teil von mir, seit ich zurückdenken kann ... Eigentlich auch egal; hat mich nie groß gekümmert, woher diese Macht kommt. Ich hab meinen Spaß und keiner kann mir was, das ist die Hauptsache!«

»Und – die Verantwortung?«, protestierte Julian und inhalierte einen tiefen Zug Tabak, dem prompt ein Hustenanfall folgte.

»Du meinst, ich soll wie du einen auf Superheld machen? Dämonen jagen, Menschen beschützen und mit einem Haufen idealistischer Trottel ins Gefecht ziehen? Vergiss es, Junge! Ich kümmere mich um mich selbst, alles andere juckt mich nicht!«

»Ach, und deine Penner-Freunde?« Julian zog den rechten Mundwinkel schief. »Man nennt dich ja wohl nicht umsonst den dunklen Engel vom Bahnhofsviertel.«

»Werd nicht frech, klaro?«, zischte Kyu-Min und warf seinen Zigarettenstummel in einen Aschenbecher, der auf einer als Tisch dienenden Holzkiste platziert war. »Glaubst du ernsthaft, ich reiß mir für deinen bescheuerten Rebellen-Club den Arsch auf? Und alles, was für mich dabei rausspringt, ist *Verantwortung*? Da sag ich nur: Verzieh dich!«

»Ich ... brauche wirklich deine Hilfe.« Der Blick der schwarzen Mandelaugen ließ befremdliche Empfindungen durch Julians Bauch flattern. Im fahlen Schummerlicht der Glühbirne wirkte Kyu-Mins grimmiges Gesicht nichtsdestotrotz ... seltsam hübsch. »Wegen ... Astaroth.«

»Wieso? Der kleine Feuerteufel hat sich doch verpisst.«

»Aber er wird zurückkommen – und er ist brandgefährlich! Astaroth will mich um jeden Preis besiegen; ob dabei auch andere zu Schaden kommen, spielt für ihn keine Rolle. Du hast seine Kräfte gesehen! Als Dämon des Feuers ist er mächtig genug, die gesamte Stadt in Asche zu verwandeln.« Julian senkte die Stimme zu einem Flüstern. »Wir müssen ihn aufhalten. Hilf mir – bitte!«

Kyu-Min schwieg endlos erscheinende Minuten lang, bevor ein schwaches Lächeln über seine Miene huschte. Ob er ehrliche Anteilnahme empfand oder sich über Julians Bitte lediglich amüsierte, ließ sich kaum beurteilen. »Schön ... aber denk bloß nicht, du kannst mich rumkommandieren, kapiert?«

»Geht klar«, erwiderte Julian schmunzelnd und fühlte sein Herz einen stillen Freudensprung vollführen. »Übrigens, man munkelt, dank deiner Fähigkeiten könntest du anderen deinen Willen aufzwingen. Also ... Astaroth ... vielleicht, wenn du ...«

»Das klappt nur bei Menschen, nicht bei Dämonen.« Ein freches Grinsen. »Leider auch nicht bei wiedergeborenen Dämonen, sonst könnte ich dich dazu bringen, hier vor mir Tango zu tanzen.«

»Spinner!«, gab Julian kühn zurück, wenngleich er sich das Lachen nicht verkneifen konnte.

»Und wie finden wir Astaroth? Wir warten doch wohl nicht einfach tatenlos auf seinen nächsten Angriff, oder?«

»Nein, also ... *er* findet uns. Wir ... *rufen* ihn mit einem Zauber von Nadja. Die Beschwörung wird ihn schnurstracks zu uns führen – und dann machen wir ihm die Hölle heiß!«

Verständnislos hob Kyu-Min eine Braue. »Nadja ... und Magie?«

»Nun ja, sie, ähm ...« Ein flüchtiger Blick auf seine Uhr versetzte Julian einen Schreck. Es war bereits nach Mitternacht. »Sorry ... ist schon wahnsinnig spät! Muss früh raus für die Schule und brauch vorher dringend 'ne Mütze voll Schlaf. Aber wenn du willst, erklär ich dir morgen in der Hofpause alles in Ruhe.«

»Soll ich dich nach Hause fahren?« Keck ließ Kyu-Min den Ring seines Autoschlüssels um den Zeigefinger kreisen. »Mein Flitzer parkt um die Ecke. Wenn du nett fragst, darfst du sogar mal die Motorhaube streicheln.«

»Spinner, echt! Danke, gern.«

Gemeinsam gingen sie hinaus.

Draußen auf der gegenüberliegenden Hofseite erspähte Julian eine schwarze Katze im silbernen Mondschein sitzen. Zwei grünlich schimmernde Augen schauten zu ihm und Kyu-Min hinüber, starr und aufmerksam ... *Als ob sie uns beobachtet ...!*

»Was is'? Alles okay?« Ein ungewohnt besorgter Ton schwankte in Kyu-Mins Stimme. Sie standen so dicht beieinander, dass ihre Schultern sich sachte berührten.

»'Türlich ...«, murmelte Julian mit einem letzten Blick auf die Katze, die regungslos neben einer Mülltonne hockte. »Also ... fahren wir?«

»Sicher, komm!«, gebot Kyu-Min mit einer Armbewegung. »Kleinigkeit nebenbei noch: Erzählst du irgendwem von meinem kleinen Pulverhandel oder der Hütte hier, leg ich dich um, verstanden?«

Julian nickte knapp. »Kannst mir vertrauen ...«

»Ich hoff's ...«

Kyu-Mins Wagen parkte eine Seitengasse entfernt im Halteverbot. Der Autoschlüssel gab einen Piepston von sich und die Türen entriegelten.

»Los geht's, Alter!«

»Alles klar – Kyu!« Grinsend stieg Julian ein, während ein eigentümliches Befinden, angesiedelt zwischen Glück und Wehmut, in seiner Brust nistete.

»Kyu ...« Kyu-Min klemmte sich hinters Steuer, startete den Motor ... und schenkte ihm abermals ein Lächeln. Diesmal zählte es ohne jeden Zweifel zur herzlichen Sorte. »Klingt gut – *Kyu*. Gefällt mir irgendwie ...«

Kapitel 32

»Wenn ich zurück bin, hast du deine Aufgaben tipptopp erledigt! Verstanden, Sklave?«

»Sehr wohl, Master!«

Während Julian zum Eishockey-Training aufbrach, befolgte Belial mit mühsamer Sorgfalt und lodernder Leidenschaft seine Befehle: Eierkuchen fürs Abendessen backen, Wäsche bügeln, alle Zimmer aufräumen, Müll hinaustragen und draußen vorm Haus den Schnee schippen. Julians Mutter verbrachte das Wochenende bei ihrem Liebhaber – so nutzte Belial die Gelegenheit, seinen Gebieter genussvoll nach allen Regeln zu verwöhnen.

Zweieinhalb Stunden später: Nachdem er die Schneeschaufel nach vollbrachtem Dienst wieder in den Keller gestellt hatte, fand er seinen Herrn am Küchentisch über einen Teller mit den frisch gebackenen Pfannkuchen gebeugt; das blonde Haar noch feucht vom Duschen nach dem Sport. Der köstliche Geruch des goldbraunen Teigs stieg in Belials Nase und ließ ihm das Wasser im Munde zusammenlaufen.

Julian, der seinen wachsenden Appetit offensichtlich bemerkte, schob sich genießerisch eine besonders große Eierkuchenecke in den Mund. »Schmeckt erste Sahne! Gut gemacht, Sklave!«, lobte er grinsend.

»Habt Dank, Herr!«, erwiderte Belial, der ergeben einige Schritte abseits vom Esstisch wartete, bis sein Besitzer weitere Anweisungen an ihn richten würde. Seinen Körper durchlief ein Kribbeln wie von tausend krabbelnden Ameisen, während sein Blick verstohlen über Julians Oberarmmuskeln wanderte, die sich stählern unter dem dunklen Sweatshirt wölbten. In seinen Ohren hörte Belial das eigene Blut rauschen, das heißen Lavaflüssen gleich durch seine Adern strömte, um sich unterhalb der Hüfte zu einem drohenden Vulkanausbruch zusammenzubrauen: Zitternde Ehrfurcht, gepaart mit brennender Hingabe – entzündet durch die unentrinnbare Macht dieses blonden Jünglings, der ihn mit Leib und Seele in seinem gnadenlosen Griff gefangen hielt.

Ein erwartungsvolles Räuspern ließ ihn aufhorchen, als Julian ihm kommentarlos seinen geleerten Teller entgegenhielt.

Belial spurte ohne weitere Aufforderung und stellte das Geschirr gefügig in die Spülmaschine. Ungewollt entfuhr ein sachtes Schnaufen seinen Lippen; der arbeitsreiche Abend forderte Tribut.

»Was is', Sklave? Müde vom Schneeschippen?«

»Ich … erdulde jede Mühsal gern für Euch, Herr«, wagte er mit erstickter Stimme zu erwidern.

Sein Gebieter gab ihm ein grausames Lächeln zur Antwort. »Sieh's so, Belial: Je härter ich dich schuften lasse, desto weniger kommst du auf dumme Gedanken … und lässt die Finger von scharfen Gegenständen!«

Ein unsichtbares Beil sauste nieder. »Ich … bitte um Vergebung … Was …?«

»Na, deine Arme … die Narben … du …«

»Verzeihung … wovon … sprecht Ihr …?« In Belials Worten brütete völlige Verständnislosigkeit. Wie zum Beweis krempelte er instinktiv seinen linken Ärmel hoch.

Sein Master starrte auf die Haut seines Unterarms, rosig und unversehrt wie eh und je – und einen winzigen Moment lang bildete Belial sich ein, in Julians Augen dieselbe Beklemmung zu lesen, die ihn ebenfalls beschlich. Die selbstsichere Fassade seines Eigentümers bröckelte und ließ unruhige Lichter hindurchschimmern. Als ob ihn irgendetwas Unaussprechliches bis ins Mark erschütterte …

Belial schluckte schwer, wobei sein Kehlkopf gegen den Eisenring um seinen Hals stieß, der ihn sämtlicher Zaubermacht beraubte. Obwohl er weder eingesperrt wurde noch unter ständiger Aufsicht stand, vereitelte der Magische Bezwinger zwangsläufig jede erdenkliche Möglichkeit zur Flucht von der Sklavenkette. Wohin hätte Belial fliehen, wo sich verstecken, wie mutterseelenallein in der Menschenwelt zurechtkommen sollen? Ohne seine Dämonenkräfte glich der einstige Beherrscher des Erdelements einem hilflosen Prügelknaben. »Herr, Ihr tragt doch Sorge für mich … würdet nie gestatten, dass ich mich verletze …

Weshalb glaubt Ihr ...?«

»Stell mir keine Fragen!«, fuhr Julian aufgewühlt dazwischen. »Ich ... hab Durst. Was zu trinken – los, beweg dich!«

»Entschuldigt, ich ... wollte nicht ...«

»Quatsch keine Opern! Hast du nicht gehört, was ich gesagt habe?«

»Gewiss ... Sofort, Sir!« Belial sprang eilig in Richtung Kühlschrank, nicht jedoch ohne seinem Herrn einen letzten verwirrten Blick über die Schulter zu widmen. Er war Julians barschen Befehlston gewohnt, kannte seinen Besitzer allerdings gut genug, dass ihm der lautlose Klang zwischen den Worten unmissverständlich enthüllte: Die grobe Anweisung diente lediglich zur Tarnung innerer Verunsicherung.

Gehorsam reichte er seinem Gebieter ein Glas Wasser. »Darf ich sonst noch etwas für Euch tun, Herr?«

Julian trank einen Schluck und schenkte ihm einen schwer zu deutenden Gesichtsausdruck: halb hämisch, halb herausfordernd. »Bin fix und alle vom Training. Wie wär's, wenn ich dir erlaube, mich zu massieren?«

Belial fühlte ein Beben in der Brust, das ihm der Atem schwand. Kaum wagte er, seinen Ohren zu trauen; der reine Gedanke daran, die makellose Haut und den muskulösen Körper seines Masters berühren zu dürfen, ließ seinen Verstand taumeln.

Julians Miene verriet, dass er seine Gedanken lesen konnte wie ein aufgeschlagenes Buch. »Mitkommen!«, befahl er mit einem Fingerschnippen und erhob sich vom Tisch.

Einem wohlerzogenen Köter gleich folgte Belial ihm in sein Zimmer, wo sein Master sich das Sweatshirt vom Leib streifte und sich vorn auf die Bettkante setzte.

Im Schneidersitz hockte er sich schräg hinter ihn auf die Tagesdecke, während seine Fingerkuppen zaghaft über Julians Schultern zu streichen begannen. Hingebungsvolle Hände rieben über straffe Haut, massierten wie aus Stein gemeißelte Muskeln; streichelten sanft die stählernen Oberarme und fuhren langsam den athletisch modellierten Rücken herab, der sich in Richtung Hüfte verjüngte. Der frische Duft des Duschgels, das Julian stets nach dem Sport verwendete, schmeichelte Belials Nase und entlockte seiner Kehle ein sinnliches Keuchen.

Julian wandte den Kopf, um seinen Diener mit kühlem Lächeln zu bedenken. »Na? Genießt du deine Pflichten?«, fragte er wundervoll selbstgefällig, lehnte sich zurück und fuhr im grausig zarten Flüsterton fort: »Du liebst mich ... stimmt's, Sklave?«

»Mehr als mein Leben ...« Benebelt wie in Trance beschenkte er Julians eisernen Bizeps mit ehrfürchtigem Kuss.

»Dein Leben für deine Freiheit, so lautet der Deal, Belial!«

»Gewiss, Gebieter ...«, raunte der Urdämon, gefangen in schlagartigen Bildern, die aus den modrigen Mooren seines Gedächtnisses aufstiegen:

Als er Julian zum ersten Mal begegnet war, hatte Belial befürchtet, sterben zu müssen – nicht durch die Schneide des Runenschwerts, sondern allein durch den Anblick dieses Jünglings. Düster entsann er sich an damals zurück ... Schwerter klirrten, Schüsse zerrissen die Luft, die Hallen von Hel brannten lichterloh ... Julians Armee war in das Totenreich eingefallen, um einen erbarmungslosen Feldzug gegen die Geisterwelt zu führen. Erzengel Uriel, der Richter der Seelen, hatte sich den Rebellen mit der Sense des Todes in Händen entgegengestellt und erst seine Stellung und anschließend den Kopf von den Schultern verloren.

Um Gnade bittend sank Belial auf die Knie, die gezogene Klinge des Rebellenanführers dicht an seiner Kehle.

Julian – stolzer Krieger, siegreicher Eroberer – beugte sich zu ihm herab, packte ihn fest bei den blattgrünen Haaren und zog sein Gesicht nah vors eigene. »Gut, ich verschon dich ... wenn du ab jetzt meinen Befehlen gehorchst! Deine Zeit als Wächter ist vorbei; ich nehme dich mit zur Erde und du darfst weiteratmen – als mein Sklave!«

Nur zitternd vermochte Belial dem entschlossenen Blick dieser blauen Augen standzuhalten ... die Augen dieses Jungen, dem er vom ersten Moment an verfallen war und sich mit brennendem Herzen willig unterwerfen wollte! »Gebietet mir, Julian Sanders ...« – ein demütiges Wispern, aus dem tiefstes Einverständnis sprach. Zu seinem Herrn und einem Leben in seiner Hand, an ihn gebunden.

Julian hatte ihm einen Magischen Bezwinger um den Hals gelegt und Belial in Ketten zur Erde geführt – als künftiger Diener für alle niederen Arbeiten, die im Alltag neben der Berufung als Rebellenführer anfielen. Sein Master mietete ihm eine winzige Dachgeschossstube in einem der alten Häuser nahe des früheren Botanischen Gartens; verdorrtes Ödland, seit auf Erden die Sonne verschwunden war. Die eroberten Schätze des Totenreichs hatte Julian zu barer Münze gemacht und zählte Belial pro Woche ein bescheidenes Auskommen ab, über das er frei verfügen durfte. Wenngleich sein Herr bedingungslosen Gehorsam forderte, verbarg sich ein gütiges Herz unter seiner harten Rüstung. Verrichtete Belial seinen Dienst zur Zufriedenheit, gestattete Julian manche Gelegenheit, die ihm fremde Erdenwelt zu erkunden. Ob Besuche im Lichtspielhaus oder Feierlichkeiten mit berauschenden Getränken – wollte Belial an irdischen Vergnügungen teilhaben, musste er seinen Gebieter zwar vorab um Erlaubnis bitten, erhielt die erhoffte Zustimmung jedoch meist, insofern er sich in Julians Augen eine Belohnung verdient hatte.

»Wahrlich, ich verbringe ein gutes Dasein unter Eurer Herrschaft, behütet wie ein braver Untertan von seinem edlen König ...« Versunken in seine Erinnerungen liebkoste Belial mit zärtlichen Fingern ein hübsches Muttermal an Julians Nacken, halb verdeckt von dessen silberner Halskette. »Lebe ich auch ohne Freiheit oder Rechte, so habt Ihr mich doch aus der Abgeschiedenheit des Fegefeuers erlöst. Seit jeher fühlte ich mich schrecklich verlassen ... verlor als Knabe meinen Vater und bekam meine Mutter hernach kaum mehr zu Gesicht, während die Engel im Himmel mich mit Abscheu straften ...« Eine Träne rann einsam seine Wange hinab, geboren aus tiefer Traurigkeit, die mit einem Mal sein Herz erschwerte. »Ich sehne mich nach einem Halt im Chaos des Seins, wünsche mir eine schützende Hand ... habe Jahrtausende hinweg von jemandem wie dir geträumt ...«

Sein Gebieter warf ihm einen Blick über die Schulter zu, der Belial ohrfeigenartig verstummen ließ. Die ausdruckslose Miene weckte Befürchtungen vor Schlägen mit Julians Ledergürtel oder einer ähnlich schmerzhaften Strafe, die ihm sein Ausbruch unangemessener Vertraulichkeit womöglich eingehandelt hatte. »Belial ... warum ...?« Julians Stimme schrumpfte zu einem angsterregend kläglichen Krächzen. »Wieso ... war ich eigentlich ... im Fegefeuer ...?«

»Ihr ... habt es erobert, Herr ...« In Belials Speiseröhre schien urplötzlich ein Kloß zu stecken. »Damit die verborgene Ruhestätte der Toten in Eure Hände fällt und *Ihr* fortan die Schicksalswege aller Seelen leitet – ein entscheidender Schlag gegen Himmel und Hölle, so nanntet Ihr Euren Feldzug …« Die einzelnen Silben hallten in seinen Ohren wider wie der unwirkliche Nachklang hochtrabender Heldenlieder.

Julians Augen gewannen die Größe von Mühlrädern. »D-D-Das … ist Blödsinn … Ich … bin kein Feldherr … nein, bloß ein Junge … Stimmt, ich besitze Raziels Kräfte … und war im Totenreich … aber …«

»Ich bitte um Vergebung … fühlt Ihr Euch nicht wohl, Herr?«, wagte Belial vorsichtig zu fragen und schluckte den schweren Kloß in seinem Hals schmerzhaft hinunter.

»D-Doch …«, stammelte Julian verwirrt, als würde statt seines Sklaven eine schaurige Erscheinung zu ihm sprechen. »Nur … einen Moment dachte ich … Damals in der Totenwelt … habe ich nicht … jemanden suchen wollen …?«

»Suchen …? Wen?« Beklommenheit pochte in Belials Brust. Hinter seiner Stirn spukten Gespenster, die ihm verworrene Geschichten zuraunten. Geister, die von einem blonden Jungen erzählten, den Belial in den Elysischen Feldern fand und der ihn nach dem Weg zum Erebos fragte – eine Sekunde lang bloß, bevor die verschwommenen Schemen sich wieder in vertraute Bilder verwandelten. Die gewohnten Erinnerungen an Julian, den er auf Knien um sein Leben anflehte und der ihn kalt lächelnd in Ketten legte.

†

Verfluchtes Arschloch! Grollend starrte Kyu-Min auf das schäbige Graffiti neben den Briefkästen. Gekrakel in grellem Neongelb: unverkennbares Markenzeichen von *Streetking M.* Die Hand in Kyus Hosentasche ballte sich unwillkürlich zur Faust. Letzten Monat erst hatte *Streetking M* – eigentlich Mario Rumpf – seine künstlerischen Ambitionen todesmutig auf Hamzas Motorhaube ausgetobt und daraufhin von Kyu-Min und seinen Jungs eine schlagkräftige Abreibung kassiert. Keine wilde Sache; nichts, was nicht bestimmt rasch wieder genäht und verbunden werden konnte – scheinbar jedoch ohne fruchtenden Erfolg! Im Gegenteil, das neueste Graffiti des Straßenkönigs, offensichtlich bewusst neben Kyu-

Mins Haustür platziert, stellte einen strikt erhobenen Stinkefinger dar und vermittelte damit eine unmissverständliche Botschaft. Der kleine Schmierfink flehte eindeutig nach noch mehr Prügel!

Missmutig rieb Kyu mit dem Jackenärmel über das unliebsame Kunstwerk in der naiven Hoffnung, die Schmiererei schlicht wegwischen zu können. Innerlich schwor er, dem miesen Sprayer bei nächster Gelegenheit jeden Finger einzeln zu brechen – *Streetking M* würde für Wochen keine Spraydose mehr halten können! *Streetking M! Für den Scheiß-Namen allein schon spendier ich dir 'nen Urlaub im Krankenhaus!*

Stampfend stürmte Kyu-Min durchs heruntergekommene, nach Moder und Zigarettenqualm miefende Treppenhaus. Die Altbaustufen knarrten laut, sodass die gesamte Nachbarschaft aufzuwachen drohte. Oben im zweiten Stock schloss Kyu die Wohnung auf und ließ die Tür ins Schloss krachen.

In der Küche tummelte sich in sämtlichen Ecken der Schimmel. Ein handgeschriebener Zettel auf dem Tisch verkündete, dass im Kühlschrank ein Teller Spaghetti wartete. Kyu-Min stellte die Nudeln in die Mikrowelle, mampfte und schob sich anschließend noch ein übrig gebliebenes Stück Kirschkuchen von gestern in den gierigen Schlund. Dank reichlich zuvor genossenem Alkohol hing ihm sein Magen in den Kniekehlen.

Es war ein netter Abend gewesen. Zusammen mit Patrick und Hamza hatte er nahe der alten Bahnhofsbrücke herumgelungert, eine Flasche Wodka kreisen lassen und ein wenig Spaß gesucht. Der Wunsch nach Zerstreuung war wenige Zeit später auf dem Weg Richtung Innenstadt in Erfüllung gegangen – in Gestalt eines wandelnden Komposthaufens der Marke Oberlehrer: stark ergraut mit tiefen Furchen im Gesicht, vom geschätzten Alter her nahe am Verfallsdatum.

Grinsend trat Kyu-Min auf ihn zu. »Opachen, wohin soll's gehen? Ist Sperrstunde, weißt du das nicht?«

Zwei Augen hinter einer dicken Hornbrille hatten ihn mit einer Mischung aus Furcht und Unverständnis angeglotzt.

»Na, was versteckste denn da? Omis Kronjuwelen – oder die Ersatzbeißerchen?« Kichernd schnappte Patrick dem Komposti die Aktentasche unterm Arm weg und verteilte den Inhalt aus Unterlagen wüst auf der Straße.

Der alte Sack setzte unverhofft zu einer Schimpftriade an, die offenbar sein Knieschlottern überspielen sollte: »Schweinebande! Unverschämtes Pack! Wartet, ihr Halbstarken, ich werd euch …«

Kyu-Mins Faust traf seine faltige Fresse und beendete das Gezeter. Schmerzlich stöhnend hielt Opa sich die Hand vors Gesicht, Blut sickerte zwischen seinen Fingern hindurch. Hamza verpasste ihm einen Schlag in den Magen und schon lag Silberlocke sich krümmend am Boden und schloss Bekanntschaft mit den Sneakers der Jungs. Opi hatte geschrien – Kyu und seine Kumpels getreten, gelacht und schlussendlich das Handy und die fett gefüllte Brieftasche eingesackt.

Gesättigt stellte Kyu-Min das gebrauchte Geschirr ins Spülbecken, dessen Wasserhahn komplett von Rost zerfressen war. Lautstarkes Gähnen. Er fühlte sich groggy vom Besäufnis und dem schlagkräftigen Späßchen danach. Spontan beschloss er, die Schule morgen sausen zu lassen und gepflegt auszuschlafen. *Vorm Einpennen vielleicht 'nen bisschen krasser Sound, das käm' jetzt geil.* Die Stereoanlage neben Kyus Bett war das Modernste, was der Markt bieten konnte, frisch bei einem Einbruch in der Hasenmaier Straße erworben.

Leises Schnarchen drang aus dem elterlichen Schlafzimmer, wo seine Erzeuger bereits im Reich der Träume wandelten. Allerdings hatte Kyu-Min ihnen eingebläut, ihm nicht auf die Nerven zu fallen, wenn er Bock bekam, nachts Musik aufzudrehen. Daher schluckten seine Alten abends brav eine Tablette vorm Zubettgehen, von ihnen drohte also keinerlei Störung.

Kyu-Min betrat sein Kabuff – und bemerkte augenblicklich: Jemand war in seinem Zimmer!

»Wer … hat dich reingelassen?«

»Dein Fenster stand offen, Geliebter«, raunte eine Frauenstimme neben den Vorhängen, die sachte im hereinwehenden Nachtwind flatterten.

Die Luft im Raum war eisig. Rasch schloss Kyu-Min das Fenster und drehte an der Heizung. Im Zwielicht sah er Eurynomes Hand nach dem Lämpchen auf seinem Schreibtisch tasten.

»Lass die Funzel aus und komm her, Babe!« Rücklings ließ er sich aufs Bett fallen und winkte sie mit dem Finger zu sich wie ein König seine Konkubine.

Der Teppich dämpfte den Klang der hohen Absätze, als seine Gespielin zu ihm schwebte. Seidene Strähnen streichelten honigsanft sein Gesicht, während sie ihm zärtlich über die Wange strich. »Welche Gedanken quälen dich, mein Herz?«

»Nichts weiter. Bin einfach im Eimer, war 'n langer Abend. Außerdem …«, Kyu-Min wandte den Kopf, um sich ihrer zarten Berührung zu entziehen, »ein … Freund braucht meine Hilfe … äh, so 'n Typ aus der Schule, mein ich …«

»Julian Sanders, die Wiedergeburt von Raziel?«

»Woher …?«

»Der Wind hat seine Ohren allerorts, Geliebter.«

»Er … will mich dabeihaben, wenn's dran geht, Astaroth endgültig zur Hölle zu jagen«, murmelte Kyu – und sah mit einem Mal Julian vor sich, der ihn wenige Nächte zuvor um Beistand gegen den Flammendämon gebeten hatte: entschlossen zwar … aber auf unbestimmte Weise dennoch verletzlich. Einer empfindsamen Blüte ähnlich, umhüllt von einer harten Knospe. *Hilf mir – bitte!*

Eurynome setzte sich auf die Bettkante. »Merkwürdig, dass er ausgerechnet deine helfende Hand ersucht …«, wisperte ihre Stimme ins Halbdunkel. »Vor fünfhundert Jahren richtete er eine ähnliche Bitte an dich …«

»Kommt ohne mich eben nicht klar, der Gute«, erwiderte Kyu-Min mit großspurigem Lächeln, rappelte sich hoch und presste seiner Perle einen Kuss auf die Lippen.

Einem stummen Kommando folgend schlang Eurynome ihre Arme um seinen Hals, streifte ihm stürmisch den Hoodie vom Leib und drückte ihn zurück in die Kissen. Spitze Nägel krallten sich begierig in Kyus Fleisch. Gänsehaut überzog seinen Körper, als ihre Finger über seine bloße Brust fuhren und für einen winzigen Moment auf der Narbe oberhalb seines Bauchnabels verharrten: sichtbare Erinnerung an die Messerstecherei im vergangenen Jahr.

Einem Eroberer gleich griff Kyu-Min in Eurynomes seidenes Haar und nötigte ihr einen zweiten Kuss ab. Fahler Mondschein fiel durchs Fenster und gewährte einen Blick unter das Lederröckchen, das nur knapp ihre Schenkel bedeckte … und Kyu sah: Weder Slip noch Höschen verbargen ihre Weiblichkeit; unter ihrem Rock war die Dämonin nackt, wie der Teufel sie schuf.

Verheißungsvoll lächelnd öffnete Eurynome langsam den Gürtel seiner Jeans. Einzelne Strähnen fielen ihr verwegen über die Stirn, bevor ihr Gesicht anmutig zwischen seinen Schenkeln hinabtauchte.

Kyu-Min verschränkte beide Arme hinter dem Kopf und leckte sich mit der Zungenspitze über die Oberlippe, leise seufzend vor Wonne. Fühlte ein Prickeln unter der Haut, spürte sein Herz schneller schlagen – genoss die sinnliche Liebkosung seiner Männlichkeit; die kühlen Lippen, die voller Verlangen sein brünstig brennendes Herrenzepter verwöhnten. In den Wochen und Monaten ihrer Beziehung hatten sie gemeinsam einige erregende und entwürdigende Spielchen gespielt, ohne dass Eurynome ihm auch nur ein einziges dieser ausschweifenden Vergnügungen übel genommen hätte.

Eine innere Explosion erschütterte ihn, als sie ihm den ersehnten Erguss bescherte. Zärtliches Wispern drang an sein Ohr: »Sag ... hast du mich gern, Geliebter?«

»Bist einsame Klasse, Babe«, keuchte Kyu-Min, der vor seinem geistigen Auge unwillkürlich abermals Julians Gesicht auftauchen sah; einem Gespenst ähnlich, das ohne jede Vorwarnung erschien.

»Ich liebe dich, Kyu-Min Choi ...« Eurynomes rauchige Stimme wandelte sich; schien plötzlich sanft, fast verletzlich. »Obgleich ich Tausenden Männern zu Willen war, mein Herz verweilte stets nur bei dir allein. Wo andere tiefe Gefühle suchten, strebte ich nach nacktem Fleisch. Die dunkelsten Gelüste sind mir nicht fremd, freudig erfüllte ich die sonderlichsten Sehnsüchte – doch sprich ein Wort bloß und ich lasse all das hinter mir, um fortan an deiner Seite zu sein, in Treue verbunden.«

Kyu-Min schwieg, die Augen halb geschlossen, beinah im Schlafe schon. Die Morgendämmerung kroch bereits durchs Fenster und weckte einen Schwarm verwirrender Gedanken: *Wir wissen beide, du bist hilfsbereiter, als du's wahrhaben willst ... Hilf mir – bitte!*

»Sag mal ... Raziel und Leviathan ... waren sie Freunde?«, floss es ihm ungewollt von den Lippen, ohne dass er ein Lid hob, die Miene verzog oder in irgendeiner Weise auf Eurynomes offenherzige Worte einging.

»Nein!« Die unerwartete Schärfe zwischen den Silben traf ihn einem schneidenden Schwerthieb gleich. »Vor fünfhundert Jahren, als du noch der Dämon aller Gewässer warst, dauerte dich das Leiden der Unterdrückten und Geknechteten in der Hölle. Erhobenen Hauptes stelltest du dich entschlossen gegen die finsteren Fürsten – so kreuzten deine Wege schlussendlich jene von Raziel, ja. Im Glauben an eine gerechtere Unterwelt entschiedst du dich, den Rebellen zu helfen … ein Bündnis, das dir in der schwersten Stunde zum bitteren Verhängnis wurde …«

Von einer Sekunde zur nächsten war Kyu-Min hellwach. Ein unsichtbarer Schlaghammer prügelte ihm jede Spur von Schläfrigkeit aus dem Leib. »Was … redest du …?«

»Kam dir nie die Frage in den Sinn, weshalb Leviathan einst sein Leben ließ? Wolltest du niemals erfahren … wer ihn auf dem Gewissen hat?«

Eine raue Feile steckte schmerzhaft in Kyus Kehle. »Du … meinst …?«

»Leviathan starb durch die Klinge des Runenschwerts.« Eurynomes wolkengraue Augen funkelten im frühen Dämmerschein wie kalte, silberne Sterne. »Von Missgunst getrieben verriet der Sohn des Teufels den Herrn des Meeres. Raziel war dein Mörder, Kyu-Min … er ist derjenige, der dich getötet hat.«

✝

Nah aneinandergeschmiegt lagen sie unter der federweichen Bettdecke; Nadja in Julians Armen, ihre Wange sanft auf seiner Schulter ruhend. Seine Freundin war seit dem heutigen Samstagmorgen bei ihm. Beide hatten sie sich von Belial ein ausgiebiges Frühstück servieren lassen, um sich anschließend zu zweit in Julians Zimmer zurückzuziehen.

»Ist der Hammer mit dir …«, flüsterte Nadja, während ihre Finger liebevoll mit den strohblonden Strähnen seines Ponys spielten.

Julian, die Augen halb geschlossen, genoss ihre zarten Berührungen ohne jedwede Antwort. Ein Sturm wilder Gedanken wütete hinter seiner Stirn. Bilder von blutigen Schlachten und gefährlichen Gefechten. Glorreichen Siegen gegen die Schergen des Himmels und der Hölle; von Feinden, die vor ihm die Waffen streckten und kniend um ihr

Leben bettelten. Und dann auf einmal, im Schatten verborgen ... der Junge mit dem dunklen Haar ...

Wow, voll cool deine Haare – schwarz und schön! Julian erinnerte sich ... an Begebenheiten, die niemals geschehen waren; Dinge, die er nie getan hatte ... Damals, als Kind von acht Jahren ... der Schüler, der neu in seine Klasse gekommen war und schüchtern gefragt hatte, ob er sich auf den Platz neben ihm setzen durfte ... Derselbe Junge, sein bester Kumpel ... fiel vom Fahrrad, brach sich das Bein ... Eine Kette mit hölzernem Anhänger, ein Glücksbringer mit den eingeritzten Worten: *Für Kyu!*

Ein erstickter Schrei entfuhr Julians Kehle.

Erschrocken zuckte Nadja zusammen. »Schatz, was ...?«

»Nichts ... ich ...« In seiner Magengrube nistete ein unbehagliches Gefühl. »Für einen Moment ... ich ... bin wohl etwas aufgeregt wegen ... na ja ... Astaroth ist 'ne verdammt harte Nuss.«

Seine Freundin sah ihn schräg von der Seite an. »So? Dachte schon, es hätte mit Kyu-Min zu tun ...«

Wieso denn das? ... Mann, tu nicht so! Wer dich mit Kyu-Min sieht, weiß, was los ist ... Ein erneuter Bilderstrudel wirbelte durch Julians Gedankenwelt. Erinnerungen? Einbildung ...? »Mit Kyu ... äh, Kyu-Min? Weshalb?«

»Na, *du* und nervös wegen 'nem Kampf? So kenn ich dich ja gar nicht! Diesen verrückten Feuerteufel machst du doch mit links fertig, Schatz!« Anbetungsvoll schenkte sie ihm einen Kuss. »Wozu du Kyu-Min um Hilfe fragst, kapier ich sowieso nicht, wie gesagt. Klar, seine Kräfte sind sicher nützlich – aber vergiss nicht, er ist und bleibt ein Arschloch!«

Julian wandte den Kopf und vergrub sein Gesicht halb im Kissen, um sich ihrem Blick zu entziehen. Seine Gedankenbilder nahmen immer befremdlichere Farben an: Dämonen zerstörten die Schulkapelle und bedrohten Kyu-Min, seinen Freund ... Eine Frau – Kyus Mutter? – riss ihn empört aus Kyu-Mins zärtlicher Umarmung ... Strahlend schöner Sonnenschein, Teppiche aus bunten Blumen und blühende Orangenhaine, ein verlassenes Herrenhaus ... Sanfte Hände auf seiner Haut, der Kuss süßer Lippen ...

»Es ... klingt komisch, ich weiß ... Sobald ich die Augen schließe, sehe ich Kyu-Min vor mir … aber … völlig anders. Freundlich, hilfsbereit …« *Liebenswert* …

»Du … redest, als hättest du ihn gern, diesen Scheißkerl …«

»Ich … denke an ihn … ständig.« *Ich glaube, so ist es, seit wir uns das erste Mal gesehen haben … Seitdem will ich dir nahe sein – so lange liebe ich dich schon.*

Nadjas Hände drehten sein Gesicht behutsam dem ihren zu. In ihren Augen schlugen Meere aus tiefen Gefühlen ihre Wellen. »Fünf Jahrhunderte hab ich auf dich gewartet … all die Zeit davon geträumt, wieder bei dir zu sein …«, hauchte sie zart. »Dir verdanke ich mein Leben; du hast mich befreit aus dem Kerker und vom Schmutz eines Sklavinnendaseins, gabst mir Macht und Unsterblichkeit. Bei dir bin ich geborgen – du bist der Mann meines Lebens …«

Ohne ein Wort zu erwidern, fuhr Julian ihr durchs dunkle Haar und betrachtete selbstzufrieden seine kleine Nadja; seine süße Freundin, die sich schutzbedürftig an ihn klammerte: beinah besitzergreifend, als ob sie fürchtete, ihn abermals zu verlieren. Julian spürte ihre Finger sich in seine bloße Haut krallen; gewährte ihr stumm ein paar glückliche Minuten lang seine Nähe – bevor er ruckartig die Decke zurückschlug und förmlich vor ihr aus dem Bett flüchtete.

»Ich … hab noch Hausaufgaben«, kommentierte er ihren bekümmerten Gesichtsausdruck mit knappem Gemurmel.

Nadja senkte die Lider, ihre Stimme glich einem schwachen Wispern im Wind: »Ich liebe dich …«

»Weiß ich …« Hurtig schlüpfte Julian in seine auf dem Teppich verstreuten Klamotten, riss die Zimmertür auf und rief nach seinem Diener: »Belial – herkommen!«

Sein Sklave erschien auf Befehl, einen feuchten Lappen in der Hand. Julian hatte ihn angewiesen, die Fliesen im Badezimmer zu polieren, während er die Zweisamkeit mit seiner Freundin auskosten würde. »Ja, Herr?«

»Ist das Bad sauber?«

»Gerade eben vollbracht, Master!«

»Gut. Bezieh mein Bett neu, anschließend wischst du in der Küche den Boden – beweg dich!«

Mit schamgeröteten Wangen kramte Julians Haussklave ein frisches

Laken aus dem Schrank; Nadja kleidete sich derweil hastig an – jeder krampfhaft bemüht, dem Sichtfeld des jeweils anderen auszuweichen. Stillschweigend genoss Julian die stille Erniedrigung der beiden wie süßen Wein.

»Bring uns was zu trinken!«, befahl er, nachdem Belial die Bettwäsche gewechselt hatte.

Diensteifrig eilte sein Leibknecht Richtung Küche.

Julian setzte sich an den Schreibtisch und fand einen Stapel fremder Notizblätter neben seinem Mathebuch liegen, handbeschrieben mit allerlei Anmerkungen. »Gehört das dir?«, fragte er Nadja und wedelte mit dem Papierstoß.

»Für meine Recherchen, ja.«

»*Der eigene Schatten*«, las er den grob dahingekritzelten Titel. »Referat für Physik?«

»Nein, das stammt aus meinen Hexenbüchern. Es geht um einen Mythos, einen alten Volksglauben.« Nadja trat neben ihn. »Einige Kulturen erzählen von einer Art … *Doppelgänger* – ein geisterhaftes Wesen, das uns im Aussehen bis aufs Haar gleicht und all jene Eigenschaften verkörpert, die wir an uns selbst verleugnen. Sozusagen ein Spiegel, der zeigt, was sonst verborgen liegt.«

Julians Daumen spielte unruhig mit einem Kugelschreiber. »Und … *was* zeigt es uns, dieses … Wesen?«

»Kommt drauf an … Geheimes Verlangen, uneingestandene Wünsche … häufig aber auch das Böse in uns; unsere schlechten Seiten, die wir nicht wahrhaben wollen … Grausamkeit, Machthunger … Aus diesem Grund nennt man den Doppelgänger oft den *finsteren Zwilling*, unseren eigenen Schatten.«

Belial kehrte zurück, ein Tablett mit zwei Gläsern Rotwein in Händen. »Noch einen Wunsch, Herr?«

»Du hast gehört, was ich vorhin gesagt hab, und weißt, wo der Wischmopp für die Küche steht, oder?«

»Selbstverständlich, Master Julian!«

»Dann ab an die Arbeit!« Gebieterisch schnippte er mit dem Finger und sein Sklave trollte sich gehorsam.

Zeitlupengleich führte Julian sein Weinglas zum Mund. Zwischen Nadjas Notizen erspähte er ein Blatt Papier mit einer holzstichartigen

Zeichnung, die seine Freundin offenbar geradewegs aus einem der erwähnten Zauberbücher herausfotokopiert hatte. Ein altertümlicher Herr in fürstlich anmutenden Gewändern war darauf zu erkennen. Seine schreckgeweiteten Augen starrten in einen kreisrunden Spiegel, der ihm sein Abbild als monströs entstellte Fratze zeigte.

»Was geschieht, wenn man ihm begegnet, seinem Doppelgänger …?«, fragte Julian gedankenverloren.

»Je nachdem. Manche behaupten, ein Mensch stirbt, sobald er seinem finsteren Zwilling gegenübersteht – oder wird fortan auf ewig von ihm heimgesucht. Andererseits … gelegentlich heißt es auch, der Schatten würde ein wertvolles Geschenk hinterlassen … Keine Ahnung, was das bedeutet.«

Der Kuli glitt Julian aus der Hand und rollte über den Boden. »Nun ja …«, nuschelte er und beantwortete Nadjas irritierten Blick mit unsicherem Lächeln, »dann lass uns am besten hoffen, dass ich meinen Zwilling niemals treffe, nicht wahr …?«

†

Der Traum riss ihn aus dem Schlaf. Kyu-Min benötigte geschlagene fünf Minuten, bis ihm dämmerte, wo er sich überhaupt befand: daheim in seinem nachtverhangenen Zimmer. Neben ihm im Bett schlummerte Eurynome, ihre Hand ruhte zart auf seiner Hüfte. Fahles Mondlicht geisterte durchs Fenster. *Verwunschener, silberner Mondschimmer … ja, so hab ich's geträumt …*

Kyu-Min spürte Druck auf der Blase. Vorsichtig schob er Eurynomes Arm beiseite und tappte in T-Shirt und Boxershorts hinaus auf den Flur. Kalte Luft kroch um seine bloßen Beine. Durch den schmalen Türspalt des elterlichen Schlafzimmers drang lautstarkes Schnarchen. Kyu ging zur Toilette und anschließend in die Küche, um einen Schluck zu trinken. Ohne das Licht anzuknipsen, angelte er sich eine Flasche Wasser aus dem Kühlschrank und stierte gedankenversunken aus dem Fenster. Die Straße draußen vor dem Haus wirkte wie ausgestorben. Frost bedeckte die Scheiben der parkenden Autos und winzige Flocken tanzten im blassen Schein der Laternen. Eine mondbeschienene Winternacht, haargenau wie in Kyu-Mins Traum:

Sie waren geflogen trotz Wind und Wetter. In ihre Ohren fraß sich das heisere Krächzen der Druden, die zwischen den Wolken wilde Kreise zogen. Eisiger Sturm schnitt ihnen ins Gesicht und die Kälte zerrte an ihren Kräften, sodass ihre Dämonenschwingen vor Erschöpfung zu erlahmen drohten – bis endlich das Ziel in Sichtweite geriet: Die Brücke des Schicksals, riesig über zwei steile Klippen gespannt.

Der verrufene Ort verdankte seinen Namen wunderlichem Gerede, das durch die Wirtshäuser der Hölle spukte. Es hieß, wer die Brücke überquerte und dabei kein einziges Mal zurückblickte, dem würde sein Schicksal enthüllt ... auf die ein oder andere Weise.

Zwar war Leviathan gewiss kein Mann, der Hörensagen und Aberglauben große Bedeutung zubilligte – dennoch hielt er gespannt den Atem an, als er und seine Gefolgschaft aus drei weiteren Dämonen zur Landung auf der Klippe ansetzten. In dieser Nacht würde er hier auf dem schicksalsschauenden Steg jemandem begegnen ... Jemand, der seinen Lebenspfad in der Tat auf ewig verändern könnte ...

Schnee bedeckte die Brückenpfosten. Gesichter waren zu beiden Seiten in das Holz des Geländers geritzt; einige fröhlich lachend und strahlend vor Glück, andere wutverzerrt oder mit Tränen auf den Wangen. Unten in endloser Tiefe brauste der tosende Fluss. Am anderen Ende der Brücke warteten fünf Gestalten, die dunklen Mäntel flatterten in den frostigen Windböen.

Links neben Leviathan trat Gamigin vor, der als Mittelsmann zwischen ihm und dem Widerstand diente. Der junge Rebell lief über die Brücke, um einige Worte mit den Vermummten dort auf der entgegengesetzten Seite zu wechseln. Auf Gamigins Handzeichen hin folgten Leviathan und seine Dämonen behutsam nach; gleichzeitig setzten sich die Schwarzbemäntelten ebenfalls in Bewegung, bis beide Gruppen sich in der Mitte der Schicksalsbrücke gegenüberstanden.

Einer der fünf Fremden nahm seine Kapuze vom Kopf. Strohblondes Haar quoll hervor. Zwei meeresblaue Augen zogen den Herrn des Wassers magisch an. »Ihr müsst Leviathan sein.«

Er widmete dem blonden Krieger ein respekterbietendes Nicken. »Es ist mir eine Ehre, Raziel!«

Feine, weiße Flocken glänzten auf den markanten und doch wohlgestalteten Gesichtszügen des Rebellenführers. »Gamigin berichtete mir,

Ihr tragt etwas von Interesse bei Euch.«

Leviathan zog einen Lederbeutel aus der Manteltasche und lüftete den Inhalt, der aus vier flachen Edelsteinen bestand. Im Inneren der Kristalle schienen milchige Schwaden zu schwimmen, geisterhaftem Nebel ähnlich.

Raziel runzelte die Stirn. »Was, Steine?«

»*Zaubersteine* – meine eigene Schöpfung«, korrigierte der Dämon der Gewässer. »Auf Befehl ihres Besitzers hüllen sie alles und jeden in einen Schleier der Unsichtbarkeit.« Flüchtig tauschte er einen Blick mit Gamigin. »Ich hörte von jenem Ort, verborgen zwischen den Wilden Wäldern und dem Moor der Trostlosigkeit ... einem Unterschlupf für die verlorenen Kinder der Hölle. Platziert einen dieser Kristalle in jeder Himmelsrichtung rund um den Hof der Hoffnung – und Ihr habt mein Wort, Raziel, Euer Versteck wird vor den Augen sämtlicher Feinde sicher sein.«

Die Rebellengruppe ließ ein erstauntes Raunen vernehmen. Ihr Anführer selbst verzog keine Miene, doch das plötzliche Leuchten in den meeresblauen Pupillen verriet seine Neugier. »Sagt ... welchen Preis verlangt Ihr dafür, Leviathan?«

Der Urdämon wagte ein Lächeln. »Euer Vertrauen wäre mir Lohn genug.«

Argwöhnisches Gemurmel. Leviathan gewahrte, wie der Krieger rechts neben Raziel eine Waffe unter seinem Mantel zückte.

Der Rebellenführer musterte ihn vom Scheitel bis zur Sohle: Blicke, die heißen Feuerzungen gleich unter Leviathans halb erfrorene Haut krochen. »Man spricht in der gesamten Unterwelt von Euch, Herr des Meeres. Mir drang zu Ohren, ganz Pandämonium fürchtet Euren Scharfsinn und Eure offenherzigen Reden. Ihr stellt Euch auf die Seite der Schwachen und verleiht den Unterdrückten eine Stimme, so heißt es ...«

»Wohl wahr, in aller Bescheidenheit«, antwortete Leviathan und sah seinem Gegenüber unverwandt ins Gesicht. »Wenngleich ich wünschte, ich könnte mehr tun, um für die gerechte Sache zu kämpfen.«

»Ihr meint ... in meinen Reihen?« Raziel legte den Kopf schief. »Bedenkt, wir kämpfen gewiss nicht mit Worten.«

»Dennoch ist die Feder manchmal mächtiger als das Schwert. Zweifelsohne können wir viel voneinander lernen, vereint durch ein gemeinsames Ziel.«

Die Rebellen schnappten hörbar nach Luft, sichtlich verblüfft über die Freimütigkeit, mit der Leviathan ihrem Anführer begegnete. Auch Gamigins Körperhaltung versteifte sich zunehmend. »Kamerad, gib acht!«, zischte einer der Gefolgsleute des Urdämons.

Raziels Züge spiegelten tödlichen Ernst wider. Wolken erstickten den Mondschein und tauchten seine Miene in düstere Schatten. Schließlich, langsam nur, hoben sich die Mundwinkel zu einem verhaltenen Lächeln. »Nun denn …« Zögerlich streckte er dem Herrn der Meere seine Linke entgegen. »Sei willkommen beim Widerstand!«

Die letzten Worte brachten einen Schmiedehammer in Leviathans Brust zum Schlagen. »Hab Dank!«, erwiderte er mit flatterndem Herzen – und ergriff entschlossen die Hand des Rebellenanführers …

Kyu-Min gähnte. Der Frost malte verschlungene Muster an die Fensterscheibe. Die Erinnerung an seinen Traum verwehte gleichsam mit dem Schnee, der draußen vom Himmel rieselte. Müde nahm er noch einen Schluck aus der Wasserflasche und beschloss, zurück ins Bett zu kriechen – als jäh weitere Bilder in sein Bewusstsein drangen:

Eine kahle Steppe, niedergebrannt vom Wüten einer grausamen Schlacht. Die trockene Erde trank gierig das Blut der Gefallenen, Verwesungsgestank schwängerte die Luft. Er selbst, Leviathan: sterbend, von zahllosen Wunden übersät. Schmerz schlich quälend durch jede Faser seines Körpers, während seine ausgedörrte Kehle nach Wasser schrie. Hoch am Horizont kreisten Krähen – dann erschien ein vertrautes Gesicht über ihm. Raziels Lippen bewegten sich stumm; flüsterten Silben, die er nicht verstand. Mit versteinerter Miene erhob der Rebellenführer den Arm … Leviathan erblickte das Runenschwert … die blanke Klinge blitzte …

Kam dir nie die Frage in den Sinn, weshalb Leviathan einst sein Leben ließ? … Von Missgunst getrieben verriet der Sohn des Teufels den Herrn des Meeres …

Die PET-Flasche rutschte aus Kyu-Mins Hand und landete mit einem dumpfen Klatscher auf den Küchenfliesen. Um seine Füße herum bildete sich feucht eine Pfütze.

Also ist es wahr … es stimmt tatsächlich! Rasch wischte er sich übers Gesicht, als er Tränen auf den Wangen spürte. Seine Stirn war schweißbedeckt wie bei starkem Fieber. *Raziel ... Mörder! Julian, du ... hast mich getötet!*

Kapitel 33

Florian wartete vorm Aufenthaltsraum der Schule – absichtlich zehn Minuten vor der vereinbarten Zeit, um Julian nicht durch erneutes Zuspätkommen zu verärgern. Unruhig trat er von einem Fuß auf den anderen. Spielte mit leicht zitternden Fingern auf seinem Handy herum, checkte flüchtig die Online-Nachrichten und erfuhr deprimiert, dass sich das Artensterben auf dem Planeten wegen fehlender Sonnenwärme inzwischen verdoppelt hatte. Unter Florians Arm klemmte ein Stapel neuer Flyer. Per Grafikprogramm hatte er die Farbmotive nochmals überarbeitet und an den Rändern eine zusätzliche Verzierung eingefügt: Mühe, die Julian hoffentlich ein weiteres Lob wert sein … und ihn mit ganz viel Glück sogar mitleidig stimmen würde, damit er ihm seinen Teil der … *Vereinbarung* vielleicht ersparte. In Flos Portemonnaie herrschte gähnende Leere; bloß ein paar übrig gebliebene, mickrige Cents versteckten sich darin.

Julian besaß keine hohe Meinung von ihm, darüber machte Florian sich keine Illusionen. Schließlich zählte er zur elitären Garde der *coolen Jungs* – mit allen Rechten und Privilegien. Julian war beliebt, sportlich und selbstsicher; ihm liefen die Mädchen nach, er gab die Trends vor und führte bei Schülerprojekten jeglicher Art das Kommando. Flo hingegen … was half es, das zu leugnen? … schüchtern und verschlossen fiel er vorrangig durch Unscheinbarkeit auf. Ein unbedeutender Niemand, der unbeachtet in der Masse versank; weder Draufgänger noch Frauenschwarm. Jungs wie Julian spielten die erste Geige, Versager wie er selbst mussten brav danach tanzen. Aus dem Takt zu geraten konnte furchtbare Folgen nach sich ziehen.

Florian erinnerte sich an Marco, den miesen Dealer aus seinem damaligen Mathe-Kurs, der vor fast einem Jahr von der Schule geflogen war … Früher hatte Marco sich häufig mit Julian angelegt; auf dem Pausenhof über ihn gelästert, ihn in der Turnhallenumkleide provoziert, sogar Nadja anzubaggern gewagt … und von Julians Fäusten schlussendlich die schmerzhafte Quittung kassiert. Danach war dem Nachwuchs-Drogenhändler sein überhebliches Lachen vergangen wie einem geprügelten Hund das Bellen – und die restlichen Großmäuler der Schule nahmen sich seither in Acht, Julian gegenüber keine allzu dicke Lippe zu riskieren.

Was gäbe ich darum, wie er zu sein! Natürlich, dass ein Alpha wie Julian einen Loser wie ihn als Kumpel auf Augenhöhe akzeptierte – davon konnte Flo bestenfalls träumen! Aber … vielleicht vermochte er irgendwann zumindest eine Spur von Julians Achtung zu erringen? Ein Hoffnungsschimmer in Florians Herzen, den er hütete wie eine heilige Flamme. *Will ihm so gern beweisen, dass ich …*

»Ah, bist pünktlich – brav!«

Florian zuckte zusammen, als Julian neben ihm auf dem Gang auftauchte. »Äh, logo! Letztes Mal, wie gesagt … sorry, ehrlich!«

Mit eigentümlichem Lächeln auf den Lippen – eine Mischung aus Heiterkeit und Arroganz – zückte Julian den Schlüssel für den Aufenthaltsraum, den der Hausmeister ihm als Projektleiter fürs Winterkonzert anvertraut hatte.

Drinnen waren sämtliche Stühle hochgestellt und alle Fenster geschlossen.

Julian lüftete einen Moment gründlich durch und füllte anschließend Wasser in den alten Teekocher, den irgendein Lehrer vor Urzeiten der Schülerschaft spendiert hatte. »Mach die Sitzplätze sauber, ja?« Seine Stimme klang ruhig und gelassen, doch der verborgene Ton darin glich einem blanken Befehl.

Bereitwillig hob Florian die Stühle hinunter und befeuchtete den Putzlappen, der auf dem Waschbeckenrand lag. Julian fischte sich derweil einen Teebeutel aus der Pappschachtel neben dem Wasserkocher und schaute ihm entspannt bei der Arbeit zu, die linke Hand locker in der Hosentasche.

Als Flo die Tische abwischte, schielte er wiederholt zu seinem Stapel Flugblätter, den er auf einem Stuhl abgelegt hatte – lauerte katzengleich auf den passenden Moment, das kleine grafische Kunstwerk seinem Idol zu präsentieren. »Du, Julian, ich, ähm … hab die Flyer noch mal aufgepeppt. Magste mal gucken?«

Wortloses Nicken.

Tanja und Vanessa schoben ihre Köpfe zur Tür herein. »Hey, ihr zwei!«

Julian grüßte die beiden knapp, während er die Flugzettel durchblätterte.

»Hoffe, sie gefallen dir …«, stammelte Florian schüchtern und betete innerlich, seine Bemühungen mochten Julian zufriedenstellen. Ihn gnädig stimmen, wenn er seine Steuern eintreiben würde und Flo ihn trotz schlotternder Knie um Erlass bitten musste.

Die Mädchen hatten ihre Taschen abgestellt und machten sich ebenfalls am Teekocher zu schaffen. Robert kam herein und suchte sich einen Sitzplatz; kurz darauf stieß Miguel hinzu, einen schweren Aktenordner unterm Arm. Allmählich füllte sich der Aufenthaltsraum mit Schülern.

»Okay«, meinte Julian bloß, drückte Flo den Stapel zurück in die Hand und bedachte ihn mit schiefem Lächeln. »Fleißig, fleißig! War wohl doch keine schlechte Idee von mir, dich in die Gruppe zu lassen.«

»Danke, ich … vielen Dank!« Vor Erleichterung vollführte Florians Herz einen Luftsprung. *Er findet die Flyer toll! Vielleicht, wenn ich Schwein hab, nimmt er's mir nicht übel, dass ich heute kein Geld …*

»Mir fällt ein«, fuhr Julian im selben Moment fort und musterte ihn, als ob er Gedanken lesen könnte, »deine heutige Gebühr ist noch fällig.«

Auf Stichwort rutschte Flo der Magen in die Hose. »J-ja, äh«, stotterte er, »also … genau darüber w-w-wollte ich mit dir sprechen …«

Streng hob Julian die rechte Braue. »So?«

Florians Seitenblick verriet ihm, die übrigen Teilnehmer hatten inzwischen ihre Notizblöcke ausgepackt und warteten praktisch nur darauf, dass Julian das Treffen eröffnen würde. »Können … wir bitte kurz raus? Ähm, ein Minütchen bloß?«

Ewig erscheinende Sekunden lang betrachtete Julian ihn scharf, bevor er ein beiläufiges »Sorry, muss mit Flori eben was klären« in die Runde warf.

Beklommen folgte Florian ihm hinaus auf den Gang. Seine Beine schienen schwer, als ob Blei in seinen Schuhen steckte.

Bei einem Schulprojekt mitzumischen, das sein Idol Julian leitete, bedeutete todsicher eine Menge Prestige! Flos strahlendes Vorbild hatte ihn anfangs jedoch nicht ins Orga-Team fürs Winterkonzert aufnehmen wollen und nur durch Betteln und Buckeln seine Meinung geändert – allerdings unter der quälenden Bedingung, dass Florian ihm pro Treffen zehn Euro zahlen musste. Als *Teilnahmegebühr*, wie Julian es nannte. Flo hatte sich seiner Forderung gefügt, gute Miene zum bösen Spiel gemacht und brav geblecht, mit der Faust in der Tasche und verborgenen Tränen in den Augenwinkeln. Zumindest bisher.

Draußen auf dem Schulflur begegneten ihnen Kathie und die drei Mädchen aus der Tanzgruppe, die Florian fürs Konzert hatte gewinnen können. Nach heiterer Begrüßung – einigen Küsschen auf Julians Wange und mehreren Umarmungen später – schlenderten die vier in Richtung Aufenthaltsraum, während Flo mit hängenden Schultern weiter hinter Julian hertrottete wie ein verurteilter Verbrecher zum Schafott.

»Also, Freundchen«, mit verschränkten Armen lehnte Julian sich gegen die Wand am Ende des Flurs, »raus damit: Was gibt's?«

»Na ja, wir … ähm, sollten reden. Wegen … dem Geld.« Florians felsenfeste Absichten blieben ängstlich im Stocken seiner Stimme stecken. »Ich … Bitte sei nicht böse, aber … äh …«

»Hoffe, das wird keine Ausrede, weil du die Kohle nicht dabeihast«, unterbrach Julian unbarmherzig. »Riskierst sonst richtig Stress mit mir, Bürschchen!«

Glühend heißes Blut schoss in Flos Wangen. »S-S-Sicher, ich … m-möchte keinen Ärger … sondern …«

»Flori?« Julians Blick durchbohrte ihn speergleich. »*Was* willst du?«

»Dass … du mich beim Orga-Team mitmachen lässt … äh, wie jeden anderen«, platzte es todesmutig aus ihm hervor. »*Bitte* … d-das muss aufhören! Du kannst nicht … jedes Mal zehn Euro verlangen, nur damit ich zu den Treffen darf …«

In Julians Mundwinkeln hauste ein spöttisches Lächeln. »Ach? Kann ich nicht?« Er stieß sich von der Wand ab und trat einen bedrohlichen Schritt näher. »Verwöhntes, reiches Muttersöhnchen, du! Dass ich dir überhaupt erlaube, auf dieselbe Schule zu gehen – schon dafür sollte ich dich eigentlich zahlen lassen!«

Furchtsam wollte Flo zurückweichen, seine Füße wirkten jedoch wie

versteinert. »Ich … die Flyer, hab sie extra … Ich … w-will nur …
dass du … mich …«, *anerkennst … vielleicht sogar ein bisschen magst …*
»Klar, weiß ich doch.« Das höhnische Lächeln wuchs zu einem ge-
hässigen Grinsen. »Schleppst brav meinen Ranzen, spendierst mir in
den Pausen mein Getränk, lässt mich Hausaufgaben abschreiben …
alles, um mein Freund zu sein.« Ein galliges Lachen. »Wie wär's?
Leckst du mir nach dem Sportunterricht ab jetzt die Turnschuh' sauber?«

Flos Brauen schnellten vor Schreck in die Höhe. »W… *Was?*«

»Dann findest du Loser endlich deinen Platz im Leben …« Genüsslich fuhr Julian sich mit der Zungenspitze über die Oberlippe. »Kniend
vor mir!«

Entsetzt schnappte Florian nach Luft und kämpfte gegen das Bedürfnis, sich zu übergeben, so speiübel war ihm schlagartig zumute.

Gespielt kumpelhaft legte Julian den Arm auf seine Schulter. »Unter
uns, *Freund* … was ich immer fragen wollte … wie lief's eigentlich damals mit Miriam? Also … die anderen Jungs meinten zu mir, die Kleine wäre im Bett pures Dynamit gewesen!«

Bestürzt starrte Flo in Julians eisig blaue Augen. Zwar wusste er, ein
paar seiner Mitschüler konnten ein, zwei Dates mit seiner Ex-Freundin
verbuchen, allerdings: »D-Das … war lange, bevor Miriam und ich …«

»Sicher?« Julian feixte breit vor Häme. »Nichts für ungut, aber … na
ja … hin und wieder hatte die Schnalle bestimmt Bock auf 'nen echten
Mann.«

Sein schallendes Lachen schmerzte in Florians Ohren wie tödliches
Drudengeheule. Beschämt blieb sein Blick am Boden haften, feucht
tropfte es auf seine Schuhspitzen … Jedoch, für einen winzigen Moment beschlich ihn der sonderliche Gedanke, nicht Julians demütigen-
de Worte trugen die Schuld an seinen Tränen … sondern … *Die …
Trennung …? Nein … Miriam, sie …!*

»Hey, hey, nicht weinen, Kumpel! Versteh dich ja: Der süße Flori
durfte Händchen halten, endlich mal knutschen … Nur … ich glaube,
Miriam hat irgendwann erzählt, ansonsten wärst du wohl scharf wie 'n
schlaffer Luftballon!« Provozierend zwinkerte Julian ihm zu. »Was
meinste? Haste deshalb den Laufpass kassiert?«

Laufpass? Lüge …! Miriam … hat nicht mit mir Schluss gemacht … Nein …

204

sie ist …! Diffuse Phantome – fremdartige Erinnerungen aus einem fernen, nie gekannten Leben – quälten mit einem Mal Florians Gedächtnis, während zwei bittere Rinnsale über seine Wangen rannen.

»Och! Erst mit mir feilschen, jetzt flennen, hm?« Flink fischte Julian ein Tempo aus der Hosentasche und hielt es ihm in vorgeblicher Fürsorge vors Gesicht. »Komm, putz dir die Nase, Kleiner! Danach entschuldigst du dich bei mir und wir vergessen die Sache.«

»Du, äh … bist nicht … sauer?«, nuschelte Flo hilflos und trötete ins Taschentuch.

»Ach Quatsch! Jeder hat mal 'nen miesen Tag. Sicher haste die Knete nur vergessen und 'n bisschen die Nerven verloren, stimmt's?«

Florian wischte sich mit einem Tempozipfel zitternd das Gesicht trocken und nickte wie in Trance. »Ja, ich … es … tut mir leid … I-ich meine …«

»Kein Problem! Ab jetzt bringste mir für jedes Treffen *zwanzig* Euro mit und die Sache ist verziehen, alles klar?«

»Zw… *Zwanzig?*«

»Sorry, Strafe muss sein«, erwiderte Julian ungerührt, der Ellenbogen noch immer auf Flos Schulter. »Und damit du unsere Vereinbarung nicht mehr vergisst – bekommst du von mir 'nen Denkzettel gratis!« Wie ein Lasso schlang Julians Arm sich geschickt um Florians Hals, der sich Sekunden darauf wehrlos im Schwitzkasten wiederfand. »Wir zwei machen 'nen kurzen Ausflug aufs Klo; dort werd ich dir mal gründlich den Kopf waschen, Flori!« Schmerzhaft spürte Flo die Knöchel von Julians freier Hand über seine Kopfhaut rubbeln. »Erinnerst dich, wie's läuft, oder? Bist ja schon mal frech geworden!«

Siehst ja aus wie ein begossenes Schwein, machen wir dich erst mal schön sauber … Nein! »N-Nicht!«

Julian setzte sich in Bewegung und schleifte Florian mit sich, sodass er fast über seine eigenen Füße stolperte. Blanke Furcht stieg auf, während er im Schwitzkasten abgeführt wurde wie ein Strafgefangener. Panisch packte Flo die Ellenbeuge seines Peinigers, um sich aus dem Griff zu befreien – vergeblich, Julians Muskeln glichen härtestem Stahl; sein Unterarm rückte nicht einen Millimeter beiseite.

»Überanstreng dich nicht, Flori!«, kommentierte er kühl und verstärkte den Druck seines Würgegriffs, bis Florian verängstigt nach

Atem japste und jegliche Gegenwehr aufgab. Sein Opfer fest in der Mangel bog Julian um die Ecke und schleppte ihn den Korridor entlang zu den Schülertoiletten. Öffnete die Tür, ein Quietschen ertönte.

»Nicht! Julian, nein! *Bitte*!«

»Was geht'n hier ab?«

Julian ließ die Klinke los und fuhr derart heftig herum, dass Flo, gefangen in seinem Schwitzkasten, mit den Beinen ins Schleudern geriet.

»Was ... willst denn *du* hier? Bisschen spät für Unterricht, oder?«

Mühselig hob Florian das Gesicht, so hoch es seine missliche Lage erlaubte. Klobige Boots drangen in sein Sichtfeld.

»War wegen 'nem Geschäftchen vorhin nach Schulschluss da. Glaub mir, manche Lehrer sind ganz heiß auf Glück in Tütchen.« Die Stimme verriet ihren Besitzer: Kyu-Min. »Was haste mit dem Waschlappen vor?«

»Bisschen Nachhilfe. Bring ihm bei, sich hinter den Ohren zu waschen«, entgegnete Julian trocken und verpasste Flo mit der freien Hand eine Kopfnuss, die ihm ein schmerzverzerrtes Stöhnen entlockte. Einen mutlosen Augenblick lang spielte Florian mit dem Gedanken, Kyu-Min um Beistand zu bitten. Sein Hilfeschrei blieb jedoch ungehört im Halse stecken, als Julian voll unverhohlenem Hohn fortfuhr: »Lust, mir zu helfen, Kyu? Du hältst seine Arme, ich schick ihn auf Tauchgang!«

In Flos Magen explodierte eine Bombe aus nackter Panik. »Julian ... es tut mir doch leid!«, wimmerte er mit schriller Stimme; bettelnd wie ein zum Tode Verurteilter vor dem Henker, während ihm der Angstschweiß von der Stirn tropfte.

Durch einen Schleier heißer Tränen sah er die dick besohlten Boots Schritt für Schritt näher kommen. »Du lässt ihn los, klar?«

»Sagt wer?«, konterte Julian, jede Silbe betonend.

»Ich. Lass ihn laufen.«

Für endlose Sekunden herrschte angespanntes Schweigen. Florian wagte nicht den leisesten Mucks; schluckte schwer und spürte dabei, wie sein Adamsapfel qualvoll gegen Julians stahlharten Unterarm drückte, der eng um seinen Hals geschlungen war. Rasender Herzschlag hämmerte in Flos Ohren gleich stampfendem Bass – im folgenden Moment entfleuchte ihm ein halb erstickter Schrei, als Julian unerwartet den Würgegriff löste und ihm einen Tritt versetzte, sodass er im Sturz mit dem Kopf gegen die Wand prallte. Dumpfer Schmerz zerbarst hinter Florians Stirn.

Julian und Kyu-Min standen sich gegenüber, zwei Schwertkämpfern ähnlich, die beide den nächsten Angriff des jeweiligen Gegners abwarteten.

»Rein aus Interesse, Kyu: Suchst du Streit mit mir … oder hast du plötzlich ein Herz für Schlaffis?«

Kyu-Min zuckte mit den Schultern. »Was hat dein Taschenträger und Pausenbimbo denn verbrochen, dass er Pisswasser saufen soll? Dachte immer, King Julian behandelt seine Sklaven gut?«

»Logisch. Aber ich bläue ihnen auch Respekt ein, falls nötig.«

»Wem, *Flo*? Der scheißt sich doch ins Hemd, wenn du ihn nur schief anguckst! Ist den ganzen Stress nicht wert … Hat jemand wie du nicht nötig«, antwortete Kyu-Min gelassen – und seine verhärteten Gesichtszüge wichen einem Lächeln: seltsam sanft … ja, liebevoll beinah …

»Na, er … schuldet mir Kohle.« Julian wich einen Schritt zurück, feine Risse schienen sein selbstsicheres Mauerwerk zu durchziehen.

Kyu-Min gab ihm einen Klaps; eine ungewohnt kumpelhafte Geste, die man im Normalfall höchstens von seinem besten Freund erwarten würde. »Ich kenne dich so gut, ich weiß: Du vergreifst dich an keinem Wehrlosen. Komm, verschon ihn! Du bist kein schlechter Mensch.«

Beide starrten sich an. Sprachlos, entgeistert. Ein Schatten huschte über Kyu-Mins Miene … als könnte er kaum glauben, was er soeben Sonderbares gesagt hatte.

Zusammengekauert auf dem Boden bemerkte Florian, dass die Neonleuchten oben an der Decke zu flackern begannen – und für den Bruchteil einer Sekunde, beängstigenden Visionen gleich, erschien ihm Kyu-Min in nie gekanntem Licht: Kein krimineller Schlägertyp, sondern freundlich und hilfsbereit. Ein Sonnyboy und Herzensbrecher, stets mit strahlendem Lächeln auf den Lippen. Ein prima Kumpel, der in dunklen Stunden der Trauer zu ihm kommen und sagen würde: *Auch wenn Miriam nicht mehr bei dir ist – möchtest du nicht wieder der frohe Bursche werden, in den sie sich verliebt hat? Wir vermissen dich! Keine Angst, du bist nicht allein!* Flo schnappte nach Luft. *Miriam …!*

»Julian?« Kathie kam den Gang entlang. »Wo bleibt ihr denn? Wir wollen langsam anfangen.« Irritiert tanzte ihr Blick zwischen Julian, Kyu-Min und Flo am Boden umher.

»Mhm … komme schon«, antwortete Julian knapp, schenkte Kyu ein flüchtiges Lächeln und beugte sich zu Florian herab. »Los, wasch dir das Gesicht – in fünf Minuten sehe ich dich im Aufenthaltsraum!« Seine Stimme senkte sich zu einem drohenden Flüstern. »Und du hast mich verstanden, Freundchen: Zwanzig ab nächstes Mal, kapiert?«

Flo nickte wortlos, während Julian zusammen mit Kathie den Flur hinunter verschwand.

Unverhofft reichte Kyu-Min ihm die Hand und half ihm auf die Beine. »Na, alles fresh, Leberwurst?«

Ächzend rieb Florian sich die schmerzende Schläfe. Seine Finger fühlten eine Beule.

»Geh das besser kühlen.«

»Mach ich …«, murmelte er und warf einen zaghaften Blick in Kyus Gesicht. »Danke …«

»Ehrlich, was findet ihr alle an diesem blonden Möchtegern-General, dass ihr euch von ihm rumschubsen lasst?«

Flo wagte ein verhaltenes Lächeln. »Na ja … du magst ihn auch, hab ich den Eindruck …«

»Vorsicht!« Kyus Stimme gewann die Schärfe einer Rasierklinge. »Noch so 'n Spruch und dein Kopf landet doch noch in der Kloschüssel!«

»Klar, äh … sorry!«, entschuldigte er sich rasch.

Kyu-Mins Mundwinkel zuckten. »Komm, mach 'nen Abgang, du Lauch – im Aufenthaltsraum wartet dein Chef auf dich!«

Florian griff nach der Klinke der Schultoilettentür. »Okay, trotzdem … danke … für deine Hilfe.«

Lässig tippte Kyu-Min gegen den Schirm seiner Cap. »Halt die Ohren steif!«

Auf der Toilette wusch Flo sich Gesicht und Hände. Träufelte kaltes Wasser auf die Stirnbeule, atmete tief durch und spürte eine merkwürdige innere Ruhe. Als wäre die soeben erlittene Schmach lediglich ein aufreibendes Spiel gewesen … eine Szene aus einem Film, spannend zwar, aber fern jeder Wirklichkeit. In wenigen Minuten würde er wie ein unterwürfiger Knecht zu Julian in den Aufenthaltsraum trotten, der seine *Teilnahmegebühr* empfindlich erhöht hatte und um ein Haar seinen Kopf … und dennoch: Das atemraubende Angstgefühl, das solch grausige Gedanken vermutlich hätte begleiten müssen, blieb aus. Ähnlich einem Spezialeffekt bei Stromausfall. Irgendetwas … hatte sich verändert, als Kyu-Min ihm zu Hilfe gekommen war. Schwer zu benennen, doch deutlich spürbar … gleich einem unsichtbaren Beil, das mit einem Hieb die Realität zu durchtrennen versuchte …

Florian sah in den Spiegel überm Waschbecken, das Glas war mit etlichen Fingerabdrücken beschmiert … und einen unheimlichen Moment lang beschlich ihn ein sonderbares Gefühl. Der verstörende Eindruck, das Ebenbild eines Fremden würde zurückstarren.

†

Mein Herz tut weh …

Kyu-Min hockte auf einer der Tischtennisplatten auf dem verlassenen Schulhof. Grimmig nahm er eine Vitamin D-Tablette, die er trocken hinunterwürgte. Aufgrund der extrem hohen Nachfrage war der Preis für die Pillen in den vergangenen Wochen erneut in die Höhe geschossen. Missmutig drehte er einen Joint, dachte an Julian … und fühlte einen schweren Stein in seiner Brust.

Ich kenne dich so gut, ich weiß: Du vergreifst dich an keinem Wehrlosen. Komm, verschon ihn! Du bist kein schlechter Mensch. Diese Sätze wiederholten sich in Kyu-Mins Gedanken wie ein mysteriöses Mantra, während skurrile Bilder vor seinem geistigen Auge spukten: Seltsame Erinnerungen an Begebenheiten, die niemals geschehen waren. Ein Richter, ein Engel mit einer Sense, im Kampf geschlagen und um Gnade winselnd … Julian, drohend mit einem Dolch in der Hand … Kyu selbst, der seinen besten Kumpel von weiteren gewaltsamen Vorhaben abhielt … *Julian, meinen … Freund …?*

Kyu-Mins Lippen stießen Ringe aus Rauch in die Luft. Während der letzten Tage war das Wetter milder geworden. Schmelzender Schnee tropfte tränengleich von den Bäumen. Über dem Dach des Schulgebäudes hingen trübe Regenwolken am ewig finsteren Horizont.

Auf den Stufen des Seiteneingangs kauerte eine pechschwarze Katze. Grünlich schimmernde Augen schienen Kyu eindringlich zu mustern.

Hockt das Vieh schon die ganze Zeit dort ...? Er glaubte, dieselbe Katze bereits zuvor irgendwo gesehen zu haben, konnte sich jedoch beim besten Willen nicht entsinnen, wann und wo das gewesen sein mochte ...

Wenige Meter entfernt öffnete sich die Eingangstür der Turnhalle und einige Schüler der nachmittäglichen Volleyball-Gruppe strömten hinaus. *Scheiße, ist das Training mittlerweile vorbei?* Kyu-Min konnte kaum sagen, wie lange er inzwischen auf der Tischtennisplatte saß und Trübsal blies. Vor Trainingsbeginn, also vor schätzungsweise zwei Stunden, hatte er ein Tütchen Gras an Frau Werning vertickt, die leitende AG-Lehrerin. Nach einem anschließenden Abstecher aufs Klo und der ungeplanten Rettungsaktion vom bedrängten Florian war er den menschenleeren Schulflur entlanggeschlichen – mit Tränen in den Augen. *Julian ...* Ein eigenartiges Gefühl hielt Kyu seitdem gefangen. Als ob er jemanden verloren hätte, der ihm einst lieb und teuer gewesen war ...

Verloren ... wie damals auf dem Hof der Hoffnung ... vor fünfhundert Jahren, als ich dich verzweifelt bat:

»Geh nicht!«

»Ich muss!« Der Schein des Lagerfeuers flackerte auf Raziels Gesicht. »Vergeltung für Volac!«

»Ein erneutes Gefecht erweckt ihn nicht wieder zum Leben«, erwiderte er, Kyu-Min ... Leviathan, der Herrscher des Wassers.

Bitternis ließ Raziels Mundwinkel gefrieren, während er mit einem Schleifstein über die Klinge des Runenschwerts fuhr. »Wohl wahr ... Dennoch, Apophis wird für seinen Tod bezahlen!«

Betrübt blickte Leviathan in die prasselnden Flammen beim abendlichen Lager. Er hatte neben Volac – ein junger Rebell mit rabenschwarzen Schwingen, fast ein Knabe noch – am Sterbebett gesessen und ihn vergeblich heilen wollen. Dem Todgeweihten die Hand gehalten und verzweifelt verschiedene Tinkturen auf die Giftwunde geträufelt, die von Apophis' grünem Schwert stammte. »Der Meister der Schlangen ist gefährlich – der stärkste Krieger an Despariels Seite. Wenn du nun nicht wiederkehrst ...?«

Raziel erhob sich und ließ das Runenschwert in die Ummantelung an seinem Gürtel gleiten. »Es vergeht kein Tag, an dem diese Gefahr nicht besteht.« Für einen Moment bemerkte Leviathan einen verborgenen

Schmerz in den blauen Augen aufblitzen. »Erst fällt Apophis, dann mein ... Bruder.«

Allmählich legten sich die Schatten der Nacht über den Hof der Hoffnung. Ringsum auf den Feldern und Wiesen tanzten leise die Alben und Irrlichter. Zwischen hohen Grashalmen, wenige Schritte entfernt, erspähte Leviathan das Glitzern einer seiner Zaubersteine, die das Gehöft mit einem Mantel der Unsichtbarkeit schützten.

Sein Blick wechselte zur Scheune, wo die Waisenkinder im tiefen Schlaf schlummerten. »Nie hast du mir erzählt, aus welchem Grund du solchen Groll gegen Despariel hegst ... doch ist den Kindern zu helfen nicht von größerer Bedeutung als dein Krieg? Sie brauchen dich, Raziel! Wer sorgt für sie, wenn nicht du?«

Ein Lächeln flüchtete über Raziels Lippen. »Meine Liebe, mein Leben für sie! Dennoch ...«, seine Stimme sank um eine Oktave, »mich ruft der Kampf ... Verzeih mir!«

Der Dämon des Meeres schwieg einen Augenblick, stand schließlich auf und trat um das Feuer herum auf seinen Kameraden zu. »So lass mich mit dir gehen, Gefährte – und an deiner Seite kämpfen!«

»Gern! Mit geeinten Kräften werden wir den Schlangenfürsten bezwingen!«, antwortete Raziel anerkennend und schloss ihn fest in die Arme, sodass Leviathan seinen Herzschlag nah der eigenen Brust spürte. Sanfte Finger strichen ihm durchs Haar. »Hab Dank, liebster Freund!« ...

Plötzliche Sturmböen schnitten Kyu-Min ins Gesicht. »So in Gedanken, Geliebter?«, raunte eine vertraute Stimme aus dem Wind.

Er hob den Kopf. »Ich ... hatte einen Wachtraum ...«

Ein anzügliches Lächeln flog auf Eurynomes Gesicht. »Ich hoffe doch, ich bin dir darin erschienen?«

Kyu gönnte sich einen letzten Zug Gras und schnippte den Stummel davon. »Leider nein ...«

Vom Himmel fielen kalte Tropfen.

Die Herrin der Winde schwebte neben ihn auf die Tischtennisplatte. »Sage mir, wann beginnt Julian Sanders sein kleines Manöver?«

»In drei Tagen. Julian und Nadja wollen Astaroths Siegel nutzen, um den Dämon der Flammen zu beschwören und mit meiner Hilfe zu vernichten ...« ... *wobei die beiden dann geradewegs in unsere Falle tappen –*

und der Anführer der Rebellen ist abermals Geschichte, ergänzte Kyu-Min schweigend und betrachtete stumm die Spitzen seiner Schuhe.

»Plagen dich Zweifel, Geliebter?«

»Nein …« Der einsetzende Regen ließ ihn frösteln. *Nur … manchmal, wenn ich Julian sehe … habe ich das Gefühl, als ob … ich weiß nicht …*

Eurynomes Hände umfassten sein Gesicht und wandten es sanft dem ihren zu. »Vergiss nie, wir sind Urdämonen, du und ich – zwei Seelen, die zusammengehören wie der Sturm zur tosenden See. Ich bin dein sowie du mein.«

Kyu-Min griff nach ihrer Rechten, drückte sie fest und zwang sich zum Lächeln. »Klaro, Babe! Bloß …«, ihre Finger lösten sich, »Julian … na ja … er vertraut mir …«

»Und sein Vertrauen soll sein Verderben sein! Bedenke, sein Verrat kostete dich damals das Leben. Möge er seine jahrhundertealte Schuld nun bezahlen, indem du ihn auf gleiche Weise hintergehst!«

Von Missgunst getrieben verriet der Sohn des Teufels den Herrn des Meeres, geisterten hinter Kyu-Mins Stirn die Worte, welche die Gebieterin der Lüfte ihm in jener verhängnisvollen Nacht offenbart hatte. *Ja … Du hältst dich für den Größten, nicht wahr? Behandelst jeden wie Dreck, der nicht auf Kommando vor dir kuscht! Florian … mich …?*

»Stimmt … Julian, er … hat's verdient.« Sachte schmiegte er sich an Eurynomes Schulter. Ein Moment der Schwäche, den Kyu-Min sich selten erlaubte. Erneut dachte er an den teuflischen Plan, den sie geschmiedet hatten … und spürte abermals, wie sein Herz zerriss. *Liebster Freund …*

Über ihren Köpfen brach nasskalt der Schauer los.

Unwillkürlich suchten Kyu-Mins Augen die Stelle auf den Stufen, wo zuvor die Katze gesessen hatte. Das schwarze Tier war verschwunden.

Kapitel 34

Der Regenschauer wallte wie ein Schleier über dem Städtchen. Es schüttete sintflutartig. Eisiger Sturmwind pfiff um die Spitze der Marktkirche.

Der Himmel hier auf Erden ... war er immer schon so finster ...?

Eurynome stand hoch oben auf dem Glockenturm, weit unter ihr: die Dächer stark verfallener Häuser. Ihr Haar hing in nassschweren Strähnen herab, Tropfen perlten von Nase und Kinn. Trotz des kalten Regens auf ihrer Haut entflammten die Gedanken an ihren Geliebten sie mit glühenden Begierden: Kyu-Mins sehnige Arme, die sie eng umschlangen. Seine vollen Lippen, die ihren Körper mit zügellosen Küssen bedeckten. Das Feuer seiner Manneskraft, zwischen ihren Schenkeln brennend ...

Jahrhundertelang war Eurynome dem Ruf ihres Verlangens gefolgt, welches sich im Laufe unendlicher Zeit in eine Sucht verwandelt hatte, die sie in ihren lüsternen Klauen gefangen hielt. Unbeständig wie der Wind war Eurynome stets von Frucht zu Frucht geflattert, einer ausgehungerten Fledermaus gleich. Über Äonen hinweg hatte sie mit zahllosen Männern den Rausch des Vergnügens geteilt, sodass sie sich schwerlich all der Gesichter entsann. Nichtsdestotrotz war ihr manch seltsame Verirrung im Gedächtnis geblieben: Sie erinnerte sich an einen bärenstarken Burschen, der sich in Windeln wickeln ließ und an ihren Brüsten lutschte, ähnlich einem Säugling. An einen Bühnengaukler, der sie ehrfürchtig in ein blassweißes Leichentuch einhüllte, während Eurynome sich regungslos wie eine Verstorbene verhalten sollte. Die zitternden Hände eines schlaksigen Schulmeisters, der genussvoll ihr Gesäß liebkoste und in seinem Munde aufnahm, was sonst für gewöhnlich im Nachttopf verschwand.

Die Welt der Sinne war Eurynome zur Droge geworden, deren Dosis sie ständig steigerte. Erregende Gedanken verfolgten sie vom Morgengrauen bis zur Abendstunde. Kaum vermochte sie einem ansehnlichen Mann ins Antlitz zu schauen, ohne sogleich begehrliches Beisammensein in Betracht zu ziehen. Was immer sie auch roch, schmeckte oder berührte, entfachte ihre Glut. Ein Leben voller Lust, mehr und mehr, bis ans Ende ihrer Tage.

Bevor Eurynome die Veste der Vier Winde erbauen ließ, hatte sie bereits tiefgreifende Kenntnisse aller nur erdenklichen Sehnsüchte erworben: Wissen, welches ihr später als Herrin des berüchtigsten Hurenhauses der Hölle dienlich sein sollte. Hüterin eines Hafens, wo geplagte Herzen die Erfüllung ihrer wollüstigen Wünsche fanden – allein die Vorstellung hatte sie damals beflügelt wie ein stark gebrautes Aphrodisiakum. Die Dukaten, die dabei in ihre Tasche flossen, waren von Anfang an Nebensache gewesen. Der wahre Reiz: Eurynome hatte nicht länger nach frischem Fleisch jagen müssen, denn die Kerle klopften seither bereitwillig an ihre Pforte. Stattliche Recken, darauf erpicht, sie rücklings zu reiten. Spindeldürre Gesellen, die auf Knien kriechend ihre Füße küssten. Betagte Greise, die sich liebestollen Jünglingen gleich gebärdeten und ihr verzückte Peinlichkeiten ins Ohr säuselten.

Viele Männer, die den Weg in die Veste und ihr Schlafgemach fanden, hatten Eurynomes Leib befleckt, aber keiner davon jemals ihre Seele berührt – bis auf jenen Dämon, dessen Liebe ihr verwehrt blieb: Leviathan, der ihr nach fünfhundert Jahren sehnsuchtsvollen Wartens wieder nahe war … und dennoch endlos fern schien. Kyu-Min ließ sie gelegentlich rätseln, ob er womöglich schlichtweg zu keinem Gefühl zärtlicher Natur fähig war … oder aber … *sein Herz vielleicht … bei jemand anderem verweilt …?*

Der Schatten eines Flügelpaars zog über Eurynome hinweg.

»Halte dich bereit, Astaroth!«, mahnte sie, nachdem der Herrscher der Flammen neben ihr auf den kaminroten Zinnen gelandet war. »Wie ich von Leviathan erfuhr, schlagen Raziel und seine Gefährten in drei Tagen zu.«

Auf dem Gesicht des Feuerteufels erschien ein spöttisches Grinsen. »Du sprichst von dieser lächerlichen Falle, in die sie mich locken wollen? Sei unbesorgt, diese verfluchten Rebellen werden Asche sein, kaum dass sie ihre Beschwörungsformeln aufgesagt haben!«

Eurynome durchbohrte ihn mit stechenden Augen. »Bedenke jedoch die Abmachung: Leviathans Seelenträger bleibt unversehrt! Als Urdämon steht er auf unserer Seite!«

»Wenn ich es nicht besser wüsste, würde ich behaupten, du wärst verliebt in diesen Kyu-Min Choi – *du*, die sich Tausenden hingegeben hat, ohne sich jemals zu binden.«

»Gewiss, wir …«… *sind verbunden … seit …?* Von einem schlagartigen Schwächeanfall überwältigt lehnte Eurynome sich matt gegen die Kirchturmspitze.

»Schwester, was …?«

Kyu-Min … nein, wir … in Wirklichkeit …! »Mich … beschleicht manchmal dieses eigenartige Gefühl, Astaroth … als ob … in diesem Städtchen etwas Seltsames vor sich geht …« Gedankenverloren glitt Eurynomes Blick über den ewiglich dunklen Himmel – und eine wahnhafte Eingebung flüsterte ihr zu, dass dort vor Kurzem noch die Sonne gelächelt haben musste! »Als wären sämtliche Dinge … irgendwie … völlig aus den Fugen geraten …«

»Ja … von Zeit zu Zeit … spüre ich Ähnliches …« Astaroths Stimme schrumpfte zu einem Murmeln. »Dein Geliebter, Kyu-Min Choi … bei unserem ersten Gefecht … erschien er mir … anders … ja, vollkommen anders, als deine Worte ihn beschreiben …«

Eurynome runzelte die Stirn. »Wie … meinst du das?«

»Er … ich … weiß nicht. Es klafft ein Loch in meiner Erinnerung …«

Wohl wahr, mir ergeht es ebenso … Gerade noch dachte ich … dann aber sehe ich Kyu-Min vor mir … der Mann, dem mein Herz gehört … ist es nicht so? »Wir … sollten schnellstens in die Hölle zurück …«, wisperte sie sorgenvoll. »Zusammen mit Leviathan, unserem Bruder.«

»Sowie Raziel vernichtet ist, kehren wir heim«, antwortete Astaroth, die Augen flackernd wie unruhig brennende Fackeln.

Eurynome reichte ihm die Hand. Gemeinsam breiteten sie ihre Schwingen aus, glitten hinab vom Glockenturm und verschwanden am ewig nächtlichen Horizont.

Kapitel 35

Am Abend vor dem entscheidenden Kampf rumorte Unruhe in Julians Magen. Nicht aus Furcht vor Astaroth … nein, vielmehr quälte ihn eine Art finstere Vorahnung. Innere Stimmen, die vor unbeschreiblicher Gefahr warnten: flüsternd und dennoch unüberhörbar. Ein beklemmendes Gefühl, als würde beim heutigen Gefecht nicht bloß sein eigenes Leben – sondern das Schicksal der gesamten Welt auf dem Spiel stehen …

Julian hatte sich für ein Nickerchen hingelegt; statt zu schlafen jedoch ungeduldig gewartet, bis Ma die Wohnungstür ins Schloss fallen ließ. Freitagabends machte sie sich für gewöhnlich rechtzeitig vor Beginn der Sperrstunde auf den Weg zu Thomas, ihrem Lebensgefährten.

Endlich ungestört schlüpfte Julian in einen Hoodie und eine sportliche Jogginghose – der edle Markenname schlängelte sich als eleganter Schriftzug übers linke Bein – und lief in die Küche. Durstig füllte er ein Glas mit Wasser, führte es zum Mund … und erspähte einen Schatten, der sich für wenige Sekunden darin spiegelte. Jene Fratze mit den rubinrot glühenden Augen. Das Phantom … der Schwarze Mann!

Ein erstickter Schrei entfuhr Julians Lippen, das Glas glitt aus seiner Hand und zersprang klirrend auf dem Küchenboden. Entgeistert starrte er auf die Pfütze, die sich auf den Fliesen bildete. Sein Puls pochte. *Dieses Gesicht! D-Du … ich … weiß, wer du bist …!*

Scherben knirschten unter Julians Schlappen, als er mit dem Kehrblech aus dem Abstellraum wiederkam. Nach dem Auffegen bereitete er sich ein bescheidenes Abendessen zu, bestehend aus warmem Tee und einem belegten Brötchen. Biss hinein und fand langsam zur Ruhe zurück, während er gedanklich ein letztes Mal den Plan durchging, der den Feuerdämon in die Falle locken sollte.

Belial wartete wie befohlen vor dem Schultor. Er steckte in der alten, abgetragenen Daunenjacke, die Julian seinem Diener vergangenen Winter großzügig überlassen hatte.

»Seid gegrüßt, Herr!« Ehrfurchtsvoll senkte der Erddämon den Blick. Sein Gesicht wirkte fahl im Schein einer der selten gewordenen Straßenlaternen.

»Startklar?« Julian wusste, sein Sklave zitterte vor *ihm* als seinem Master weitaus mehr als vor Astaroth, seinem ehemaligen Kriegskameraden, und würde ihn um keinen Preis zu enttäuschen oder zu hintergehen wagen!

»Ich erwarte Eure Befehle, nur …« Verhaltenes Räuspern. »Verzeihung, Herr … wenn meine Kräfte Euch gegen den Gebieter des Feuers nützlich sein sollen, so bitte ich Euch …« Zögernd tippte Belials Finger gegen den Magischen Bezwinger um seinen Hals.

Mit knappem Nicken befreite Julian ihn von dem eisernen Ring. Im nächsten Moment trat ein Strahlen in die Augen des Erdendämons; seine Macht kehrte sichtlich zurück und das welke Haar grünte erneut wie die Blätter des Waldes.

»Gewöhn dich gar nicht erst dran! Sobald Astaroth erledigt ist, trägst du wieder dein hübsches Halsband!« Spielerisch ließ Julian den magieblockierenden Stahlreif um seinen Finger kreisen. »Vielleicht kauf ich dir noch 'ne passende Leine dazu, dann kann ich dich in Zukunft Gassi führen – was meinst du?«

Belials Lippen bebten, doch er getraute sich offenbar nicht zu antworten, geschweige denn zu widersprechen.

»Mitkommen!«, befahl Julian kurzerhand.

Flink kletterten sie beide über das verschlossene Schultor und betraten den ausgestorbenen Pausenhof. In keinem Fenster des Schulgebäudes brannte Licht, finsteren Augenhöhlen gleich starrten sie auf Julian und seinen Diener herab.

Hinten bei den Tischtennisplatten entdeckten sie Nadja, die mit Kreide auf den Boden zeichnete. Neben ihr stand Kyu-Min und zog an einer Zigarette, die freie Hand teilnahmslos in der Hosentasche. Er trug Turnschuhe statt seiner heiß geliebten Gangsta Boots und – noch ungewöhnlicher! – *keine* Cap. Verstohlen streifte Julians Blick das schwarze Haar, das Kyu zu einer flotten Igelfrisur gegelt hatte … die stattlichen Schultern unter der dunklen Lederjacke … das feine Gesicht, in dem er den Ansatz eines lässigen Lächelns in den verhärteten Mundwinkeln zu erkennen glaubte …

»Hey, Kyu …« Sein Herz schlug schneller.

Kyu-Min wandte sich um, seine Augen trafen sich wenige Wimpernschläge lang mit Julians – und krallten sich daraufhin an Belial. »D-Dich … kenn' ich!«, stieß er verblüfft aus. »Du … bist …!«

Der Erddämon lächelte zaghaft. »Ich bin erfreut, dich wiederzusehen, Leviathan. Du schmückst dich mit anderer Gestalt als damals, dennoch …«

»Ruhe! Hab ich dir erlaubt zu schwätzen?«, brachte Julian seinen Sklaven barsch zum Schweigen, einen unerklärlichen Stich Eifersucht in der Brust.

Er besah sich die Kreidezeichnung auf dem Boden: ein Pentagramm, ein fünfzackiger Stern, inmitten eines Kreises. Mehrere Linien verliefen quer über die Sternzacken und formten geheimnisvolle Symbole. Rund um den Kreis stand in weißen Lettern der Name des Feindes geschrieben, den es zu bannen galt.

»Das Siegel des Astaroth«, erklärte Nadja und verteilte neun brennende Teelichter rings um die mystische Zeichnung, bevor sie eine Messingschale und ein Tütchen Räucherwerk aus ihrer Umhängetasche zauberte. »Weihrauch und Storax, beides muss während der Anrufung verbrannt werden. Außerdem brauche ich einen Tropfen Blut von jedem Anwesenden.« Sie holte ein altertümliches Messer hervor, das einem Dolch ähnelte: eine sogenannte *Athame*, hatte sie Julian einmal erläutert. »Wir beschwören den Dämon der Flammen, sperren ihn in das Siegel«, sie fuhr sich mit der Zunge nervös über die Lippen, »und … jagen ihn mit vereinter Angriffskraft schnurstracks zur Hölle!«

Feuerrotes Licht loderte auf – gefolgt von einer vertrauten Gestalt, umgeben von heiligem Glanz.

»Zadkiel! Dich schickt der Himmel!«, rief Julian freudig überrascht. »Hast du Michael im Schlepptau? Seine Hilfe könnten wir gut gebrauchen!«

»Nein! Höre, Julian, er ist verschwunden! Verschleppt von einem Hohen Engel – ich erfuhr es von Asmodeus! Ich bin erschienen, um … dich zu bitten … deine … Kleidung …?« Die offenkundige Besorgnis auf Zadkiels Zügen wechselte schlagartig zu einem Ausdruck purer Verwunderung. Konfus musterte sie Julians teure Markenklamotten sowie Nadjas Girlie-Look; betrachtete sprachlos alle Anwesenden, als ob sie von einer Gruppe Gespenster umringt wäre. »Sagt, weshalb …? Ich … erkenne euch kaum wieder …«

Julian runzelte die Stirn. »Wovon redest du?«

»Ich … Seltsam, ich … spüre …« Ungläubig erhoben sich Zadkiels Augen hinauf zum schwarzen Horizont. Suchte sie nach irgendetwas dort in der ewiglichen Dunkelheit? Ihr Blick fiel auf das Kreidepentagramm am Boden. »Was … habt ihr vor?«

»Die finsteren Fürsten haben uns Astaroth auf den Hals gehetzt«, entgegnete Nadja bestürzt.

»Du meinst, ihr wollt …? Astaroth ist ein Urdämon, einer der vier Elementare – ihn kann man nicht schlicht in ein Siegel sperren wie andere Höllenwesen! Wenn ihr nicht achtgebt, bleibt von euch nur Asche übrig!«

»Ich bin jetzt stärker als bei seinem ersten Angriff. Nadja hat unsere … äh, m-meine … dämonischen Kräfte vertausendfacht«, widersprach Julian und tauschte einen unsicheren Blick mit Kyu-Min. Auf rätselhafte Weise beschlich ihn plötzlich das Gefühl, Kyu wäre eingeweiht – wüsste Bescheid über das heimliche Ritual, das Julian zusammen mit Nadja Wochen zuvor in ihrem Zimmer vollzogen hatte. *Aber er … war nicht dabei! Oder …?*

»Stärkere Kräfte? Humbug! Wie soll das gehen?«, fragte Zadkiel zweifelnd.

»Mit einem Zauber«, antwortete Nadja. »Dem *Auge der Nacht.*«

Aus dem Gesicht des Engels wich jegliche Farbe. »Das … Auge der …? D-Du … hast …?«

»Verzeiht!«, fuhr urplötzlich eine scharfe Stimme dazwischen. »Soeben schlägt die Stunde fürs Freudenfeuer!«

Erschrocken wandte Julian sich um und entdeckte wenige Meter entfernt neben einem der Papierkörbe eine pechschwarze Katze.

Kyu-Min schnappte hörbar nach Luft.

Das Maul der Katze verzerrte sich zu einer grotesken Grimasse, die an ein grässliches Grinsen erinnerte. Mit einem Satz sprang das Tier rücklings auf die Hinterläufe und wuchs zu einer mannshohen Gestalt heran; aus dem dunklen Fell schossen zwei Dämonenschwingen hervor. »Meine feurigen Kameraden brennen darauf, euch in ihre tödlichen Arme zu schließen, Rebellenpack!«

Ruckartig riss Julian das Runenschwert aus der Ummantelung an seinem Gürtel. Im selben Moment wandelten sich die Flämmchen der neun Teelichter zu lodernden Fontänen, die knisternden Peitschen gleich um sich schlugen und ihn und seine Freunde in Deckung zwangen.

Zwischen Astaroths Fingern sprühten Funken. »Vergebt mir, dass ich hereinplatze, ohne eure lachhaften Beschwörungsformeln abzuwarten!«

Julian rappelte sich hoch. *Verdammt, weshalb weiß er von unserem Hinterhalt? Wer hat ihn gewarnt?* »Nie gelernt, dass Feuer kein Spielzeug ist?«, schrie er und schleuderte seinem Gegner ein magisches Energiegeschoss entgegen – doch: Julians Angriff verpuffte kläglich in einem glühenden Tornado, der über den Schulhof fegte und sämtliche Bäume in Brand steckte.

Aus den Augenwinkeln erspähte er Zadkiel, die sich mit weiß strahlenden Schwingen in die Lüfte erhob und die Wolken zu einem Regenguss versammelte. Gleichzeitig musste sie einem plötzlichen Kometenschauer ausweichen, der offensichtlich Astaroths Willen gehorchte.

Unter den Füßen des Feindes brachen die Pflastersteine. Schlingpflanzen und dornige Ranken schossen aus der Erde, um den Herrn des Feuers in ein grünes Gefängnis einzuschließen.

»Belial!« Astaroths Augen brannten wie glutrote Kohlen, während er voll hitzigem Eifer die kerkerähnliche Dornenhecke in Asche verwandelte. »Gebieter des Erdreichs, warum erhebst du die Hand gegen mich? Einst kämpften wir als Brüder Seite an Seite!«

Schützend stellte Julian sich vor seinen Sklaven, der sich förmlich hinter ihm zu verstecken versuchte. »Pech für dich, Flammenwerfer! Jetzt kämpft er an *meiner* Seite – und glaub mir, Freundchen, mit dir fackeln wir nicht lange!«

Astaroth verzog die Lippen zu einem höhnischen Lächeln. »Wahrlich, Raziel, du lässt mich rätseln: Welche mag deine größere Schwachstelle sein? Dein überragender Hochmut oder das blinde Vertrauen in deine Gefährten?«

Julian wich einem Feuerball aus und riss Belial mit sich zu Boden; zugleich suchten seine Augen instinktiv nach Kyu-Min. *Wo ...?* Kyu schien spurlos verschwunden!

Zadkiel ließ einen gleißenden Blitz vom Himmel fahren, der Astaroth unter grellem Geschrei lähmte.

Julian packte die Gelegenheit beim Schopf, stürmte mit gezücktem Schwert nach vorn und holte zum Schlag aus. Jedoch, in letzter Sekunde beschwor Astaroth einen feurigen Schwarm, der geifernd nach Julians Kleidung griff und ihm das Haar ansengte. Stöhnend sackte er zusammen; lichterlohe Zungen leckten schmerzhaft über seine Haut – da erschien Nadja unverhofft neben ihm, einen Hexenspruch auf den Lippen, der Astaroths Flammen zu Eis erstarren ließ. Geistesgegenwärtig nutzte Julian seine zweite Chance; preschte erneut auf seinen Gegner zu und versetzte dem Urdämon einen Schwerthieb, der ihn verletzt niederwarf.

Ächzend presste Astaroth die Hand auf die blutende Wunde, rot sickerte es zwischen seinen Fingern hindurch. Kraftlos unternahm er einen verzweifelten Versuch, sich wieder auf die Beine zu kämpfen; einem Käfer ähnlich, der auf dem Rücken liegend mit dem Tode ringt.

Julian setzte ihm den Fuß auf die Brust und zwang ihn zurück zu Boden. Das Runenschwert berührte den Kehlkopf seines Gegners. »Dein Feuerwerk ist vorbei, Astaroth! Ich schlag dir vor, du scherst dich heim in die Hölle und lässt dich nie mehr auf der Erde sehen – oder es ist dein Ende! Also, wie willst du's haben?«

Der Elementar erwiderte Julians kalten Blick mit rubinroten Augen, in denen unverdorbener Wahnsinn flackerte. Kein Zeichen von Todesangst glomm darin. Astaroths Lippen blieben stumm; ungewiss, ob sein Schweigen Stolz oder stillen Spott ausdrücken sollte.

In derselben Sekunde fegte eine feuchtnasse Fontäne Julian mit voller Kraft von den Füßen. Die Wucht des Wassers entriss ihm die Waffe und schwemmte ihn gewaltsam über den halben Schulhof, als hätten Geisterhände einen kompletten Badewanneninhalt über ihm ausgekippt. Wilde Fluten raubten ihm die Luft zum Atmen. Nur mit größter Mühe gelang es Julian, sich hochzurappeln. Wasserfälle strömten aus seinen Klamotten, während das Haar ihm triefend im Gesicht klebte. Seine Blicke jagten in alle Richtungen, gleich einem gehetzten Tier.

Im Schein eines brennenden Baumes zeichnete sich eine Igelfrisur in der Dunkelheit ab. Zwei mandelförmige, bläulich schimmernde Augen starrten ihm unverwandt entgegen.

Hustend spuckte Julian einen Schwall Wasser aus. »K… Kyu… Min? D… *Du*?«

Brausender Wind setzte ein, wirbelte kokelnde Glut auf und braute sich zu einem heulenden Sturm zusammen. Als Julians Aufmerksamkeit sich gen Horizont richtete, sah er Zadkiel mit jemandem dort oben in den Lüften kämpfen. Irgendwer bewegte sich blitzartig zwischen den Wolken und attackierte den Engel regelrecht von allen Seiten. Angestrengt verengte Julian die Augen zu Schlitzen und erkannte unscharf eine Frau, eine Dämonin mit pfeilschnellem Flügelschlag. Zornig tosten die stürmischen Böen, ein schriller Schrei ertönte – und Zadkiel stürzte vom Himmel, ähnlich einem fallenden Stern.

Astaroth erhob sich. Nadja wollte eine weitere Zauberformel murmeln, aber Wellen aus Hitze und Rauch nahmen ihr den Atem. Belial eilte ihr zu Hilfe und war im nächsten Moment von einem flammenden Ring umschlossen, der ihn einem brennenden Käfig gleich gefangen hielt.

In Astaroths Augen schien Lava zu brodeln – loderndes Licht erhellte die ewige Nacht, als sich im selben Moment ein höllisches Inferno übers Schulgebäude senkte: Meteore hagelten herab und zerstörten donnernd die Dachziegel. Das oberste Stockwerk fing Feuer, klirrend zerbrachen die Scheiben und aus den Fenstern stachen rotgelbe Zungen hervor. Die Papierkörbe auf dem Pausenhof verwandelten sich in flackernde Fackeln, während das Bodenpflaster in infernaler Glut zu schmelzen begann.

Schweiß rann in Strömen von Julians Stirn. Das Prasseln der allgegenwärtigen, alles verschlingenden Brunst betäubte seine Ohren. Mit letzter Kraft formte er zwischen seinen Händen ein kugelförmiges Geschoss grünlich leuchtender Energie und erhob sich mit flatternden Schwingen in die Luft, um einen Flugangriff auf Astaroth zu starten. Der Urdämon wandte das Gesicht und vollführte rasch eine beschwörende Geste – über Julians Kopf gab brennendes Geäst nach; funkenwerfend kippte der gesamte Baum um, riss ihn mit sich nieder und begrub ihn von der Hüfte an abwärts.

Qualvolles Ächzen entfloh Julians Kehle. Das Gewicht des verkohlten Baumstamms ruhte schwer auf seinen Beinen. Jeder Knochen, jede Faser seines Körpers schmerzte. Der Ärmel seiner Jacke war gerissen, eine grässliche Brandwunde entstellte seine rechte Schulter. Julians Haut glühte förmlich wie bei heftigem Fieber, während der stickige Qualm den kleinsten Atemzug zur unerträglichen Anstrengung werden ließ.

Ein Pfeifen durchzog die Luft. Windstöße heulten über den Schulhof – und einen Wimpernschlag später stand neben Astaroth die fremde Dämonin, die Zadkiel aus den Wolken gestürzt hatte, mit wehendem Haar in der Farbe von Honig. Ihr Blick wechselte zwischen dem Herrn des Feuers, Belial im Flammenring und Kyu-Min, abseits bei den brennenden Mülltonnen. Ein Lächeln spielte um die fein bemalten Lippen. »Endlich! Ich wusste, eines Tages vereinen die Elemente sich erneut und die vier Urdämonen finden wieder zueinander!«

Sie schritt hinüber zu Julians Sklaven in seinem prasselnden Gefängnis. »Belial, Bruder«, raunte sie durch Feuer und Rauch, »nach Ewigkeiten, die du im Totenreich verschollen warst, freut sich mein Herz, dein Antlitz zu erblicken.«

»Eu… Eurynome …?« In Belials Stimme schwankte ungläubiges Staunen.

Eurynomes Windkräfte brachten den Feuerkreis zum Erlöschen. Julian sah, wie die Dämonin sich seinem Diener näherte und ihre Hand verführerisch über Belials Wange gleiten ließ. »Beherrscher der Erde, kehre zurück zu uns! Die Bande, die uns vier verbinden, sind älter als die Hölle selbst – sie wurden in jenem Moment geknüpft, als Luzifer Gott den Gehorsam versagte. Befreie dich von den Ketten, die Raziel dir angelegt hat! Steh an unserer Seite und räche dich an deinem Peiniger! Du bist kein Knecht – sondern derjenige, der uns damals die Macht über die Naturgewalten verlieh. Ein Urdämon! Einer von uns!«

»Ju… lian …«, drang es kläglich an sein Ohr.

Unter der Last des Baumes wandte Julian mühselig den Kopf und sah in das geschundene Gesicht von Zadkiel, die wenige Meter entfernt am Boden lag. Arme und Beine schienen vom tiefen Sturz gebrochen, ihre Kleidung war zerfetzt und etliche Schürfwunden verunstalteten den Leib des Engels.

»Julian ... hör zu ... Nadja ... hat sich geirrt ...« Sie stöhnte schmerzverzerrt zwischen jeder Silbe, das Sprechen schien ihr ungeheure Qualen zu bereiten. »Das Auge der Nacht ... verstärkt keine Dämonenkräfte ... sondern ... dieser Zauber ... bewirkt in Wahrheit ...«

Ein Paar Turnschuhe schob sich in Julians Sichtfeld. Kyu-Min schaute mit steinerner Miene auf ihn herab. Die starren Züge verrieten nicht die Spur einer Gefühlsregung.

»Kyu ... warum ...?« Rauchschwaden raubten Julian die Luft. Benommen nahm er gemurmelte Worte aus Astaroths Mund wahr − und Sekunden darauf stand der komplette Baumstamm in Flammen wie ein Scheiterhaufen. Weißgelber Flackerschein stach lichterloh in Julians Augen; brennender Schmerz jagte durch seinen Körper, als das Feuer auf Hose und Hoodie übergriff und quälend heiß über seine Haut leckte. Julian schrie. »Kyu-Min! Bitte! Hilf mir!« Qualm und Asche schlugen ihm ins Gesicht, glühende Zungen lechzten nach seinem Leben und sangen prasselnd ein Klagelied − Flammen hüllten Julian in ein feuriges Totenkleid und betteten ihn in ein Grab aus brennendem Geäst ...

Kapitel 36

Julian, in eine hauchdünne Decke gewickelt, saß auf dem Bett seines Bruders. Sein blondes Haar war feucht vom Duschen. Durchs halb geöffnete Fenster wehten warm die Düfte des Sommerabends herein.

Dennis dämmte das Licht und hielt ihm zwei Filme entgegen; auf beiden Hüllen spukte ein düsteres Cover. »Welchen zuerst, Kleiner?«

Kurz entschlossen tippte Julian auf das Covermotiv links, auf dem der Filmtitel in blutbesudelten Buchstaben prangte: *Auge der Nacht.* Den anderen Schocker kannte er bereits. Das soeben gewählte Schauerwerk würde zwar bestimmt nicht weniger Brutalität beinhalten, doch Mord und Totschlag-Garantie zum Trotz verspürte Julian keine Spur von Angst. Nicht, solange sein großer Bruder bei ihm war!

Dennis grinste. »Is' gebongt!«

Julian zog die Decke enger um sich, während sein Bruder die Blu-ray in den Rekorder legte – sah ihm zu und dachte daran, wie sehr er ihn liebte.

Von Kindesbeinen an hielt Dennis die schützende Hand über ihn. Als älterer Bruder ersetzte er den Vater, der sie beide noch vor Julians Geburt im Stich gelassen hatte. Dennis brachte ihm bei, was Stärke und Standhaftigkeit bedeuteten; lehrte ihn zu kämpfen und sich zäh gegen jedes Hindernis zu behaupten. Jetzt im Sommer, als die Sonne erst spät am Horizont versank, trainierte sein Bruder häufig mit ihm zusammen auf dem Hof hinterm Haus. Obwohl Dennis ihn weiß Gott nicht zimperlich behandelte und Julian gelegentlich sogar blaue Flecke einstecken musste, tagträumte er oftmals schon morgens in der Schule von den abendlichen Trainingsstunden mit seinem Bruderherz: Dennis und er selbst, zwei Krieger in der Dämmerung, wo Julian aus erster Hand lernte, wie ein Faustschlag zum knochenbrechenden Stahlhammer, ein Schwitzkasten zur unentrinnbaren Schlinge und ein Tritt zwischen die Beine zur regelrechten Kastration wurde. Strengte er sich an, spendierte sein Bruder ihm anschließend ein Eis – auch wenn Ma ihnen unermüdlich predigte, vor dem Abendessen die Finger von Süßkram zu lassen. Zeigte Julian hingegen nicht den nötigen Biss, kassierte er Schläge; allerdings: Nach dem kurzen Schreck waren ihm die drei Kugeln Schoko-Vanille-Walnuss danach meist trotzdem sicher.

Ja, Julian wusste, was er Dennis zu verdanken hatte. Auf seinen Bruder konnte er zählen! Zwar fragte er sich manchmal, ob die frühe Trennung vom Vater – der Schmerz, die Enttäuschung – der Grund für Dennis' harte Schale war; keinen Zweifel hegte er jedoch am weichen Kern darunter: Wärme und Fürsorge, die Julian in jenen Momenten spürte, wenn sein großer Bruder ihm geduldig bei den Hausaufgaben half; ihm coole Sachen wie das Schnitzen mit einem Taschenmesser beibrachte und trotz seiner rauen Art stets ein offenes Ohr für all die Sorgen und Nöte fand, die das Herz eines Zehnjährigen quälten. Ungezählte Augenblicke, in denen Julian die eiserne Maske fallen und Dennis' liebevolles Gesicht sah. Dennis, sein großer Bruder – sein Held, den er bewunderte! Für dessen Anerkennung … ach, allein schon für Worte wie »Bin stolz auf dich, Kleiner!« Julian *alles* zu geben bereit war! Alles zu opfern.

»Also, los geht's!« Die Fernbedienung in der Hand fläzte Dennis sich neben Julian aufs Bett. Seine Haare – ebenfalls blond, mit einem Stich ins Hellbraune – hatte er zu gefährlich aussehenden Stacheln gestylt. Das schwarze T-Shirt besaß keine Ärmel und erlaubte uneingeschränkte Sicht auf Dennis' stählerne Oberarmmuskeln, über die sich sommerlich gebräunte Haut spannte.

Lächelnd blickte Julian zu ihm auf.

»Is' was, Kleiner?«

Sachte schüttelte er den Kopf, seine Stimme ein zartes Flüstern: »Hab dich lieb, Dennis …«

»Ich dich auch, Dreikäsehoch!« Herzlich wuschelte er ihm durchs Haar. »Was macht dein Bein?«

Julian strich über die Schürfwunde am linken Knie, die er einem Sturz vom Fahrrad verdankte, als sie vorgestern zusammen zum Baggersee geradelt waren. »Halb so wild«, erwiderte er schlicht und zuckte betont gelassen mit den Schultern.

»So kenn' ich dich!« Dennis gab ihm einen brüderlichen Klaps und drückte eine Taste auf der Fernbedienung.

Beklemmende Filmmusik setzte ein, während der Vorspann über den Bildschirm geisterte – gefolgt von beängstigenden Bildern. Szene für Szene spürte Julian, wie sich ihm förmlich die Nackenhärchen sträubten. In seinem Magen wuchs ein mulmiges Gefühl. Obwohl durch vorherige Videoabende abgehärtet, bot sich Julians Augen ein Spektakel, das ihn mit Schaudern erfüllte – nicht der gezeigten Gewalt wegen, sondern auf subtile Weise: Stiller Schrecken, der sich langsam, aber unaufhörlich durch alle Glieder fraß.

Der Film handelte von einem Ungeheuer – einem Schattenwesen, dem Schwarzen Mann, ein gespenstisches Geschöpf mit grauenhaft glühenden Augen – das zur tödlichen Jagd auf drei Jugendliche blies: Ein blonder Heißsporn; cool, selbstsicher und bei sämtlichen Mitschülern beliebt. Seine Freundin, ein hübsches Mädchen, schüchtern und anhänglich. Zuletzt ein Asiate, ein Nachwuchs-Gangster mit grobem Gebaren, der randalierte und sein Taschengeld durchs Verticken von Drogen aufbesserte.

Dennis fischte eine Packung Chips aus seinem Süßigkeiten-Bunker unterm Bett, während das Monster auf der Mattscheibe einer kreischenden Blondine die Eingeweide aus dem Leib riss.

Julian griff in die knisternde Tüte, zerkaute mit trockener Kehle eine Handvoll Kartoffelchips und verfolgte gebannt, wie das gruselige Filmgeschehen mit einem Mal in eine erschreckende Rückblende überglitt. Auf dem Fernsehbildschirm erschienen bunte Karussells, Getränkestände und Popcornbuden. Fünf Jungs umringten einen Hänfling mit Milchbubi-Gesicht. Einer der Burschen war der blonde Draufgänger; die Rückblende zeigte ihn als Knirps in Kinderjahren, kaum älter als Julian. Der Knirps war mit seinem großen Bruder und dessen Kumpels unterwegs, die gerade ihr Lieblingsopfer in die Mangel nahmen: ihren schwulen Klassenkameraden, den sie in der Schule täglich neue Schikanen erleiden ließen … *Die Schwuchtel*, so hatten sie ihn in der vorherigen Szene genannt. Ein gemeines Grinsen auf den Gesichtern packten die älteren Jungs den Kotstecher und zerrten ihn zu viert hinter eine nahe Scheune. Der blondhaarige Knirps, sichtlich verängstigt, tappte unbeholfen hinterher … *»Na los, Kleiner, stopf der dummen Schwuchtel das Maul!«*

Julian blieb das Knabberzeugs im Halse stecken. Urplötzlich war ihm speiübel zumute, sodass er sich um ein Haar unter Krämpfen übergeben musste. Was sich vor seinen Augen abspielte, verstörte ihn weit mehr als die brutale Häutung am Anfang des Films. Aus unnennbarem Grund ergriffen die gezeigten Bilder Besitz von ihm … Leid und Demütigung dieses schwächlichen Bubis krochen ihm unter die Haut wie ein unsichtbarer Haufen sich windender Schlangen.

Aus den Fernsehboxen erklang qualvolles Röcheln. Das arme Würstchen würgte einen Büschel Gras hoch.

Dennis lachte.

Zögerlich wagte Julian einen Seitenblick. »Was ist so witzig …?«

»Find's geil, wie sie's der Schwulette gezeigt haben!« Genüsslich steckte sein großer Bruder sich eine komplette Faust voll Chips in den Mund. »Echt, so 'nem Arschficker würd ich auch gern mal 'ne Abreibung verpassen!«

Eine winzige Motte flatterte aufgeregt um das brennende Lämpchen auf Dennis' Schreibtisch.

Sein Bruder legte den Arm um ihn. »Morgen ist es so weit, Kleiner«, verkündete er stolz.

Julian schluckte einen schweren Kloß hinunter. »Morgen …?«

»Wir gehen zu dem Ort. Du weißt, wohin.«

Er sah Dennis ins Gesicht. Die blauen Augen seines Bruders erinnerten an eisige Gletscher.

»Morgen Abend auf der Kirmes – dort beweist du mir, dass du wahrhaft mein Brüderchen bist. Dann verzeih ich dir, was du getan hast.«

Was …? »A-Aber … i-i-ich hab doch … gar nichts …«

»Ist okay. Ich weiß Bescheid.« Ein Lächeln huschte über Dennis' Lippen. »Nur die Ruhe, Dreikäsehoch. Wir biegen das wieder zurecht.«

Julian fühlte es in seinem Magen rumoren. Obwohl er kein einziges Wort begriff, erfüllte ihn jede Silbe mit beißendem Entsetzen. Sein Tonfall verwandelte sich in furchtsames Quieken: »W-Was … meinst du …?«

Das dämmrige Zimmerlicht warf einen rötlichen Schein auf Dennis' Züge, einer teuflischen Flamme gleich. »Es ist *seine* Schuld, schon klar!«, entstieg seinem Mund ein schauriger Singsang, welcher der

Stimme seines Bruders völlig fremd war. »Keine Sorge, ich bestrafe Kyu-Min – er wird bluten, verlass dich drauf!« Sanft strich seine Hand über Julians Wange, die Finger ähnelten kalten Eiszapfen. »Kleiner, als ich erfahren hab, was du hinter meinem Rücken treibst ... Aber hey, ich geb' dir noch 'ne Chance: Morgen zeigst du mir, aus welchem Holz du geschnitzt bist! Dann lässt du Kyu-Min büßen!«

Ein leises Zischen, als die Motte sich an der Lampe die Flügel verbrannte und tot auf die Schreibtischunterlage fiel.

»Es gibt ein uraltes Ritual; einen Zauber, der die Pforte zu den Schatten der Seele öffnet: Das Auge der Nacht.« Der Ton des Fernsehers gewann an ohrenbetäubender Lautstärke, als hätte ein Geist gewaltsam auf die Fernbedienung gehämmert. Das hübsche Mädchen trat ins Bild. Sie stand in einem abgedunkelten Raum zusammen mit den zwei anderen Filmhauptfiguren, ihrem blondhaarigen Freund und dem rüden Asiaten. Räucherschwaden schwängerten die Luft. Auf dem Laminat war ein Kreidekreis gezeichnet mit allerlei mystischen Symbolen rundherum. Drei Uhr nachts – im Hintergrund hing eine Uhr an der Wand und kündigte die Stunde des Teufels an.

»Das Auge der Nacht zeigt das zweite Gesicht eines Menschen; es enthüllt, was im Verborgenen liegt: den inneren Dämon, das Dunkle in uns. Dem Tapferen offenbart es seine Feigheit, dem Gütigen seine Grausamkeit, dem Klugen seine Torheit. Je länger die Beschwörung wirkt, desto größer wächst ihre Macht. Mit der Zeit beginnt die Magie, das Realitätsgefüge zu verändern, sodass die äußere Wirklichkeit sich den verdrängten Gefühlen all jener anpasst, die in den Bann des Zaubers geraten. Jedoch, wer dieses Ritual weise gebraucht, dem wird eine wertvolle Erleuchtung geschenkt – ein tiefer Einblick in die finstersten Geheimnisse des eigenen Selbst ...«

Ein blonder Schopf rückte in Szene, als der Freund des Mädchens ihr half, einen mannshohen Spiegel inmitten des Kreidekreises aufzustellen. Die Kamera zoomte sein Gesicht heran ... und im selben Moment, als ob ein Blinder plötzlich sehend wurde, erkannte Julian voller Grauen: Der Junge im Film ... war er selbst! Jahre älter und in ungewohnt edlen Markenklamotten – dennoch, zweifellos: Die meeresblauen Augen der Figur dort auf dem Bildschirm waren seine eigenen!

Einige Kulturen erzählen von einer Art ... Doppelgänger – ein geisterhaftes Wesen, das uns im Aussehen bis aufs Haar gleicht und all jene Eigenschaften verkör-

pert, die wir an uns selbst verleugnen. Sozusagen ein Spiegel, der zeigt, was sonst verborgen liegt. Worte spukten durch Julians Hirn, ohne dass er die geringste Ahnung besaß, von wem sie stammten. *Geheimes Verlangen, uneingestandene Wünsche … häufig aber auch das Böse in uns; unsere schlechten Seiten, die wir nicht wahrhaben wollen …*

Vom Bildschirm aus starrten Julian die Augen seines Ebenbildes entgegen. Schauten ihn direkt an … *sahen* ihn!

Die Glühbirne des Schreibtischlämpchens zersprang in einem grellen Blitz, worauf die Chipstüte in Julians Hand im hohen Bogen durchs Zimmer segelte. Rechts an der Wand krachte der Kleiderschrank zusammen. Von Panik gebeutelt wollte Julian sich verzweifelt an seinen großen Bruder krallen – und bemerkte in derselben schrecklichen Sekunde: Neben ihm saß niemand mehr auf dem Bett. Dennis war verschwunden. Spurlos.

Der Fernseher explodierte, Plastikteile und Scherben splitterten auf den Teppich. Blutüberströmt stand der Doppelgänger im nächsten Moment leibhaftig im Zimmer, einem furchterregenden Wesen ähnlich, das soeben aus seinem Drachenei geschlüpft war. Langsam streckte er die Arme aus wie eine dem Horrorkino entsprungene Mumie. Trat die rauchenden Trümmer des Fernsehapparats beiseite, um sich mit grässlichem Gestöhn zu nähern.

Julian schlug die Decke über den Kopf, starr vor Angst – und schrie.

†

Der große Speisesaal gähnte vor Leere. Alle Stühle standen ordentlich an ihren Plätzen, keine Menschenseele tummelte sich an den zahllosen Tischen. Vor den Verteilerwagen mit Tabletts warteten keine Schüler. Keine lange Schlange vor der Essensausgabe; an der Theke warteten weder Schnitzel noch Kartoffeln, kein Salat im Schälchen, kein Joghurt zum Mitnehmen.

Verwirrt schaute Kyu-Min sich um, ein unwohles Gefühl im Bauch. *War ich nicht eben noch …? Da war doch … draußen … Feuer …!*

Hastig eilte er zwischen den Sitzplätzen entlang. Seine Schritte hinterließen einen lauten Widerhall. Ruckartig riss er die Doppeltür am Ende des Ganges auf, die zum Flur hinausführte … und landete unerwarteterweise haargenau im selben Raum wie zuvor: im verlassenen Speisesaal mit seinen leeren Tischen.

Was zum Teufel ...? Beklommenheit umklammerte Kyu-Mins Brust. »Hallo ...?« Seine Stimme verklang als leises Echo. In der Kantine herrschte Totenstille, sodass Kyu seinen eigenen Herzschlag laut in den Ohren hämmern hörte.

Die Neonleuchten an der Decke flackerten unheimlich. Draußen war es dunkel wie eh und je. Undurchdringliche Schwärze wallte vor den hohen Fenstern, Flüsse aus Finsternis flossen von außen die Scheiben herab.

Langsam schlich Kyu-Min noch einmal denselben Gang entlang wie bereits wenige Minuten zuvor und feuerte nervöse Blicke in sämtliche Richtungen ab, gleich einem gehetzten Tier. Nichts und niemand regte sich zwischen den Tischen und Stühlen. Der sonst freundliche Pastellton der Wände hatte sich in trostloses Aschgrau verwandelt. Abermals steuerte Kyu auf den Hinterausgang zu, stolperte hindurch – und betrat erneut die Cafeteria. Stand wieder an Ort und Stelle wie soeben schon, als hätte er den vorderen Haupteingang benutzt!

Blanker Angstschweiß brach ihm aus. *Was ist hier los, verdammt?!* Von wachsender Panik getrieben irrte Kyu-Min zum dritten Mal durch die Schulkantine; begann zu rennen, vorbei am Kühlregal, der Essensausgabe mit den leeren Wärmebehältern und den Preislisten an der Wand. Nahm diesmal einen anderen Weg und hechtete zur Tür hinter der Theke, wo er die Küche vermutete ... bloß um sich Sekunden später von Neuem im Speisesaal wiederzufinden.

»Da bist du ja. Endlich.«

Kyu-Min zuckte zusammen wie vom Blitz getroffen. Erschrocken schoss sein Blick durch die Cafeteria. In der hintersten Ecke, nah beim Fenster – saß jemand. Zunächst erkannte Kyu den Jungen kaum. Ein pinkes Jackett mit buntem Blümchenmuster bedeckte seine Schultern; durch das Netzhemd darunter schimmerte die blasse Haut.

Meine Fresse, sogar für den kleinen Gaylord ist das ein krasses Outfit!, dachte Kyu und zwang sich zu einem Grinsen, während das mulmige Gefühl im Magen stetig wuchs. *Hockt der schon die ganze Zeit dort? Nein, grade war er doch noch nicht ...!*

Zögernd trat Kyu-Min näher. Markus sah ihm entgegen, als hätte er ihn erwartet. Keine Spur von Angst lag in seinen Augen. Nicht die schleichende Unruhe; das leise Entsetzen, welches Kyu sonst jedes Mal mit Genuss darin las, sobald er sein Lieblingsopfer in die Finger bekam.

»Sei gegrüßt, Kyu-Min!«

»Yo, Schwuchtel!«, erwiderte er eine Spur zu flapsig. »Irgendeine Ahnung, was ... hier abgeht?«

Markus lächelte. Seine Lippen waren kirschrot bemalt bis weit über die Mundwinkel, sodass er einem schäbig geschminkten Clown ähnelte. »Wir sind an dem Ort. Du weißt, was hier passiert ist.«

Quasi auf Stichwort erinnerte Kyu-Min sich urplötzlich an eine seiner fiesesten Schikanen, auf die er besonders stolz war: Zusammen mit Patrick und Hamza hatte er Markus in der Mittagspause abgefangen. »Lass uns doch alle Mann gemeinsam essen gehen!« Kyus überspitzt freundlich vorgebrachten Vorschlag hätte der kleine Homo natürlich ablehnen können, war aber wie erwartet zu verängstigt gewesen. Boshaft grinsend hatten Kyu-Min und seine Kumpels ihn in den hintersten Winkel des Speisesaals geführt – an denselben Tisch, an dem Markus jetzt saß! – und mit der *Fütterung* begonnen: Schokopudding über Markus' Kartoffelbrei gekippt, das Geflügelfleisch in Orangensaft aus Hamzas Trinkflasche getunkt und die Schwuchtel den eklig zermantschten Fraß runterwürgen lassen.

Markus schien seine Gedanken zu lesen. »Du hättest wahrlich viele Orte wählen können. Das Schulklo etwa, wo du mich oft verprügelt hast. Oder beim Müllcontainer auf dem Pausenhof, aus dem ich meine Hefte raussammeln musste«, bemerkte er seelenruhig, als würde er belanglose Ereignisse ohne jeglichen emotionalen Bezug aufzählen. »Aber gut, die Cafeteria soll's sein? Fein. Du allein bestimmst, was geschieht.«

»Was ... laberst du eigentlich?«, blaffte Kyu-Min teils verärgert, teils verwirrt; hockte sich breitbeinig auf den Stuhl gegenüber und bemühte sich um eine möglichst herablassende Miene, mit der er seinen Mitschüler in den lächerlichen Klamotten geringschätzig musterte.

Markus starrte ihn an. Durchdringend, als ob er bis in sein Innerstes zu schauen vermochte.

Seine Augen ...! Eine Sekunde lang bildete Kyu-Min sich ein, in der

Tiefe der schwarzen Pupillen einen befremdlichen Schimmer zu sehen. Den Glanz von etwas Abgründigem, unsagbar Bösem.

»Ich rieche die Furcht hinter deinen Worten, deinem Zorn. Sie haftet an dir wie der Mief verwesender Leichenberge. Trotz deinem großspurigen Gehabe, den coolen Sprüchen; all den Erniedrigungen, die ich erleiden muss, damit du dir besser vorkommst – trotz allem strömt der Gestank erbärmlicher Schwäche aus jeder Pore deines Körpers!«

Was?! Lügner! Das ... ist nicht wahr – nein! Schnaubend knirschte Kyu-Min mit den Zähnen. »Vorsicht, Arschloch! Pass auf, was du sagst, sonst ...!«

»Wie wär's mit 'nem Märchen?« Munter legte Markus den Kopf schief und ließ ein kurzes Kichern vernehmen, dem schrillen Gelächter eines Wahnsinnigen gleich. »Es war einmal ein Junge, hilfsbereit und herzensgut. Folgsamer Sohn, vorbildlicher Schüler, treuer Kamerad. Verlor nie ein böses Wort, fügte sich sämtlichen Regeln; machte es seinen Mitmenschen recht, wo er nur konnte. Der artige Knabe hatte alles, wovon manche nur träumen: Ein behütetes Heim, fürsorgliche Eltern, Ansehen bei den Altersgenossen – zu guter Letzt seinen besten Freund; ein Gefährte, der für ihn durchs Feuer ging und mit blanker Faust sein Leben schützte. Dennoch, dem Glück zum Trotze trieb das Böse seine Blüten ... Unbändig brannte in dem Jungen der Wunsch, wenigstens einen einzigen Tag lang selbst der Held zu sein, vor dem die Wesen der Dunkelheit zittern. Ein Ritter vielleicht, der den Drachen erschlägt und Ruhm erntet. Oder ein Räuber? Wild und frei, keinem Menschen verpflichtet, keinem Gesetz unterworfen? Was würde er geben, wäre er bloß nicht mehr das brave Bürschchen, das sich von Vater und Mutter bevormunden lässt? Sich Hilfe suchend an die Hand seines besten Freundes klammert, der stark und unbeugsam über ihm thront? ...«

Kyu-Min erstarrte. Jede Silbe aus Markus' Mund drang wie ein Dolchstoß in sein Herz. Unwillkürlich befiel ihn das Bedürfnis, vom Stuhl aufzuspringen und davonzurennen – nur um keine Sekunde länger mit anhören zu müssen, was dieser bizarr gekleidete Bastard von sich gab. »Was ... willst du mir sagen ...?«

Das leicht süffisante Lächeln auf den rot geschminkten Lippen schwand und machte einem schmerzlichen Gesichtsausdruck Platz.

»Der Knabe war uneins mit sich … wer weiß, womöglich zahlen Unschuldige den Preis für seinen Verdruss? So geschieht es jeden Tag, überall. Redliche, genügsame Menschen leiden unter der Gier und dem Hass anderer. Zorn und Missgunst kochen in unserem Inneren – dann brechen sie in die Welt hinaus, wachsen und gedeihen. Man hört so oft, die Reichen und Mächtigen wären allein an allem Elend schuld. Ach, das ist Blödsinn! Es beginnt beim Einzelnen, Kyu-Min! Zeigen die Nachrichten ein besonders grauenhaftes Geschehnis – Mord, Vergewaltigung, ein brutales Attentat – erscheint uns all das weit entfernt. Aber glaub mir, diese Dinge sind wahrhaftig näher, als wir denken. Sie passieren vor unserer Haustür, stecken in jedem von uns! Vielleicht reicht ein winziger innerer Schubser … der letzte Tropfen, der das schäumende Fass zum Überlaufen bringt … und wir lassen jede Hemmung fallen und geben uns der Gewalt hin.«

Mit einem Satz schoss Kyu-Min vom Stuhl hoch, als oben über ihren Köpfen die flackernde Neonleuchte explodierte.

Funkenschauer regneten auf Markus nieder, der regungslos grinste. Ein grässliches Grinsen, das ihn gepaart mit Lippenstift, Netzhemd und pinkem Jackett einer grotesken Albtraumgestalt ähneln ließ.

Nein! Dieser Junge … dieses Ding … ist unmöglich …! »Wer … bist du …?«

»Alles, was du nicht sein willst. Doch wichtiger noch: Wer bist *du*?« Das albtraumhafte Wesen zog ein Smartphone aus der Innentasche seines schrillen Sakkos und hielt Kyu-Min das Gerät mit ausgestrecktem Arm entgegen. Auf dem Display war ein Foto zu sehen, das Kyu zusammen mit Julian auf einer Bank zeigte, spätabends irgendwo in einem Park offenbar. Julians gequältem Gesicht nach zu urteilen sprach er gerade über irgendetwas von schwerwiegender Bedeutung.

Kyu-Min fühlte sich, als ob ihm beide Augäpfel aus den Höhlen springen wollten. *Verdammt, was …?* Woher stammte dieses Bild? Er konnte sich weder entsinnen, jemals gemeinsam mit Julian auf einer Parkbank gesessen zu haben, noch je so fremdartig gekleidet gewesen zu sein wie auf dem Foto: abstoßend brav, ohne seinen geliebten Gangsta-Style.

Eine Wischbewegung von Markus' Finger ließ ein zweites Bild erscheinen: Kyu-Min mit Julian in enger Umarmung auf dem Bett in seinem Zimmer; *Umma*, sichtlich empört, versuchte sie beide auseinanderzureißen. Noch ein Foto: Julian und Kyu als Kinder auf der verrosteten Schaukel eines verwahrlosten Spielplatzes. Die folgenden Bilder zeigten das heimische Wohnzimmer in ungewohnt aufgeräumtem Zustand; Kyu-Min saß eingesunken im Sessel, während sein Vater ihm mit strenger Miene offensichtlich eine Standpauke hielt. Dann: Marco, der Kyus Ranzen lachend ins Gebüsch schleuderte, und Julian im Hintergrund, der wutentbrannt zu Hilfe eilte. Fotos von Kyu-Min bei der Wahl des Klassensprechers. Eine schockierende Aufnahme, auf der er blutüberströmt am Boden lag, eine klaffende Wunde in der Brust. Schlussendlich – ein Bild von Julians und seinem Gesicht, nahe aneinandergeschmiegt, sodass ihre Lippen sich zärtlich berührten …

Die seltsamen Fotografien, Bilddokumente von nie geschehenen Begebenheiten, weckten verborgene Eindrücke hinter Kyu-Mins Stirn. Spukende Erinnerungen, die aus finstersten Grüften ans Tageslicht zu dringen drohten. *Kann es sein …? Bin ICH der Junge auf den Fotos …?*

»Ja«, beantwortete Albtraum-Markus seine Frage, ohne dass Kyu sie ausgesprochen hatte. »Das bist *du*, Kyu-Min Choi. Der nette Junge von nebenan, wohlerzogen, hilfsbereit … sterbenslangweilig. Wie wichtig dir dein unbeflecktes Ansehen auch sein mag, heimlich überkam dich so oft schon der verlockende Gedanke: Was wäre, könnte ich sie alle mit Füßen treten? Die goldenen Gitterstäbe zerschlagen, raus aus dem Käfig? Die Fürsorge deiner Eltern. Die Jungs in der Schule, bei denen du beliebt bist. Die schwärmenden Blicke der Mädchen … Ja, ja, du genießt es zwar, doch gleichzeitig widert es dich an, nicht wahr? Sämtliche Erwartungen zu erfüllen, so verdammt perfekt zu sein zerrt an deinen Kräften, stimmt's? Was würdest du manchmal für ein gänzlich anderes Leben geben! Aufregend und voller Gefahr, frei von Regeln – wenigstens einen einzigen Tag lang! Im Stillen malst du's dir aus … dein Dasein als Gesetzloser, wild und ungestüm. Insgeheim wärst du gern ein zäher Bursche, der zuschlägt, wenn ihm was nicht in den Kram passt.« Die boshaften Augen funkelten lauernd. »Aber wir beide wissen, du warst *nie* stark, Kyu-Min! Bist kein Kämpfer wie Julian, dein geliebter Freund, den du aus Angst vor verächtlichen Worten schon häufig verleugnet hast. Ja, Julian, der knallharte Kerl, der du niemals sein wirst! *Er* ist der Held – *du* bist nur ein Klotz am Bein! Ständig muss er dich vor jedweder Unbill schützen, dir das Händchen halten wie einem weinerlichen Kind. Um ein Haar hätte Julian sein Leben verloren, um dich aus dem Totenreich zu retten. Beistehen willst du ihm im Gefecht gegen Himmel und Hölle? Welche Hilfe glaubst *du* zu sein? Trotz deiner neuen Macht als Urdämon bleibst du der alte Schwächling! Ein Söhnchen unter der Knute von Mami und Papi. Eine Heulsuse, die Marco schon am ersten Schultag zu Brei geprügelt hätte, wäre Julian nicht gewesen. Ein feiges Aas, das mehr auf sein Image gibt als auf den Rat seines Herzens. Ein Opfer voll mit angestauten Aggressionen, welches sich in abenteuerliche Tagträume und groteske Gewaltfantasien flüchtet …«

»Halt's Maul!«, brüllte Kyu aus Leibeskräften. »Missgeburt! Ich stopf dir die blöde Fresse, dann siehst du, *wer* hier das Opfer ist!« Seine Faust langte über den Tisch und traf gewaltsam Markus' Wange. Ein ekelhaft schmatzendes Geräusch erklang, während die Gesichtshaut nachgab wie schleimiger Wackelpudding. Erschrocken zog Kyu-Min die Hand zurück. Eine blutige Masse klebte feucht an allen zehn Fingern.

»Blender! Schwätzer! Weichei!«, gackerte das Monstrum eifrig fort, ohne von dem rötlich triefenden Loch schräg neben seiner Nase Notiz zu nehmen. Seine Stimme veränderte sich … war plötzlich nicht mehr Markus' Stimme, sondern …

Meine …?

Das grelle Lachen des Phantoms echote laut von den Wänden. Die rechte Pranke packte tief in die Wunde an der Wange hinein, sodass es rot auf die weiß lackierte Tischplatte niederregnete. Scharfe Fingernägel, spitzen Krallen ähnlich, schälten in Striemen die Haut vom Gesicht; zogen sie ab wie eine zerfetzte Gummimaske … und darunter kam blutbesudelt zum Vorschein: Kyu-Mins eigenes Antlitz!

Kyus Kehle entfuhr ein endloser Schrei. Von Panik besessen trat er blind gegen den Tisch, der mit voller Wucht umstürzte und das Ungeheuer halb unter sich begrub.

Am ganzen Leibe zitternd begann Kyu-Min zu rennen. Warf Stühle beiseite und stolperte durch den Speisesaal. Ein entsetzter Blick über die Schulter offenbarte, wie das Geschöpf hinter ihm sich aufrichtete. Schwarze Augen, Kyu-Mins eigenen gleich, starrten in seine Richtung. Auf dem blutig befleckten Gesicht, mit dem seinen bis auf die winzigste Wimper identisch, erschien ein abstoßendes Hohnlächeln: ein finsteres, grauenerregendes Grinsen, in dem sich reinster Wahnwitz widerspiegelte.

Der Doppelgänger streckte die Arme aus und schritt langsam voran. Schleppende, abgehackte Bewegungen, die an einen Untoten erinnerten.

Kyu-Min griff sich zwei der hellen Tassen neben dem Tee- und Kaffeeautomaten, um sie seinem Gegner entgegenzuschleudern. Jedoch, die Geschosse prallten am Körper des Zombies ab ohne die geringste Reaktion. Wild hämmerte Kyu gegen den Automaten und drückte wahllos sämtliche Getränketasten in der Hoffnung auf fließende Flüssigkeit, die er zu einer reißenden Fontäne formieren wollte. Nichts. *Leer!*

Schlurfend kam das Monster um die Kasse herum.

Kyu-Mins Blick schnellte zum Kühlregal mit der üblichen kargen Auswahl an Mineralwasser und künstlich hergestellten Säften; die meisten früheren Softdrinks waren seit Ewigkeiten nicht mehr erhältlich. Er bemühte sich um Konzentration und befahl dem Inhalt der Plastikflaschen, die Verschlusskappen zu sprengen und sich in die Luft sprudelnd zu einem rasenden Strudel zu vereinen. Ein weiterer Versuch zur Gegenwehr – ebenfalls vergeblich. Fassungslos starrte Kyu auf die Getränke im Regal, die seinen geistigen Befehl beharrlich verweigerten. *Meine Kräfte ... ich kann nicht ...! Wieso ...?*

Mit ohrenbetäubendem Knall zerbarst eine weitere Neonröhre.

Durchs düstere Zwielicht torkelte der Doppelgänger langsam näher: das Geschöpf, das Kyu-Mins Gesicht trug; ein lebendes Stück fauliges Fleisch in bunten, blutbeschmierten Klamotten.

Panisch stürzte Kyu hinter die Theke und rüttelte verzweifelt an der Klinke der Küchentür. Verschlossen! Etwas Feuchtes tröpfelte auf seine Hand. Verängstigt stierte er hinauf und sah rubinrote Nässe durch zahllose Risse in der Decke sickern. Das Gemäuer ... blutete! Mit zusammengebissenen Zähnen unterdrückte Kyu-Min einen Schrei.

Sein Doppelgänger schlurfte um die Theke und streckte seine Hand gleich einer Klaue nach ihm aus. »Entscheide dich, Kyu-Min!«, kreischte er mit verzerrter Stimme, die Kyus eigener nicht im Mindesten mehr ähnelte. »Folgst du dem Ruf deines Herzens oder der Gewalt?«

Ein gequältes Wimmern drang über Kyu-Mins Lippen, dann wurde ihm schwarz vor Augen. Allein die Vorstellung, von dieser abscheulichen Kreatur berührt zu werden, schien ihm unerträglich. Benommen stürzte er zu Boden, sein Kopf sackte gegen die Wand ... eine Sekunde, bevor Kyu das Bewusstsein verlor und in tiefe Ohnmacht entfloh.

Kapitel 37

Stille. Kein Laut zu hören. Niemand, der ihn verfolgte; kein Monster, das nach ihm griff. Vorsichtig schlug Julian die Bettdecke zurück – und befand sich mitten auf einer Wiese. Das Zimmer seines Bruders mitsamt Bett und den Überresten des zerstörten Fernsehers war verschwunden.

Dennis selbst war zurück. Er stand wenige Meter entfernt, nicht weit von einer Scheune. Gemeinsam mit seinen Kumpeln nahm er einen Jungen in die Mangel, der hilflos vor ihm im Gras kniete. Tim und Sven, beide ein hämisches Grinsen auf den Lippen, packten ihr Opfer bei den Armen und zogen seinen Kopf an den Haaren hoch. Paolo hielt sich einige Schritte abseits, offenkundiges Unbehagen im Gesicht. Aus der Nähe ertönten ausgelassene Stimmen wie auf einem Rummelplatz.

»Schnucki, du riskierst ja 'ne richtig dicke Lippe heut Abend. Ich glaub, die große Klappe muss ich dir schleunigst abgewöhnen ...«, hörte Julian seinen Bruder drohen.

Das ist der Ort. Hier ist es geschehen ...

Dennis winkte ihn zu sich.

Zögernd schlich Julian über den Rasen. Als er beim Laufen an seinem eigenen Oberleib hinabsah, bemerkte er, dass er nicht länger ein Kind war und wieder im gewohnten Körper eines Achtzehnjährigen steckte.

Dennis riss mehrere Büschel trockenes Gras aus der Wiese und formte daraus einen Ballen, den er Julian in die Hand drückte, ehrenvoll wie einen Revolver. »Dein Job, Kleiner«, sagte er in einem Ton, honigsanft und befremdlich. »*Du* darfst ihm die große Klappe stopfen.«

Julian starrte seinen Bruder an, als hätte er in einer fremden Sprache gesprochen; sah in das Gesicht des armen Burschen, den seine zwei

Kumpels gewaltsam festhielten – und erkannte voller Grauen: Gar nicht Felix war das Opfer, sondern Kyu-Min! Ströme aus Angstschweiß flossen über die Stirn, in den dunklen Mandelaugen brannte blanke Panik.

Er spürte die Hand seines Bruders, wie sie ihm ermutigend auf die Schulter schlug. »Na los, Kleiner! Stopf der dummen Schwuchtel das Maul!« Dennis' Stimme gewann einen eigenartig beschwörenden Klang. »Tu es! Sei stark! Beweis mir, dass du ein echter Kerl bist! Du *weißt*, was Kyu-Min mit dir gemacht hat, war falsch! Seit Kindertagen kümmere ich mich um dich – soll ich zum Dank mit der Schande leben, dass mein Brüderchen ein Kotstecher ist? Willst du mich derart verraten? Nein, das wagst du nicht!«

Julians Blick wechselte zwischen Dennis und Kyu-Min: den beiden Menschen, die er am meisten liebte – vereint an diesem scheußlichen Ort, an dem so unsagbar Schreckliches geschehen war. Sein Bruder, der ihn gelehrt hatte, sich im Leben zu behaupten, und sein bester Freund, durch den er Wärme und Mitgefühl erfahren durfte. *Ich erinnere mich … die Kirmes, Dennis und Felix, der Grasbatzen in meiner Hand … wie könnte ich vergessen, was hier passiert ist? Ich war noch ein kleiner Junge damals; habe meinen großen Bruder bewundert, wollte sein wie er. Seine Worte waren mir Befehl. Vielleicht hätte ich Felix helfen können … aber aus Angst, Dennis zu verraten, hab ich mich nicht widersetzt. Mein Bruder sollte mich auf keinen Fall für ein Weichei halten! Doch jetzt, heute … ist es anders! Diesmal habe ich die Wahl!*

»Los, stopf ihm das Maul! Gehorch' mir und ich verzeih dir deinen Fehler! Eher schlag ich dich tot, bevor ich hinnehme, dass mein Dreikäsehoch eine gottverdammte Schwuchtel wird! Mach mich stolz, dann gehen wir nach Hause und vergessen die Sache. Lass Kyu-Min büßen – *TU ES!!!*«

Langsam glitt der gräserne Ballen aus Julians Fingern. »Nein …«

»*Was* war das?!«, donnerte Dennis.

»Nein!«, wiederholte Julian entschieden. »Ich tu's nicht. Nicht noch einmal. Nie mehr!«

Kyu-Min, kniend auf dem Boden, und Dennis' Kumpels, die ihm die Arme hielten, versteinerten zu stummen Statuen. Die Gesichter gefroren, jeder Lebensglanz wich aus ihren Augen. Paolo war plötzlich spurlos verschwunden. Das entfernte Lachen von den Karussells starb abrupt, als hätten Geisterhände einen Schalter umgelegt. Wolken schoben sich vor den Mond und hüllten den abendlichen Himmel in unendliche Finsternis.

»War ich nicht immer dein Vorbild?«, fragte Dennis vorwurfsvoll. »Wieso enttäuscht du mich? Hab ich dich je im Stich gelassen?«

»Nein ... ich konnte jederzeit auf dich zählen. Statt unseres Vaters warst *du* für mich da. Ohne dich ... keine Ahnung, was aus mir geworden wäre. Von dir hab ich gelernt, stark zu sein und für meine Ziele zu kämpfen.« Julian lächelte. »Danke für alles, Dennis! Ich liebe dich, Bruder ... aber trotzdem: Nie wieder tue ich jemandem etwas an, bloß um dir zu gefallen. Ich lebe mein Leben, wie ich es will. Und auch wenn du mich dafür hassen solltest – mein Herz gehört Kyu-Min!«

Dennis' Mundwinkel bogen sich grimmig abwärts. »Rechne nicht mit meinem Segen! Das werde ich nicht akzeptieren! Niemals!«

»Vielleicht, ja ...« Ein trauriger Seufzer entfloh Julians Lippen. »Dennoch gebe ich die Hoffnung nicht auf. Irgendwann finde ich den Mut, meinem Bruder die Wahrheit zu sagen ... und dann ... vertraue ich darauf, dass er wenigstens versuchen wird, mich zu verstehen. Immerhin, ich bin und bleib sein Dreikäsehoch!« Er lachte verhalten und musterte das Phantom vor seiner Nase durchdringend. »Egal, du hast sowieso keinen Plan, wovon ich rede, stimmt's? Null Ahnung, was hier vor sich geht – aber eins ist ja wohl sonnenklar: *Du* bist *nicht* Dennis!«

Ein ohrenbetäubender Donnerschlag ertönte, obwohl kein Gewitter in Sicht war. Kyu und die zwei anderen versteinerten Jungs zerbröckelten zu Staub. Mächtiger Sturmwind fegte Halm für Halm die gesamte Wiese – und schlussendlich die komplette Umgebung mitsamt der Scheune und dem nahen Rummelplatz hinfort. Die Welt versank in ewiger Nacht.

Um Julian herum funkelten plötzlich unzählige Sterne. Federleicht glitt er durch schwerelose Schwärze. Farbig schimmernde Nebel zogen vorüber, während eine ferne Sonne einen feurigen Lichtschein in die ansonsten allgegenwärtige Dunkelheit warf. *Wo bin ich? Im All ...?*

»Im entlegensten Winkel deiner Seele«, beantwortete eine vertraute Stimme seinen Gedankengang.

Julian erspähte seinen Bruder nahe einem winzigen Planeten, schwebend im finsteren Nichts. Langsam kam Dennis durch den Weltraum auf ihn zugeflogen und begann dabei, allmählich seine Gestalt zu verändern – verwandelte sich, bis Julian abermals seinem eigenen Ebenbild ins Angesicht sah: dem Jungen aus dem Film; das Wesen, welches ihm bis aufs Haar glich.

»Du … nein, du bist nicht ich! Wer …?«

»Der neue Herrscher über Himmel und Hölle, Erbauer einer idealen Welt«, entgegnete der Doppelgänger. »Meister des Schwertes mit dem Antlitz des Todes, König der klaffenden Wunden, Bote eines blutigen Friedens.«

Julian blickte seinem zweiten Ich entgegen … und begriff. »Ja … ich kenne dich … Du … bist …«

Die Augen seines Abbilds leuchteten auf: wandelten sich zu den rubinroten Glutaugäpfeln des Schwarzen Manns, des gespenstischen Schattens, der Julian zuerst vor dem Schaufenster eines Juweliers und anschließend zu Hause heimgesucht hatte. Erneut wechselte das Geschöpf sein Äußeres. Das Gesicht gewann reifere Züge, die strohblonden Haare wuchsen bis zum Nacken herab, zwei dämonische Drachenschwingen schossen aus den Schulterblättern.

»… Raziel.«

»Sein Geist, gewiss – ein Schemen von Raziels Bewusstsein«, raunte eine teuflische Stimme aus dem Mund des Wesens; leise wie wispernder Wind, der aus fremden Sphären wehte.

»Weshalb verfolgst du mich?«

»Du selbst hast mich gerufen. Kyu-Min Chois brutaler Tod damals entfesselte nicht allein deine früheren Kräfte – dein Erwachen sprengte zudem die Ketten tief im Verborgenen deiner Seele, wo die Schatten der Vergangenheit eingekerkert waren: Dein zerstörerischer Zorn, deine Gier nach Gewalt.«

Verschüttete Erinnerungen flammten vor Julians innerer Sicht auf, als hätte ein geistiger Befehl Raziels sie heraufbeschworen: Bilder von geplünderten Dörfern und verheerenden Schlachten … Leichen mit qualvoll verzerrten Fratzen … Blut, das von der Klinge des Runenschwerts tropfte … »Diese Dinge … hast *du* getan – nicht ich!«

»Wir sind eins, Julian Sanders. Mein Erbe lebt in dir weiter. Das Auge der Nacht hat dir offenbart, wer du werden könntest: Ein Held, von den Menschen verehrt. Erbarmungsloser Eroberer des Totenreichs. Geißel von Himmel und Hölle, unter Dämonen und Engeln gleichermaßen gefürchtet. Wage nicht zu behaupten, meine Worte würden dir nicht behagen – sinnlos, mich zu belügen!«

»Mag sein«, murmelte Julian gepresst, »aber das Auge hat mir auch den Preis dafür gezeigt. Ich … habe anderen schlimme Sachen angetan …«

»Warum quält dich Bedauern für diese armseligen Kreaturen? Die Schwachen fügen sich in ihr Schicksal!«, gab Raziel hartherzig zurück. »Krieg kennt keinen Platz für Liebe und Kameradschaft. Es gilt: Töten oder getötet werden! Schlachten schlägt man nicht durch sanfte Worte, sondern mit Feuer und Schwert. Du, Julian Sanders, bist der geborene Anführer, während andere dazu bestimmt sind, dir ergeben zu folgen. Nadjas Herz brennt vor heimlicher Zuneigung zu dir, Florian preist seit jeher ehrfürchtig deinen Namen – und schenke Belial einen Blick, so vergeht er vor Demut. Keiner von ihnen vermag es an Mut und Stärke mit dir aufzunehmen, als ihr Held thronst du weit über ihnen. Mache dir ihre Gefühle zunutze, regiere sie nach deinem Willen, forme sie zu Kriegern! Wenn du die Rebellen erst in den Kampf führst, werden sie gute Dienste leisten!«

»Du redest von meinen *Freunden*!«, entgegnete Julian angewidert. »Man hat mir erzählt, du wolltest eine freie, friedliche Welt schaffen … Ging es dir in Wahrheit nur darum, anderen wehzutun? Warst du schon immer solch ein Monster – oder hat dein Krieg dich so verbittert werden lassen?«

Raziels Gesicht, Julians eigenem so frappierend ähnlich, verzog sich zu einer hasserfüllten Grimasse. »Du nennst *mich* ein Ungeheuer? Hast du vergessen, was die Herrscher der Hölle mir – *dir*! – angetan haben? Welches Leid wir erdulden mussten, du und ich?«, zischte die Dämonenstimme zornig. »Doch während all die Unterdrückten der Unterwelt bereitwillig ihre Ketten trugen, begehrte ich als Einziger auf. Als erster Rebell zückte ich die Klinge und schlug eine blutende Kerbe in das Joch! Nein, ich war keiner dieser törichten Narren, denen das tägliche Stück Fleisch auf dem Teller wichtiger war als die Freiheit. Diese blinden Lämmer, die ihre Augen vor dem Elend verschlossen! Gefügige Sklaven, die treu in die Taschen der Fürsten schufteten, solange ihre

Peiniger ihnen ein paar Brocken Brot von ihrer Festtafel versprachen! Träumer und Feiglinge – keine Ideale, keine Kraft! *Ich* sah die Qualen der Geknechteten, die verzweifelt an den Gitterstäben rüttelten! Als Armee scharte ich sie zusammen und erhob mich an ihrer Spitze zum Widerstand – entschlossen, jeden Feind im Staub zu zertreten, der sich uns entgegenstellen würde! Wer ein neues Haus errichten will, muss die alten Mauern niederreißen. Eine eiserne Hand allein bringt den Frieden!«

Eigenwillige Gefühle, aus Grauen und stiller Faszination gemischt, drohten Julian zu überwältigen. Was sein früheres Selbst ihm mitteilte, verschlug ihm schlicht die Sprache. *Ist DAS mein wahres Ich? War ich wirklich einmal ... diese Bestie?!*

»Es schläft eine Bestie in jedem von uns«, las Raziel seine Gedanken. »Wecke sie auf, Julian Sanders, und lasse ihr freien Lauf! Weide dich wieder an der Schönheit des Gemetzels; spüre abermals, wie Schlachten und Morden das eigene Blut in Wallung versetzen!« Die rubinroten Augen glühten, als ob sie Julian bis ins Innerste zu durchleuchten vermochten. »Du weißt, wovon ich spreche, nicht wahr? Auch in deinem jetzigen Leben hast du dich dutzendfach der Gewalt hingegeben: dich Despariel zum Kampf in den Wolken gestellt, seinen Spießgesellen Naberius im flackernden Inferno vernichtet. War dein Bruder nicht stets dein Leitstern? Dennis lehrte dich das Kämpfen – und du folgtest ihm, ohne ihn je zu hinterfragen. Wie oft hast du dich geprügelt, um Kyu-Min zu schützen? Deines besten Freundes wegen fanden die Erinyen des Erebos durch dein Schwert den Tod!«

Kyu-Min ...! Helles, wärmendes Licht fiel auf Julians Gesicht. In naher Ferne wanderte ein feuriger Komet durchs All, flog mit flammendem Schweif vorüber ... und sein strahlender Schein ließ Julian an all jene denken, die ihm am Herzen lagen: Dennis, Nadja, Florian, Belial ... Kyu! Der Glanz des Feuersterns verjagte die Schatten, die sein Gedächtnis verdunkelten und erfüllte ihn mit Erinnerungen an seine Freunde – an glückliche, wahrhaftige Ereignisse, die sie gemeinsam erlebt hatten: Das fröhliche Lachen seines Bruders, der ihm stolz durchs Haar wuschelte. Florian, der ihm in der Schule gegen die Schikanen seiner Mitschüler zur Seite gestanden hatte. Die Gewissheit, stets auf Nadjas Rat bauen zu können. Verschwommene Bilder von

Belial, wie er Julian den Weg durch die Totenwelt wies. Und schluss-endlich … zusammen mit Kyu-Min in dessen Zimmer … ihr erster Kuss. Das lang berauschende Machtgefühl schwand und wich tiefer Betrübnis: Reue über den Schmerz, den er seinen Liebsten zugefügt hatte.

»Ja … es stimmt, Raziel … Häufig wollte ich der Stärkste und Här-teste sein; jedem zeigen, wo der Hammer hängt – genau wie mein Bru-der. Um mir Dennis' Anerkennung zu verdienen, glaubte ich, ständig einen auf zäher Bursche machen zu müssen«, flüsterte Julian, Tränen auf den Wangen. »Aber … jetzt sehe ich die Kehrseite der Medaille. Ich hab Kyu-Min geschlagen, Nadja ausgenutzt, Flo und Belial wie Dreck behandelt … Meine Freunde sind mir zu Fremden geworden.«

»Der Weg des Kriegers war schon immer ein einsamer Pfad«, erwi-derte Raziel ungerührt. »Keine Freundschaft, nur Kampf! Lasse jedes Mitgefühl fahren – es zählen allein das große Ziel und der Wille zum Sieg!« Er löste das Runenschwert samt der Ummantelung von seinem Gürtel, um Julian das stumpfe Ende entgegenzuhalten. »Ergreife die Klinge! Sei wieder eins mit mir! Folge dem Ruf der Schlacht, vergieße Blut und trage deine Narben mit Stolz! Herrsche über die Menschen, lehre Dämonen und Engeln das Fürchten, lasse sämtliche Welten vom höchsten Himmel bis in die tiefste Hölle herab erzittern – schwinge dich auf zum König des Kosmos und beweise der gesamten Schöp-fung deine Stärke!«

Julian betrachtete den kunstvoll verzierten Griff des Schwerts, das sein früheres Ich ihm verführerisch überreichen wollte … und schnaubte abfällig. »Vergiss es! Wenn ich jemals du gewesen bin, will ich nie mehr so sein! Wir sind alle Monster, meinst du? Blödsinn! Ich erinnere mich nicht, was dir … mir … passiert ist, aber … trotzdem glaube ich, niemand wird brutal oder bösartig geboren. Erst Schmerz, Trauer und Verlust treiben uns zu grausamen Taten – doch nur, wenn wir es zulassen!«

»Ich bin in dir, Julian Sanders! Du hast keine Wahl!«

»Ach, laber doch keinen Scheiß! Was hat denn 'n cooler Typ wie ich mit so 'nem altertümlichen Strubbelkopf wie dir zu schaffen? Keine Ahnung, welche Albträume das Auge der Nacht noch heraufbeschwö-ren kann – aber ehrlich gesagt, ich möchte jetzt gern aufwachen!«

Raziel lächelte wissend, schwebte nah an Julian heran und raunte bedeutungsschwanger in sein Ohr: »Du denkst, du kennst die Wahrheit; glaubst zu wissen, was geschieht … Doch sei gewiss: Es hat gerade erst begonnen!«

»Also echt, langsam nervst du mich, du Schreckgespenst!« Julian holte Luft und blies das körperlose Phantom fort wie ein federleichtes Blättchen im Wind.

Raziels Schemen wurde in die Weiten des Weltalls hinausgeschleudert; begann von Kopf bis Fuß silbrig zu leuchten und zerbarst in einem Funkenregen, ähnlich einer Neujahrsrakete.

Gleißende Kometenschauer und gewaltige Meteore zogen vorüber, als Julian weiter durch das Sternenmeer glitt – vorbei an fremden Planeten in Richtung Sonne, dem Licht und der Freiheit entgegen.

†

Kalt …

Er war wieder daheim. Hier, wo er ungezählte Jahrtausende in Abgeschiedenheit verbracht hatte, unberührt vom Strom der Zeit.

Warum bin ich …? Belial konnte sich beim besten Willen nicht entsinnen, wann und auf welche Weise er zurückgekehrt sein mochte. Vor wenigen Sekunden … da waren sein Gebieter Julian, Leviathan, Astaroth und … das Feuer gewesen … dann … *Ich blinzelte bloß … und …*

Die Kälte drohte ihn zu übermannen. Obgleich Belials Erinnerung ans Totenreich verblasst war – wie es jedem widerfuhr, sobald er in die Welten der Lebenden hinüberschritt – so glaubte er sich dennoch einer Sache gewiss zu sein: Als er den Simurgh-Baum verlassen hatte, war sein früheres Zuhause noch nicht zu Eis erstarrt gewesen. Nun ragten dicke Zapfen von der Decke herab, während glänzender Frost sämtliche Wände überzog. Bett und Schränke, Tisch und Stühle waren eingefroren, der gräserne Teppich von Raureif bedeckt. In Belials ehemaligem Heim herrschte ewiger Winter; die Mutter aller Bäume wirkte kalt und tot, als hätte sie niemals eine Spur von Heiterkeit gesehen.

Belial pustete gegen seine spröden Hände in dem vergeblichen Versuch, sie ein wenig zu wärmen. Sein stockender Atem hinterließ Wolken in der Luft. Bibbernd eilte er zur Eingangstür und rüttelte verzweifelt an der Klinke – doch die Pforte war vollständig vereist. Fröstelnd schleppte er sich zum Fenster. Eisblumen wuchsen vor der Scheibe, die nur vage Sicht nach draußen erlaubte. Nichts zu erkennen, außer glitzerndem Weiß. Das gesamte Baumhaus schien unter Schnee begraben. Durch eine Ritze im Fensterrahmen pfiff eisiger Wind wie in finstersten Raunächten. Ein Wispern schwang darin … geflüsterte Worte … eine Stimme …?

Furchtsam wanderte Belials Blick durch die verlassene Stube. »Ist jemand hier …?«

»Nein. Du bist allein.«

Der Erddämon zuckte zusammen, wandte sich blitzartig um – und erschrak! Über dem Bett erschien ein Gesicht aus Eis an der Wand: ein Kopf ohne Körper, gleich einer lebenden Maske. Eine fein bestickte, vornehme Kapuze bedeckte das Haupt, wie sie die Hohepriester im Himmel trugen. Die Lippen zierte ein seltsamer Ausdruck falscher Güte … ein bitter-sanftes Lächeln, das Belial auf grauenhafte Weise vertraut vorkam. *Die Augen … Ich kenne dieses Gesicht!*

»Weißt du, was zwei miteinander tun, wenn sie sich gernhaben?«, raunte die Maske. »Sie berühren sich …«

»Du bist widerwärtig, Belial! Ein Fehler des Allmächtigen!« An den Wänden tauchten die gefrorenen Mienen zweier Engelskinder auf; ein Mädchen und ein Knabe aus Schultagen, die ihm noch dunkel im Gedächtnis spukten.

Belial schrie, taumelte zurück und stieß schmerzhaft gegen den frostüberzogenen Tisch.

Nahe dem Vorratsschränkchen wuchsen ebenfalls, wie von Geisterhänden gemeißelt, ein Augenpaar, Nase und Mund aus der Eiswand. In der nächsten Sekunde starrte Belial voller Schrecken in das Gesicht seines Vaters – sein Vater, den er zum letzten Mal in seinem Leben an jenem dunklen Tag gesehen hatte, als dieser von den Himmlischen Heerscharen verhaftet worden war. Stumm und unendlich traurig erwiderte das väterliche Abbild Belials Blick, während Flüsse aus Tränen die Wangen hinunterrannen.

»Du musst ihn zwischen die Finger nehmen«, fuhr das Angesicht des Hohepriesters in grässlich säuselndem Tonfall fort. »Streichle ihn, Belial! Bitte, zeige mir, dass du mich lieb hast!«

»Vergiss es! *Mich* begehrt er!« Aus dem Nichts erschien das forsche Antlitz eines Jungen, der Belial musterte, als ob er bis in die Abgründe seiner Seele hinabschauen könnte: dort, wo sich verbotene Gelüste und schmutzige Geheimnisse voller Scham versteckten. »Denkst du, ich hätte deine Blicke nicht bemerkt? Glaubst du, ich wüsste nicht, was dir durch den Sinn geht, wenn du mich heimlich anstierst? Meinetwegen hast du begonnen, dir selbst Qualen zuzufügen, und die sündigen Gedanken durch Schmerz zu vertreiben versucht …«

»Azrael …« Belials Stimme zitterte vor schlotternder Kälte und schaudernder Angst.

Im nächsten Moment – oben von der Decke, umringt von eisigen Zapfen – sah die bittere Miene seiner Mutter vorwurfsvoll auf ihn herab.

Belials schriller Schrei ließ die Fensterscheiben zerklirren, worauf unbarmherziger Schneesturm hereinbrauste und sein windiges Heulen sich mit den seelenlosen Stimmen vermengte. Flocken stoben in die Stube: einige winzig wie glitzernde Sterne, andere riesig wie Strohballen – und manche wiederum in der Gestalt bestialischer Untiere, wilder Wölfe oder zähnefletschender Drachen. Über Belials Kopf brachen die Eiszapfen von der Decke und sausten als Geschosse nieder; einer davon verletzte ihn mit der scharfen Kante am Arm und hinterließ eine blutende Wunde, einem Schnitt mit einer Klinge gleich.

Ein donnerndes Klopfen ertönte. Irgendjemand rüttelte von außen an der Baumhaustür.

Belials Blick schnellte zum Eingang – und erkannte voller Entsetzen ein neues Gesicht, das aus dem oberen Holz des Türrahmens hervorwuchs: Sein eigenes! Augen, den seinen ähnlich wie eine Schneeflocke der nächsten, stierten ihm hoffnungslos entgegen; ein Meer aus Einsamkeit trieb darin seine traurigen Wogen.

»Seit jeher fühlte ich mich schrecklich verlassen …«, flüsterte das gespenstische Abbild mit Belials Stimme. »Ich sehne mich nach einem Halt im Chaos des Seins, wünsche mir eine schützende Hand …«

Belial unterdrückte ein Schluchzen; starrte zu Boden, um den Blicken der weiß glänzenden Gesichter ringsum, diesen Geistern der Vergangenheit, zu entfliehen. Tränen gefroren auf seinen Wangen.

Draußen hämmerte es abermals gegen die Tür.

»Davon … habe ich geträumt vom ersten Moment an, als ich dich sah, Julian … gemeinsam mit dir durch die Straßen der Menschen zu ziehen …«

Wimmernd presste Belial sich beide Hände vor die Ohren, um die Worte seines Doppelgängers nicht länger hören zu müssen.

Im selben Moment krachte die komplette Eingangspforte aus den Angeln, als hätte jemand der Tür von außen einen mächtigen Tritt verpasst. Das Holz brach – und Belials eisiges Ebenbild zersplitterte mit gellendem Schrei. Im zerschmetterten Türrahmen erschien ein wohlbekannter Blondschopf.

»Master Julian!« Flehentlich warf Belial sich seinem Herrn zu Füßen. »Holt mich hier raus, ich bitte Euch! Jedem Eurer Befehle leiste ich Folge; gebe mein Leben, um Euch dienlich zu sein! Nur befreit mich von meinen Erinnerungen! Lasst mich nicht allein!«

Stumm half Julian ihm hoch auf die Beine, drückte ihn sanft an sich – und Belial durchströmte eine Wärme, die seine blau gefrorenen Finger und Wangen wieder rosig werden ließ. »Komm, beruhig dich. Ist ja erbärmlich.«

»Das bin ich, fürwahr! Erbärmlich und abstoßend!« Belial begann zu flennen wie ein Kind. »Armselig, weil ich mich einer Ratte gleich im Dreck suhle, um nach deiner Zuneigung zu heischen. Als Sklave, dir zum Nutzen, wollte ich mir einen Abglanz deiner Liebe erkaufen. Aus Angst und Scham geißle ich mich meiner verdorbenen Gefühle wegen. Ich bin ein Fehler des Allmächtigen, deiner nicht würdig!«

»Unsinn!«, widersprach Julian lächelnd. »Du bist hilfsbereit, aufrichtig und treu – ein wahrer Freund! Ohne dich wäre ich im Leben nicht aus dem Totenreich zurückgekehrt, hätte Kyu-Min niemals retten können. Stell dein Licht nicht unter den Scheffel; du bist mehr wert, als du glaubst!«

Belial sah ihn an … und einen wundersamen Moment schien sich in den meeresblauen Augen dieses kraftstrotzenden Jungen seine eigene, tief verschüttete innere Stärke zu spiegeln.

Fest schloss Julian ihn in seine Arme und innerhalb von Sekunden heilte die blutige Wunde, die ihm der herabstürzende Zapfen zugefügt hatte.

Schlagartig verstummte der durch die zerstörten Fenster eindringende Schneesturm und wich strahlendem Sonnenschein. Tau tropfte von den Möbeln, während die anklagenden Eisgesichter wie Glas zersprangen und auf ewig schwiegen.

Bunte Blumen – Tulpen, Veilchen, Hyazinthen – sprossen aus dem gräsernen Teppich hervor. Rosen wuchsen aus den Wänden, der liebliche Duft von Lavendel wehte durch die Stube. Ein gewaltiges Knarren durchfuhr den Stamm des Simurgh-Baums – und einen Wimpernschlag darauf brach das gesamte Holzhaus zusammen; klappte schlichtweg auseinander, billiger Pappkulisse eines schlechten Theaterstücks ähnlich.

Belial, in Julians Armen, fand sich im Freien mitten auf einer blühenden Wiese wieder. Wärmend fiel die Sonne auf sein Gesicht. Mit geschlossenen Augen schmiegte er die Wange an Julians Brust und flüsterte leise: »Danke …« *Hab Dank für deine Worte. Jahrtausendelang habe ich mich nach ihnen gesehnt; Ewigkeiten gehofft und gewartet, sie endlich aus dem Mund eines Freundes zu hören!*

»Verzeih mir … Ich hab dir Furchtbares angetan … deine Lage ausgenutzt, ohne zu sehen, dass du bloß nach meiner Hilfe schreist. Es tut mir leid, ehrlich!« Sachte strich Julian ihm durchs blattgrüne Haar. »Lass uns von jetzt an zusammenstehen wie Brüder! Keine Angst, du bist nicht länger allein!«

Belial blickte auf und erwiderte ein Lächeln.

Sanft pfiff der Wind ein Lied und ließ die Grashalme dazu im Takt wippen. Schmetterlinge tanzten um Julian und Belial herum und landeten ringsumher auf allen Blüten. Junge Knospen reckten sich Richtung Horizont zum Licht – Kindern gleich, die freudig ihre ersten Schritte in ein noch neues Leben wagten.

Kapitel 38

Giftige Zischlaute ziehen durch die Luft, dem Klang des Todes gleich. Das Schlachtfeld wimmelt von zahllosen, sich windenden Schuppenleibern: Scharen von Schlangen kriechen über starre Körper, Nattern gleiten durch blutige Pfützen. Um den Hals einer Leiche schlingt sich eine riesige Boa, einem mörderischen Galgenstrick ähnlich. In der Ferne erspähe ich die grün glänzende Rüstung von Despariels stärkstem Krieger, dem Schlangenfürsten Apophis. Das smaragdfarbene Schwert in seiner Hand liefert sich ein erbittertes Gefecht mit zwei Rebellen.

Ich selbst liege regungslos im Schmutz der niedergebrannten Steppe. Über mir kreisen krächzende Krähen am wolkenverhangenen Himmel. Schmerz schleicht durch jede Faser meines Körpers, während meine Haut feuergleich brennt und meine Kehle nach Wasser schreit. Aus meiner Brust rinnt roter Lebenssaft – aus jener tödlichen Wunde, die mir die Waffe des Schlangenmeisters zugefügt hat. Qualvoll spüre ich das lähmende Gift seiner Klinge sich durch meine Adern fressen wie ätzende Säure. Neben meinen Beinen nähert sich eine gefährlich anzusehende Kobra, öffnet züngelnd ihren gierigen Schlund ... ein Schwerthieb saust durch die Luft und trennt den Kopf vom Rest des Tieres.

Ein Gesicht rückt in mein Sichtfeld. Blondes Haar, verklebt von Blut. Fassungslose Furcht spiegelt sich in der Tiefe der blauen Augen. »Leviathan ...« Raziels Hand berührt meine Wange. »Rasch, du musst fort! Lass mich dich auf meine Schultern nehmen, ich fliege mit dir heim auf den Hof der Hoffnung!«

Ächzend öffne ich den Mund, nur mit Mühe dringen Worte über meine Lippen: »Zu spät, Freund ... Apophis' Gift ... zu stark ... Du kannst mich nicht heilen ...«

Raziels Gesicht verzieht sich zu einer schmerzerfüllten Grimasse. »Niemals lasse ich das geschehen – nein!«

Stöhnend wende ich unter ungeheurer Pein den Kopf, um stumm die Miene des Mannes zu betrachten, dem mein Herz gehört. Mag nun, im Antlitz des Todes, der rechte Zeitpunkt gekommen sein, all das auszusprechen, was in meiner Seele lodert? »Es ... war mir eine Ehre ... deine Kameradschaft zu erfahren ... bis zum Ende an deiner Seite gekämpft zu …«

»Bitte, ich … Gibt es nichts … was ich tun kann?« Raziel, der eisern die Rebellen führt, wirkt urplötzlich wie ein hilfloser Knabe.

»Beende mein Leid … der Schmerz ist unerträglich …«

Raziel hält hörbar den Atem an. *»Ich … soll …?«*

»Lieber sterbe ich durch dein Schwert, statt … dass Apophis' Gift mich bis zum Tode martert … Gewähre mir … die letzte Gnade, ich … flehe dich an …« Fiebernde Hitze umfängt mich, während ich mein Verderben weiter durch mein Blut fließen spüre.

Raziels Züge versteinern zu einer starren Maske. Zwei bittere Flüsse bedecken seine Wangen. Langsam wie unter einem Bann beugt er sich zu mir hinab, um mir scheu einen Kuss auf die Stirn zu drücken. *»Vergib mir …«*

Ein Röcheln dringt über meine Lippen, das bloße Atmen wandelt sich zur Qual. Über mir verschwimmen die trostlosen Wolken und die kreisenden Krähen. Das Zischen der Schlangen und das nahe Schlachtgeschrei verklingen in meinen Ohren, ähnlich einem Echo in weiter Ferne.

Der Anführer der Rebellen steht über mir: mein Freund, mein Gefährte … meine heimliche Liebe. Als er den Arm hebt, erblicke ich das Runenschwert. Raziels Finger umklammern zitternd den Griff. Die blanke Klinge blitzt …

Kyu-Min schlug die Augen auf. Gelangte zu Bewusstsein. Die Cafeteria war mitsamt seinem Doppelgänger verschwunden; von dem torkelnden Monster fehlte jede Spur. Stattdessen fand Kyu sich unversehrt auf dem Schulhof wieder. Feuer erhellte den ewig dunklen Horizont, ein infernales Orchester aus Prasseln und Knistern tönte laut in seinen Ohren. Um ihn herum stand die Welt in Flammen. Das Schulgebäude brannte, sämtliche Bäume ringsum flackerten lichterloh, in den Papierkörben kokelte der Müll.

»Das Auge der Nacht … verstärkt keine Dämonenkräfte … sondern … dieser Zauber … bewirkt in Wahrheit …« Wenige Meter entfernt entdeckte Kyu Zadkiel, die sich auf dem Boden krümmte und sichtlich mit Schmerzen kämpfte.

»Kyu … warum …?« Zu seinen Füßen lag Julian von der Hüfte an abwärts unter einem brennenden Baumstamm begraben. Grelle Zungen leckten gierig am Geäst, griffen auf seine Kleidung über und versengten ihm die Haut. »Kyu-Min! Bitte! Hilf mir!« Rauchschwaden schnitten ihm die Luft ab, heißer Schmerz verzerrte Julians Züge.

Kyu-Min sah auf ihn herab, schweigend und regungslos. Phantome geisterten hinter seiner Stirn. *Hab Dank, liebster Freund! ... Es ... war mir eine Ehre ... deine Kameradschaft zu erfahren ...*

Julian kreischte vor glühender Qual, während die Flammen unbarmherzig Klamotten, Haut und Haar fraßen. Der bestialische Gestank von verkohltem Fleisch stach in Kyus Nase.

»Sieh, Leviathan, so endet dein einstiger Mörder als Häuflein Asche!«, drang Eurynomes Stimme triumphierend durch das allgegenwärtige Geprassel, halb übertönt von Julians fürchterlichen Todesschreien.

Entscheide dich, Kyu-Min! Folgst du dem Ruf deines Herzens oder der Gewalt? Kyu senkte die Lider ... spürte im Geiste Leben spendendes Wasser tief unter seinen Füßen durch die Adern der Erde fließen ...

Rings um den brennenden Stamm riss das Pflaster auf. Mächtige Fontänen sprudelten hervor und bündelten sich zu einer mannshohen Welle, welche die glutroten Zungen verzehrte, den Baumstamm fortschwemmte und Julian vor dem sicheren Flammentod rettete. Das feurige Knistern des davontreibenden Baums starb in tosendem Rauschen. Rauch und kalte Asche wehten durch die Luft.

»Geliebter! Wa... Warum ...?« Eurynome, neben Belial in seinem ringförmig flackernden Gefängnis, starrte fassungslos zu Kyu-Min hinüber. Ein Windstoß fegte über den Schulhof – und in der nächsten Sekunde stand sie geradewegs vor ihm. Ihre Miene wechselte zwischen Verwirrung und einem Ausdruck, der möglicherweise Enttäuschung oder Bedauern andeutete. »Weshalb nur ... wendest du dich erneut von mir ab ...?«

»Aus demselben Grund wie damals.« Entschieden schob Kyu ihre Hand fort, mit der sie sanft seine Wange zu berühren versuchte. »Leviathan wollte nie einen Finger an dich legen, weil er in Wahrheit ... Raziel geliebt hat.«

»Aber ... du ... starbst durch seine Klinge!«

»Das ist gelogen! Ich erinnere mich ... ein Dämon, Apophis, hatte mich im Kampf verwundet. Sterbend auf dem Schlachtfeld bat ich Raziel um die letzte Gnade. Er ist nie missgünstig gewesen, hat mich nie hintergangen ... Raziel und Leviathan waren Freunde, Seite an Seite bis zum Schluss!« Kyus Stimme gewann an Schärfe. »Dass Raziel mein Mörder sein soll – das Märchen hast *du* dir ausgedacht, um mich an dich zu binden, richtig?«

Eurynomes Mundwinkel zuckten, in ihren wolkengrauen Augen wütete ein stummes Gewitter.

»So stellst du dich also gegen uns, Leviathan?«, fuhr Astaroth unverhofft dazwischen. »Dann sei verflucht, Verräter!«

Ein kochend heißer Feuerwall fegte Kyu-Min von den Füßen, rasend schnell, dass jedes Ausweichen unmöglich war. Eurynome schrie vor Schreck, während Kyu durch die Luft gewirbelt wurde und hart am Boden aufschlug. Sengender Schmerz quälte seinen Körper, zahlreiche Brandwunden verunstalteten seine Haut; Ärmel, Hosenbeine und Schnürsenkel waren schwarz angekohlt. Kyu-Min hustete schwer, als ob seine Lunge jeden Moment explodieren würde. Neben ihm stürzte ein Flammenball nieder: ein zweiter Angriff Astaroths, der sein Ziel nur unmittelbar verfehlte.

»Kyu …«

Sein Blick schnellte zu Julian, der – befreit aus der brennenden Todesfalle – mühsam hoch auf die Knie kroch. Der Hoodie hing ihm in feuchten Fetzen vom Leib. Zwischen den Löchern im Stoff erkannte Kyu unzählige rötlich-schwarze Flecke, die grässlich Julians Haut entstellten. Von den Haaren fehlten viele Büschel, kahle Krater durchzogen das Blond. Die meeresblauen Augen sahen in Kyu-Mins eigene, während Julians Lippen ein einziges Wort flüsterten: »Danke …«

Vergeblich versuchte Kyu-Min sich hochzurappeln, Astaroths Finger formten bereits ein weiteres feuriges Geschoss …

… und die Welt versank in rätselhaftem Licht. Blitze zuckten grell und gleißend am finsteren Horizont. Der Großbrand erlosch, die wütenden Flammen starben von einer Sekunde zur nächsten. Das blendende Lodern wich gespenstischen Schatten, die über den Pausenhof zu geistern begannen. Um die Konturen des Schulgebäudes, der Turnhalle, der Tischtennisplatten und Papierkörbe bildete sich ein geheimnisvoller Glanz aus mattem Violett – es erweckte den absonderlichen Eindruck, als würde man die Umgebung durch die Spiegelung eines Hämatits betrachten.

Kyu-Min richtete sich auf, fühlte seine Brandwunden heilen und neue Kraft durch seinen Körper strömen.

Julians Augen begannen zu glühen, roten Rubinen gleich. Im asphaltierten Boden schlossen sich die Risse, während das kohlrabenschwarze Geäst der Bäume seine natürliche Farbe zurückgewann. Binnen weniger Wimpernschläge wirkten die ausgebrannten Müllcontainer wieder wie unberührt. Geisterhände fügten Dachziegel und Fensterscheiben zusammen, ähnlich wie in einem rückwärts abgespielten Film. Sekunden später mochte man glauben, das Schulgelände hätte mysteriöserweise niemals ein Feuer gesehen.

Sichtlich gestärkt erhob sich Zadkiel. Der alles umgebende, violette Glimmer schien ihre Schmerzen zu lindern und sie mit frischer Energie zu laben.

Kyu-Min sah den quälenden Rauch versickern, der Nadja nebelartig gefangen hielt und sie zu ersticken drohte. Belial, frei aus dem Feuerring, half ihr auf die Beine, während sie hustend nach Atem rang.

Verängstigt taumelte Eurynome durch das merkwürdige, allgegenwärtige Irrlicht. »Astaroth ...? W-Was ... ist das ...?« Ihre Stimme glich einem kränklichen Keuchen.

Der Urdämon stand wie zur Statue versteinert. Das Feuergeschoss zwischen seinen Händen verpuffte jämmerlich. »Dieses dunkle Licht ... die einzige Kraft im Universum, stark genug, mich ...! Aber ... warum kann er ...? Unmöglich!«

Julians Wunden waren verheilt. Seine Haut schimmerte rosig, das blonde Haar glänzte voll wie eh und je. Die rot leuchtenden Augen starrten Astaroth wild entschlossen entgegen, während ein schwarz-weißer Blitz vom Himmel herabfuhr, Julians Finger umspielte und sich zu einer Flamme lodernder Finsternis ballte.

»Bei allen Teufeln! *NEIN!!!*«

Julian schleuderte den dunklen Feuerball, der Astaroth in eine lebende Fackel verwandelte. Das düstere Licht verbrannte Haut und Haar; pechschwarze Zungen leckten ihm das Fleisch von den Knochen. Finstere Funken flogen, Rauch stieg auf, beißender Gestank erfüllte die Luft. In innerer Umarmung mit schattenhaften Flammen vollführte Astaroth schreiend einen Totentanz, um schlussendlich als Häuflein Asche zu enden, das sogleich vom Wind verweht wurde.

Oben am ewig nächtlichen Horizont blinkten auf einmal die Gestirne auf. Ein Meer aus Sternen funkelte friedlich über dem Schulgebäude.

Belial und Nadja zogen erleichterte Mienen.

Zadkiel lief zu Kyu-Min. »Bist du wohlbehalten?«

Kyu hielt den Atem an. *Wow, so stark ist Raziel, dass er dieses mächtige, schwarze Irrlicht heraufbeschwören kann? Beängstigend ...*

Sein Blick kreuzte sich mit Eurynomes. Unergründlicher Kummer lag auf ihrem Gesicht, als die Dämonin sich langsam abwandte und durch ein magisches Portal der Jakobsleiter verschwand, das sich kurz darauf hinter ihr schloss.

»Kyu ...« Das Leuchten in Julians Augen war erloschen. Kyu-Min konnte regelrecht mit ansehen, wie die mystische Energie ihn verließ. Unendlich müde trottete Julian zu ihm hinüber, um schlaff wie ein Sack in seine Arme zu fallen.

Liebevoll strich Kyu durch sein blondes Haar. »Du hast uns gerettet.«

»Und du mich«, antwortete Julian matt lächelnd.

Kyu-Min lachte. »Ja ... obwohl ich ein verkorkster Ghetto-Gangster bin.«

»Nein ... ich erinnere mich ... ich *weiß*, wer du bist ...« Julians Hand ergriff die seine. »So oft hat man mir von der idealen Welt vorgeschwärmt, die ich als Raziel einst erschaffen wollte. Doch die glücklichste Welt, die ich mir vorstellen kann – das ist eine, in der du und ich Freunde sind. Irgendwo, in einer anderen Realität vielleicht ... würde ich in der Schule neben dir sitzen und heimlich deine hübschen Hände betrachten. Mit dir Videogames zocken, bis der Arzt kommt; rumalbern, kiffen, mir mit dir den Bauch mit Eis vollschlagen. Dich beschützen, dir der beste Kumpel sein. Mit dir lachen, weinen, dich umarmen ...«

Kyu-Min küsste ihn zärtlich. »Julian ... egal, in welcher Welt, in welcher Realität ... *immer* liebe ich dich!«

Die Sterne am Himmel begannen zu leuchten, hell und strahlend, bevor sie als Schnuppen herabfielen wie schimmernde Freudentränen. Ein neuer Morgen brach an, die Nacht wandelte sich zum Tag. Das ewige Dunkel verzog sich und endlich – nach endlos langer Zeit, wie es schien – kehrte die Sonne am Horizont zurück.

Vor Julians und Kyu-Mins Augen legte sich goldener Glanz über den Schulhof. Bezaubernder Sonnenschein umfing sie beide, den herrlichen Sommertagen gleich, an die Kyu sich noch vage wie aus lang vergangener Kindheit erinnerte. Von weit aus der Ferne drang ein Geräusch an sein Ohr: der leise Klang von Scherben ... ein gläsernes Klirren, als ob ein Spiegel zerbrach ...

Kapitel 39

Langsam öffnete Julian die Augen …

Vier Uhr morgens – die Stunde des Teufels war knapp vorüber. In der Räucherschale lag verglommene Asche. Die Kerzen waren komplett heruntergebrannt und hatten Wachsflecke auf dem Laminat hinterlassen. Julian stellte fest, dass der Spiegel zerbrochen war. Ein Spinnennetz aus Rissen durchzog das ovale Glas, als ob irgendjemand mit der Faust mitten hineingeschlagen hätte.

Kyu-Min erwachte aus der Trance. »Ju… lian …? B… Bist du …?« Sein benebelter Blick irrte verwirrt durchs dunkle Zimmer. »Mein Gott … w-was … war das denn für 'n Trip?«

Nadja, zusammengesunken auf dem Bett, reckte sich schwerfällig. Das Buch mit dem Zauberspruch war ihr aus der Hand geglitten.

Ächzend erhob Julian sich aus dem Schneidersitz. Seine Beine fühlten sich taub an, als hätte er jahrhundertelang im Koma gelegen.

Kyu-Min zog die Vorhänge vorm Fenster zurück. Draußen herrschte friedliche Nacht.

Nadja knipste das Licht an. »Ich glaube, wir könnten jetzt alle einen schönen, warmen Tee vertragen …«

Julian nippte an seiner Tasse, während sich hinter seiner Stirn das Gedankenkarussell drehte. *Diese Alternativwelt … ständig hat sie sich verändert … Am Anfang, als Kyu und ich anfingen, uns … na ja, von unserer weniger netten Seite zu zeigen, blieb unser Umfeld zunächst noch dasselbe. Dann plötzlich … sind immer mehr Menschen in den Bann dieses Zaubers geraten und alles wurde mit einem Schlag anders! Kyu-Min war kriminell, Nadja meine Freundin, mein Bruder hatte 'ne Behinderung … Heilige Scheiße, Flo war mein Fußabtreter und Belial mein Skl…!*

»Sagt mal … nachdem Astaroth mich fast besiegt hatte und die Realität völlig aus den Latschen gekippt ist … was war's bei euch? Was habt ihr gesehen?«, murmelte er in die Runde. »Bei mir ... äh, ich bin Raziels Geist begegnet ... und dann ... irgendwie, von einer Minute zur nächsten ... da war dieser Baum aus Eis, aus dem ich Belial gerettet hab ...«

»Komisch, hätte der Zauber nicht eigentlich unsere Dämonenpower stärken sollen?« Kyu erdolchte Nadja mit anklagenden Blicken. »Von solchen ... Nebeneffekten hast du kein Wort erwähnt!«

»Nun, ich ... sagte doch, der Ritualtext ist verschachtelt und schwer zu verstehen. Scheinbar hab ich mich bei der Übersetzung ... ähm, ein bisschen vertan.«

Kyu-Min schnaubte wie ein wütender Stier. »Ach, *so* nennst du das, wenn du meinen Freund in einen machtgeilen Sadisten verhext und mich dazu bringst, andere Leute zu beklauen oder zusammenzuschlagen?!«

»Lass gut sein, Kyu. Ist nicht Nadjas Schuld«, unterbrach Julian beschwichtigend. »Das Auge der Nacht hat uns nicht *verwandelt* ... sondern uns die Dinge gezeigt, die in uns verborgen sind.«

»W-Was? Ich ... Quatsch!« Kyu-Min schnappte nach Atem. »So ... bin ich nicht! Nein ... sorry ... brauch frische Luft!« Er sprang vom Stuhl auf und stürmte mitsamt seinem Tee aus der Küche. Ein leises Geräusch verriet, dass er im Wohnzimmer die Terrassentür öffnete.

»Kann ihn verstehen ... er ist aufgewühlt.« Nadjas Finger spielten unruhig mit der Tasse vor ihr auf dem Küchentisch. »Die meisten Menschen erschrecken, sobald sie gezwungen sind, ihrem Schatten ins Angesicht zu sehen.«

Julian wagte einen zögerlichen Seitenblick. »Du, Nadja ...? In der Welt des Auges, als wir beide ... also ... du hast ... Dinge zu mir gesagt ... gemeint, du hättest auf mich gewartet ... dich nach mir gesehnt ...«

»Tatsächlich? Ich erinnere mich bloß, du wolltest mir das Rauchen verbieten!«, schnitt Nadja ihm eiskalt das Wort ab und fischte flink ihre Zigarettenschachtel aus der Hosentasche, um sich demonstrativ eine Kippe anzuzünden. »Lass dir das nie wieder einfallen, klar?«

Eine geschlagene Minute betrachtete Julian schweigend den Qualm hinauf zur Zimmerdecke steigen. *Fünf Jahrhunderte hab ich auf dich gewartet ... all die Zeit davon geträumt, wieder bei dir zu sein ...*

»Ich … schau mal nach Kyu …« Er stellte seine leere Tasse ins Spülbecken und stapfte Richtung Terrasse.

Draußen lag nächtliche Stille über dem Garten. Schneereste bedeckten den Rasen und die farblosen Beete. Die kahlen Äste eines Bäumchens wiegten sachte im Wind.

Kyu-Min stand im fahlen Licht einer kreisrunden Leuchte, schräg hinter ihm an der Hauswand montiert. In der einen Hand hielt er die dampfende Teetasse, in der anderen eine brennende Zigarette.

Julians Blick haftete sich an den Glimmstängel. »Sind wir immer noch in der Alternativwelt?«, fragte er schmunzelnd.

»Oh … ne, ist nur für die Nerven.«

»Wie … geht's eigentlich deiner Nase?«

»Wieder heil.« Wie zum Beweis umfassten Kyus Finger beide Nasenflügel.

»Es … tut mir echt leid.« Beschämt senkte Julian die Augen nieder. »Ich weiß, ich hätte dich … niemals schlagen dürfen. Verzeih mir … bitte!«

»Ach … schon okay.« Kyu-Min qualmte einen hastigen Zug. »Ich meine … du hast mir ja nie wirklich wehgetan. Nichts von dem, was dieser Zauber uns vorgegaukelt hat, war real. Ist praktisch alles nie passiert!«

»Ich fürchte … doch.« Die kalte Abendluft ließ Julian frösteln. »Reden wir uns nicht raus. Gewalt und Grausamkeit stecken in dir und mir – sowie in jedem Menschen. Das Auge der Nacht hat sichtbar werden lassen, wozu wir beide fähig sind … was wir bereit wären, anderen anzutun …« Er schluckte schwer; die bittere Erkenntnis hinterließ einen galligen Geschmack auf seiner Zunge.

Kyu-Min nickte stumm und zerdrückte den Zigarettenstummel ungeniert in einem der Blumentöpfe, bevor er Julian unendlich langsam sein Gesicht zuwandte. »Ich wünschte einfach, ich wäre mutig wie du … der strahlende Anführer, zu dem jeder aufschaut. Seitdem du Raziels Kräfte besitzt, komm ich mir bloß noch als lästiges Anhängsel vor … ein Klotz am Bein! Neben dir … wer bin ich schon? Was ist an mir besonders?« Seine Stimme glich einem Flüstern, in den dunklen Mandelaugen glänzten Tränen. »Ehrlich, ich habe es satt, behandelt zu werden wie ein rohes Ei … dass meine Eltern mich bevormunden und die

Idioten in der Schule auf mir rumhacken! Als Leviathans Seele in mir erwacht ist … nur ein einziges Mal wollte ich zurückschlagen, mich wehren … stark sein wie du! Ich meine … vor nichts hast du Angst, lässt dir von niemandem was bieten. *Du* verschaffst dir Respekt – kommt dir einer blöd, kriegt er die Quittung!« Ein klägliches Lachen, halb erstickt von einem Schluchzen. »Zum Beispiel 'ne Kopfdusche im Klo oder 'nen Batzen Gras ins Maul …«

»Was soll daran mutig sein?«, widersprach Julian sanft. »Dennis … und ja, *ich* … wir haben diesen Jungen gequält, weil er der Schwächere war. Feige von uns! Und Flo … er hatte keinen Respekt vor mir, sondern schlicht und ergreifend Angst. Obwohl wir Freunde sind, war ich richtig mies zu ihm …« Lächelnd trat er näher und legte zärtlich den Arm um Kyu. »Häufig schon wollte ich aufgeben, davonlaufen, mich drücken – viel öfter, als du glaubst! Wenn ich mich schützend vor dich gestellt hab, gab mir unsere Freundschaft den Mut. Den Weg ins Totenreich habe ich nur gewagt, um dich wiederzusehen. Astaroth bloß dank deiner Hilfe besiegt. Sollte ich je stark gewesen sein – es war allein deinetwegen!« Eine Sekunde lang schloss Julian die Augen und horchte in die dämonischen Untiefen seines Inneren. »Raziels Erinnerungen zeigen mir, wie sehr Leviathan ihm am Herzen lag … wie viel du ihm bedeutet hast. In der Realität, die der Zauber erschaffen hat … ich hatte unsere Liebe beinah vergessen … und dennoch … da war dieser Schmerz, diese Leere … Als du nicht mehr an meiner Seite warst, hab ich mich schrecklich verlassen gefühlt. Du bist kein Anhängsel, Kyu, kein Klotz am Bein. In allen Welten, in allen Leben – warst du immer mein einziger Anker!«

Die Tränen auf Kyu-Mins Wangen schimmerten perlengleich im Licht der Gartenlaterne. »So wie du auch meiner …«

Scheu näherten sich ihre Gesichter, worauf die Lippen liebevoll zueinanderfanden. Julian umarmte seinen Freund und drückte ihn fest an sich, sodass die Tasse aus Kyus Hand fiel und in Glück bringende Scherben zersprang.

»Sag mal, Kyu«, wisperte er mit spitzbübischem Grinsen, während er Kyu-Mins Hand sanft durch sein Haar fahren spürte, »was geht eigentlich in deiner Birne vor, dass das Auge der Nacht unser gemütliches Bahnhofsviertel in ein verkommenes Ghetto verwandelt?«

»Na ja, ähm … aber ist dir aufgefallen, was ich für ein megacooles Auto hatte?«

Julian lachte und küsste ihn erneut, länger als beim ersten Mal.

Nadja steckte den Kopf zur Terrassentür hinaus. Missmutig traf ihr Blick die zerbrochene Teetasse auf den Fliesen. Kyu lächelte versöhnlich.

Tage später noch sollte Julian sich an ein Buchzitat aus dem Deutschunterricht erinnern, wenngleich ihm der Verfasser entfallen war: *Tausend Kriege, mögen sie auch wüten wie Wirbelstürme, sind ein Windhauch entgegen dem Kampf, der in der Seele eines Menschen tobt.*

Kapitel 40

Als Mephistopheles aus der Kutsche stieg, kam er sich wie ein zum Tode Verurteilter vor, den der Henker geradewegs zum Galgen führte. Was mochte dieser Irrsinnige aushecken, ihn zu sich auf sein Anwesen zu bitten? In der Botschaft war von einem abendlichen Mahl die Rede gewesen. Mephisto fühlte sich, als würde sein Name auf der Speisekarte stehen! Despariel hatte ihn gebeten, allein ohne begleitenden Schutz zu erscheinen – dass er diesem Wunsch auch noch bereitwillig nachkam, ließ den Hochfürsten beinah am eigenen Verstand zweifeln. Mephistopheles dachte an den Verlust seines treuen Attentäters Halphas … und in seinem Inneren tobte unbändiger Groll. Gleichwohl, das gierige Verlangen nach Vergeltung zu stillen und Satans jüngsten Spross wie Unkraut auszurupfen, lag nicht in seiner Macht. *Noch* nicht! Daher erschien es ihm unklug, einer Einladung des früheren Dämonenkönigs keine Beachtung zu widmen – zumindest bis zum ersehnten Moment, wenn er Despariels Lebensfunken auslöschen würde!

Schwerfällig durchschritt er das Tor zum Kastell Astarte. Der Vorgarten war während der vergangenen fünf Jahrhunderte enorm verwildert. Gebüsch wucherte, Wasser plätscherte in einem von Ranken überwachsenen Brunnen. Im Inneren des Anwesens herrschte geschäftiges Treiben; Mephisto erspähte Schatten hinter den erleuchteten Fenstern umherhuschen. Offenbar gönnte Despariel sich die Dienste hilfreicher Hausgeister, die sein Heim umsorgten.

Vor der Pforte wartete Kallisto. »Seid willkommen, Hochfürst!«

Er erwiderte den Gruß mit stummem Nicken.

Ein prächtiger, perlenbesetzter Kronleuchter erhellte die Eingangshalle. Mit ehrfurchtsvoller Verbeugung erschien ein Hausgeist. Als er Mephisto um seinen Mantel bat, nahm der Geist wenige Augenblicke lang die Gestalt einer Frau im Scharlachkleid an, um anschließend wieder als Schemen davonzuschweben.

Kallisto führte den Hochfürsten einen Flur entlang; vorbei an kostbaren Vasen, edlen Rüstungen und fein bestickten Wandteppichen. Während Mephistopheles ihr schweigend folgte, wünschte er sich insgeheim an einen anderen Ort: in den Limbus oder ins Moor der Trostlosigkeit … gleichgültig, Hauptsache weit entfernt!

Gemälde von verschiedensten Ländereien der Unterwelt schmückten die Wände des Speisezimmers. Im marmorbehauenen Kamin knisterte ein Feuer. Über dem Sims hing ein prachtvolles Wappen mit dem Zeichen Luzifers: das Symbol des gefallenen Morgensterns, dessen Blut durch die Adern von Raziel und Despariel floss.

Am oberen Ende einer langen Tafel saß der Hausherr höchstselbst. »Fürst Mephistopheles, habt Dank für Euer Erscheinen! Eure Anwesenheit beehrt mein bescheidenes Heim.«

Er verspottet mich! Seine Höflichkeit gleicht blankem Hohn. »Erspart mir die falschen Schmeicheleien, Despariel! Lasst uns umgehend zum Punkt kommen: Was hat diese abstruse Einladung zu bedeuten? Neue Drohworte und Zankreden?«

»Aber nicht doch! Würde ich Euch als Gast in mein Haus bitten, bloß um Euch zu drohen? Vielmehr möchte ich ein Bündnis vorschlagen.«

Mephisto horchte auf. »Wie darf ich das verstehen?«

Mit einer Geste bat Despariel ihn, am anderen Ende des Tisches Platz zu nehmen. Auf einen weiteren Wink von ihm verneigte Kallisto sich und verschwand durch die Tür. Im nächsten Moment schwebten drei Hausgeister in Gestalt junger Herren in vornehmen Gewändern herein und brachten das Gedeck: goldbesetzte Teller und Becher mit funkelnden Rubinen.

Pracht und Prunk im Überfluss – genau der Geschmack dieses verschwenderischen Scheusals!, dachte der Höllenfürst verächtlich.

Despariel faltete die Hände vor dem Kinn, die eisig blauen Augen blickten ihm entschlossen entgegen. »Nun denn, zur Sache: Während wir uns in Streitereien um die Krone verlieren, bedrohen Raziel und sein vermaledeites Verbrecherpack unser gesamtes Volk. Wenn wir diesem Übel nicht vereint gegenübertreten, erleidet unser geliebtes Reich der Schatten bald den tödlichen Schlag.« Der Schein des Kaminfeuers flackerte auf seinem Gesicht. »Vor wenigen Monden entfachten die Rebellen auf der Erde das Wandelnde Nichts – dieses gefahrvolle Unheil hätte um ein Haar die menschliche Welt verschlungen und die Ordnung des Universums aus den Fugen gerissen! Neue grausame Absichten dieses rebellischen Gesindels zu zerschlagen sollte daher unser oberstes Ziel sein!«

Mephistopheles spürte einen Stich der Verblüffung. »Ihr wollt behaupten, das Ewige Grau … war das Werk der Rebellen?«

»Gewiss. Wer sonst trachtet danach, das Gleichgewicht der Kräfte zu zerstören?« Despariels Zungenspitze fuhr über seine Lippen. »Glaubt mir, ich war fassungslos, als Raziel sich mit triumphierendem Gelächter brüstete, einem Menschenjungen – einem seiner engsten Vertrauten auf Erden – befohlen zu haben, das Nichts zu beschwören.«

Mephisto runzelte die Stirn. »Merkwürdig … dieser Julian Sanders, Raziels Wiedergeburt, nimmt die Vernichtung seiner eigenen Welt in Kauf?«

In den eisblauen Augen glomm ein Funke brennenden Hasses. »Ich bitte Euch, Hochfürst! Menschen sind von Natur aus barbarische Kreaturen; sie haben die Schöpfung von Beginn an schändlich behandelt – und Raziel ist ein gewissenloser Mörder, der schon vor fünfhundert Jahren als Dämon keine Skrupel kannte, seine eigenen Brüder und Schwestern zu töten!«

»Wohl wahr …« Der Hochfürst wagte einen herausfordernden Blick über die Tafel. »So verstehe ich Euch recht: Ihr verzichtet auf die Macht und vereinigt Eure Kräfte mit den meinen, um den Rebellen Einhalt zu gebieten?«

»Nun … wir könnten uns den Thron teilen«, erwiderte Despariel ungerührt. »Begraben wir unsere Fehde – das Wohlergehen des Dämonenvolkes ist von größerer Bedeutung! Insofern Ihr mir freien Einlass in Pandämonium und Mitsprache bei Regierungsangelegenheiten gewährt, stehe ich Euch zur Seite.« Ein hämischer Zug spielte um seine Mundwinkel. »Sicher könnt Ihr kaum erwarten, den Tod Eures Vasallen Astaroth zu rächen.«

»Woher wisst Ihr …?«

»Ich glaube, keinem Dämon wird der Kometenschauer entgangen sein, der vergangene Nacht vom Horizont herabfiel.«

Grollend verzog Mephistopheles das Gesicht in Erinnerung an die gestrigen Abendstunden: die Flammen in den Wolken. Schon als die ersten Kometen glutrot hinabgestürzt waren, hatte der Hochfürst gewusst: Die lodernde Fackel der Unterwelt war erloschen. Das Element des Feuers selbst hatte brennende Tränen um seinen verstorbenen Gebieter Astaroth vergossen.

Mephisto musterte sein Gegenüber am anderen Ende des Tisches, lauerte förmlich auf die leiseste Spur von Arglist in Despariels Mienenspiel. *Obgleich ein Ungeheuer – nützlich wäre er allemal. Ein machtvoller Verbündeter, zweifellos ...* »Nun, verzeiht, aber ... weshalb sollte ich oder der Rat der Fürsten Euch trauen?«

»Ich beabsichtige, meine Aufrichtigkeit unter Beweis zu stellen – und liefere Euch eine der gefährlichsten Rebellenkriegerinnen auf dem silbernen Tablett! Als ich auf der Erde gegen Raziel kämpfte, um ihn an der Zerstörung der menschlichen Sphäre zu hindern ... Fürst, Ihr haltet nicht für möglich, wer sich mir urplötzlich in den Weg stellte!« Despariels Stimme gewann die Schärfe eines Beils. »Die Hoflehrerin unseres geliebten Königs, treu an der Seite meines missratenen Bruders!«

Hekate! Mephistos Faust fuhr auf die Tischplatte nieder, dass die Teller klirrten. »Dieses verlogene Weib! Ich wusste es, ich ...!« Zwischen den Worten schnappte er nach Luft. »Unverzüglich ordne ich ihre Verhaftung an!«

»Ruhig Blut, Hochfürst! Solch eine Frau von Rang und Namen könnt Ihr nicht verschwinden lassen, ohne unerwünschtes Aufsehen zu erregen. Geschicktes Vorgehen ist gefragt!«

»Und ich nehme an, rein zufällig habt Ihr bereits den passenden Plan ausgeklügelt?«

»Gewiss.« Despariel lächelte verheißungsvoll. »Schenkt Ihr mir Euer Vertrauen?«

Mephistopheles nickte bedächtig. »Eure Worte klingen vielversprechend ...«

»Exzellent!«

Despariel klatschte dreimal in die Hände – und die Hausgeister trugen dampfende Schüsseln mit Gebratenem und Gesottenem auf. Ein köstlicher Duft verbreitete sich im Speisezimmer.

»Lasst uns auf unseren Pakt trinken, Großfürst!« Auf Despariels Be-

266

fehl brachte einer der dienstbaren Geister eine Karaffe. »Ein Kelch Wein gefällig?«

»Meinetwegen«, erwiderte Mephisto knapp, während er sich voller Zorn ausmalte, beide Hände gewaltsam um Hekates Hals zu legen.

Despariel schien seine Gemütslage anhand seiner Gesichtszüge zu deuten. »Grämt Euch nicht, Fürst! Mit vereinten Kräften zwingen wir diese Verräterin ebenso in die Knie wie Raziel und den ganzen Rest der verlumpten Bande!« Mit beinah süßlichem Ausdruck auf den Lippen prostete er ihm zu, nachdem der Hausgeist eingeschenkt hatte.

Der Großfürst erzwang den Ansatz eines Lächelns und erhob zögernd den Becher. »Möge dieses Bündnis uns beiden von Gewinn sein ...« *Doch seid versichert, die Macht über die Unterwelt gebe ich niemals her! Sobald Ihr Eurem Zweck gedient habt, tilge ich Eure nichtige Existenz auf ewig aus den höllischen Gefilden, Despariel!*, schwor er innerlich, während er sich einen Schluck Wein auf der Zunge zergehen ließ ... und einen Moment lang, für den Bruchteil einer Sekunde bloß, glaubte Mephisto, in den Augen seines Gegenübers denselben verächtlichen Gedanken zu lesen.

Kapitel 41

Tropfen klopften leise ans Fenster. Durch die verregnete Scheibe betrachtet wirkte die Welt wie ein verwunschenes Aquarell: einem flüchtigen Traumbild ähnlich, das schwindet, sobald die Nacht dem Morgen weicht.

Florian saß beim Frühstück und starrte in seinen Kaffee. Neben der Tasse stand ein Gedeck mit gekochtem Ei auf dem Küchentisch. Unter dem Teller klemmten fünf Geldscheine zusammen mit einer handgeschriebenen Notiz: *Kauf dir was Leckeres zum Mittag, aber bitte nicht jeden Tag Pizza!* Seine Eltern waren die Woche über in Österreich zum Skifahren in den Bergen; spontaner Kurzurlaub zu zweit.

Verschwommene Empfindungen und Eindrücke geisterten hinter Florians Stirn. Erinnerungen an Träume, die womöglich Wirklichkeit gewesen waren. Wirklichkeiten, die ihm wie düstere Träume vorkamen. *Ich ... die Flyer, hab sie extra ... Ich ... w-will nur – Klar, weiß ich doch. Schleppst brav meinen Ranzen, spendierst mir in den Pausen mein Getränk, lässt mich Hausaufgaben abschreiben ... alles, um mein Freund zu sein.*

Diffusen Ängsten folgend widerstand Flo einen Augenblick lang dem merkwürdigen Impuls, sich einen der Zwanziger in die Tasche zu stecken, die seine Mutter ihm fürs Einkaufen überlassen hatte. *Zwanzig ab nächstes Mal, kapiert?*

Es klingelte. Florian zwinkerte in Richtung Radio; glaubte für eine Sekunde, das Geräusch wäre Bestandteil der Dudelmusik gewesen – da schrillte die Klingel zum zweiten Mal.

Gedankenversunken trottete Flo zur Haustür ... und eine eigenwillige Mischung aus Freude und Furcht bemächtigte sich seiner, als er sah, *wer* draußen stand.

»Hey ...« Julian lächelte verlegen.

Eine geschlagene Minute musterte Florian ihn stumm, um ihn schließlich mit steifer Geste hereinzubitten. »Kaffee? Wasser? Cola?«, fragte er, zurück in der Küche, wobei er sorgsam vermied, Julian in die Augen zu schauen.

»Nichts, danke.«

Gefühlte Ewigkeiten lang herrschte betretenes Schweigen, während Beklommenheit Flos Kehle zuschnürte. Im Angesicht seines … Kumpels? Peinigers? … fühlte er sich wie ein verängstigtes Küken – ohne überhaupt mit Sicherheit sagen zu können, ob die erduldeten Schikanen je wirklich geschehen oder nur einem Spross finsterer Fantasie entwachsen waren.

Julian brach das Eis. »Woran … erinnerst du dich?«

»An alles …« Florian wandte sich ihm zu. »Gestern … bin mitten in der Nacht aufgewacht … aus einem endlos langen Albtraum, so schien's mir … Die Bilder sind noch in meinem Kopf, glasklar … und dennoch … ist komisch … trotzdem weiß ich, das ist nie passiert …«

»Ja … weil die Welt jetzt wieder wie vorher ist. Nadja, sie … hat einen Zauber ausgesprochen, um Kyus und meine Kräfte im Kampf gegen Astaroth zu steigern – der Dämon, der den Weihnachtsmarkt abgefackelt hat, du erinnerst dich? Jedenfalls … statt uns stärker zu machen, hat das Ritual allmählich die Realität verändert und dabei … na ja … das Schlechteste in uns allen hervorgebracht.«

Florian spürte eine unsichtbare Faust, die ihm schmerzhaft in den Magen boxte. *Schon wieder Zauberei und Dämonen! All das, von dem ich wünschte, ich hätte niemals was davon erfahren!* »Zumindest war's diesmal nicht meine Schuld«, bemerkte er und bemühte sich um eine Spur von Heiterkeit in der Stimme.

Julian lächelte verhalten. »Gehen wir auf dein Zimmer … und reden?«

Flo nickte wortlos und räumte rasch den Frühstückstisch ab, worauf Julian ihm die Wendeltreppe hinauffolgte.

Oben in seiner Bude streifte Florians Blick den Fotorahmen über seinem Schreibtisch: eine Collage mit Bildern in unterschiedlichsten Farben; manche schwarz-weiß, andere schattiert oder bunt unterlegt. Obgleich Flos Herz an der Fotografie hing, hatte er nach Miriams Tod lange keine Freude mehr an seinem Hobby finden können. Die Collage war sein jüngstes Werk, gerade erst … zwei Wochen alt? *Wie viel Zeit ist inzwischen eigentlich vergangen?*

»Es tut mir unendlich leid, Flo. Ich … hab mich furchtbar verhalten«, begann Julian nach erneuten stummen Minuten bekümmert. Er stand am Fenster und stierte hinaus, als würden seine Augen nach irgendetwas in weiter Ferne suchen. »Ich war gemein, habe dir wehgetan … genau wie Kyu-Min, Nadja und noch anderen. Und jetzt … geht's mir richtig mies damit. Auch wenn's an dem Zauber lag – ich fühl mich schuldig …«

»Verzeih dir am besten erst mal selbst«, murmelte Florian und ließ sich aufs Bett fallen. »Dann findest du sicher einen Weg, es wiedergutzumachen. Steckt schließlich ein guter Kern in dir.«

Mit ungläubiger Miene wandte Julian sich um. »Wie, so einfach? D… Das sagst *du*, nachdem ich dich wie Dreck behandelt hab?«

»Hm, ach, na ja … ein tonangebendes, gnadenloses Arschloch warst du doch schon immer, ist nichts Neues.«

»W-Wie bitte?«

»Aber Hallo! Entweder es geht nach deinem Kopf oder gar nicht – und wer dir krumm kommt, spürt deine scharfe Zunge oder direkt deine Fäuste.« Flo lächelte ironisch. »Mancher landet auch halb in der Kloschüssel.«

»Vielleicht, ja …« Die Trübsinnigkeit grub sich noch tiefer in Julians Züge. »In dieser alternativen Welt … Kyu-Min hat mir unterstellt, ich wäre grausam und herrschsüchtig; könnte nichts außer prügeln und draufhauen …« Er seufzte schwer. »Wahrscheinlich ist's wahr … und ihr habt beide recht …«

»Stimmt schon«, entgegnete Florian und konnte sich ein Grinsen nicht verkneifen. »Und dennoch … diese schlechten Eigenschaften sind nur die Schatten all deiner guten Seiten: deiner Stärke, deines Mutes … Weißt du noch, damals auf dem Rummelplatz? Die Geisterbahn …?«

Der Jahrmarkt in jenem Sommer vor vielen Jahren hatte mit einer brandneuen Attraktion aufgewartet: Eine unheimliche Fahrt durch ein zweistöckiges Spukschloss.

Zusammen mit fast allen Jungs seiner Schulklasse, alle Mann mit Popcorn-Tüten oder Reibekuchen ausgerüstet, war Florian durchs laute Gewimmel geschlendert. Gemeinsam hatten sie bunte Lose an den Buden gekauft, sich gegenseitig mit Autoscootern gerammt und ausgelassen auf dem Kettenkarussell gekreischt. Schließlich, nach einer fröhlich-spritzigen Fahrt auf der Wildwasserbahn stand Flo mit bangem Herzen vor dem Ort seiner schlimmsten Befürchtungen: eine schaurige Kulisse aus dunklen Türmen und finsteren Zinnen. Mit zischendem Geräusch hatte ein feuerroter Kunststoffdrache seinen gierigen Schlund geöffnet – allem Anschein nach bereit, Florian auf der Stelle zu verschlingen.

»Erleben Sie einen Grusel-Spaß mit Gänsehaut-Garantie!«, warb eine grässlich verzerrte Stimme aus den Lautsprechern.

Florian erinnerte sich an den Schweiß auf seiner Stirn. Er hatte sich gefürchtet – nicht vor den Pappmonstern, sondern vor den unsichtbaren Schrecken, die drinnen in der Düsternis sonst noch lauern mochten. Früher litt Flo eine Phase lang an Angst vor der Dunkelheit; *Achluophobie* oder wie das hieß. *Elf Jahre alt und Schiss im Dunkeln!* – dieser quälende Satz war ihm durch den Kopf gegeistert, während die Glühbirnenaugen eines struppigen Werwolfs grimmig auf ihn herabgestarrt hatten.

Und wenn ich behaupte, ich muss dringend die Toiletten aufsuchen? Oder will unbedingt zum Dosenwerfen? Oder ...? Fast panisch hatte Florian sich das Hirn auf der Suche nach einer geschickten Ausrede zermartert, um seinem schauderhaften Schicksal zu entgehen. Dort im Spukschloss endlose Minuten lang durch völlige Finsternis gleiten; an ein Gefährt gefesselt und hilflos den Phantomen ausgeliefert, die sich hinter den Plastikungeheuern in den Schatten verbargen ... Nein! Nein, nein, nein! Jedoch, gleichzeitig war ihm sonnenklar gewesen: Zog er den Schwanz ein, galt er vor allen anderen Jungs als feiger Pisser! *Flo hat Schiss im Dunkeln! Florian, das Baby, traut sich nicht mal in die Geisterbahn!* Er konnte schon regelrecht hören, wie sie ihn hänseln würden!

Seine Kumpels waren bereits zum Kassenhäuschen gestürmt, während in Florians Brust ein Dampfhammer schlug. Verzweifelt hatte er schlussendlich an Julians Jackenärmel gezupft und ihn kurz in eine ungestörte Ecke hinter dem Geisterschloss gebeten, um ihm dort sein peinliches Geheimnis anzuvertrauen ... und mit vor Scham gesenktem Blick nur darauf zu warten, dass er schallend loslachen würde.

Stattdessen hatte Julian ihm nur grinsend einen Klaps auf die Schulter gegeben. »Na komm, wir fahren zusammen!«

Bevor sich eine Chance zum Widerspruch bot, hielt er bereits zwei Fahrchips in der Hand und schleifte Flo zu einem der mit Schlangenköpfen verzierten Geisterbahnwagen. Rüttelnd setzte sich das Gefährt in Bewegung, um den Eingang in Form eines schuppigen Drachenmauls zu passieren. Dunkelheit verschluckte sie beide.

Drinnen ging es steil bergauf und wieder hinab; über einen Friedhof aus Plastik, vorbei an künstlichen Skeletten, Stoffgespenstern und Vampiren mit Gesichtern aus bleicher Knetmasse.

Über Florians Lippen drang ein leises Wimmern.

»Hey, keine Sorge, ich pass auf dich auf!« Julian legte den Arm um ihn, strich mit seinem Daumen sanft über Flos Wange und zwinkerte ihm keck zu. »Wenn dich eines von den Viechern anpackt, prügle ich's windelweich, verlass dich drauf!«

Florians Atem beruhigte sich. Obwohl ihm bang zumute war, erwiderte er zaghaft ein Lächeln – und wusste im selben Moment: Es gab keinen Grund, sich zu fürchten! Genießen würde er die Geisterbahnfahrt garantiert nicht, aber in jedem Fall heil überstehen. Sein Freund, der ihn fest an sich gedrückt hielt, war stärker als alle Schrecken der Finsternis. Egal, wie viele Gespenster dort im Dunkeln lauern mochten – keine dieser Spukgestalten besaß gegen Julian auch nur den Hauch einer Chance! …

»Ich hatte echt die Hosen voll damals. Und trotzdem war mir klar: Jedes Ungeheuer, das mir was will, kriegt's mit dir zu tun!« Florian stand vom Bett auf und ging auf Julian zu. »Bei dir hab ich mich beschützt und sicher gefühlt – ich wusste, *du* bist der, vor dem Monster Angst haben!«

Herzlich fielen sie einander in die Arme.

»Zweifel nicht an dir, du bist kein übler Mensch, Julian! Deine jähzornige, herrische Art macht mir zwar manchmal Angst, aber deine Unbeugsamkeit und Stärke bewundere ich. Du lässt dir von niemandem was sagen, bist stur wie ein Esel und härter als der gröbste Haudegen … doch wo Unrecht passiert, mischst du dich ein, und wer deine Hilfe braucht, kann auf dich zählen. Gern wäre ich selbst ein wenig wie du – aber zumindest fühl ich mich geehrt, dein Freund sein zu dürfen. In all den Jahren, die wir uns kennen … Danke für alles, was du für mich getan hast!« Florian verzog den Mund zu einem schwachen Schmunzeln. »Außer natürlich für diese total miese Aktion mit der Kloschüssel!«

»Von wegen! Hattest du verdient, alter Angeber«, erwiderte Julian staubtrocken und strubbelte ihm durchs Haar.

»Fuck you!« Spielerisch verpasste Florian ihm einen Stoß in den Magen.

Blitzschnell packte Julian daraufhin seinen Nacken, rammte ihn leicht mit der Hüfte und gemeinsam landeten sie auf dem Teppich. Flos Finger verfingen sich kurz in den blonden Haaren; sachte presste Julian ihm den Unterarm gegen die Kehle und drückte ihm eine winzige Sekunde lang die Luft ab. »Gib auf!«, forderte er kichernd.

Lachend gab Florian sich geschlagen und rappelte sich hoch. »Seltsam, oder?«, murmelte er nach einer Weile. »Diese andere Welt … obwohl sie nicht die Wirklichkeit war, hat sie uns viel Wahres gezeigt. Wir Menschen leben so dicht zusammen und kümmern uns dennoch so wenig umeinander …«

Julian nickte düster. »Ich bin Raziels Geist begegnet. Er hat mir vor Augen geführt, zu was für schrecklichen Taten ich früher fähig war … und welche ich in Zukunft womöglich noch begehen werde. Was macht dieser Krieg wohl am Ende aus mir …? Ich wünschte, ich könnte endlich wieder einfach bloß Julian sein!«

»Du *bist* Julian – aber eben auch Raziel. Wenn du lernst, beide Seiten zu akzeptieren; dich selbst anzunehmen mit allem, was dich ausmacht … na, dann bin ich absolut sicher: Trotz aller Kämpfe wirst du letztendlich liebenswerter werden als je zuvor!«

Lächelnd drückte Julian ihn an sich. Hielt Florian einen Moment lang genauso im Arm wie damals den ängstlichen Jungen während der Fahrt durch das Gruselschloss.

Draußen ließ der Regen nach und das stete Klopfen an der Scheibe verstummte.

»Ich bekomm langsam Durst, Flo. Meintest doch, hast Cola da, oder?« Grinsend schnippte Julian gebieterisch mit seinem Finger. »Hol mir 'n Glas, los!«

Florians grimmige Miene vermochte einem Kichern nicht standzuhalten. »Egal, in welcher Welt – du bist ein echtes Arschloch, was?«

»Und du ein richtiger Angsthase, heut noch so ein Schisser wie früher!« Fröhliches Lachen. »Aber auch ein prima Kumpel. Kannst auf mich bauen ...«

»... jetzt und für immer!«, ergänzte Flo freudig und sie besiegelten die Worte mit Handschlag.

Die Wolken verzogen sich und Sonne fiel durchs Fenster, als Florian mit zwei Gläsern Cola aus der Küche zurückkam. Wärmendes Licht, das die hoffnungsvolle Gewissheit weckte: Was die Zukunft auch bringen mochte, Krieg und Gewalt zum Trotz – ihre Freundschaft würde bestehen, nie vergehen.

†

Gegen späten Abend hatte erneut starker Regen eingesetzt. Stetes Tröpfeln drang von draußen durch die nächtliche Dunkelheit. Seit Stunden fand Nadja keinen Schlaf. Erinnerungen an die vergangenen Ereignisse hielten sie hellwach, während ihre Fantasie sehnsuchtsreiche Bilder malte. Sanft ließ sie die Hand über ihre Haut streichen; stellte sich vor, jemand würde bei ihr im wohlig warmen Bett liegen ...

Sagt mal ... nachdem Astaroth mich fast besiegt hatte und die Realität völlig aus den Latschen gekippt ist ... was war's bei euch? Was habt ihr gesehen?

Mitternacht im Garten des Paradieses. Friedliche Schatten lagen über den turmhohen Wipfeln und immergrünen Büschen. Die fröhlich farbigen Häupter der Blumen schlummerten selig. Grillen zirpten im Dunkeln.

Barfuß schritt Nadja über seidenweiches Gras. Langes Haar, weiß wie Schnee, ragte unter ihrer Kapuze hervor, während ein Gewand aus schimmerndem Mondlicht ihren Leib bis zu den Knöcheln bedeckte. Vor ihr zeichnete sich der Baum des Lebens klar gegen den sternenbehangenen Himmel ab. Unter seinen Blättern, gegen den mächtigen Stamm gelehnt – saß der Mann, den sie liebte.

»Raziel ...«

Rubinrot leuchtende Augen schauten ihr entgegen.

»So kehrst du zurück ...« Sie beugte sich nieder und stürzte in seine Arme. Tränen strömten über ihre Wangen. »Fünf Jahrhunderte hab ich auf dich gewartet ... all die Zeit davon geträumt, wieder bei dir zu sein ...«

Raziels Finger fuhren durch ihr Haar. »Warum hast du dich dann einst von mir abgewendet ...?«

»Ich liebte dich vom ersten Moment an ... doch verabscheute das Blutvergießen, das du anrichtest. Vom Beginn des Universums an war ich hier. Hörte die Stimme des Schöpfers, als er sprach: Es werde Licht! Sah das Leben auf Erden wachsen; tiefe Meere und trockene Wüsten, Wälder und Wiesen, alles Getier und das Gestirn am Himmelszelt ... und dennoch: Selbst nachdem der Allerbarmer seine Schöpfung mit ihrer Krone, den Kindern Adams, veredelt hatte ... von allen Wundern warst es am Ende du allein, der wahrhaftig mein Herz berührte. Zu sehen, wie du dich in deinem Hass verlierst, ließ mich zerbrechen ...«

»Doch wusstest du wohl, mein Dasein dient dem Kampf.« Auf Raziels Gesicht spiegelte sich Trauer. »Um jeden Preis wollte ich dich an meiner Seite. Gemeinsam hätten wir den Großen Konflikt beenden und den Kosmos beherrschen können ...«

»Kriege enden nicht, indem man neue Gewalt schürt.« Scheu drückte sie ihm einen Kuss auf die Lippen. »Sowie du das endlich begreifst, bin ich dein.«

»Vielleicht ist es unser Schicksal, auf ewig getrennt zu bleiben und einander nie zu berühren. Uns nahe zu sein, ohne den anderen zu erkennen«, bemerkte Raziel bitter. »Die Königin des Lichtes wird bald in dir erwachen. Wenn Julian Sanders und Nadja Sergejew erst die Klingen kreuzen, reißen unsere Bande endgültig. Niemals mehr reichen Himmel und Hölle sich in Zuneigung die Hände ...«

»Das ist nicht wahr! Du lügst!«, schrie Nadja schmerzerfüllt.

Ein braunes Blatt landete auf ihrer Schulter. Sie schaute hinauf ... und sah den Baum des Lebens sterben. Die prächtige Krone verwelkte innerhalb von Sekunden und fiel als totes Laub herab.

»Der Junge, an dem dein Herz hängt ... nicht lang, dann steht ihm sein gefährlichstes Gefecht bevor ... und somit das sichere Ende ...«

»Das werde ich zu verhindern wissen«, schluchzte sie mit tränenerstickter Stimme. »Ich bin älter als die Zeit, meine Macht reicht ins Unermessliche!«

Ringsum verstummten die Grillen. Gebüsch und Wiese verdorrten, die Blumen verblühten – der Garten vertrocknete zu karger Wüste.

»Du hast dich selbst vergessen, Nadja Sergejew«, flüsterte Raziel unendlich traurig. »Wer du bist, was früher war … Deine eigene Hand bringt Julian Sanders den Tod …« Langsam bröckelte die Haut wie nasser Sand von seinem Gesicht; das Fleisch faulte, bis Nadja die leeren Höhlen eines bleichen Schädels entgegenstarrten. »Du hast mich vergeblich geliebt, strahlende Schöne …«

Nadja schreckte auf und schnappte nach Luft. Sie musste zwischenzeitlich eingenickt sein, wenn auch nur kurz. Ihr Kissen war feucht. Hatte sie … geweint im Schlaf? Schwerfällig erhob sie sich aus dem Bett. Ihre Kehle fühlte sich trockener an als Wüstenstaub. Stimmen der Vergangenheit – Worte, deren Bedeutung sie nicht einmal im Ansatz begriff – spukten durch Nadjas Verstand, während sie Stufe für Stufe die Wendeltreppe hinunterschlich.

Ohne das Licht anzuknipsen, betrat sie die Küche. Ein flüchtiger Blick durchs Fenster verriet, dass der Regen nachgelassen hatte. Draußen spiegelte sich der Laternenschein phantomartig in den Pfützen auf dem Gehweg. Nadja füllte ein Glas mit Wasser und leerte es in raschen Zügen.

Zurück in ihrem Zimmer, in die weiche Bettdecke eingewickelt, gab sie sich erneut schwärmerischen Gedanken hin: sah sich selbst in Julians starken Armen liegen, sehnte sich nach dem sanften Kuss seiner Lippen … bis Nadja abermals ins tiefe Tal der Träume hinabglitt. Träume von Szenen, die das Auge der Nacht ihr offenbart hatte.

†

Leise drehte Kyu-Min den Wohnungsschlüssel im Schloss. Jacke und Hose klebten feucht am Körper, es tröpfelte aus seinen hochgegelten Haaren. Seit Tagen herrschte Regenwetter.

Auf Zehenspitzen betrat er den Flur. Der hell gepunktete Teppich, die freundliche Tapete, das Schuhschränkchen neben der Tür … die Wohnung befand sich wieder in ihrem gewöhnlichen Zustand; war nicht länger die verranzte Schimmelbude, in die das Auge der Nacht sie verwandelt hatte. Schnarchfetzen wehten aus dem elterlichen Schlafzimmer.

Ohne Licht einzuschalten, schlich Kyu-Min in sein Zimmer; kramte die große Reisetasche unter seinem Bett hervor und öffnete den Kleiderschrank, um klammheimlich einige Anziehsachen zusammenzupacken. Seine Augen streiften den Wecker auf seinem Nachttisch. Zwölf Minuten nach Mitternacht, verkündete die schimmernde Digitalanzeige. Mit bitterem Lächeln wurde Kyu bewusst: Seit rund einer Viertelstunde war er volljährig.

»Alles Gute zum Geburtstag, Schatz ...«

Erschrocken drehte er sich um. Im Türrahmen stand seine Mutter in ihrem Nachthemd und dicken Pantoffeln. Kyu-Min hatte sie gar nicht aus dem Schlafzimmer kommen hören.

»Sorry, wollte dich nicht wecken.« Etwas Besseres fiel ihm spontan nicht ein. »Ähm ... schläft Papa noch?«

»Tief und fest. Hatten einen anstrengenden Abend, das Lokal war rammelvoll. Soll ... ich ihn holen? Dein Vater freut sich sicher, dass du ...«

»Nein!«, schnitt Kyu ihr hastig das Wort ab. Schwer zu sagen, ob aus Angst vor einem Streit ... oder aufgrund der beschämenden Erinnerungen in seinem Kopf: Bilder, die seinen Vater als willenlosen Zombie zeigten, der seinem Sohn brav Soju eingeschenkt und die familiären Ersparnisse für ein brandneues Auto geopfert hatte. »Nein, ich ... bleib nicht lang.«

»W-Wie bitte? Du bist kaum da ... und willst wieder weg?« Als seine Mutter das Licht anknipste, erkannte Kyu-Min ihren vorwurfsvollen Gesichtsausdruck. »Wann lässt du dich denn überhaupt mal zu Hause blicken? Du sagst mir nicht mehr, wo du bist; beantwortest keine Anrufe ... Weißt du, was für Sorgen ich mir mache?« Sie bemerkte die prall gefüllte Reisetasche; zwischen dem halb offenen Reißverschluss lugte der Saum einer Jeans hervor. »Wa... Was wird das?«

»Ich gehe fort ...« Kyu-Min wich ihrem Blick aus. »Länger.«

Seine Mutter näherte sich mit energischem Schritt. »Was heißt hier *fort*? Doch nicht etwa ...?«

»Mit Julian. Ganz genau.«

Bekümmertes Seufzen. »Schatz, wie lange geht dieser Spleen denn noch? Du verrennst dich da in was! Mit diesem ... Verhältnis ... denk mal nach, was du alles herausforderst ... Allein diese ganzen Geschlechtskrankheiten! Und unsere Familie, unsere Bekannten – was sollen die sagen? Ich habe dich immer gut erzogen. Das fällt am Ende doch auf mich zurück!«

»Julian braucht mich, *Umma* … Seine Sorgen sind meine! Hast du mir nicht beigebracht, dass man Freunde nie im Stich lassen darf? Wie wichtig es ist, anderen Menschen zu helfen?«

»Natürlich, Junge, nur … Nächstenliebe darf keine Entschuldigung für eigene Fehler sein.« Ihre Finger streichelten fürsorglich über seine Wange. »Hilfsbereitschaft ja – aber nicht, um eine Sünde zu rechtfertigen. Das ist nicht, was Gott von dir will. Keine Ahnung, warum der Herr dich durch diese Prüfung schickt … doch ich glaube fest daran, dass …«

»Prüfung?!« Mit verächtlichem Schnauben schlug Kyu ihre Hand beiseite. »Ehrlich, ich kann's nicht mehr hören! Soll ich dir was verraten, *Umma*? Dein Glaube ist eine Lüge!«

Entsetzt wich seine Mutter zurück, blanke Bestürzung spiegelte sich auf ihren Zügen. »Schatz … wovon sprichst du …?«

»Davon, dass man uns wie Trottel an der Nase herumführt. Uns alle!« Kyu-Min trat ans Fenster und starrte ins nächtliche Unwetter hinaus. »Willst du die Wahrheit hören? Satan und Sünde, Licht und Liebe … alles alberne Märchen! Wusstest du, dass Engel nicht besser sind als Dämonen? Hast du eine Vorstellung davon, was nach dem Tod tatsächlich geschieht? *Ich* schon! Ja, ich war tot … kurze Zeit jedenfalls. Mir bleiben nur wenige Erinnerungen an die Welt der Verstorbenen, aber du darfst sicher sein, dort warten keine Harfenklänge oder Heiligenchöre … auch kein ewiges Feuer. Himmel und Hölle leiten seit Anbeginn unsere Geschicke, lenken uns zu ihren Gunsten, wählen die Menschen nach ihren Taten aus. Dabei fragt allerdings niemand nach Gut oder Böse – nein, es geht darum, welche Seele die besseren Dienste für *ihren* Krieg leistet. Verstehst du? Es ist ihnen egal, wer ein netter Sonntagsschüler ist oder ob man den Ochsen seines Nachbarn vögelt. Eine sogenannte *gute* Seite gibt es nicht! Keine weiß leuchtende, kosmische Quelle, die moralischer wäre als irgendein gehörntes Ungeheuer!« Draußen zuckte ein Blitz am nachtschwarzen Horizont, gefolgt von grollendem Donner. »Licht und Finsternis sind sich ähnlicher, als du denkst, *Umma*. Sie gehen verschieden vor, wollen aber beide dasselbe: Siegen und Herrschen um jeden Preis!«

»Schatz, i-ich ... verstehe nicht ... Kyu-Min, lieber Junge, du ... machst mir Angst!«

Eine Gefühlsregung jagte durch Kyus Geist ... und das Gewitter draußen verstummte. Donnern und Regengeprassel wichen gespenstischer Stille. »Ich bin nicht dein lieber Junge. Nicht mehr ...« Seine aufgewühlte Stimme senkte sich zu einem traurigen Flüstern. Vor ihm an der regennassen Fensterscheibe rannen die Tropfen wie Tränen herab. »Alles hat sich verändert. Julian und ich ... wir haben uns gerade erst gefunden und können trotzdem nicht in Frieden zusammen sein. Sie greifen uns ständig aufs Neue an ... Menschen, die ich kenne, sind gestorben ... und ... jetzt haben sie Michael, einen meiner Freunde, entführt. Es ist Krieg, *Umma* ... bald bricht ein Sturm los. Wer weiß, wie viel Blut noch fließt? Kann sein, ich sterbe zum zweiten Mal ... und mit mir jeder, der mir am Herzen liegt. Vielleicht sehen du und ich uns nie wieder ...« Schmerzhaft biss er sich auf die Unterlippe. »Ich habe Angst ... aber Julian braucht mich! Ich wünschte, wir könnten einfach unser Leben genießen ... doch der Strudel der Ereignisse hat uns schon lange verschlungen, es gibt keinen Weg zurück. Ich liebe Julian, mehr als irgendjemanden sonst auf der Welt – und lasse ihn nicht im Stich, was auch immer geschieht!«

Kyu-Min wagte einen zögernden Blick über die Schulter. Seine Mutter stand nahe hinter ihm, er konnte ihren stockenden Atem förmlich im Nacken spüren. Ihre Augen schienen ins Unendliche geweitet, Verwirrung und Fassungslosigkeit hatten sich tief in ihr Gesicht gefressen. »Junge, was ... redest du? D-Das ... ergibt alles überhaupt keinen Sinn ...«

Kyu musterte sie schweigend – endlos erscheinende Sekunden lang, bevor er ihr schlicht ein müdes Lächeln schenkte. *Vielleicht sehen du und ich uns nie wieder ...* »Schon gut ...« Hastig nahm er die vollgepackte Reisetasche und stolperte an ihr vorbei. »Wirklich, ich ... sollte jetzt gehen.«

Seine Mutter schien zu Eis gefroren. Entgeistert stierte sie auf die Stelle, wo Kyu-Min am Fenster gestanden hatte – fuhr ruckartig herum und schnappte nach seinem Arm. »Du bleibst! Was fällt dir ein? Wie kannst du so mit mir reden?!«

Wortlos befreite sich Kyu aus ihren Fängen, eilte durch den Flur und griff entschlossen nach der Klinke der Wohnungstür.

Sie folgte ihm tränenaufgelöst. »Hiergeblieben! Nein! Nein! Nein! Du wirst nicht wieder tagelang ohne einen Mucks verschwinden – das verbiete ich dir! Ich bin immer noch deine Mutter! Weißt du, wie viele Nächte ich wach lag, krank vor Sorge?!«

Im Schlafzimmer ging das Licht an. Das Geschrei hatte offensichtlich seinen Vater aufgeweckt.

Mit nagendem Gefühl in der Brust verließ Kyu die Wohnung. Die Stufen im Treppenhaus knarrten laut unter seinen Schritten.

»Kyu-Min! Schatz, *bitte*!«

Er hielt auf dem Absatz inne und warf einen Blick nach oben. *Umma* krallte sich krampfhaft ans Treppengeländer. Neben ihr tauchte sein Vater auf; mit halb geöffnetem Mund ließ er die Augen ungläubig zwischen Kyu-Min und seiner Mutter umhertanzen; offenbar außerstande, die Situation zu begreifen.

»Ich warne dich, junger Mann!«, schrie seine Mutter verzweifelt. »Wenn du jetzt gehst, bist du hier nicht länger zu Hause! Dann bleiben unsere Türen für dich verschlossen – komm bloß nicht angekrochen!«

In Kyus Herz klaffte ein gähnendes Loch. *Mama, Papa ... es tut mir leid! Gern wollte ich beides: Meinen besten Freund und eine glückliche Familie. So sehr hab ich mir gewünscht, ihr würdet mich eines Tages verstehen ... unsere Liebe akzeptieren, auch wenn's euch schwerfällt. Jetzt aber bleibt mir nicht einmal mehr die Wahl. Auf dem Weg, den ich nun gehen muss, könnt ihr mir nicht folgen ...*

»*Umma, Appa* ... lebt wohl!«

»Kyu... Kyu-Min!!«

Er hetzte die Stufen hinunter und riss unten die Haustür auf; lief hinaus in die kalte Nacht, während eine einzelne Träne stumm über seine rechte Wange rann.

Kapitel 42

Das tagelange Unwetter war in sanftes Nieseln übergeglitten. Regen tröpfelte von den Blättern der Bäume, die nasse Wiese schimmerte silbrig im Mondschein. Zadkiel hielt ein Lämpchen in der Hand, in dem ein Irrlicht flatterte: Sein Leuchten warf bläulichen Glanz in den nächtlichen Stadtpark.

Ein Knacken im Gebüsch. Julian wandte sich um und sah Kyu-Min aus dem Dunkeln treten; um die Schulter baumelte eine Reisetasche.

»Wie ist's gelaufen …?«

»Haben mich rausgeschmissen. Endgültig.« Kyu zog ein Gesicht, als hätte er in eine Zitrone gebissen. »Mama meinte, ich brauch nicht mehr angekrochen kommen …«

Julian bemerkte Tränen in den Augen seines Freundes und streichelte ihm tröstend über den Arm. »Tut mir leid, ehrlich … aber, ähm … hab 'ne Kleinigkeit, die dich vielleicht aufheitert.« Lächelnd angelte er ein bunt verpacktes Päckchen aus seinem Rucksack. »Alles Gute zum Geburtstag, Kyu!«

Schmunzelnd öffnete Kyu-Min das Geschenk und fand eine stylische Cap darin, der Kappe ähnlich, die in der alternativen Realität meist seinen Kopf geschmückt hatte.

»Wie düster diese andere Welt auch gewesen ist – deine Klamotten waren jedenfalls wirklich cool, muss man zugeben!« Julian lachte.

»Glückwunsch, Kyu!«, gratulierte Nadja.

Belial, ein wenig abseits gegen einen Baumstamm gelehnt, nickte ihm zu.

»Danke!« Kyu setzte die Cap auf, kicherte … und seufzte. »Tja, nur … meine lang geplante Megaparty fällt wohl flach …«

»Die Feierlichkeiten holen wir gewiss nach, sowie wir die Zeit dafür finden«, entgegnete Zadkiel aufmunternd. »Bis dahin wünsche auch ich dir, dass dein neues Lebensjahr erfüllt und gesegnet sein möge!«

Kyu-Min bedankte sich und stellte seine große Reisetasche ächzend zwischen seinen Füßen ins Gras. »Okay, also … was nun?«

Julian stemmte beide Arme in die Hüften. »Folgender Plan: Wir brechen in den Himmel auf, stutzen die Engel ordentlich zurecht und holen Michael raus. Zadkiel, du führst uns nach Elysium! Belial – als Herrscher über alles Grünzeug bist du für Proviant und Verpflegung zuständig! Nadja, deine Hexenkräfte helfen uns im Hintergrund! Und Kyu, du und ich, wir kämpfen mit vereinter Dämonenpower an vorderster Front! Klar so weit?«

»Jawohl, Sir, Boss!«, bestätigte Kyu-Min und salutierte spaßhalber.

»Kyu, du …!«

»Nur 'n Scherz!«, beschwichtigte er und schenkte Julian ein Lächeln, das jedweden Ärger unweigerlich im Keim erstickte. »Ich hab dir solche Vorwürfe gemacht, ständig Streit angefangen … Das Auge der Nacht … die schlimmen Dinge, die es uns gezeigt hat … sind in uns, auch jetzt noch … Vielleicht brechen sie früher oder später erneut hervor – wer weiß? Sicher dauert es eine Weile, bis du und ich uns wieder vollständig vertrauen. Dennoch, trotz allem ist mir klar geworden: Niemand außer dir kann unser Anführer sein. Keiner sonst besitzt das Zeug dazu.« Ein verlegener und zugleich humorvoller Zug spielte um Kyu-Mins Mundwinkel. »Erst war ich sauer … aber dank dem Zauber hab ich begriffen, man benötigt nicht bloß Stärke und coole Sprüche – sondern vor allem auch einen Riesenschuss Verantwortungsgefühl. Anders als ich hast du deine Dämonenkraft niemals missbraucht, Julian, sie nie zum Spaß gegen Wehrlose eingesetzt. Darum kannst nur du uns anführen.« Er grinste frech. »Egal, was für ein beschissener Tyrann du bist!«

Lachend schloss Julian ihn in die Arme. »Bin froh, dich bei mir zu haben, Kyu. Euch alle! Wäre ich allein, würde ich unter dieser Bürde zerbrechen. Ihr gebt mir den Mut, nach jedem Sturz wieder aufzustehen und weiterzukämpfen.« Er warf einen munteren Blick in die Runde, schaute in die heiteren Gesichter seiner Freunde – und dem kalten Wetter zum Trotz wärmte ihn ein Gefühl tiefster Verbundenheit.

»Nun denn, als ernannte Wegführerin schlage ich vor: Wir begeben uns zunächst nach Schamajim, um uns mit allem Notwendigen auszurüsten, und versuchen von dort aus, unerkannt zum Palast Elysium zu gelangen«, sagte Zadkiel.

Belial öffnete den alten Rucksack, den Julian ihm geliehen hatte. Eine köstliche Auswahl an roten Äpfeln, reifen Pflaumen, frischen Pfirsichen und anderen Früchten kam zum Vorschein. »Dies sollte fürs Erste genügen, wenn uns der Hunger plagt. Seid unbesorgt, der Geist von Mutter Erde durchströmt auch das Himmelreich, so kann ich jederzeit für frische Nahrung sorgen.«

Julian zeigte ihm seinen ausgestreckten Daumen. »Super, Bro!«

Gelassen zündete Nadja sich eine Zigarette an. »Also, worauf warten wir noch?«

Zadkiel schwenkte die Lampe in ihrer Hand; das Irrlicht darin flatterte auf und tauchte die Wiese in einen blauen Schimmer – der Sekunden darauf dem roten Leuchtschein eines Jakobsleiterportals wich. »Folgt mir!«, wies sie die Gruppe an, bevor sie zusammen mit Nadja durch das soeben erschaffene Tor verschwand.

Belial schaute sichtlich verunsichert drein, während er als Nächstes zögerlich hindurchtrottete.

Julians Herz begann lautstark zu pochen. *Auf der anderen Seite … ist dort tatsächlich … der Himmel? Die Heimat der Engel? Das Paradies, von dem sich alle Welt fragt, wie es wohl sein mag?* In seiner Magengrube tanzte nackte Aufregung mit schierem Unglauben.

Er spürte, wie sein Freund zaghaft seine Hand nahm. Nieseltröpfchen bedeckten Kyu-Mins Wangen. »Wollen wir …?«

Julian sah ihm in die Augen … und glaubte wenige Sekunden lang, noch einmal die leisen Befürchtungen darin zu lesen, die sich bereits vorhin zwischen Kyus Worte gemogelt hatten: *Das Auge der Nacht … die schlimmen Dinge, die es uns gezeigt hat … sind in uns, auch jetzt noch … Vielleicht brechen sie früher oder später erneut hervor – wer weiß?*

Als sie gemeinsam das Himmelstor durchschritten, glaubte Julian aus den Augenwinkeln etwas Dunkles zu erspähen … einen Schatten, der zwischen den Bäumen umherhuschte … eine schwarze Gestalt … mit glühenden Augen …?

Du denkst, du kennst die Wahrheit; glaubst zu wissen, was geschieht …, hörte er zum zweiten Mal Raziels Stimme flüstern. *Doch sei gewiss: Es hat gerade erst begonnen!*

Epilog

Yetzirah, die Scheinende Stadt. Metropole des wirtschaftlichen Wachstums und der kulturellen Blüte. Perle im Reich des Erzengels Raphael – dem Heiler Gottes, Elementar des Windes, Hüter der Wissenschaften. Der Ort, an dem Technik und Alchemie sich die Hände reichten, um die erstaunlichsten Errungenschaften des Himmels hervorzubringen. Die Stadt, die berühmte Künstler, eifrige Forscher und geachtete Kriegshelden ihre Heimat nannten. In der am Horizont von Politik, Gesellschaft, Malerei und Poesie ein strahlender Stern nach dem nächsten aufging. Wo eine Mode die andere jagte, arme Händler sich im Handumdrehen zu reichen Kaufleuten hocharbeiteten, die neuesten Theaterstücke ihren Weg auf die Bühne fanden und sagenumwobene Schwerter geschmiedet wurden.

Engel schritten durch die Straßen, die Taschen voller Gold, in edlen Kleidern und mit funkelndem Schmuck behangen. Nicht eine Sorge trübte ihren heiligen Glanz. Die Pracht ihrer Heimatstadt, ihr wohlhabendes Leben galt ihnen als Beweis ihrer Tugend. Yetzirah lag weit von den Schlachtfeldern des Großen Krieges entfernt. Hier, zwischen Prunk und Heiterkeit, fühlten sie sich vor den Schergen der Unterwelt sicher. Yetzirahs Bürger waren überzeugt, solange sie dem Pfad des Lichtes folgten, konnte die Finsternis nicht in ihre Herzen dringen. Fromm wandelten sie in strenger Gottesfurcht, auf dass der Versucher sie niemals zu verleiten vermochte.

Welch teuflischer Irrtum! Nicht die Hölle war die Wurzel alles Bösen; kein Dämon befleckte ihre Seelen mit Sünde, nicht der Leibhaftige säte die heimliche Gier nach Lastern – nein, das Übel hauste in ihnen selbst! Floss wie Gift durch ihre Adern; ein Geschwür, das leise im Inneren wucherte: stets verleugnet, doch ständig am Werk. Eine Knospe aus Verderbnis, die seit Geburt an blühte und nur auf den einen Moment wartete, um ihre dunklen Blätter zu entfalten …

Apollon, ein Engel vom Rang der Throne, galt jahrhundertelang als Liebling des Publikums. Als begnadeter Schauspieler erntete er Abend für Abend bewundernde Blicke auf der Bühne. Von Verehrern war er ewige Zeiten lang die ›leuchtende Flamme im Theater‹ genannt worden. Ein Künstler, der sich perfekt in jede Rolle fügte; obendrein ein stattlicher Bursche mit bezaubernder Aura, den sich jeder Mann zum Kameraden wünschte und der Frauenherzen höherschlagen ließ.

Inzwischen war sein Stern jedoch im Sinken begriffen: Sein hübsches Gesicht hatte Falten bekommen und jüngere Talente lechzten bereits danach, ihm den Platz an der Sonne streitig zu machen.

Was letztendlich den entscheidenden Ausschlag gab, vermochte Apollon kaum zu sagen – aber an jenem verhängnisvollen Abend, der Premiere seines neuesten Stücks, beschloss er, das Undenkbare zu wagen. Ein Zeichen zu setzen, das seinen Namen bis in alle Ewigkeit ins Gedächtnis aller himmlischen Wesen meißeln würde! Nach gelungener Vorstellung trat Apollon ein letztes Mal auf die Bühne, ließ den donnernden Applaus der Zuschauer auf sich niederprasseln ... murmelte einen Zauberspruch und steckte sich selbst in Brand. Der Bühnenvorhang fing Feuer, die liebevoll bemalte Kulisse verwandelte sich in graue Asche, rötliche Zungen griffen nach dem kreischenden Publikum. Apollon trat ab als lodernde Fackel – die ›leuchtende Flamme im Theater‹, unvergessen für alle Zeiten.

In derselben Nacht suchte eine Welle der Gewalt das Viertel der Kaufleute heim. Seit jeher galt Yetzirah als eine der sichersten Städte im gesamten Himmelreich. Kein Halunke entkam den hier ansässigen Heerscharen; neben Trinken in der Öffentlichkeit oder gestohlenen Äpfeln ereignete sich kaum ein schlimmes Vergehen. Die wenigen Bettler und Landstreicher, die das saubere Stadtbild trübten, wurden kurzerhand in die Gassen und Hinterhöfe geprügelt.

Ungewiss, welch böser Wind in jener schwarzen Nacht durch die Baracken der Armen wehte – doch eine dunkle Stimme hatte die Entrechteten und Hungerleider ermutigt, Äxte und Heugabeln zu ergreifen, um die Straßen in Schlachtfelder zu verwandeln. Den Spieß umzudrehen; sich schlicht zu nehmen, was sie wollten. Allen Reichen ihre vollgefressenen Bäuche aufzuschlitzen, ihre Besitztümer an sich zu reißen und die prunkvollen Anwesen niederzubrennen. Wütende Engel, ihre Leben geprägt von Kälte und Armut, rotteten sich zu einer wilden Horde zusammen, wie selbst die Hölle keine kannte. Raubend und brandschatzend fielen sie über die Bauten der Kaufleute her wie ein Schwarm zorniger Hornissen. Plünderten die Speisekammern, um ihre hungrigen Mägen zu sättigen. Steckten sich die Taschen randvoll mit Gold; füllten ganze Säcke mit Schätzen, Schmuck und Tafelsilber. Zerstörten, was ihnen wertlos erschien; machten dem Erdboden gleich, was sich nicht mitnehmen ließ.

Die Gerüchte über die Geschehnisse sollten später weit auseinanderklaffen – sämtliche Schilderungen jedoch darin übereinstimmen, dass jene Massenplünderung das schrecklichste Verbrechen aus Habsucht darstellte, von dem die Scheinende Stadt je überschattet worden war.

Am folgenden Morgen, noch schwebte schwarzer Rauch über dem Reichenviertel, trieben im nahen Fluss die Leichen zweier Kinder: beide Mädchen nackt, an Armen und Beinen gefesselt und ihre unschuldigen Leiber aufs Scheußlichste geschändet.

Die Stadtwache fasste den Täter bloß wenige Stunden darauf; einen Hohepriester aus dem örtlichen Tempel, respektiert und rechtschaffen, leuchtendes Vorbild für Jung und Alt. Welcher Teufel hatte diesen gottesfürchtigen Mann geritten? Welch Ungeist ihn getrieben, sein Keuschheitsgelübde derart zu brechen und sich unaussprechlichsten Gelüsten hinzugeben?

Während der Priester bereits im Kerker saß, waren im Süden der Stadt zwei weitere Tote zu betrauern. Ein Metzger und seine Frau – abgeschlachtet mit demselben Messer, mit dem der Fleischer sonst den Schweinen den Hals durchtrennte. Der Mörder war nicht weit: Er hockte in der blutbesudelten Wohnstube und starrte stumm auf die Waffe in seiner Hand.

Für gewöhnlich wäre niemand jemals auf den Gedanken gekommen, den kleinen Sohn des Paares zu verdächtigen. Der Schulmeister beschrieb ihn als still und unscheinbar. Des Öfteren waren ihm Platzwunden und blaue Flecke auf seiner Haut aufgefallen, doch der Knabe hatte nie ein Wort darüber verloren, was ihm daheim widerfahren war. Schweigend hatte er die Wut geschluckt; sie im Inneren eingesperrt, ähnlich einem Drachen im Käfig, der bloß darauf lauert, in geeigneter Stunde voll brennendem Zorn auszubrechen.

Als die Heerscharen den Jungen aufgriffen, steingleich zwischen seinen eigenhändig ermordeten Eltern sitzend, wirkten seine Augen wie tot: leer und teilnahmslos, aber dennoch mit einem Glanz der Erlösung darin.

Wenige Stunden darauf fanden Nachbarn den geschundenen Leichnam des Engels Ophelia. Sie war als hübscheste Frau im Stadtviertel bekannt. Niemals ging sie ungeschminkt aus dem Haus, ließ sich nie zweimal im selben Kleid sehen. Diszipliniert vom Zopf bis zur Sohle entsagte sie allem, was ihre Schönheit schmälern könnte. Widerstand den Versuchungen des Weins und der Tabakpfeife, dem süßen Backwerk sowie jedweder Nascherei. *Wer schön sein will, muss leiden* – ihre Mutter hatte ihr diesen Spruch quasi in die Wiege gelegt. Noch als ausgewachsene Frau erinnerte Ophelia sich an Schelten und Schläge, wenn sie einen Krapfen aus der Küche gemopst oder mit den Nachbarsmädchen heimlich Bonbons gelutscht hatte. Von Kindesbeinen an war sie bestrebt gewesen, den Wunsch ihrer Mutter zu erfüllen und der schönste Engel des gesamten Himmels zu werden – strahlend, sodass ihr Anblick Männerherzen zum Schmelzen und Frauen vor Glückseligkeit zum Weinen bringen würde.

Mit der Selbstkasteiung wuchs der Hunger, der in ihrem Inneren nagte: Das Verlangen, sich Genüssen hinzugeben und hemmungslos die eigens angelegten Fesseln zu zerreißen. Allein Ophelias eiserner Wille hatte die Stimme hinter ihrer Stirn bislang zum Schweigen gebracht; jenes Flüstern, das ihr zuraunte: Du hast es mehr als irgendjemand sonst verdient, dir von wohlschmeckenden Freuden den Gaumen streicheln zu lassen! Ophelias strikte Beherrschtheit hatte ihre Bedürfnisse jahrhundertelang im Zaum gehalten und ihre Ohren gegenüber solchen verführerischen Worten taub werden lassen – bis zur vergangenen Nacht:

Das Wispern hatte sie aus dem Schlaf gerissen, hypnotisch leise und gleichsam schrill wie ein drängender Schrei. Ophelias Kehle schien ausgedörrt, als ob sie seit Tagen nichts getrunken hätte. Ihr Magen knurrte einem wilden Tier gleich, unbändiger Hunger fraß sich durch ihren Körper. Gehetzt sprang sie aus dem Bett, getrieben von einem Verlangen jenseits aller Vernunft, stärker als Stolz, Scham und Eitelkeit. Im bloßen Nachtgewand eilte Ophelia barfuß die Treppe hinab zur Küche – und begann zu essen. Aß wie von Sinnen, stopfte sich voll und leerte in wenigen Minuten die komplette Speisekammer. Füllte ihren Bauch gierig mit allem, was ihr zwischen die Finger geriet: verschlang rohes Fleisch, ungekochtes Gemüse, Früchte mitsamt Schale und plünderte den Weinvorrat, um mit einigen guten Tropfen nachzuspülen. Würgte Kartoffeln, Äpfel und Brotlaibe als Ganzes hinunter, biss Flaschenhälse ab und zerkaute blutend die Scherben. Vertilgte Berge von Nahrung, ohne satt zu werden – fraß sich buchstäblich zu Tode, bis ihr Leib den Dienst versagte und Ophelias Lebenslicht verglomm.

Nur wenige Häuser entfernt spielte ein Knabe mit seiner Schwester in der frühen Mittagssonne. Ihre Mutter war am frühen Morgen zu Ophelias Haus geeilt, wo andere Nachbarn den toten Körper inmitten von Essensresten gefunden hatten. Ja, Hals über Kopf war ihre Mutter zur Tür hinausgestürmt, kaum dass sie die grauenhafte Nachricht vernommen hatte, ohne in diesem Moment an ihre beiden Kinder zu denken.

Seit Stunden bereits buddelte der Junge allein in der Sandkiste im Garten, während das Mädchen auf der Schaukel saß. Sie trug das veilchenfarbene Kleid, das die Mutter ihr genäht hatte. Mit schmerzlichem Stechen in der Brust schielte der Knabe missgünstig auf das fein aufgestickte Muster. Mutti machte seiner Schwester häufig Geschenke: Die goldene Brosche vergangenen Monat, die vielen Puppen und Plüschtiere … ›Kleine Prinzessin‹, nannte Mutter sie.

Nicht zum ersten Mal überkam den Jungen der Gedanke, wie herrlich sein Leben sein könnte, wäre seine jüngere Schwester bloß niemals geboren worden. Früher hatte Mutti *ihn* beschenkt und mit Liebe überschüttet. Seitdem jedoch die kleine Prinzessin alle Aufmerksamkeit auf sich zu ziehen schien, fraß der Neid sich wie ätzende Säure durch seine Eingeweide. Seine kindliche Fantasie gebar verführerische Vorstellungen, die verhätschelte Pestbeule loszuwerden. Vor seinem inneren Auge ließ er Feuer auf sie niederregnen, säbelte ihr den Kopf ab; hörte sie weinen und winseln, während er sie mit Pfeilen beschoss ... Nun allerdings – allein mit seiner Schwester im Garten, ein unheilschwangeres Flüstern hinter der Stirn – fiel seine Wahl auf einen Stein neben dem Buddelkasten: faustgroß und kalt in seiner Hand.

Der erste Schlag fegte seine Schwester von der Schaukel, ohne dass sie vor Schreck auch nur den geringsten Laut von sich gab. Auf ihrer Hüfte hockend rammte der Junge ihr daraufhin den Stein mitten ins Gesicht und zertrümmerte die Nase. Ein schrecklicher Schrei schrillte aus ihrem Mund.

Schlag zu – befreie dich! Danach wird Mutti dich in ihre Arme schließen; nur dich allein lieben, ganz wie es früher war, raunte ihm eine unsichtbare Stimme zu. Die Welt ringsum verschwamm; ein Schleier aus rasender Wut, genährt von Eifersucht, verhüllte seine Sinne.

Hemmungslos prügelte der Knabe auf dieses verhasste Gesicht ein, bis das Gekreische verstummte und keine Tränen mehr flossen ... zerrte seiner Schwester zum Schluss das veilchenfarbene Kleid vom Körper und riss es in Abertausend Fetzen ...

Anael, die Gemahlin des Bürgermeisters, hatte von dieser jüngsten Gräueltat bislang nichts mitbekommen. Sie verließ selten das Haus in letzter Zeit, mied Freunde sowie Nachbarn und wechselte mit niemandem ein Wort. Seit ihr Ehemann nach einem Dämonenangriff gelähmt und ans Bett gefesselt war, übernahm Anael die Verwaltungsangelegenheiten der Stadt. Somit bestand ihr Alltag aus harter Arbeit: Von daheim aus kümmerte sie sich um die Nöte der Bürger, während sie gleichzeitig ihren Gemahl pflegte – eine Belastung, die Körper und Seele zunehmend nach einer wohlverdienten Verschnaufpause schreien ließ.

Eine Woche lang hatte Anael sich bereits nicht mehr gewaschen und trug seit Tagen dasselbe Kleid; Schmutzflecke bedeckten die Ärmel und das Haar hing ihr in fettigen Strähnen ins Gesicht. In der Küche stapelte sich gebrauchtes Geschirr, Staub lag auf den Möbeln, der Garten sah verwildert aus. Anael saß in der Wohnstube im Sessel versunken, ein Buch in der Hand, auf dem Tischchen neben ihr eine Tasse dampfend heiße Schokolade. Seit Stunden las sie am selben Kapitel. Schnulzige Liebesprosa, nichts Anspruchsvolles. Welche dringenden Rathausgeschäfte auf ihrem Schreibtisch im Arbeitszimmer auch warten mochten – die Mühe, sich damit zu befassen, war an diesem Morgen ebenso unüberwindbar gewesen wie schon an den Tagen zuvor. Mehrmals hatte es draußen an der Tür geklopft, ohne dass Anael Anstalten gemacht hätte, sich aus dem Sessel zu erheben. Jetzt am Abend war es eisig kalt in der Stube, doch sich in dicke Decken zu hüllen erschien ihr bequemer als Holz für ein Kaminfeuer zu hacken.

Gelangweilt nippte sie an der heißen Schokolade und las müden Auges eine weitere Zeile. Von oben hörte sie die Stimme ihres Ehemanns zum wiederholten Male ihren Namen rufen. Wahrscheinlich würde er nach dem Pinkeltopf verlangen. Möglicherweise plagte ihn auch Hunger oder der Wunsch nach Gesellschaft? Anael hielt es für müßig, sich darüber den Kopf zu zerbrechen, geschweige denn sich die Treppe hinaufzuquälen. Das Gewissen riet ihr zwar, sogleich zu ihrem Gemahl zu eilen, doch ihre Beine schienen schwerer als Blei.

Soll sich sonst wer um ihn kümmern! Du hast dir deine Ruhe redlich verdient, erklang ein Flüstern im Geiste. Träge schloss Anael die Augen, das Buch sank ihr aus den Händen. Wieder drangen Rufe ihres Mannes an ihr Ohr: Hilfeschreie, die allmählich verstummten, während Anael in den Schlaf hinüberglitt …

Sie schlummerte noch im Sessel, als die Himmlischen Heerscharen die Haustür eintraten, um nach der mittlerweile als vermisst geltenden Frau des Bürgermeisters zu suchen. Der Gestank, der den Soldaten aus allen Zimmern entgegenwehte, war unerträglich. Anaels Ehemann lag leblos am Fuße der großen Treppe. Eigenständig musste der Bürgermeister aus dem Bett geklettert sein und versucht haben, sich am Geländer die Stufen hinabzuziehen – war abgerutscht und tödlich mit dem Kopf aufgeschlagen, während seine Gemahlin selig schlummernd ihre Auszeit genossen hatte. Ein weiteres Himmelskind war in die Finsternis gestürzt. Die siebte schwarze Perle auf der Kette des Unheils.

Hochmut, Habgier, Wollust, Zorn, Völlerei, Neid, Trägheit – oben auf der Spitze des Stadttempels stand er und labte sich an ihren Sünden: Der Engel mit der Narrenmaske. Ergötzte sich an der Gewalt und dem

Schrecken, saugte das Böse in sich auf wie ein hungriger Vampir das Blut seiner Opfer. Seine Stimme spukte als dunkler Geist durch die Straßen der Scheinenden Stadt; raunte süße Worte in die Ohren der Schwachen, säte die Lust auf Laster und weckte unsagbare Teufeleien in den Herzen der Heiligen. Heiterer Zeitvertreib, um die Bühne auf den folgenden Akt vorzubereiten. Ein amüsantes Aufscheuchen der Figuranten bis zum Auftritt des Haupthelden.

Komm, eile dich! Ich warte voller Spannung! Das Lachen der Narrengestalt schallte durch die Nacht. *Du ahnst nicht, wie sehr ich darauf brenne, endlich mit dir zu spielen ... Raziel!*

Zweites Buch – Ende

Über den Autor

Christian Tobias Krug, geboren 1986 an einem grauen September-
morgen, wuchs im Ruhrgebiet auf und zog nach dem Abitur ins far-
benfrohe Frankfurt. Nach längerer Tätigkeit als freier Journalist wechselte er in die Jugendhilfe, wo er Kinder mit Beeinträchtigungen durch
den Schulalltag begleitet.

Mit Freude und Herzblut bringt er Gedanken zu Papier, die ihm durch
den Kopf geistern – in Form von Geschichten, vorrangig im Bereich
des Fantastischen und Schauerlichen.

Unter dem Titel *Als die letzte Stunde schlug* veröffentlichte er 2019 erst-
mals eine Kurzgeschichte im BURGENWELT VERLAG. Es folgten
Beiträge in zwei weiteren Anthologien, beide im Genre Horror und
Mystery.

Seit 2021 erscheint seine Dark Fantasy-Romanserie *So dunkel
das Zwielicht.*

Besucht den Autor auf:

Facebook: **ChristianTobiasKrug**
Instagram: **@christian_tobias_krug**
Pinterest: **@ChristianTobiasKrug**